KB072128

직장 상사와 **전**
남자
친구의
상관관계

직장상사의 전 남자친구의 상관관계

초판 1쇄 찍은 날 | 2014년 10월 30일
초판 1쇄 펴낸 날 | 2014년 11월 06일

지은이 | 윤재희
펴낸이 | 서경석

편 집 장 | 권태완
편   집 | 나정희
디 자 인 | 박보라

펴낸곳 | 도서출판 청어람
등록번호 | 제387-1999-000006호
등록일자 | 1999. 5. 31
어람번호 | 제5-0390호

주소 | 경기도 부천시 원미구 부일로 483번길 40 서경B/D 3F (우) 420-822
전화 | 032-656-4452 팩스 | 032-656-4453
http://www.chungeoram.com
E-mail | chungeorambook@daum.net

ⓒ 윤재희, 2014

ISBN 979-11-316- 9266-0 03810

※ KOMCA(한국음악저작권협회) 승인 필.
※ 파본은 구입하신 서점에서 교환하여 드립니다.
※ 저자와 협의하여 인지를 붙이지 않습니다.
※ 이 책은 도서출판 청어람과 저작자의 계약에 의해 출판된 것이므로,
   무단 전재 및 유포 · 공유를 금합니다.

Chungeoram romance novel

윤재희 장편 소설

직장상사와 전

남자

친구의

상관관계

도서출판 청어람

CONTENTs

1장 Bounce

"사람이 왜 이렇게 많아?"

사람들이 많은 인천공항 한복판에 웨이브가 들어간 굵은 머리카락의 여자가 선글라스를 치켜올리며 주위를 둘러봤다. 어딜 봐도 사람, 사람, 사람. 온통 사람들뿐이다. 평일 오전, 인천공항에 이렇게까지 많은 사람들이 있을 줄은 생각도 못 한 다영이 내심 혀를 내둘렀다. 몇 시간의 비행으로 인해 지친 몸으로 캐리어를 끌었다.

하품을 늘어지게 하며 다영이 게이트를 빠져나오자 늘비하게 들어선 공항 택시들이 눈에 들어왔다. 많은 사람들이 바쁘게 입구 안으로 들어가고 나오는 것을 반복하고 있었다. 오랜만에 고향에 돌아온 다영이 멍청한 얼굴로 주위를 두리번거렸다.

"10년이 아니라 5년 만에도 강산이 변하네."

근처에 있는 벤치에 엉덩이를 붙이고 캐리어를 앞에 세웠다. 누군가 마중을 나올 것이라고 기대한 것은 아니었다. 절친한 사이인 주원에게는 입국한다는 사실을 메일로 보냈지만—그것도 출국하기 하루 전에— 항상 바쁜 애다 보니 언제 볼지는 의문이고, 그렇다고 지방에 사는 엄마가 이곳에 올라오실 거라 생각하지는 않았다.

검지로 코 아래를 한 번 훑고는 한국에 도착하자마자 쓰려고 준비했던 핸드폰을 코트 주머니에서 꺼냈다. 전원 버튼을 꾹 누르자 조금 요란한 소리와 함께 화면에 불빛이 들어왔다. 그녀가 외우고 있는 전화번호는 극히 적지만 떠오르는 번호는 몇 개가 있었다.

하나는 고향 집 전화번호, 하나는 주원이 번호, 하나는 '그 녀석'의 전화번호. 문득 떠오르는 그 녀석의 얼굴에 그녀의 얼굴이 부서진 도자기처럼 와장창하고 깨졌다. 머릿속에서 떠오르는 그 번호를 금세 휘휘 지워내 버리고는 주원의 번호를 꾹꾹 누를 때, 핸드폰이 요란한 소리를 내며 울기 시작했다.

"여보세요?"

[한다영, 너 한국이야?!]

"응."

[언제 왔어!]

"방금. 막 도착했어."

자리에서 일어나서 한 손으로는 핸드폰을 잡고, 한 손으로는 캐리어를 질질 끌었다. 바퀴 굴러가는 소리가 유난히 소란스럽게 들렸다. 여기저기 서 있는 공항 택시 앞에 멈추자 기사가 자연스럽게 트렁크 문을 열어주며 그녀의 캐리어를 트렁크 안에 넣었고, 다영은 익숙하게 택시 뒷자리에 엉덩이를 붙였다.

'아저씨, 삼성동으로 가주세요' 짤막하게 말하자, 차가 부드럽게 앞으로 쭉 뻗어 나갔다. 수화기 속 친구가 뭐라 뭐라 시끄럽게 떠들긴 하는데 귀에 들어오는 건 하나도 없었다. 그녀가 김장철 배추처럼 축 늘어진 몸을 시트에 편하게 기대자, 그제야 주원의 목소리가 선명하게 들려오기 시작했다.

[미국에서 잘 생활하다가 갑자기 한국에는 왜? 휴가차 온 거야?]

"아니. 아예 눌러붙는 건데."

[너 미쳤구나.]

자연스럽게 나오는 그 말에 다영이 입을 삐죽 내밀고는 선글라스를 벗으며 차창 밖으로 시선을 던졌다. 빠르게 지나가는 차들과 풍경들. 떠날 때와는 많이 바뀐 풍경이다. 빠져나가려는 혼을 다시 돌아오게 한 건 친구의 목소리였다.

[갑자기 왜? 너 여기서 어떻게 먹고살려고? 취직할 데는 있어? 뉴욕에서 잘 지냈다며?]

쉬지도 않고 기관총처럼 따따따 쏘아붙이는 주원의 말이 드디어 끝났다.

"취직할 데는 있어. 뉴욕에서 아예 살 수는 없으니까 온 거야."

낄낄 웃으며 말하자, 수화기 건너편 속 주원이 무거운 한숨을 푹 내쉬었다. 다영은 마치 주원이 눈앞에서 보고 있기라도 하는 것처럼 어깨를 한 번 으쓱하고는 창밖의 길을 안내하는 표지판을 봤다 매일 보던 영어가 아닌 한국어가 적혀 있었다.

도착한 것이 그다지 실감이 나지는 않았는데, 지금에서야 정말로 한국에 왔다는 걸 절실히 실감하기 시작했다. 감회가 새롭기도 하고 진짜 반갑기도 하고. 적응력이 굉장히 좋은 편인 그녀였기에 타국 생활도 나름 잘 해내기는 했지만, 때때로 파도처럼 밀려오는 향수병은 어쩔 수가 없었다. 후우, 숨을 길게 내쉬고는 핸드폰을 잡고 있는 손에 힘을 주었다.

[어디 취직할 건데?]

"LOSA에."

[뭐?]

"아저씨가 특별히 자리 하나 내주셨어."

[아……. 확실히, 그럴 만도 하시지. 너 되게 아끼셨으니까. 근데 너, 진짜 거기로 갈 거야?]

뜸을 들이는 주원의 말에 다영이 고개를 갸웃했다. 같은 회사에 취직한다고 말하면 되게 좋아할 줄 알았는데, 그녀가 생각한 반응 하고는 전혀 딴판이었다. 약간 머뭇거리는 것 같기도 했으며, 안절부절못하는 태도가 정말 이곳으로 올 것이냐는 말투 같기도 했다. 이상한 반응이라 생각하며 잠시 어리둥절해하다가 고개를 끄덕이면서 '응'이라고 짤막하게 대답했다.

[부서는?]

"디자인이지."

[너 진짜 괜찮겠어?]

잔걱정이 많은 친구의 물음에 다영이 호탕하게 웃으며 '괜찮아'라고 답했다. 다시 한 번 땅이 꺼질 듯한 한숨 소리에 그녀가 피시시 바람 빠진 웃음소리를 흘렸다. 어쩐지 골치 아픈 얼굴로 손으로 이마를 짚고 있을 주원의 모습이 눈에 선했다.

[일단, 알겠어. 너 생활할 곳은 정했어?]

"어. 삼성동 쪽에 빌라 하나 구해주셨어."

[근데 너랑 걔 헤어진 건 아셔?]

"아시는데."

주원이 지칭하는 걔가 누구인지 이름 석 자를 듣지 않아도 확실히 알 수 있었다. 다영이 피곤한 듯 미간을 꾹꾹 누르다가 인상을 팍 찡그렸다. 진짜 상상도 하기 싫은 놈이라고 생각하며 고개를 절레절레 저었다. 그러고 보니까 안 본 지 5년이 됐다. 틈틈이 휴가차 한국에 왔어도 연락 한 번 한 적 없었고, 연락이 온 적도 없었다.

'연락, 한 번 해볼까?'

순간, 드는 충동에 그녀가 아무것도 쥐고 있지 않은 오른손으로 자신의 뺨을 세게 내려쳤다. 이미 헤어진 놈한테 뭐 하려고. 스스로를 타이르면서 나직하게 웃음을 터뜨렸다. 강준우, 그 자식은 정말로 빌어먹을 자식이지만 아저씨는 정말로 좋으신 분이니까. 아저씨의 아들인 데도 불구하고 어떻게 이렇게나 다른지. 쯧, 다영이 짧게 혀를 찼다.

아저씨, 이제는 곧 회장님을 보면 미안하고 죄송스런 마음밖에 들지 않는다. 정말 잘해보라며 응원까지 해주신 분이었는데. 옅은 한숨을 내쉬고는 통화를 끊었다.

남자 한 명이 엘리베이터 앞에 서며 손목에 찬 시계를 힐끗 보았다. 흰색 바지에 언뜻 보이는 하늘색이 살짝 섞인 하얀 와이셔츠, 남색 넥타이와 위로 걸친 푸른색 재킷. 깔끔하게 올린 머리. 사내에서 지나치게 튈 수도 있는 차림이었지만 그것을 지적할 수 있는 사람은 아무도 없었다.

첫째는 그 차림이 남자에게 정말로 잘 어울린다는 점 때문이었다. 훤하게 드러난 이마와 뚜렷한 이목구비, 쌍꺼풀은 없지만 유난히 큰 눈. 영화배우라고 해도 믿을 법한 준수한 외모와 키 평범한 일반인에게는 어울리지 않을 법한 옷을 그는 이곳이 마치 패션쇼인 것마냥 아주 자연스럽고 멋지게 소화해 내고 있었다.

둘째는 그가 현재는 LOSA의 디자인팀의 팀장으로서 일하고 있지만, 회장님의 아들이라는 사실도 알 만한 사람은 모두 아는 사실이기 때문이었다. 그것 때문에 다른 사원들이 입었다면 단박에 핀잔받았을 그의 패션을 지적하는 사람은 사내에서는 아무도 없었다.

띵! 하는 소리와 함께 엘리베이터 문이 열리고 예의 남자, 준우가 안으로 들어서서는 디자인 부서가 있는 6층을 꾹 눌렀다. 뒤따라 탄 주원은 인사부가 있는 8층을 꾹 눌렀다. 비좁고 비좁은 엘리베이터 안, 준우와 주원이 엘리베이터 구석에 나란히 서 있었다. 같은 대학의 동기, 그리고 회장님의 아들이라는 것도 아는 주원이었지만 별말 하지 않고 그를 힐끔 보았다.

사내에서 딱히 아는 척을 하는 사이는 아니었지만…… 주원은 입술을 잘근잘근 물었다. 그는 다영이 입국하고, 회사에 들어온다는 사실을 알고 있을 것이다. 두 사람이 마주치면 또 어떤 일이 벌어질지. 마음 같아서는 머리를 쥐어뜯고 싶은 심정을 꾹 참고 주원이 조심스레 말을 붙였다.

직장상사와 전 **남자친구**의 상관관계

"수고해."

"뭐?"

갑작스럽게 말을 붙인 주원이 이상하여 준우가 인상을 살짝 찡그린 채 되물었다. 같은 대학 출신에 같은 과 동기였지만 사내에서 딱히 몇 번 만난 적도 없고 그리 친하지도 않았기에 말을 섞지도 않았다. 아니, 친한 적은 있었다.

"너도 알겠지만, 성격이 워낙 불같잖아. 그러니까, 네가 좀 참아."

"……."

도대체 얘가 무슨 소리를 하는 거야? 준우는 무슨 말이냐고 물어보지도 못한 채 '6층입니다' 라는 안내음을 듣고는 급히 엘리베이터에서 내렸다. 닫히는 문틈 사이로 아련해 보이는 동기의 얼굴이 신경 쓰였지만, 고개만 한 번 갸웃할 뿐 아랑곳하지 않고 디자인팀로 성큼 걸어갔다. 문을 열고 들어가자 항상 봐오던 몇몇 사원들의 모습이 눈에 들어왔다.

"좋은 아침입니다."

들어가면서 일찍 온 사원들에게 짤막한 인사를 건넸다. 그 인사에 자리에 앉아 있던, 특히 여자 사원들이 수줍게 웃으면서, 혹은 몸을 배배 꼬며 '좋은 아침이에요, 팀장님' 이라고 말했다. 준우의 시선이 여사원들에게 닿자 그녀들은 예쁜 척하며 머리카락을 귀 뒤로 넘겼다.

그 모습에 준우가 피식 웃고는 팀장실 안으로 들어갔다. 가방을 의자에 내려놓고 얇게 입고 온 코트를 옷걸이에 대충 걸며 의자를 빼서 자리에 앉았다. 목을 꽉 조여 맨 넥타이를 살짝 느슨하게 풀고 컴퓨터를 켰다. 숨을 한 번 들이마시고는 컴퓨터를 노려보는 준우의 행동에 사원들 몇 명이 이상하게 쳐다보고 있는데, 디자인 팀 안으로 낯익다면 낯익은 얼굴의 여자가 빙글 웃으며 들어와서 는 팀장실 문을 똑똑, 두드렸다.

팀장실과 사원들의 공간을 가르는 것은 투명한 유리창이었기에 팀장실 안에서도 여자의 얼굴이 눈에 들어왔다. 익숙한 얼굴에 준우의 표정이 미미하게 찌푸려졌다. 서로의 얼굴을 확인하자마자 여비서가 방싯 웃으며 팀장실 문을 열었다.

"강 팀장님."

"네."

"회장님께서 찾으십니다."

그 말에 그의 미간이 깊게 파였다. 도대체 이번에는 무슨 일 때문에 부르시는 건지. 자신의 아버지이지만 도통 속을 알 수가 없었다. 능글맞게 짓는 웃음 하며, 대학 때 사귀었던 여자의 이름 까지 줄줄 꿰고 있는 아버지가 대단하다 못해 무섭기까지 했다.

지금 시각으로 보아 일 때문에 부르는 것은 100퍼센트의 확률 로 아닐 것이며, 분명히 사적인 이야기일 텐데, 아버지가 할 말을 좀체 알 수가 없었다. 게다가 하실 말씀이 있다면 어제 본가로 찾 아뵀을 때 하시면 됐을 것을 왜 굳이 회사에 있을 때 불러서 하시 는지 도통 이해가 안 간다. 철부지 같은 아버지의 모습들을 떠올 리며 준우는 한숨을 내쉬고 자리에서 일어나 디자인 부서를 빠져 나왔다.

비서가 앞장서고 준우가 피곤한 얼굴로 뒤를 따라 엘리베이터 에 탔다. 엘리베이터 안으로 여비서에게서 풍기는 향수 냄새가 살

직장상사와 전 남자친구의 상관관계

짝 맴돌자 머리가 지끈거리기 시작했다. 향수 냄새라면 지독히도 싫어하는 그였다. 유일하게 좋아했던 향이 있었는데, 그건 그 녀석이 쓰던 바닐라 향이었다.

그게 향수였는지 아니면 로션이었는지, 바디 샴푸였는지 아직도 잘 모르겠지만. 창창한 20대 시절의 그 녀석을 떠올리며 준우가 피식 웃었다. 그때가 엊그제 같은데 벌써 10년 가까이 된 세월이 흘렀고, 자신은 벌써 30대가 되었다.

'아직도 미국에 있으려나.'

그런 생각을 슬쩍 하다가 고개를 저었다. 만약 미국에서 우연찮게 마주한다면 분명히 그 녀석은 자신을 향해 삿대질을 하면서 '네가 여기 왜 있어!' 라고 고함을 고래고래 지를 게 뻔했다. 아니면 나이가 들어서 조금 차분해졌을지도.

아니, 차분한 한다영이라니, 상상이 안 간다. 20대 시절의 절반 이상을 함께 지냈기 때문에 준우는 그녀를 아주 잘 알고 있었는데, 그 녀석은 차분함과는 거리가 아주 먼 사람이었다. 어찌 됐든 오랜 시간을 함께 보냈기 때문에 기억에 많이 남는 것도 결국 다영이었다. 뭐, 지금은 헤어지고 얼굴을 안 본 지 5년이나 됐지만.

비서의 뒤를 따라 엘리베이터에서 내린 준우는 익숙하게 회장실 안으로 들어갔다. 노크도 없이 불쑥 들어갔음에도 불구하고 비서는 아무런 제재도 취하지 않은 채 빙긋 웃었고, 안에 있는 회장이란 명패를 가진 노년의 사내도 별말 하지 않고 창가를 보다 몸을 돌렸다.

"부르셨다고 들었습니다만."

"자리에 앉아."

"본론만 말씀하세요. 그리고 사적인 일로 좀 부르지 마세요. 전화로 해도 되고, 집에 있을 때 해도 되잖아요."

"사적인 일이라고 누가 말했니?"

강 회장이 능청스럽게 웃으면서 소파에 앉았다. 지그시 노려보는 아들 녀석의 눈빛에도 그는 꼼짝하지 않고 씩 웃었다. 소년처럼 보이는 그 웃음은 이상하게도 강 회장을 창창한 20대 젊은이로 보이게 만들었다. 준우가 큰 손으로 얼굴을 문지르고는 따라 앉았다.

"왜 부르셨어요?"

"부서에 오늘 신입 한 명이 출근할 거야."

"처음 듣는 말입니다만?"

"당연하지. 나만 알고 있던 거니까."

"아버지, 좀!"

소리를 높이는 준우를 보며 강 회장이 껄껄 웃었다. 이 녀석은 봐도 봐도 질리지가 않았다. 오래전 부인과 사별한 강 회장의 유일한 오락 거리는 아들놈을 놀리는 것이었다.

"그래서, 누가 온다고요?"

"유명한 디자이너야. 내가 꽤 높은 연봉을 제시해서 한국으로 데리고 왔지."

"누군데요?"

"오늘부터 디자인팀 대리로 갈 거야."

"그러니까 그 유명한 디자이너가 누구냐고요."

"너도 알 텐데."

"아버지, 설마……."

쨍, 하고 굳는 아들의 얼굴을 보며 강 회장이 사원증을 내밀었다. 테이블에 올려진 사원증의 뒷면을 보며 준우가 숨을 크게 들이마시고는 어색한 웃음을 흘리다가 표정을 굳혔다.

"한다영은 아니라고 해주세요."

"다영인 이 업계에서 아주 유명한 애야. 열에 여덟은 훌륭한 디자이너라고 하겠지."

"전 그중 두 명이 되고 싶네요."

"그중 두 명은 눈이 삔 병신인 거고."

"아버지!"

"여하튼 내가 앉힌 거니까 일개 팀장인 너에게 거부권은 없단다. 오늘부터 출근하라고 말해뒀으니까 잘해주도록 해."

순간, 엘리베이터 안에서 했던 주원의 말이 귀에서 생생하게 울렸다.

"수고해. 너도 알겠지만, 성격이 워낙 불같잖아. 네가 좀 참아."

그 앤 알고 있었던 거다. 그러면 한다영도 알고 있는 건가? 준우의 얼굴이 보기 싫게 구겨졌다. 강 회장이 상식을 뒤엎는 사람이라는 것은 누구보다 아들인 자신이 가장 잘 알고 있었지만, 이렇게 할 줄은 꿈에도 생각하지 못했다.

아니, 어떻게 아들의 전 여자 친구를 아들이 일하는 곳으로 데리고 올 생각을 하셨지? 이건 놀림의 정도가 심해도 너무 심하지 않은가. 미국에서 한다영이 디자이너로서 유명세를 타고 있다는 것은 기사를 통해 잘 알고 있었다. 강 회장의 말처럼 열에 여덟은 그녀를 훌륭하다고 말할 것이고, 그렇지 않은 두 명은 눈이 병신이겠지.

하지만 어떻게 이런 식으로 아들의 뒤통수를 치시는 건지. 준우의 대학 시절 때부터 다영을 유심히 살펴본 강 회장이었기 때문에 그녀를 마음에 들어 하는 것은 준우도 잘 알고 있었다. 마음에 들었으면 다른 부서로 보낼 것이지 왜 하필 자신이 있는 디자인팀인지. 절로 튀어나오는 한숨을 꾸역꾸역 삼켰다.

"그 녀석은 압니까?"

"글쎄."

주원의 말을 들으면 다영이 알고 있을 것 같기도 했지만, 다영이 아무 말도 없이 자신이 있는 곳으로 올 리는 없을 것이고, 아버지가 말을 피하는 것을 보니 모르고 있을 확률이 컸다. 자신의 얼굴을 보면서 경악할 다영의 모습이 눈에 선명하게 그려졌다. 꾸역꾸역 집어넣던 한숨이 결국 봇물 터지듯 흘러나왔다. 그녀와는 5년 전에 헤어졌다는 것을 분명히 알고 있을 텐데 이렇게까지 그 녀석을 아끼시는 이유를 여전히 모르겠다.

"아버지, 저랑 다영이…… 오래전에 헤어진 거 아시죠?"

"아비를 노망난 노친네로 생각하고 있는 거냐?"

"그런 말이 아니잖아요."

"그런데 그런 걸 왜 물어?"

물어봤자 원하는 답이 나올 것 같지는 않아 준우는 조용하게 '아닙니다'라고 말하고는 몸을 돌렸다. 한바탕 몰아칠 폭풍을 생각하니 눈앞이 깜깜했다. 분명히 회장실에 10분 정도밖에 안 있은 것 같은데 10년은 훌쩍 늙은 느낌이었다. 어떻게 저런 분과 결혼을 해서 30년을 같이 사신 걸까. 새삼 돌아가신 어머니가 존경스러웠다.

데스크에 앉아 있는 여비서에게 짤막하게 인사를 하니, 여비서가 안쓰러운 시선으로 자신을 바라보았다. 준우가 쓰게 웃고는 디자인 부서를 향해 뛰다시피 걸어갔다. 급히 문을 열고 들어가자 익숙한 뒷모습이 눈에 들어왔다.

곱슬기가 있는 긴 머리카락을 가진 여자를 상대로 이야기를 나누고 있던 사원이 들어오는 준우를 발견했는지 '팀장님' 하고 소리쳤다. 그와 동시에 여자가 뒤를 돌아보며 활짝 웃었다.

"안녕하세요. 오늘부터 LOSA에 디자이너로 들어온 한다……."

그녀의 말이 채 이어지지 못하고 끊겼다. 다영과 준우의 시선이 마주쳤다. 내심 다영의 모습에 준우가 속으로 감탄했다. 5년이 지났음에도 하나도 변하지 않은 얼굴이었다. 5년 전, 마지막으로 이별을 고했을 때와 변함없는 얼굴이라 생각하고 있는데, 다영은 멍청하게 벌어진 입을 다물지 못하고 말도 마무리하지 못 한 채 붕어처럼 뻐끔뻐끔거리고 있었다.

"가, 강준우?!"

그녀가 버럭 고함을 질렀다. 그 행동에 준우가 다영의 면전에 대놓고 한숨을 내쉬고는 건너편 통유리로 되어 있는 팀장실을 가리켰다.

들어오라는 고갯짓에 여전히 놀란 얼굴을 감추지 못한 다영이 준우를 보다가 팀장실 안으로 들어가는 그의 뒤를 쫓았다. 그 모습에 부서 안에 있는 사원들이 이상하다는 얼굴로 고개를 갸웃거리면서 두 사람을 번갈아 보고 있을 때, 탕! 소리와 함께 팀장실 문이 거칠게 닫혔다. 그러고는 평소 치지 않던 블라인드를 쭉쭉 내리는 모습에 모두들 어리둥절한 얼굴로 고개를 갸웃하고 있을 때, 팀장실 문이 다시 한 번 열렸다.

"제가 들어오라고 할 때까지 아무도 들어오지 마세요."

평소보다 배는 까칠한 목소리에 모두들 일제히 고개만 위아래로 끄덕였다.

거칠게 문이 쾅! 닫히자 다영은 그 소리에 빠져나가던 정신을 다시 부여잡고는 살벌한 눈초리로 그를 노려봤다.

"이게 어떻게 된 거야? 강준우, 네가 여기 왜 있어?"

"내가 일하는 곳이니까. 그리고 앞으로 강 팀장님이라고 불러."

'역시 모르고 있었군.'

'내가 오는 거 알고 있었어?!'

전혀 다르지만, 또한 모순적이게도 둘은 비슷한 생각을 했다. 요즘 젊은 애들이 소위 말하는 멘붕 상태의 다영이 백에서 핸드폰을 꺼내 단축번호를 꾹 누르더니 어디론가 전화를 하기 시작했다. 뚜르르⋯⋯. 통화 연결음 소리가 두 사람 사이를 깊게 파고들었다. 마치 공포 영화에서 나올 법한 전주곡과도 같은 소리였다.

통화 연결음은 얼마 가지 않아 '고객님의 사정으로 인해 음성사서함으로 넘어갑니다'라는 여성의 예쁜 목소리로 바뀌며 두 사람 사이로 다시 한 번 파고들었다. 신경질적으로 종료 버튼을 누른 다영이 고개를 준우 쪽으로 팩 돌렸다.

"네가 왜 여기 있는 거냐고."

"오늘 디자이너로 들어온다고 했다지?"

"너, 알고 있었어?"

분노, 당황, 놀람, 경악. 여러 감정들이 한데 섞인 목소리가 부들부들 떨리고 있었다. 화가 잔뜩 난 것 같은 그 모습에 준우는 아랑곳하지 않고 책상에 편히 기댔다.

"그래. 일단 지금 업무 시간이니까 나중에 얘기하고. 자, 여기."

조금 전 강 회장에게서 받은, 대리라는 직함이 적힌 사원증을 던지듯 건네자 그녀가 요령 좋게 그것을 잡아냈다.

"오늘부터 대리야. 저쪽에 남은 자리에 앉으면 돼, 한 대리."

"이건 말도 안 돼."

나도 말도 안 된다고 생각해. 그 말이 목구멍까지 차오르는 걸 꾹 삼켜냈다. 과거에는 연인 사이였고, 지금은 직장 상사와 부하 직원이다. 사사건건 부딪칠 일들이 많을 것이다. 준우가 부러 시선을 차갑게 하고는 문을 가리켰다.

"볼일 다 봤으면 일하러 가지, 한 대리?"

"네가 진짜 내 상사야?"

"그래."

그렇게 말하면서 이번에는 자신의 목에 걸린 사원증을 그녀에게 던졌다. 이번에도 역시 잘 낚아챈 다영이 두 손에 사원증을 쥐고는 뚫어져라 그것을 보았다.

5년 전보다 조금 더 성숙한 얼굴이 보이고 옆에는 강준우라는 이름과 함께 '디자인팀 팀장'이라는 일곱 글자가 빼곡하게 박혀 있었다. 그에 반해 자신의 사원증에는 평소 잘 하지 않은 화장한 얼굴이 찍힌 증명사진에 한다영이라는 이름이 보이고 '디자인팀 대리'라는 글이 적혀 있었다.

대리보다 팀장이 높은 직급이다. 그렇다는 말은 진짜로, 정말로, 틀림없이……. 그녀가 고개를 푹 숙였다.

"강준우가 내 상사라니."

현실이 피부로 와 닿기 시작했다.

"한다영이 내 부하 직원이라니."

준우가 어깨를 가볍게 으쓱하면서 그녀의 말을 똑같이 따라 했다. 그 말투가 묘하게 신경에 거슬려 그녀가 눈을 매섭게 치켜뜨고 노려보자 준우는 아무 말도 하지 않았다는 듯 능청스러운 표정으로 빙긋 웃었다. 한국에서 제일 보기 싫은, 마주치고 싶지 않은 얼굴 1순위를 차지하고 있는 녀석이랑 이제부터 일주일에 다섯 번은, 만약에 토요일에도 나와서 일하게 된다면 최대 여섯 번은 봐야 했다.

그것도 9시부터 6시 사이로는 무조건, 꾸준히. 진짜 믿고 따르던 강 회장인데 이렇게 자신의 뒤통수를 세게 치실 줄은. 아니, 애초부터 한국에 일자리 하나 만들어줄 테니 들어오라는 말을 냉큼 수락하는 게 아니었다. 나름 고생하긴 했지만, 그래도 뉴욕을 떠나는 것 역시 아니었다.

표정이 점점 일그러지면서 한 손으로는 머리를 쥐어뜯는 다영의 모습을 준우는 팔짱을 낀 채 흥미롭게 바라보고 있었다. 조금쯤은 차분해졌을 거라고, 어른스러워졌을 것이라고 생각했는데, 전혀 아니올시다였다. 정말 변한 것이 하나도 없었다. 얼굴도, 성격도. 묘한 안도감에 그가 속으로 웃었다. 자기 기분을 여실히 드러내던 다영이 숨을 크게 내뱉다가 들이마시고는 그를 응시했다. 그는 여전히 포커페이스를 가장한 채였다.

"일하러 가지, 한 대리."

"알겠어…… 요."

차마 입 밖으로 나오지 않는 존댓말을 억지로 하고는, 다영이 눈을 질끈 감으며 들고 있던 준우의 사원증을 그에게 던졌다. 그녀가 그런 것처럼 그 역시 요령 좋게 사원증을 받아냈다.

"사원증은 목에 걸고."

잔소리 좀 하지 마! 냅다 소리치고 싶은 걸 참고 여전히 손에 든 사원증을 황망하게 바라보다 팀장실을 나왔다. 그 뒷모습에 준우가 비실비실 바람 빠진 웃음소리를 내며 의자를 빼고 앉았다.

"진짜 변한 게 하나도 없네."

20대 절반을 함께 보냈다. 아직도 연락하고 지내는 대학 동기들은 많은 편이지만 한다영처럼 그의 인생에 큰 임팩트를 준 사람은 없었고, 앞으로도 또한 없을 테니까. 청춘이라고 말할 수 있는 젊은 날 2년을 대학 동기 겸 친구로, 5년을 사귀는 사이로 함께 보냈다. 문득 그 시절을 떠올리며 준우가 엷게 웃고는 블라인드를 걷어냈다.

신경질적으로 사원증을 목에 걸고는 짐을 들고 지정된 자리로 가는 한다영이 눈에 들어왔다. 사람이 저렇게 변하지 않는 것도 힘든데, 하물며 머리라도 좀 자르든가. 짧게 상념을 마친 준우는 그제야 해야 할 일을 떠올리며 자리에 앉고 컴퓨터를 뚫어져라 쳐다보며 문서를 열었다.

오늘 잘하면 야근이겠군. 그가 약간 피곤함이 섞인 얼굴로 마른 세수를 하고 있는데 두어 번의 노크 소리와 함께 문이 열렸다. 사원 하나가 그 앞에 PPT 자료를 내밀었다.

"이번에 시연할 제품들 목록입니다."

PPT 자료를 받아 든 준우가 몇 장을 넘기고는 고개를 끄덕였다. 여전히 눈은 자료에 닿은 채 짤막하게 '수고했어요'라고 말하고는 자료를 책상 위에 올려뒀다. 그러고는 제 할 일을 하려고 하는데 나가지 않는 사원 때문에 모니터로 향한 시선을 이번에는 사원에게 넘겼다.

"안 나가고 뭐 합니까?"

"아뇨, 그게……."

"뭡니까?"

"이번에 들어오신 분은……."

하긴. 한다영의 등장이 굉장히 갑작스럽긴 하지. 그녀와 알고 지낸 사이인 자신도 당황스러운 건 마찬가지인데 생판 남인 사원들은 어떨까 싶기도 했다. 준우가 자리에서 일어나 팀장실을 나가자 사원이 그 뒤를 졸졸 따랐다.

유리로 된 팀장실 문이 벌컥 열리자 사원들의 시선이 그쪽으로 향하고, 바지런히 움직이고 있던 다영 역시 하던 일을 잠시 멈추고 그를 봤다. 그가 그녀에게 오라는 제스처를 취하자 다영의 표정이 보기 싫게 구겨졌지만…… 어찌하리오, 제 직장 상사인데. 그냥 입 닥치고 따르는 수밖에.

설렁설렁 걸어가 준우의 옆에 섰다. 이렇게 나란히 선 것도 정말 오랜만이었다. 5년, 6년 정도 됐나? 묘한 기시감을 느끼는데 준우가 입을 열었다.

"이번 저희 부서로 들어오게 된 디자이너입니다. 이름은 한다영이고, 미국에서 디자이너로 활동하다가 저희 부서에 오게 됐습니다.”

궁금증이 조금 가셨는지 사원들이 아, 하는 평범한 리액션을 보였다.

“직급은 대리이고, 한 대리에게 따로 궁금한 점이 있으면 직접 물어보시든가, 아니면 포털 사이트에 ‘한다영’이라는 석 자의 이름을 검색해 보시면……”

준우가 타이핑하는 모션을 취하며 손을 공중에 올렸다가 다시 떨어뜨렸다.

“꽤 많은 정보가 나올 겁니다. 그럼 전 이만.”

자기 할 말만 딱 하고 다시 팀장실로 들어가는 그를 보며, 다영은 전과 다를 게 하나도 없다고 속으로 중얼거렸다. 진짜 변한 게 하나도 없었다. 자기중심적인 성격이나 행동이나. 어쩜 인간이 저렇게 한결같을까. 부글부글 끓어오르는 속을 애써 진정시키고 아직도 자기를 빤히 바라보고 있는 사원들을 향해 그녀가 입꼬리를 말아 올렸다.

“오늘부터 LOSA에서 디자이너 겸 대리로 일할 한다영이라고 합니다. 앞으로 잘 부탁드립니다.”

의례적인 박수 소리가 짝짝 울리고 그녀는 어색하게 웃으며 빈자리로 들어갔다. 직급은 대리이지만 그녀가 앉은 자리는 가장 구석진 자리였다.

“최승현이라고 합니다. 앞으로 잘 부탁드려요, 한 대리님.”

“아, 예.”

옆자리의 일반 사원으로 보이는, 꽤 준수한 얼굴의 남자가 그녀를 향해 웃으며 말을 걸었다. 직장 상사가 강준우란 것만 빼면 모든 게 다 괜찮았다. 턱을 한 번 쓰다듬으며 힐끗 통유리로 된 팀장실을 쳐다봤다. 컴퓨터를 죽어라 노려보는 강준우의 옆모습에 그녀가 코웃음을 가볍게 쳤다.

시침과 분침이 정확하게 12라는 숫자를 딱 가리키자, 하나둘씩 슬금슬금 눈치를 보더니 자리에서 일어나기 시작했다. 다영도 시계를 한 번 확인하고는 자리에서 벌떡 일어났다.

"한 대리님, 점심 드시러 가실 거죠? 같이 가실래요?"

옆자리에 앉은 최승현이 눈웃음을 예쁘게 지으면서 상냥하게 묻자 다영이 빙긋 웃고는 통유리 쪽으로 시선을 던졌다. 아직까지 일을 하고 있는 준우의 모습에 그녀가 혀를 쯧, 차고는 고개를 살살 내저었다.

"죄송하지만 오늘은 안 될 것 같네요. 선약이 있어요. 그럼 이만."

다영은 가볍게 거절하고 책상 위에 올려둔 휴대폰의 단축 번호 2번을 꾹 누르며 부서를 나오면서 급하게 전화를 걸기 시작했다. 다행히 전화기는 안 꺼놓은 듯했는데, 통화 연결음만 반복적으로 흘렀다. 주원이 이게 인사과라고 했는데. 어느 쪽으로 가야 하지? 길을 몰라서 한참을 갈팡질팡하기 시작했다.

회사 한복판에서 서른셋에 미아가 된 것 같은 기분을 느끼면서 발을 동동 굴렀다. 분명히 앤 알고 있었을 텐데 왜 말을 안 해준 거지? 안 받는 전화 때문에 통화를 끊었다가 다시 한 번 통화 버튼을 꾹 눌렀다. 연결음이 세 번 정도 들렸을 때, 달칵 하는 소리와 함께 상냥한 목소리의 '여보세요'에 회사 한복판이라는 것도 잊고는 목소리를 꽥! 하고 높였다.

"너 왜 안 받아!"

[귀청아!]

건물 내부에 다영의 목소리가 메아리처럼 웅웅 울렸다. 점심을 먹기 위해 각 부서에서 나오던 사람들이 깜짝 놀라며 시선을 그녀 쪽으로 돌리자, 그제야 창피함을 느끼고는 한 손으로 얼굴을 가리며 구석진 곳으로 기어들어 갔다. 입은 속사포처럼 빠르게 움직이면서.

"어떻게 된 거야. 강준우가 여기 왜 있어?"

[걔가 있는 거야 당연하지. 회장님 아들인데.]

"너 알고 있었지? 너 알고 있었으면서 왜 말 안 해줬어! 미리 말해줬으면 당연히 안 왔지! 게다가 왜 디자인팀에 있는 건데, 걔가!"

[걔가 디자인팀에 있는 이유는 우리 회사가 주얼리 관련 회사이기 때문이고, 난 네가 당연히 알고 있는 줄 알았지. 처음에 물어봤잖아, 괜찮겠냐고.]

"그렇게 말하면 내가 어떻게 알아듣냐!"

차가운 벽에 등을 기대고 있던 다영이 스르륵 무너졌다. 아씨, 진짜. 미국에서 온 지 일주일도 안 됐는데 되는 일이 하나도 없다. 남들이 보면 손가락질할 만한 모습이었지만, 사람들의 시선 따위는 아랑곳하지 않으며 다리를 쭉 뻗고는 어린아이들이 생떼를 쓰는 것처럼 보이는 자세로 다영이 주먹으로 바닥을 쳤다.

아릿한 고통이 주먹 쥔 손에 지이잉, 하고 울리면서 느껴졌다. 아파! 쥐고 있던 주먹을 풀어 허공에 손을 털면서 입술을 잘근잘근 깨물었다. 어쩜 일이 이렇게 개떡같이 진행될 수가 있을까. 5년? 아니, 7년 전만 해도 강준우와 자신의 사이를 인연 혹은 필연이라고 생각했다. 하지만 그것들은 다 부질없는 과거이고, 악밖에 남지 않은 지금의 다영과 준우 사이를 굳이 설명하자면 '악연'이었다.

악연도 인연이긴 한 것인지, 일이 정말 꼬이고 꼬여 버렸다. 수화기 너머의 목소리로 주원이 블라블라 말을 걸었지만, 귀에는 하나도 들어오지 않았다. 지금 이 상황에서 미국으로 다시 돌아갈 수도 없는 노릇이다. 속에서 천불이 날 지경이었다. 애꿎은 핸드폰만 꾹 쥐었다.

[너, 듣고 있어?]

"몰라! 왜 많고 많은 사람들 중에서 왜! 강준우가 내 상사인 건데! 왜! 왜!"

[그러게.]

"너 인사과잖아. 뭐 어떻게 안 될까?"

[난 백도 뭣도 없는 평범한 사원이라서.]

이 상황을 즐기고 있는 건지 주원의 목소리에 옅은 웃음기가 넘쳤다. 고개를 푹 숙이며 땅이 꺼져라 한숨만 내쉬고 있는데 그림자 하나가 앞으로 드리워졌다. 땅바닥에 주저앉아서 대리석 바닥을 내려다보던 다영이 슬그머니 고개를 들었다.

점심을 먹으러 가려고 한 건지, 강준우가 제 앞에 떡하니 등을 지고 서 있었다. 그녀는 마른침을 꼴깍 삼켰다. 악연이라 얼굴도 보고 싶지 않은데 막상 마주하니 궁금한 게 머리 위로 떠올랐다. 강준우와 자신은 동갑이니 현재 강준우의 나이도 서른셋이다.

직장상사와 전 남자친구의 상관관계

창창한 나이이기도 하고 결혼 적령기이기도 했다. 문득 떠오르는 의문에 고개를 설레설레 저었다. 다 끝난 마당에 강준우의 결혼 사정 같은 걸 왜 알고 싶어 하는 건지.

"여기서 뭐 해?"

"신경 꺼."

"신경 끌래야 끌 수 없는 노릇으로 그러고 있네. 우리 부서 망신 시키지 말고 우선 자리에서 일어나는 게 좋을 것 같은데."

여태까지 바닥에 주저앉아 있다가 벌떡 일어나서 엉덩이에 묻은 먼지를 가볍게 툭툭 털어내고는 노려보듯이 보자 그는 여전히 여유로운 눈빛으로 그녀를 바라보고 있었다. 흔들림 없는 그 눈동자가 어쩐지 얄미웠다.

"오랜만이네. 근 5년 만인가?"

"그래. 네가 날 차고 떠난 지 5년 만이네."

"너 아직까지도 그걸로 꽁해 있어? 누가 들으면 오해하겠네."

"사실이잖아."

뒷짐을 풀고 그가 말했다.

틀린 말은 아니라지만 같은 말을 해도 왜 저렇게 사람을 열 받게 하는 건지. 인상을 팍 찡그렸다. 사람 속 뒤집게 만드는 건 타고난 소질이다. 마음 같아서는 정강이를 세게 빡 차주고 싶은 걸 꾹 참았다. 다영은 팔을 꼬고 피곤한 얼굴을 했다. 그가 턱짓으로 바깥을 가리켰다. 무슨 속셈인가 싶어 뭐, 입 모양으로 묻자 그가 짤막하게 답했다.

"점심시간이라고. 밥 먹으러 가자."

"우리 둘이 얼굴 마주 보면서 밥 먹을 사이는 아닌 것 같은데."

"사적인 관계라면 그럴 만도 하지만, 지금 우리는 회사에 있고, 밥을 먹자고 하는 이유는 내가 널 어떻게 하고 싶어서가 아니라 상사가 부하 직원 챙긴다는 의미로 한 말이야. 낙하산이지만 굳세게 견디라는 의미로."

"자꾸 낙하산이라고 하지 마라?"

어금니를 꽉 깨물고 하는 말이 퍽 살벌했다. 그 모습에 준우가 살짝 흠칫하고는 놀리는 것을 곧바로 그만뒀다. 그녀의 속을 살살 긁는 건 꽤나 재미있는 일이긴 하지만, 지금 이 상황에서 더 건드렸다가는 정말 한 대 얻어맞을 것만 같았다. 그만큼 그녀가 흉흉한 기세인 탓도 있지만, 눈이 한 번 돌아가면 앞뒤 안 가리고 달려드는 그녀의 성질도 한몫했다.

대한민국 보편적인 여자들은 엄청나게 화나는 일이 있다면 울거나 고성을 지르거나, 남자의 뺨을 한 대 때리겠지만, 한다영은 항상 예상 밖의 인물이니까 정강이를 걷어차이는 건 애교고 주먹으로 얼굴을 칠지도 몰랐다. 그녀는 한때 운동 삼아 복싱을 배우기까지 했으니 말이다.

점심을 먹기 위해 회사를 나서는 사원들도 보이고, 구내식당을 향해 걸어가는 사원들도 보였다. 그 틈 사이에 있는 두 사람은 아무런 말도 하지 않고 서로를 바라보기만 했다. 머쓱해진 기분에 준우가 큼, 헛기침을 하고는 다시 구내식당 쪽으로 손가락을 가리켰다. 밥을 먹자는 제스처에 그녀가 새침하게 물었다.

"내가 왜? 난 너랑 밥 먹을 이유 없는데."

"너야말로 꽁해 있는 거 아니야?"

"웃고 있네. 네가 꽁했으면 꽁했지, 내가 꽁할 이유는 없지.

네 말대로 네가 날 찬 게 아니라, 내가 널 뻥! 하고 축구공 차듯이 걷어찼으니까."

그녀가 축구를 하는 것처럼 발을 허공으로 차자 준우는 턱을 슥, 쓰다듬고는 조금은 떠보는 말투로, 예의 그 얄미운 목소리로 은근하게 물었다.

"그럼 내가 아직도 신경 쓰여서 그래?"

준우의 한마디에 다영의 얼굴이 쨍, 하고 굳다가 단번에 와그작 일그러졌다. 아직도, 신경, 쓰이냐고? 저 놈이 지금 달린 입이라고 멋대로 지껄이는 모양이다. 그녀의 표정 변화는 시시각각이었다. 쨍, 하고 굳었다가 일그러졌다가 지금은 헛웃음을 터뜨린다. 다양한 표정 변화의 다영에 비해 준우의 표정은 무심하기 그지없었다. 방금 전까지 그런 말도 안 되는 헛소리를 지껄인 사람 같지 않았다.

허허로이 웃던 다영의 표정이 달라졌다. 눈꼬리가 살짝 휘는, 예쁘지만 어쩐지 얄밉게 보이는 미소에 준우의 표정이 미미하게 변했다.

"설마. 그럴 리가. 난 쿨한 사람이거든."

"그럼 밥 한 끼 같이 해도 나쁘진 않겠네."

욱해서 발끈한 말에 단단히 걸려들었다. 만약 싫다고 거절하면 그는 능청스럽게 웃으며 '아, 여전히 내가 신경 쓰이나 보네' 얄밉게 말하고는 유유자적하게 자리를 떠날 것이다. 함께 밥 먹는 것도 싫지만 그건 더 싫다. 이래서 강준우와 말이 길게 이어지는 게 싫었다. 차라리 장난스럽게 '응. 너한테 아직 미련이 있어'라 말하고 넘어가면 점심은 함께 안 해도 됐을 것이다. 비록 자존심은 상하겠지만.

이렇든 저렇든 한 가지의 불만은 꼭 생긴다. 짜증스럽게 혀를 차고는 그녀가 발을 앞으로 한 발 움직였다. 그에 맞춰 준우 역시 발을 움직여 다영의 옆에 나란히 섰다.

"보니까 한국에 아예 있는 건가 보네."

"뭐."

확실한 대답 대신 긍정의 의미로 고개를 살짝 끄덕였다. 엘리베이터를 타고 1층 로비로 내려가 구석에 위치한 구내식당 안으로 들어가니 점심시간치고는 사람이 생각한 것 이상으로 적었다. 식판에 밥과 국, 반찬들을 대충 받고는 아무 자리에 앉자 준우 역시 자연스럽게 그녀의 맞은편에 앉았다.

대학생이던 시절, 함께 학식을 먹을 때가 떠올랐다. 진짜 짜증나는 기시감이다. 그녀가 신경질적으로 밥을 퍽퍽 먹기 시작하자, 준우는 수저를 들지 않고 다영이 식사를 하는 모습을 빤히 구경만 했다. 그러든가 말든가 꽤나 빠른 속도로 허겁지겁 먹는 다영을 보며 준우가 짤막한 웃음을 흘렸다.

"5년 만에 한국으로 온 소감은 어때?"

"꽤 만족해. 여기에, 지금 같이 밥 먹으려고 맞은편에 앉아 있는 너만 아니라면."

한껏 날이 선 까칠한 말투에 그가 짧게 웃고는 수저를 들어서 국을 한입 떠먹었다. 밍밍한 국이 맴돌다가 금세 목구멍으로 넘어갔다. 입맛이 있는 것도 아니고, 속마음은 밖에서 먹지 않겠냐고 권유라도 한 번 하려고 했는데, 사적인 자리에서 밥을 먹자고 하면 절대로 같이 안 먹을 위인이니 별수 없었다. 이럴 때 쓰라고 있

직장상사와 전 **남자친구**의 상관관계

는 게 권력 같기도 했다. 여전히 음식에 손을 대지 않고 빤히 바라보는 준우의 시선에 참다못한 다영이 탕, 소리가 나게끔 수저를 내려놓았다.

"왜? 뭐. 무슨 말이 하고 싶어서 그렇게 보는 건데?"

멀뚱히 쳐다보기만 하던 그가 이번에는 테이블 위에 깍지를 끼고는 턱을 괴었다.

"솔직히 말하자면, 난 지금의 네가 궁금하거든. 5년 동안 무슨 일을 했는지, 어떻게 지냈는지."

"근데?"

"근데 넌 딱히 나한테 관심 없어 보이는 것 같아서."

그 말에 다영이 꿀 먹은 벙어리마냥 입을 꾹 다물었다. 5년이란 세월이 강산만 변하게 하는 것이 아니라 사람 한 명이 충분히 변할 만큼의 시간인가, 하고 그녀가 자문해 보았다. 그 자문에 그녀가 스스로 답을 내렸다. 아니다. 사람은 그렇게 쉽게 변하지 않고 바뀌지도 않는다. 그녀가 어쩐지 차게 웃었다.

"너, 나 꼬시니?"

"그런 건 아니고, 그냥 성공한 대학 동기에 대한 관심이랄까. 넌 나한테 별로 궁금한 거 없어?"

"이름 알고, 나이 알고, 대학 출신 알고, 부모님에 대해서 알고, 여전히 네가 기계를 잘 못 다루는 것도 알아."

담담한 표정으로 반찬을 쓸 듯이 먹어 치운 그녀가 살짝 멈칫하다 애써 태평한 얼굴로 '아아' 하고 여유를 가장해 물었다. 전 남자친구의 연애에 대해서 물어보는 건 꽤나 조심스러운 일이었다.

"결혼은 했어?"

"아직."

"저번에 약혼한다고 들은 것 같은데."

"약혼은 무슨, 선 자리였지"

참 이상한 일이다. 친구 같은 연인으로 지내다가 그게 터닝 포인트가 돼서 헤어졌던 건데, 5년이 지난 지금에도 혼자라니 느낌이 묘했다. 숟가락과 젓가락을 열심히 움직이며 밥을 입안으로 꾸역꾸역 넣었다. 미국에서 5년 동안 생활하면서 버릇이 든 게 있다면 '식사는 무조건 빨리, 일은 빠르고 정확하게'였다. 그리고 그 버릇은 한국에 와서도 여전했으므로 그녀는 밥을 꼭꼭 씹어서 먹는 게 아니라, 청소기가 먼지를 빨아들이듯이 거의 흡입하며 삼키고 있었다.

그 모습에 준우의 미간이 조금씩 좁혀지기 시작했다. 5년 전에 얘가 이랬나, 라는 생각이 머리에 빙글빙글 맴돌았지만, 굳이 지적은 하지 않고 얌전하게 그녀가 음식을 먹는 모습을 보고 있기만 했다. 복스럽게 먹는다기보다는 게걸스럽게 먹고 있다는 말이 참 잘 어울리는 모습이었다. 다영은 우적우적 씹다가 음식을 꿀떡 삼켰다.

"안 먹어?"

"먹어야지."

그러다가 뭔가 떠올랐는지 다영이 입을 한참을 오물거리면서 준우를 봤다. 대학 다닐 때랑 변한 게 별로 없었다. 외모는 그냥 나이게 맞게 보기 좋게 성숙해진 것뿐 그 이상, 그 이하도 아니었다. 헤어질 때 속으로 '네가 지금은 잘나가지만 나이 들어서도 잘나가나 봐'고 생각하기도 했다.

대부분의 사람들이 그러하듯 어느 누구에게나 전성기는 있게 마련이고, 또한 그 전성기는 물러가게 마련이었으니까. 그런데 이 자식은 예나 지금이나 잘난 놈이었다. 대학 동기들이 보면 좋다고 꺅꺅거리겠지. 사귀기 전에는 다영 역시 그 여자애들 틈 사이에 끼어서 저놈 잘났네, 라고 생각한 인물 중 하나였다. 물론 사귀고 나서 '애인 강준우'가 얼마나 형편없는지도 깨달지만.

"부⋯⋯."

"팀장님."

말을 하려는 찰나, 옆에서 거의 째지는 것처럼 들리는 하이 톤의 여자 목소리가 귓가를 때렸다. 준우를 보다가 옆을 보니 젊은 여사원과 승현을 포함한 남사원 몇 명이 모여서 식판을 들고서 있었다. 여왕개미와 그의 추종자들인가, 생각하며 다영이 시선을 돌렸다.

여사원들 대부분은 강 팀장, 그러니까 강준우에게 모든 관심이 쏠려 있었다. 확실히 잘났으니까 그럴 수밖에 없긴 하지만, 다영은 속으로 혀를 끌끌 찼다. 지금 여사원들의 모습은 그녀와 그가 대학을 다닐 때 대학 동기들이 보여주던 행동과 비슷했다.

이해는 간다만 한심해 보이는 건 어쩔 수가 없었다. 남자의 가치가 외모만 있는 게 아니라는 걸 옆에 있는 참새들에게 알려주고 싶었다. 시끄럽게 짹짹 지저귀니 귀가 아팠다. 마음 같아서는 귀를 틀어막고 싶은데 오늘 처음 회사 온 사람이 그럴 수도 없고, 게다가 낙하산이라서 사원들 눈치를 보는 건 어쩌면 당연한 일일지도 몰랐다.

"그런데 두 분 여기서 같이 식사하셨어요?"

최승현의 물음에 다영이 움찔했다. 아니, 딱히 그 물음에 움찔한 게 아니라 그 말과 동시에 짹짹거리던 참새들이 눈을 새치름하게 뜨며 거의 자신을 노려보다시피 하고 있었기 때문이다.

"회사에서 제가 해야 할 것들에 대해서 들었어요."

그 말에 강준우가 풋, 하고 작게 웃음을 터뜨렸다. 그 웃음소리를 놓치지 않은 다영의 눈썹이 매섭게 추켜올라갔지만, 그는 별반 신경 쓰지 않으면서 웃음을 꾹 참는 듯했다.

"아, 그리고 부탁드리고 싶은 게 있는데, 나중에 일 끝나고 잠깐 시간 되실까요?"

"네, 괜찮습니다."

"그럼 전 식사 다 했으니까 이만 가볼게요. 다른 분들은……."

싹싹 비워져 있는 다영의 식판에 비해 준우와 다른 사원들의 식판은 음식으로 가득 차 있었다. 이번에는 다영이 비웃듯이 웃으며 준우를 내려다봤다. 그녀가 얄밉게 입꼬리를 말아 올렸다.

"점심 맛있게 드세요."

유유자적하게 식판을 들고 직원식당을 나섰다. 주머니에 있는 핸드폰을 꺼내 보니 아까 마음대로 전화를 끊고 난 뒤라 주원에게서 부재중 전화 몇 통과 함께 문자가 몇 개 도착해 있었다. 전화하려고 통화 버튼을 누르려는 찰나, 하얀색의 스마트폰이 윙, 하고 크게 울리기 시작했다.

"미안. 강준우가 갑자기 나타나서 좀 놀랐거든."

[지금 곁에 없어?]

"점심 먹고 있겠지."

[넌?]

"나도 먹었어, 강준우랑 같이."

[같이 커피나 한잔할래?]

"그러고 싶은데, 무슨 자판기가 하나도 안 보이냐?"

[로비로 내려와. 내가 하나에 식사 한 끼 정도 되는 커피는 못 사도 300원짜리 자판기 커피는 사줄 수 있어.]

"너한테 그렇게 비싼 것도 안 바라. 그리고 나 로비야. 직원식당 근처. 넌 어디?"

[아, 너 보인다.]

그 말과 동시에 전화가 뚝 끊겼다. 약간 캐주얼한 차림의 다영의 옷에 비해 완벽한 도시 여성의 세련된 정장 차림을 하고 있는 주원이 다가왔다. 제 옷차림과 주원의 옷차림을 비교하며 내일부터는 저렇게 입고 다닐까, 고민하고 있는데 주원이 냉큼 다영의 손목을 잡고는 질질 끌고 가기 시작했다. 한참을 뒤져도 안 나오던 커피 자판기는 로비의 꽤 구석진 자리에 떡하니 위치하고 있었다.

자판기 안으로 동전 들어가는 소리가 경쾌하게 들렸다. 빨간 불의 신호가 들어오자 주원이 망설임 없이 밀크커피를 꾹 눌렀다. 종이컵을 빼 든 그녀가 다영에게 내밀고, 다시 돈을 넣던 주원이 이번에는 블랙커피를 꾹 눌렀다.

"잘 마실게."

"응."

금방 나온 커피가 꽤 뜨거워서 홀짝거리면서 마시는데 세미 정장에다가 검은색 구두, 그리고 단정하게 머리를 묶은 주원이 다영을 위아래로 쭉 훑어봤다. 무슨 물건을 품평하는 듯한 시선에 그녀가 움찔거리면서 밀크커피를 들이켰다. 오랜만에 보는 다영은 전과 별다른 게 없었다.

전보다는 머리가 조금 더 길어져 있었고, 20대 시절보다 나이가 든 얼굴. 그래도 또래보다는 훨씬 어려 보이는 얼굴이었다. 쌉싸름한 커피 향이 입안에 돌 무렵 그녀가 물었다.

"근데 너 강준우 있는 거 진짜 몰랐어?"

"어."

"너, 바보? LOSA 차기 이사인데 어떻게 그걸 몰라?"

"내가 그런 거 신경 쓸 틈이 어디 있어. 아저…… 아니, 회장님이 나한테 말씀하실 때는 서울 본사에는 없는 것처럼 말씀하셨단 말이야."

다시 한 번 커피를 홀짝였다. 커피는 역시 300원짜리 믹스커피가 최고다. 다영의 입에는 한국에서 파는 믹스커피가 딱 적당했다. 달달한 맛과 함께 커피 특유의 향긋한 향이 코를 찔렀다.

오늘로 두 잔째이지만 이 커피는 아무리 마셔도 질리지가 않는다고 생각하며 다시 한 번 홀짝였다. 사실 커피를 안 마시면 힘이 안 나고 정신이 산만해지는 타입이라서 하루에 적어도 두세 잔 이상은 꼭 마셔야만 했다. 주원은 그 모습을 보면서 카페인 중독이라며 손가락질하고 혀를 끌끌 찼지만, 다영은 신경 쓰지 않았다.

커피는 여전히 뜨거웠지만 아까보다는 아니었다. 지그시 보는 친구의 시선에 눈을 한 번 치켜올리며 입 모양으로 '왜?'라고 묻자 주원이 팔짱을 꼈다. 떨어지지 않는 친구의 시선이 약간 찜찜하다고 느껴질 때 즈음, 그녀가 대뜸 물었다.

"너희 둘, 뭐 때문에 헤어진 거야?"

그 말에 순간 다영의 손이 움찔거렸다. 그와 동시에 뜨거운 커피에 혀를 데었다.

"아뜨뜨!"

"뭐 해, 너?"

"혀 디어떠."

혀가 따끔따끔했다. 길게 죽 늘어뜨리며 차가운 바람에 뜨거운 혀를 식혀줬지만 따끔거리는 건 여전했다. 뭐 그런 질문을 하냐며 다영이 야속하다는 시선을 보냈지만, 주원은 아랑곳 않고 가볍게 어깨만 으쓱였다.

"뭐 때문에 헤어진 거야? 너희 둘, 아니, 강준우한테는 무서워서 물어보지도 못했고, 너도 헤어진 이유는 말 안 하고 얼마 안 지나서 미국 가고."

"뭐…… 남들 헤어지는 이유로 헤어진 거지."

"그게 아닌 것 같은데."

진실을 밝혀내겠다는 그 결연한 얼굴에 다영이 슬그머니 시선을 피하곤 다시 한 번 커피를 한 모금 마셨다. 강준우랑 헤어진 이유. 그녀가 조용히 그때를 떠올렸다. 지금 생각해도 썩 좋은 이별은 아니었다. 그렇다고 해서 그녀가 주원에게 딱히 거짓말을 한 건 아니다. 다른 연인들이 그러하듯 상처 주고, 상처받고를 반복하다 지쳐 헤어진 것이다.

커피의 끝 맛이 달았다. 혀끝에 맴도는 맛은 달달함이지만 가슴에 맴도는 감정은 씁쓸함이다. 약간은 화가 나는 것 같기도 했다. 손에 힘을 주자 종이컵이 보기 흉하게 찌그러졌다. 커피를 뽑아놓고선 별로 미시지도 않은 주원이 여전히 의미심장한 시선으로 그녀를 보고 있었다.

사실 주원의 호기심은 당연한 거였다. 그녀랑 그는 상대에서도 유명한 캠퍼스 커플이었고, 금방 헤어질 줄 알았던 사람들의 예상과는 달리 5년이라는 질긴 시간 동안 사귀었다. 누가 먼저 고백했는가, 이벤트는 어떻게, 첫 키스는 언제 등 강준우랑 관련된 시시콜콜한 모든 걸 선배나 동기들이 궁금해했지만, 정작 당사자인 두 사람은 그 점에 대해서는 입을 꾹 다물었다.

꽤 오래전의 이야기지만 그때는 굉장히 설레었다. 20대에 느낄 수 있는 풋풋함이 섞인 설렘. 지금 자신에게 그런 산뜻한 감정들이 남아 있느냐고 물어본다면 아마 그녀는 웃으면서 '나이를 먹어서'라고 말할 것이다. 나이가 들면서 사람들과의 만남에서 느끼던 설렘은 무감각해진 지 오래였다.

그녀가 이로 종이컵 테두리를 버릇처럼 잘근잘근 씹다가 근처 쓰레기통에 종이컵을 던졌다. 예쁜 포물선을 그리며 종이컵이 쓰레기통 안으로 쑥 들어갔다.

"진짜 말 안 해줄 거야?"

"뭘?"

"헤어진 이유."

이 기집애는 자기 호기심을 채우려고 묻는 건가, 5년이 되어가는 일을 왜 자꾸 꺼내는 건지. 다영이 약간 짜증 난 얼굴로 손을 휘휘 저었다.

"싸가지 없어서 헤어졌어, 싸가지 없어서. 얼굴 믿고 싸가지 없게 굴길래 확 차버렸다. 됐냐?"

그녀의 말에 이어 뒤에서 익숙한 톤의, 빈정거리는 말투가 귀에 정확하게 꽂혔다.

"싸가지 없어서 그것참 미안하게 됐네."

헉! 순간 숨을 잘못 들이켜 켁켁거렸다. 앞에 서 있는 주원이 '강준우?' 하고 작게 되묻자 다영의 얼굴이 사정없이 구겨졌다. 폐부 깊숙한 곳까지 들어간 공기 때문에 폐가 뻐근하게 아파왔다. 슬금슬금 고개를 돌리자 비딱한 모습의 강준우에 그녀가 슬그머니 시선을 피했다.

싸가지 없다고 생각하는 건 변함이 없지만 이렇게 몰래 얘기하다가 들키니까 어쩐지 찔끔했다.

팔짱을 낀 채 비딱하게 선 강준우의 시선을 피하던 다영이 될 대로 되라는, 심정으로 당당하게 고개를 치켜올렸다. 뭐, 험담이라고 말하기에는 좀 그렇지만, 일단 험담을 한 건 사실이었다. 그런데 험담을 했다고 해서 강준우 제가 뭐 어쩔 것인가. 사람들 다 보는 회사에서 한 대 치기라도 할 것인가, 아니면 자신을 해고시키기라도 할 건가. 자신의 뒤에는 강 회장이 있다는 걸 인지하고는 다영이 당당하게 고개를 치켜올렸다. 옆에서는 주원이 뭘 잘했다고 그렇게 당당하냐, 라고 기가 찬 듯 웃었다.

"네가 싸가지 없던 게 하루 이틀도 아니었는데 뭘."

"난 딱히 너한테 못되게 군 적은 없는 것 같은데."

"역시. 알 거라고 생각도 안 했어."

한때 연인이던 사람들치곤 두 사람의 사이가 퍽 살벌했다. 둘 사이에 낀 주원이 종이컵을 물며 두 사람의 눈치를 슬슬 살폈다. 이렇게 대놓고 싸우는 기색을 보면 진짜 최악의 상황으로 가서 헤어진 건가 싶기도 한데, 강 회장이랑 친한 다영을 떠올리면 또 그건 아닌 것 같았다. 게다가 엄청 틀어져서 헤어졌다면 이런 식으로 대놓고 으르렁거리지는 않았을 것이다. 다영이야 제 감정을 숨김없이 드러낸다고 해도, 주원이 알고 있는 강준우는 그럴 만한 사람이 아니었다.

강준우는 자신의 감정을 숨기는 데도 익숙한 사람이었고, 대학 동안 봐온 강준우는 자기가 싫어하는 사람에게 오히려 무관심했다. 그런 걸 보면 딱히 두 사람의 사이가 나쁜 것 같지도 않고. 사이가 나쁘냐, 괜찮냐로 한참을 저울질하던 주원은 이내 신경 끄기로 마음먹었다.

"저기."

슬그머니 끼어들자 두 쌍의 눈동자가 주원에게 와 박혔다. 이 두 사람 사이에 계속 있다가는 이상한 소문에 자기까지 끼일지도 모른다.

"자리 비켜줄게. 너희 둘이 얘기해."

"야, 야! 주원아! 나 얘랑 할 말 없어!"

"고마워."

"별말을. 한다영, 나중에 전화해라?"

그녀가 가볍게 전화하라는 제스처를 취하고는 쌩, 하고 사라졌다. 주원이 사라진 지금, 두 사람은 많은 사람들이 있는 로비 틈 사이에서 짧게 서로를 마주하고 있었다. 보는 눈들이 많다고 판단한 준우가 꼬고 있던 팔을 풀었다.

"부탁이 있어."

"지금?"

"그래."

"뭔데?"

"근데 사람들이 많아서. 나중에 따로 둘이서만 좀 만나자."

그윽하게 말하는 준우의 모습에 다영이 입술을 질끈 물었다. 사적으로는 절대 만나고 싶지 않지만 일단 공적인 일이나 사적인 일이나 들을 말도, 그리고 따로 부탁할 말도 많았다. 그녀가 고개를 끄덕였다.

"그래, 나도 부탁할 거 있으니까."

다영이 먼저 안으로 들어가고, 후에 준우가 그녀의 뒤를 따라부서 안으로 들어갔다. 아침에 그녀가 삿대질을 하며 아는 사람인 양 굴던 것과는 달리, 두 사람은 오늘 처음 보는 사람처럼 서로에게 시선도 던지지 않으며 안으로 들어와 각자의 자리에 앉았다. 항상 올려진 블라인드를 그가 쭉쭉 내렸고, 그녀는 익숙하게 사원증을 목에 걸고 손에 쥐고 있던 펜을 한 번 휘돌렸다.

아침에는 진짜 말도 안 되는 일이라며 화가 버럭버럭 났는데 시간이 약이라고, 이제는 슬슬 포기 단계에 이르러 이제는 '아, 정말 강준우가 상사구나' 하는 수용의 단계까지 와버렸다. 죽음을 받아들이는 다섯 가지 단계처럼 천천히, 순리적으로.

하지만 준우와 같은 부서에 있는 것보다 더 화가 나는 건 자신을 속인 강 회장의 태도였다. 이곳에 없는 것처럼 말을 하더니.

새하얀 A4 용지에 대충 끄적였다. 얇은 볼펜이 선을 쭉쭉 그리며 하나의 완성작을 만들어가고 있었다. 쯧, 그녀가 짧게 혀를 차고 펜을 놓는데, 옆에서 의자 바퀴가 굴러가는 소리와 함께 의자가 냉큼 다영의 옆으로 다가왔다.

"저기, 한 대리님."

"네?"

승현이 넉살 좋게 말을 붙였다. 불같은 성정에 비해 낯선 사람에게는 낯을 가리는 다영이었기에 약간 경계심 어린 얼굴로 승현을 보았다.

"미국에서 오셨다면서요? 미국에서도 디자인 쪽 일 하신 거예요?"

"뭐, 네."

"대단하시네요. 미국이라…… 아메리칸 드림, 같은 느낌이랄까."

그 헛소리에 다영이 헛웃음을 터뜨렸다. 아메리칸 드림. 미국에 대해서는 아무것도, 정말 아무것도 모르는 사람이라 쉽게 할 수 있는 말이었다. 그나마 다영은 강 회장의 후원이 있었기에 성공한 축에 들 수 있었다. 그렇다고 해서 강 회장의 후광을 등에 업고 힘든 것도 없이 잘 지냈냐고 자문한다면, 그것 또한 아니었다.

지금이 어떤 시댄데 미국에 인종차별이 있을까. 그래, 있더라도 설마 내가 인종차별을 당할까라고 생각했는데, 설마가 사람 잡는다고 정말 제대로 당했다. 굴림 당하는 건 하루 이틀도 아니었고, 알게 모르게 느껴지는 인종차별 같은 것도 있었다. 예를 들어서 새로 나올 주얼리에 대한 디자인부터 시작해서 모든 일을 내가 했는데 타사 앞에서 하는 PPT 발표는 '그래도 백인이 해야 하지 않겠니'라는 말 따위를 들으면서 멍청하게 실적을 뺏길 뻔한 적도 있었다.

다만, 다행인 점은 그녀가 소심한 성격이 아니라는 점이었다. 그런 말을 들었을 때 '설마 내가 동양인이어서 이러는 거냐'라고 따박따박 따지니 쉽게 꼬리를 내리고 '그럴 리가!'라는 이야길 들었다. 아무것도 모를 때는 눈 뜨고 코 베이는 일을 몇 번 당했지만, 한 2년 정도 지나니까 한 사람 몫은 충분히 해낼 수 있었다.

"그런데 한 대리님, 혹시 팀장님이랑 아는 사이세요?"

이 말이 왜 안 나오나 했다. 한숨을 푹 내쉬며 그녀가 허허, 웃었다. 생각한 것보다 질문을 받는 게 늦어지기는 했지만. 검지와 중지 사이에 끼워진 볼펜으로 책상을 툭툭 치며 답에 대해 고민을 했다. 아는 사이라고 말하려니, 이것저것 계속 캐물을 것 같아서 영 꺼림칙했다.

남자 사원이 이것저것 캐묻지는 않겠지만, 부서에 남자 사원만 있는 건 아니니까. 그녀가 몸을 돌려 부서 안을 슥 훑어보았다. 다영과 눈이 마주친 어떤 여사원이 허둥거리며 어색하게 시선을 피했다. 아니나 다를까, 승현의 질문에 부서 안에 있던 모든 여사원들이 토끼처럼 귀를 쫑긋 세우고 있는 모양이었다. 모두들 알게 모르게 그 질문과, 그리고 다영이 할 답변에 온갖 정신을 집중하고 있었다.

"네, 아는 사이예요."

"역시."

"어떻게 아는 사이세요?"

수긍하는 투의 최승현의 말 뒤로 약간 콧소리가 섞인 애교 있는 목소리가 따랐다. 이어진 목소리에 고개를 옆으로 돌리니 준우가 무슨 자신의 남자라도 되는 것마냥 눈웃음을 살살 치면서 말을 거는 여사원의 모습에 다영이 난처하게 웃었다.

대학 때랑 똑같다. 그때는 준우를 처음 만났을 때니 상황이 조금 다르긴 하지만, 두 사람이 연애를 할 때 엄청 궁금해하던 동기, 선배, 그리고 후배들까지 이런 눈으로 자신을 바라보고는 했다. 간간이 준우를 노리고 있던 여자 선배나 후배들은 눈을 매섭게 치켜뜨며 그녀를 노려보고는 했는데, 지금 이 여사원이 그때의 그들 같았다. 사귀었던 사실은 절대로 비밀로 붙여야지. 내심 다짐하며 다영이 입술을 달싹였다.

"대학 동기예요."

오오, 주위의 모든 사람들이 약간 식상한 리액션을 하며 고개를 끄덕였다. 억지로 웃으며 말하자니 그녀의 얼굴이 보기 흉하게 씰룩였다. 다영의 얼굴은 눈에 들어오지도 않는지, 관심 없는 척하던 여사원들과 남 얘기 떠드는 걸 좋아하는 몇몇 남자 사원이 다영에게 이것저것 캐묻기 시작했다.

질문을 할 거면 한 사람에 한 가지씩 해야 하는데 여기저기서 계속 물어보니 머릿속에서 질문이 엉키고 엉켰다. 강준우, 망할 자식. 그녀가 입술을 꾹 깨물었다. 친한 친구들 같으면 그만 좀 귀찮게 하라고 소리라도 버럭 지를 텐데, 첫 출근에 안 좋은 이미지를 줄 수는 없어서 주먹을 꾹 쥐는 것으로 참았다.

"강 팀장님 대학 시절에도 지금이랑 똑같았어요?"

돌연, 어떤 여사원의 질문이 귀에 확 꽂혔다. 똑같았냐고? 다영의 눈동자가 블라인드를 친 팀장실 쪽으로 돌아갔다. 인정하긴 싫지만 예나 지금이나 얼굴이 멋있는 건 똑같았다. 대학 시절에는 잘생긴 청년의 느낌이 강했다면, 지금은 멋지고 '남자다운'이라는 수식어 두 개가 따라붙었다. 미국으로 떠날 때만 해도 악에 받쳐 '네 잘난 외모가, 네 인기가 여전한지 두고 보자!'라고 생각했는데, 막상 보니까 변한 건 하나도 없었다.

녀석의 인기도, 외모도, 부모의 백도. 한 가지 달라진 점이 있다면, 정말로 인정하기 싫지만 마지막으로 봤을 때보다 더 멋있어졌다는 것 정도. 예전에는 알지 못한 성숙함까지 더해지니, 멋모르는 20대 중후반 여사원들의 가슴을 설레게 하기에는 충분했다. 그녀는 아무런 대답도 하지 않고 고개를 끄덕였다.

여기저기서 꺅꺅거리는 애써 낮춘 비명 소리가 부서를 채웠다. 아무래도 디자인팀에는 강준우라는 존재가 독보적인 인기를 차지하는 듯 뒤에서 몇몇 남자 사원은 낭패 어린 얼굴을 하며 혀를 차기도 했다. 아이돌 가수를 보면서 볼을 붉히는 소녀 팬마냥 꺅꺅거리는 젊은 여사원들을 보니 약간 한심하기도 하고, 마음이 답답하기도 했다.

강준우에 대해서는 정말 눈곱만큼도 모르는 애들. 그 시절, 다영이라고 준우의 얼굴을 보며 볼을 붉히지 않았을까. 강준우란 존재는 경영학과에서 모든 여학생들을 설레게 만드는 존재였다. 상대를 대표하는 얼굴마담이자, 작게는 경영학과의 아이돌까지. 다만 그때의 그들과 눈앞에 있는 여사원들, 그리고 한다영이라는 존재가 다른 점이 있다면, 지금의 한다영은 전처럼 볼을 붉힌다거나하지 않는다는 점이었다.

멀리서 볼 때는 몰랐지만 가까이서 볼 때 강준우가, 애인으로서의 강준우가 얼마나 못된 놈인지, 얼마나 여자에게 소홀한 놈인지 그들은 알 턱이 없었다. 남자의 전부가 외모는 아니라고, 다영은 이 어린 여사원들에게 말해주고 싶었다. 하지만 괜한 오지랖인 것 같아 꾹 참고 에휴, 숨을 내쉬며 몸을 돌렸다. 점심시간이 끝날 때가 되자 모두들 제자리로 돌아가기 시작했다. 그녀 역시 쭉쭉 그었던 A4 용지를 대충 구석으로 밀어 넣고는 컴퓨터 화면에 창을 하나 띄웠다.

"근데 강 팀장님이랑 사이 별로 안 좋으신가 봐요?"

"네?"

승현의 갑작스러운 질문에 그녀가 자신도 모르게 숨을 크게 들이켰다. 마땅히 할 말을 찾지 못해 어물어물거릴수록 그에 대한 답도 늦어졌다. 답이 늦어질수록 '사이가 별로 안 좋나 보네요'라는 질문에 확신을 주기에 충분했다. 그녀가 눈을 데굴데굴 굴리다가 어색하게 입술 끝을 올렸다.

"아니, 그런 건 아니고……."

"아니에요?"

"사이가 안 좋은 게 아니라…… 음, 뭐라고 해야 하지? 대학 때도 그냥 인사만 하는 사이? 그 정도였어요. 오늘 아침에는 저도 너무 놀라서 그냥 말이 제멋대로 튀어나온 거고요."

"아아."

별로 믿어주는 눈치는 아니었다. 다영이 습관처럼 손에 끼운 볼펜을 다시 한 번 휙 하고 돌렸다. 어쩐지 뒷골이 슬슬 당겨오기 시작했다.

시침이 숫자 6을 가리키자 다영이 자리에서 냉큼 일어났다. 팀장인 준우의 눈치를 보며 쉽사리 자리에서 일어나지 못하는 여느 사원들과 달리 다영은 오늘 첫 출근이면서도 자연스럽게 퇴근 준비를 하기 시작했다. 퍽 자연스러운 퇴근 분위기를 자아내는 그녀를 보며 모두들 멍청하게 입을 헤, 벌렸다. 일반 사원들 눈에는 아주 자연스럽게 칼퇴근을 준비하는 그녀가 이상하게 보이겠지만, 그녀의 눈에는 퇴근 시간이 됐는데도 퇴근 준비를 하지 않고 서로 눈치만 보고 있는 이들이 더 이상했다.

고개를 갸웃거리면서 다영은 미리 준비한 숄더백에 짬이 날 때마다 틈틈이 구상한 디자인을 구겨 넣었다. 딱히 들고 온 것들이 없어서 그런지 챙기고 갈 것들도 없었다.

"……퇴근 안 해요?"

아무도 자리에서 일어나지 않자 다영이 의아한 얼굴로 옆자리에 앉은 승현에게 물었다. 그도 주위의 눈치를 살피다가 씩 웃고는 어깨를 가볍게 으쓱였다.

"글쎄요."

"퇴근 준비 안 합니까?"

그때, 팀장실 문이 벌컥 열렸다. 푸른색 재킷을 걸친 준우가 넥타이를 살짝 고쳐 맸다. 승현에게 말을 거느라 허리를 숙이고 있던 다영이 자세를 펴면서 그를 보며 입술을 살짝 삐죽이고는 숄더백을 맸다.

"먼저 퇴근하겠습니다."

"아, 저!"

팀장보다 먼저 나가려는 다영을 붙잡은 건 다름 아니라 옆자리이 승현이었다. 손목을 꽉 잡은 그의 행동에 그녀가 화들짝 놀라며 놀란 사슴마냥 두 눈을 동그랗게 떴다. 멀찍이 떨어져 있는 준우의 시선이 다영의 손목으로 향했다. 소매 사이로 보이는 하얗고 가느다란 손목을 남자다운 손이 잡고 있었다. 그의 미간이 슬쩍 꿈틀거렸다.

"왜 그래요?"

"그, 오늘…… 회, 식 안 합니까? 한 대리님도 오셨는데."

승현이 다영의 눈치를 살짝 보며 입을 열었다. 하지만 물음에 대답을 한 건 준우가 아닌 건너편 쪽 다영의 또래로 보이는 남자였다. 회식? 어리둥절한 얼굴을 하다가 그녀가 이내 아, 환영회를 말하는 거구나, 라며 결론을 내렸다. 내심 준우가 회식은 다음으로 미루자고 말했으면 좋겠다고 생각할 때였다. 그가 골똘히 생각하는 얼굴로 턱을 쓰다듬고는 벽에 걸린 시계를 힐끗 봤다.

시침은 여전히 숫자 6을 가리키고 있었고, 분침은 숫자 1을 막 지나가려고 할 때였다. 피로해진 정신을 풀고 싶으니 빨리 집에 가고 싶었다. 술? 물론 좋아한다. 사실 술을 좋아하는 것보다는 좋아하는 사람들과 술자리를 가지면 그 붕 뜨는 특유의 분위기가 좋았다. 소란스럽고, 정감이 있고, 웃음이 넘치는 자리가 좋지만, 불편한 사람이 끼어 있다면 절대 싫다. 게다가 술 마시고 주정을 할까 봐 그게 겁이 나기도 했다.

문득 1학년 오리엔테이션 때가 떠올랐다. 술 마시고 장난 아니게 진상을 부렸던 걸로 기억한다. 2학년 선배들이 했던 말이 떠올랐다.

"네가 취해서 준우 손잡고 올라왔잖아."

물론 그 일 이후로 그나마 동기 여자들 중에서 강준우랑 친하게 지내는 여자애라고 낙인 찍혔지만, 막상 떠올리니까 쪽팔렸다. 그때 손을 잡고 선배들이 술을 마시던 방으로 올라가지 않았더라면 준우와 엮일 일도, 사귈 일도, 마음 고생할 일도 없었을 텐데. 불편한 침묵이 둘 사이를 맴돌았다. 그녀의 심정은 사형선고를 기다리는 기분과도 같았다.

어서 빨리 집에 가서 맥주 한 캔을 마시고 준우와의 만남으로 인해 지친 심신을 달래주고 싶었는데, 그녀의 속을 알아채서 골리려는 의도인 건지 준우는 아무런 말도 하지 않고 시계와 다영을 번갈아 보다 입꼬리를 말아 올렸다.

"그러네요. 환영회, 해야죠. 오늘은 일찍 마치고 오랜만에 회식이나 하죠."

"우와, 얼마 만의 회식입니까. 좋네요."

대부분의 사원들은 칼퇴근에다가 회식이라며 싱글벙글 웃었지만, 다영은 그런 사원들과는 반대로 침통한 얼굴로 고개를 푹 숙였다. 집에 가서 쉬려고 했는데 이게 무슨 꼴인가. 한숨을 푹 내쉬며 의자에 풀썩 주저앉자 반대로 다른 사람들은 자리에서 일어나며 짐들을 주섬주섬 챙겼다.

다영을 위한 환영회건만, 정작 다영을 제외한 모두를 위한 환영회인 것 같았다. 하지만 이렇게 들뜬 분위기에 '전 환영회 가지 않겠습니다' 하고 찬물을 끼얹을 만큼 눈치코치 없는 사람도 아니었기에 뾰로통한 얼굴로 의자 등받이에 몸을 기댈 뿐이었다.

아, 오늘 술 마실 기분 아닌데. 그녀가 조용히 읊조렸다.

술은 술술 넘어간다고 해서 술이라고 하는가 보다. 불과 한 시간 전만 해도 술 마실 기분이 아니라고 생각했는데, 술은 마치 물처럼 목으로 아주 잘 넘어갔다. 가득 채운 소주 한 잔을 단번에 원샷하자 주위에서 '오오!' 하는 소리가 들려왔다. 고기 굽는 소리와 주위의 시끄러운 소리들이 한데 섞여 요란한 소음을 내고 있었다.

소주잔이 비어지자 누군가 다시 그녀의 잔에 투명한 액체를 가득 따랐다. 술이 센 편이라 취한 건 아니었지만, 역시 분위기에 취해진다. 시끄럽고, 소란스럽고, 정겨운 분위기다. 미국에서 회식이라거나 뒤풀이 같은 걸 안 해본 것은 아니지만, 파티 분위기의 미국식 뒤풀이는 뭐랄까, 다영과는 맞지 않았다. 다 구운 고기를 개인 접시 위에 놓고 젓가락으로 이것저것 집어 먹다가 고기를 한입에 넣는데, 그 순간 준우와 시선이 딱 하고 마주쳤다.

쌈을 싸서 입에 넣으려고 하던 행동이 멈칫하면서 그녀가 손을 떨궜다. 사람 먹는데 왜 저렇게 보는 거지, 부담스럽게. 그녀가 애써 모르는 척하면서 시선을 돌렸다.

"대리님, 팀장님이 자꾸 쳐다보시는데요?"

"아, 뭐."

승현이 그녀의 귀에 조그맣게 속삭였다. 약하게 느껴지는 숨소리에 다영의 어깨가 살짝 움츠러들었다. 너무 붙은 것 같은데, 다영은 슬쩍 엉덩이를 왼쪽으로 옮기면서 영혼 없는 대꾸를 하며 술을 한 모금 마시고는 고기를 다시 입안에 꾸역꾸역 넣었다. 갑자기 잘 넘어가던 모든 것들이 턱턱 막히는 기분이 들었다.

모르는 척하려고 해도 자꾸 느껴지는 그의 시선이 조금은 불편했다. 마치 과거로 돌아간 것만 같았다. 30대가 아닌 20대의 강준우와 한다영으로. 남은 술을 입안에 털어 넣으니 주위의 소란스러움이 귀에서 점점 멀어지기 시작했다. 소란스러움이 멀어지고, 얼굴이 슬슬 달아오르고, 얼굴이 달아오르듯 기분도 역시 달아오르기 시작했다.

'추태 부리면 안 돼.'

누구나 술에 취하면 정신을 살짝 놓는 경향이 있지만, 다영의 경우에는 남들에 비해 좀 심한 편이었다. 그녀가 술을 깨기 위해서 고개를 한 번 휘젓자 머리가 순간 띵했다. 입을 꾹 다무니 마늘 냄새와 고기 냄새, 그리고 알코올 냄새가 코를 아프게 쿡쿡 찔러 댔다.

의자 다리와 바닥의 마찰음이 일순 일어났지만, 고깃집의 소란에 의해 쉽게 묻혀졌다. 그녀가 자리에서 일어나자 사람들의 시선이 몰렸다. 다리가 약간 휘청거리면서 풀리려고 하는 것을 애써 힘을 주고는 꼿꼿하게 일어섰다.

몸을 비척비척 움직이며 화장실로 가기 위해 고깃집을 빠져나왔다. 귀찮게 왜 밖에 화장실이 있는 건지. 그녀가 짜증스럽다는 듯 혀를 끌끌 찼다. 알싸한 바람이 볼을 감쌌다. 그다지 차가운 바람도 아닌데 춥게 느껴졌다. 손으로 두 팔을 문지르며 바로 옆에 붙어 있는 화장실 안으로 쏙 들어가서 물에 적신 손을 얼굴에 갖다 댔다. 두 볼이 유난히 뜨거웠다.

"잠은 잘 오겠네."

피곤한데 술까지 마셨으니 집에 가서 누우면 바로 곯아떨어질 것이다. 입안을 물로 대충 헹구고 손등으로 대충 닦아내고는 화장실 밖으로 나왔다. 다시 가게 안으로 들어가야 하지만, 조금 쉬기 위해서 근처 벽에 등을 기댔다. 유난히 차게 느껴지는 바람 사이로 담배 냄새가 알싸하게 섞여 들어왔다.

빠져나갔던 정신이 슬슬 돌아오자 멀어지던 술 취한 사람들의 목소리도 점점 선명하게 들려오기 시작했다. 스트레스 때문에 좀 많이 마신 것 같은데, 더 이상 마시면 안 될 것 같았다. 손으로 두 뺨을 아프지 않게 찰싹찰싹 때리고 들어가려 하는데 방울 소리와 함께 누군가 문을 열고 밖으로 나왔다.

"술 깨러 나왔냐?"

익숙한 중저음이 툭, 하고 머리 위로 떨어졌다. 오렌지색 가로등 사이로, 익숙한 남자의 얼굴이 보였다. 그녀를 참 많이 힘들게도 하고 아프게도 한 사람이다. 그래서 꼴도 보기 싫은 남자.

"어."

"많이 마신 것 같으니까 이제 그만 마셔."

"환영회잖아. 뭐 어때."

"그러다가 그때처럼…… 아니다."

'그때?'

그녀가 미간을 슬며시 좁히자 그가 고개를 휙 저었다. 준우는 말을 길게 하는 편은 아니지만 쓸데없는 말은 꺼내는 편도 아니었다. 저를 골리는 놈이긴 해도 말을 내뱉고는 '아니야'라면서 말을 거두는 편도 아니었기에 그녀가 약간 호기심이 섞인 눈으로 봤다. 무슨 말이 하고 싶은 거냐고 묻고 싶지만, 뭔가 미련이 있는 것처

직장상사와 전 남자친구의 상관관계

럼 보일까 봐 말을 삼켰다.

"이왕 같은 부서에 왔으니까 잘 지내자."

"그래. 아, 맞다."

머리에서 시위를 떠난 화살처럼 슥 지나가는 생각에 그녀가 약간 풀리려는 눈을 손으로 비비며 그를 똑바로 마주했다.

"부탁이 있어."

그가 살짝 턱을 치켜올렸다.

"나는 회사 사람들이 우리 사귀었다는 거 몰랐으면 하거든? 비밀, 지켜줄 거지?"

약간은 간절한 것처럼, 약간은 겁을 주는 것처럼 하는 어투에 준우는 팔짱을 끼며 장난스럽게 씩 웃었다.

"생각해 보고."

나이 좀 먹었으면 철이 들었으려나 했더니만 나이를 뒤로 잡쉈먹었나 변한 게 하나도 없다. 진중해 보이는 얼굴로 저렇게 장난스러운 표정이라니. 그 갭이 커서 더 얄미웠다. 준우야 소문이 나도 별로 손해를 보는 건 없었다. 감히 회장님 아들에게 귀찮게 달라붙으면서 어떻게 된 거냐며 물을 사람도 없고, 사람이 앞에 있는데 대놓고 수군거리는 사람들도 없을 거다. 다만 뒤에서 약간 험담식으로는 말하겠지. 하지만 다영은 아니었다.

백도 뭣도 없는 다영을 귀찮게 하는 것은 준우와 달리 엄청나게 많았다. 대학 시절 그것들을 충분히 겪었다. 누가 고백했느냐부터 시작해서 첫 키스는 언제, 어떻게, 어디서까지. 별별 걸 다 궁금해하는 사람들이 많았다. 무례하게도 왜 헤어졌는지까지 궁금해하면서 사람이 지나가는 길에 대놓고 수군수군, 뒤에서도 수군수군. 생각만 해도 짜증이 머리끝까지 치밀어 올랐다.

"넌 옛날이랑 똑같다?"

"너도."

약간 비꼬는 어투에 그는 무미건조한 말투로 대꾸했다. 그나저나 너도라니. 분명히 비꼬는 말이었다. 뭐 눈에는 뭐만 보인다고, 다영은 준우를 비꼬는 의도로 말했으니 그 역시 당연히 그럴 거라고 생각했다.

다영은 약간 처진 눈을 사납게 치켜올렸다.

"그거 욕이지?"

그녀가 술에 취해 으르렁거리는 어투로 물었지만, 준우의 눈에는 그게 사납고 무섭기는커녕 새끼 고양이가 발톱을 세우고 짜증을 내는 것처럼 귀엽게만 보였다. 순간, 웃음이 터져 나오려는 걸 꾹 참고 얼굴에 담담한 표정을 덧씌웠다.

뭐라고 대답할까, 어떻게 대답하면 그녀가 좀 더 감정을 드러낼까. 솔직하게 말할까, 아니면 골려줄까. 잠시 고민을 했다. 작은 키의 그녀를 보다 준우가 입술을 달싹였다.

"아니."

짤막한 대답을 하고 다시 숨을 골랐다. 욕이 아니라는 말에 그녀가 의심스러운 눈초리를 했다. 미워하지 않았으면 좋겠다, 라고 생각하지만, 그래도 아무런 감정이 없는 것보다 차라리 이렇게 감정을 드러내며 보여주는 것이 더 좋았다. 지난 5년을 떠올리며 준우의 눈이 살짝 가라앉았다.

"다행이라고 생각하고 있어."

그래, 변하지 않아서 다행이라고 생각하고 있다. 그 말에 다영

의 눈이 휘둥그레졌다. 그 모습이 20대 시절의 다영을 떠올리게
만들어 그가 작게 키득거렸다.

변하지 않아서 다행이라니, 좀체 의중을 알 수 없는 말이었다.
미간을 좁힌 다영이 무슨 말이냐고 묻고 싶었지만, 물어볼 수가
없었다. 다만, 그 말의 뜻이 부정적인 것 같지는 않았다. 술기운과
는 다른 느낌의 뜨거운 기운이 얼굴로 몰렸다. 동요하고 있는 자
신과는 달리 태평한 얼굴의 준우를 보니, 그가 꼭 자신을 놀리는
것 같다는 생각이 들었다. 주먹을 꾹 쥔 다영이 준우를 노려보듯
바라보다 시선을 팩 돌렸다.

"넌?"

딱히 되물을 것이 없는 준우가 그녀에게 물었다. 아까 전 농담
을 할 때 얼핏 보이던 장난기는 금세 사라지고 평소의 진중한 눈
이 오롯이 그녀만을 향하고 있었다. 정말 변한 게 하나도 없었다.
잘난 외모도, 진중한 눈빛도, 자신을 바라보는 시선도, 낮은 목소
리도.

5년의 세월이면 많이 변했을 것이라 생각했다. 굳이 외모뿐만
이 아닌, 그녀의 불같은 성정이 가라앉을 수 있을 것이라 생각했
고, 그녀가 자신에게 가진 감정 또한 많이 정리가 되었을 것이라
생각했다. 자신을 다시 마주치게 됐을 때 아무렇지 않은 표정으로
담담하게 인사할 줄 알았다. 하지만 그 짧지 않은 시간 동안 다영
은 변하지 못했다.

쉽게 발끈하는 성격도, 준우에 대한 마음도, 어느 것 하나 정리
하지 못했다. 들키고 싶지 않아서, 잊고 싶은 마음을 자물쇠로 꽁
꽁 채우고, 그 자물쇠 위로는 미움이라는 감정을 덮었다. 강준우

를 좋아하는 것보다 미워하는 것이 오히려 더 편할 것이라는 오랜 시간의 고민 끝에 내린 결론이었다.

차갑다고 생각했던 바람도, 술기운이 점차 가시면서 따뜻하다는 생각이 슬슬 들기 시작했다. 다영이 입을 꾹 다물고 그를 보았다. 두 사람의 시선이 얽힐 즈음, 그가 팔을 뻗어 다영을 제 쪽으로 끌어당겼다. 흡사 품에 가두는 태도에 다영이 화들짝 놀라 몸을 뻣뻣하게 굳힐 때, 화장실 뒤에서 술에 취해 비틀거리는 아저씨가 바람에 흔들리는 버드나무 가지마냥 흔들거리면서 고깃집 안으로 들어갔다. 아저씨가 다영을 비껴서 걸어가자 그제야 준우는 잡고 있는 손을 놓고, 그녀 역시 황급히 그의 손아귀에서 벗어났다.

마치 잘못을 저지른 것마냥 가슴이 덜덜 뛰기 시작했다. 잊고 지낸 5년 전 감정의 잔여물인 건지, 아니면 놀란 나머지 생기는 감정인지 좀체 알 수가 없었다.

"뭐가 묻고 싶은 건데."

"넌, 결혼했어?"

결혼. 서른셋. 대학 동기 몇 명은 결혼했다는 소식을 들을 만큼 둘의 나이는 결혼 적령기였다. 아니, 남자에게 있어서 서른셋의 나이는 적령기일지 몰라도, 여자에게 서른셋의 나이는 혼기가 조금 늦은, 대한민국의 사람들이 흔히 말하는 노처녀에 가까운 나이였다. 그런 나이임에도 불구하고 그녀는 결혼을 하지 않았다. 어떻게 생각하면 못 한 걸 수도 있었다. 스물여덟에 미국으로 가서 연애는 꿈도 꾸지 못하고 오로지 자리 잡는 것에만 집중했다.

자리를 잡고 나서는 입지 다지기에 집중했고, 일에만 집중했다. 그렇다고 해서 로맨스 영화나 소설처럼 한 남자를 잊지 못했기에, 라는 이유는 아니었다. 시간이 약이라는 말이 있듯이 바쁘게 살다 보면 한때 열렬하게 사랑했던 사람도 드문드문 기억날 뿐이다. 다영 역시 그랬다. 눈코 뜰 새 없이 바쁜 미국 생활 속에서 가끔 가다가 떠오르는 강준우, 그리고 떠나기 직전에 들었던 맞선 얘기. 과거의 이야기는 희미해지게 마련이었고, 기억은 희미해지기도 하고 왜곡되기도 해서 다영은 편하게 그를 '몹쓸 놈' 정도로 정의했다.

그녀가 얼핏 한숨 같은 숨을 내뱉고는 바지주머니에 손을 꽂았다. 지난 5년 동안 일에만 급급했다. 잠시 멋쩍게 웃던 그녀가 입을 열었다.

"아직."

"애인은?"

없다고 말하려 입술을 달싹이다 다시 꾹 다물었다. 왜 자꾸 이런 걸 물어보는 거지? 그녀의 눈이 가늘어졌다.

"왜 물어봐?"

"궁금해서."

"왜 궁금한데?"

"네가 내 전 여자 친구였으니까."

여자 친구, 그 단어를 조용히 읊조렸다. 전 여자 친구, 전 남자 친구. 그렇게 말하니 공감이 갔다. 과거에 서로를 열렬히 사랑했고, 그리고 사랑이 끝났다고 하더라도 그 상대에 대해 무관심하기는 어려운 일이었다. 새로운 연인이 생기고, 결혼을 했다는 소식을 들으면 동요하는 것은 당연지사요, 때때로 상대의 소식을 궁금해하는 것도 당연지사였다. 다영이 준우가 결혼을 했는지 궁금해한 것처럼.

"없어."

"없다고?"

꽤 의외라는 말투에 그녀가 피시시 바람 빠진 웃음소리를 내며 고개를 끄덕였다.

"있는 줄 알았는데."

"아니야. 일한다고 바빴는데 연애할 시간이 어디 있어. 넌……."

잠시 멈칫했다. 물어봐도 될까? 전 여자 친구가 물어볼 수 있는 정도의 선을 침범하는 건 아닐까? 살짝 내리깐 그녀의 눈썹이 비에 젖은 아기 새마냥 파르르, 잘게 떨렸다.

"넌…… 선 본 사람이랑 잘돼 가? 결혼 전제로 만나는 거라고 들었는데."

"아, 그거."

맞선녀 얘기를 꺼내는 것인 데도 불구하고 그는 지나치게 담담한 얼굴을 하고 있었다. 여자를 떠올리면서 사랑스럽다는 생각을 하고 있는 사람 같지도 않았다. 더더구나 그의 인상이 설핏 찡그려졌다. 싸우기라도 했나? 지레짐작하며 괜한 얘기를 꺼냈다 싶었는데, 그가 아주 단조로운 목소리로, 일상적인 대화를 나눌 때처럼 스스럼없이 툭, 하고 내뱉었다. 평소 말을 가려 하는 그답지 않게.

"깨졌어."

"뭐?"

멍청한 얼굴을 했다가 이번에는 놀란 얼굴로 바뀐 다영이 입을 쩍 벌렸다. 깨져? 놀란 나머지 어디 나사 하나 빠진 애처럼 입만 어버버, 거리는 그 꼴이 퍽 우스워서 준우는 숨죽여 웃으면서 가볍게 고개를 끄덕였다. 결혼을 안 했다고 해서 뒤로 미룬 거라 생각했는데, 그게 아니라 못 한 거였다.

어이가 아이의 손을 떠난 풍선마냥 하늘 높이 올라갔다. 그와 헤어진 것은 여러 가지 사건들이 쌓이고 쌓여서 결국 헤어진 것이지만, 결정적인 원흉이 된 것이 그의 맞선 이야기였다. 다영의 입에서 허탈한 웃음이 자연스럽게 터져 나왔다.

저와 헤어졌으면 좋은 여자 만나서 잘살고 있든가. 아니, 사실 좋은 여자를 만나서 잘살고 있다고 해도 짜증은 났을 거다. '난 이런데 넌 아무렇지도 않게 잘살고 있어?' 이런 심보로. 모순적인 생각임에도 스스로가 못된 계집애라고 생각하지는 않았다. 다른 여자들도 자신과 같은 사정을 겪었더라면, 착한 여자 콤플렉스를 가지고 있지 않은 이상 다들 그렇게 생각했을 테니까.

핵폭탄급 소식에 술기운이 꽁지 빠지게 도망가 버렸다. 간혹 주원에게 강준우의 결혼에 대해 물을 때면 그녀가 어물거리면서 말을 피하는 게 좀 이상하다고 생각했다. 그때는 헤어진 다영에게 '강준우는 좋은 여자 만나서 결혼해서 잘살고 있어'라는 말을 하는 게 난처해서 피한 것이라고 생각했는데, 피한 이유가 그거 때문이 아니라 모든 일이 깨져서였던 것이다.

"참 나."

"……."

"진짜 웃기네."

개그 프로를 보는 것처럼 웃겼다. 만약 이곳이 사람들이 지나지 않는, 준우와 단둘만 있는 곳이었더라면 그녀는 욱하는 성격에 그의 멱살을 잡았을지도 몰랐다.

"우리가 헤어지게 된 결정적인 이유가 그 사건 때문이었는데, 깨져?"

"그래."

"그 여자가 깼어? 이런 말은 좀 웃기지만, 나 때문에?"

흔한 아침 드라마 여주인공이 할 법한 대사가 좀 우스웠다. 바람 소리가 귓가에 윙윙 들리고, 차도에는 속력을 내는 차들이 빛처럼 빠르게 달리고 있었다. 오렌지색 가로등 빛을 받아 그늘이 진 그의 얼굴이 제대로 보이지 않았다. 아니, 얼굴은 볼 수 있었지만, 그의 표정을 읽을 수가 없었다.

"아니."

"나 때문이 아니란 거야? 그럼 뭐 때문에 깨진 건데?"

"너 때문에 깨진 거 맞아."

그가 단칼에 말을 잘라냈다. 도대체 자신이 한국에 없는 5년 동안 무슨 일이 있었던 건지 감조차 잡을 수가 없었다. 주원이 그 계집애는 같은 회사에 다니면서도 아무런 말을 해주지 않았고, 딱히 그런 것이라 생각은 하지 않지만 헤어진 두 사람을 배려하기 위한 것인지 때때로 강 회장에게 안부 전화를 할 때조차 그의 소식은 알 수가 없었다.

그 밖의 다른 동기들과 아직 연락을 하고 지내는 것도 아니었고, 그들이 다영의 연락처를 아는 것도, 다영이 그들의 연락처를 아는 것도 아니었으니 준우의 소식은 어디에서도 들을 수가 없었다. 주머니에 꽂아 넣은 손을 빼고 팔짱을 꼈다.

뭐 때문에 깨진 건지 듣고 말겠다는 그 강경한 얼굴에 준우가 잠시 망설였다. 말을 하는 것은 별로 어렵진 않지만, 말을 하고 난 후에 화를 낼 다영을 생각하면 좀 무서웠다. 그렇다고 해서 맞선녀와의 약혼 이야기를 깬 것을 후회하지는 않았다. 지금까지도 잘해왔다고 생각하는 일 중 하나다. 다만, 다른 일의 후회가 겹치면서 너무 늦어버렸다는 생각을 한 것뿐이지. 준우가 짤막하게 한숨을 내쉬었다.

"내가 깬 거야, 너 때문에."

"켁, 켁!"

다영은 놀란 나머지 숨을 꿀꺽 삼켰다. 잘못 넘어간 숨 때문에 한참을 콜록거리며 주먹을 쥐고 가슴을 팡팡 내려쳤다. 눈가가 발갛게 일어나고 눈물이 송골송골 맺히는데도 숨을 고르게 쉬기가 꽤 힘들었다.

"무…… 켁, 네, 네가 깼다고? 왜?"

"너 때문이라고 말했잖아."

"나한테 미안해서?"

이번에는 준우가 침묵을 지켰다. 아마 그것이 정답인 모양이었다.

"야, 이 멍청아."

마음 같아서는 멱살을 잡고 욕을 한껏 퍼부어주고 싶은 충동을 꾹 참으면서 그녀가 손가락으로 관자놀이를 꾹꾹 눌렀다. 어쩐지 미리가 지끈지끈 아파오기 시작했다.

"너, 내가 그거 때문에 헤어지자고 한 줄 알아?"

"아니야?"

"아니야."

눈치가 없어도 어쩜 이렇게 눈치가 없을 수 있을까. 말을 제대로 한 적이 없으니 눈치채기 어려울 거라 생각은 했지만……. 힘이 잔뜩 들어갔던 어깨에서 기운이 스르르 빠져나갔다. 옷이 지저분해질 것을 신경 쓰지 않으며 다영은 벽에 등을 기댔다. 똑똑한 줄 알았는데 헛똑똑이고 멍청이다, 멍청. 그녀가 두 손으로 자신의 머리를 잔뜩 헝클이며 후, 땅이 꺼져라 한숨을 크게 내쉬었다.

"내가 너한테 헤어지자고 말한 거…… 뭐, 그게 결정적인 계기가 되긴 했지만."

"……."

"너한테 섭섭하고 서운했던 것들이 쌓이고 쌓여서 헤어지자고 한 거야. 그때의 난 그냥 네가 무슨 소식을 들고 와도 아무렇지 않았을 거고. 솔직히 말하자면 네가 결혼을 전제로 한 선 자리에 나갔다는 얘기를 들어서 화가 난 것도 아니었어."

"그럼? 그때 넌 나한테 그냥 질렸던 거냐?"

이번에는 준우가 약간 화가 난 어투로 물었다. 마치 네가 나한테 어떻게 그럴 수 있느냐는 식의 말투여서 어이가 없어진 건 다영도 마찬가지였다. 여자와 남자는 서로 다른 행성에 살다가 지구라는 별에 온 거라는 말은 들었지만, 눈치채지 못해도 이렇게 못할 수가 있고, 헛다리를 짚어도 이렇게 제대로 짚을 수가 있나 싶었다. 차라리 그때 솔직하게 말할 걸 그랬다. 너무 이유를 두루뭉

술하게 말했다.

그렇다고 지금 이유를 말하자니 어쩐지 낯부끄러워서 말하지 못하겠다. 으으으, 그녀가 속으로 앓는 소리를 내다 준우를 똑바로 올려다봤다. 약간 치켜 올라간 눈매는 화가 난 것처럼 보이게 만들었다. 그리고 현재, 그는 화가 나기도 했다.

"그래, 질렸던 걸로 하자."

그래야 내 낯도 사니까. 뒷말을 조용히 삼키며 다영이 단호하게 대답했다. 그 대답에 그는 꽤 충격을 먹은 것처럼 보였다.

"네 행동에, 태도에 지치고 질린 걸로 합의 보자."

"너만 그렇게 합의 보면 끝이야? 나는?"

"더 이상 뭘 어떻게 말해? 네 행동에 질린 게 사실인데."

결국은 싸움이다. 5년 만에 만나서 꽤 좋게 시작하나 싶었는데, 첫 만남의 끝은 결국 싸움. 그리고 내일의 시작은 냉전. 모레도, 글피도, 그글피도 냉전, 냉전, 냉전일 것이다. 살벌한 기운이 두 사람 사이를 오가고 있을 때, 식당의 유리문이 다시 한 번 열렸다. 단정하던 넥타이가 조금 풀어진 상태의 승현이었다.

"팀장님, 안 들어오…… 어?"

안에서는 준우만 보였기에 들어오지도 않고 혼자 계속 서 있는 준우를 찾던 승현이 다영을 보고 놀란 얼굴을 했다. 혼자 있는 게 아니라 다영과 같이 있는 거였다. 대학 동기에, 별로 친하지 않은 사이라고 한 것 같은데, 그건 아닌 듯했다. 승현이 눈치를 보며 두 사람을 번갈아 보았다.

다영은 친하지 않은, 어색한 사이라고 말했지만, 지금 분위기를 보면 두 사람의 사이는 극과 극으로 나뉘었다. 정말 친한 사이이거나, 아니면 서로를 물어뜯고 싸우는, 원수와도 같은 사이이거나. 스스로 눈치가 빠르다고 자부하는 편인 승현이 보기에는 둘다 답은 아닌 것 같았다. 지금은 강 팀장도 화가 난 것처럼 보이지만 아침에 한 대리를 보았을 때 꽤 호의적인 감정을 비추고 있었고, 한 대리는 아침이나 지금이나 썩 좋은 감정은 아닌 것처럼 보였다.

약간 아리송한 두 사람의 관계를 보며 승현은 제3의 답을 내놓았다. 친한 것도 아니고 원수 같은 사이도 아니라면 과거에, 옛날에 두 사람이 친한 사이였다는 정도로.

얼추 정답을 내놓은 승현이 살벌한 두 사람의 기운을 보며 머리를 긁적였다. 모르는 체하며 들어가야 하나, 말아야 하나 고민하고 있을 때 다영이 먼저 몸을 팩 돌리며 안으로 들어갔고, 준우는 그녀의 뒷모습을 노려보듯이 보며 뒤따라 안으로 들어갔다.

"왜 맞선 깨진 거 말 안 해준 거야!"

다영이 구두를 벗으면서 수화기에 대고 고함을 질렀다. 건너편 속 익숙한 목소리의 여자가 소리는 왜 질러, 하면서 타박을 하다가도 뒷말을 흐리는 것을 보아 다영에게 꽤 미안한 모양이긴 했다. 한참을 어물거리는 주원을 내버려 두며 그녀가 현관문을 잠그고 거실 불을 켰다. 어두컴컴한 방 안에 불이 반짝 들어오고, 핸드백을 소파 위에 대충 올려둔 채 방 안으로 들어갔다.

작은 방 안에는 책꽂이와 책상, 침대, 옷장 등 필요한 모든 것들이 다 들어 있었다. 다영은 입고 있던 얇은 외투를 벗어 던지고 침대에 걸터앉으며 스타킹을 벗기 시작했다.

[나는 너 생각해서 말 안 했지.]

"하아……."

그렇게 말하면 뭐라 할 말은 없었다. 저를 생각해서 안 한 거라고 하는데 그래도 왜 말을 안 하냐고 화를 낼 수 있겠는가. 늘어난 스타킹을 방구석에 대충 던지고는 뒤로 누웠다. 푹신푹신한 시트의 감촉이 등 뒤에서 그대로 느껴졌다. 보드라운 이불의 감촉 역시.

[동기들 사이에서 말 많았어. 선배들도 말 많았고.]

"참 나, 남의 연애사 되게 궁금해하네."

[그럴 수밖에 없는 게, 강준우 아직도 애들 사이에서 인기 많아. 결혼 안 한 애들은 다 강준우 노릴걸? 아, 결혼한 애 몇 명도.]

"가정 있는 기집애가 미친 거 아니야?"

[스펙이 월등히 뛰어나잖아.]

주원이 말을 하며 클클 웃었다.

[동기들 만나 봐. 너희 둘 얘기 아직도 자주 나와. 근데 강준우가 널 찬 걸로 분위기를 몰아가니까 그렇지. 너희 둘을 보면 강준우가 널 찬 것 같지도 않은데.]

"내가 차인 걸로 소문났어?"

이해 안 가는 건 아니지만 정반대로 소문이 나니까 살짝 자존심이 상했다. 그녀의 물음에 주원이 웅얼거리며 긍정했다.

[강준우가 맞선 때문에 진짜 너 찬 거야?]

"대충 얘기 들어보니까, 그거 때문에 내가 차인 걸로 소문이 났나 보네."

[그렇지, 뭐.]

"그럼 그런가 보다 하고 생각해. 근데 넌 대충 헤어진 이유 알고 있었으면서 왜 물어."

[아니, 그게……너희 둘 보면 그 일 때문에 헤어진 것 같진 않단 말야. 꽤 오래 사귀었잖아.]

머리가 빙글빙글 돌았다. 과거의 연애사가 복잡해서 빙글빙글 도는 것인지, 술 때문에 빙글빙글 도는 착각을 하고 있는 것인지, 어느 것인지 답을 찾아낼 수가 없었다. 방 안을 환하게 비춰주는 형광등을 보다 눈이 따가워져 팔등으로 눈을 가렸다.

"그럼? 그때 넌 그냥 나한테 질렸던 거냐?"

준우의 목소리가 귓전을 때렸다. 질렸다라……. 그 단어를 조용히 되새겼다. 그래, 어쩌면 맞는 말이기도 했다. 스스로에게도 질려 있었다. 그의 행동에 상처받다가 다시 기대하는 자신에게 질렸었다.

"꽤 오래 사귀었어도 인연이 아니면 헤어지고 하잖아."

[그런가?]

"응. 게다가 그냥 질려서……."

[뭐가? 강준우가? 강준우가 너한테 질렸대?]

"아니, 내가 이래저래 질려서……."

다영이 웅얼거렸다. 뭐라는 거야, 안 들려. 이어지는 주원의 추궁에도 그녀는 말을 반복하지 않았다.

[여하튼 그래서 소문이 좀 많이 돌았어. 선자리 깨진 것 때문에.]

"왜?"

[너도, 걔도 아무런 말을 안 하니까 소문만 커지는 거지, 뭐.]

"너 때문이라고 했잖아."

"나한테 미안해서?"

미안해서 깬 걸까? 도의적인 책임이라도 들었던 걸까? 많은 사람들이 만남과 헤어짐을 반복하는데 미안해할 필요가 뭐가 있는지 모르겠다. 헤어질 때 최대한 담담한 얼굴로 울지도 않고, 웃는 얼굴로 작별을 고해서 미안함을 느끼지 않아도 됐는데.

"아, 내일 출근하기 싫다."

[오늘 첫 출근이었으면서 뭐라는 거야?]

"내일 한바탕 전쟁일 것 같거든."

[왜?]

"강준우랑 또 싸웠어."

[너네는 어쩜 변함이 없냐? 대학 때도 그렇고, 지금도 그렇고. 넌 철 좀 들어라. 애가 변한 게 하나도 없어.]

"그러게."

다영이 기죽은 어투로 중얼거렸다.

[다영아? 야, 농담 삼아서 한 말이야. 농담인 거 알면서 왜 그래.]

"아니, 그냥 나도 내가 짜증 나서."

[뭐가?]

"변하지 않아서 짜증 나네."

[한결같다는 걸 수도 있잖아.]

"한결같다라……."

차라리 변하면 좋겠다. 마음이 변했으면 좋겠다. 그렇게 생각하며 몸을 뒤척였다. 화장대 위의 작은 가족사진 옆에 끼어 있는 증명사진이 눈에 들어왔다. 오늘 봤던 머리보다 조금 짧은 머리 길이, 그리고 앳된 얼굴. 아직까지도 미련이 남은 걸까? 미움이라는 이름의 감정으로 덧씌웠지만, 그 감정은 별 쓸모가 없는 듯했다.

오래전에 헤어졌다. 정리되었다고 생각했다. 5년이라는 시간이 흘렀으니까. 그럼에도 불구하고 아까 전에 들은 변함없는 그의 낮은 목소리가, 진중한 눈빛이 계속해서 떠올랐다.

"내가 깬 거야. 너 때문에."

그리고 가슴이 설레었다. 멍청하게도. 변하면 좋을걸. 그녀가 변하지 못했더라면, 그라도 변했으면 좋았을걸.

"……정말 변하면 좋을걸."

[한다영? 다영아? 너 잠 와?]

"둘 중에 한 명이라도 많이, 변했으면 좋았을 텐데……."

그녀가 나지막이 중얼거렸다. 그 중얼거림은 낮은 울림이 되어 방 안을 작게 맴돌다가 금세 사라지고 말았다.

다영이 자신의 뺨을 짝! 하고 내려쳤다. 흔들리는 건 술에 취한 어제 하루면 충분하다. LOSA 건물 바로 앞에 서서 숨을 크게 내쉬었다. 어제 싸움의 여파가 올 게 분명하기는 하지만, 그래도 괜

직장상사와 전 남자친구의 상관관계

찮다. 외로워도 슬퍼도 울지 않는 캔디처럼 굳건하게 생활하면 된다. 그녀가 힘차게 발을 움직이면서 엘리베이터 앞에 섰다. 옆에 누가 떡하니 서며 손목시계를 보다 힐끗 쳐다봤다.

"좋은 아침입니다, 한 대리."

아무렇지 않은 듯 건네는 인사를 껌 씹듯이 무참히 씹어버리고 싶었지만, 다영은 억지로 입술 끝을 올리며 어색하게 웃었다.

"네, 강 팀장님."

9시가 가까워질수록 회전문을 통해 들어오는 사람들은 점차 늘어갔다. 술을 그렇게 퍼 마신 건 아니어서 속이 굉장히 쓰리거나 그런 건 아니지만, 확실히 아침 식사 겸 해장을 하지 않아서 그런지 속에서 꾸르륵 소리가 났다. 손으로 아랫배를 살살 문지르며 빨리 엘리베이터가 도착하기를 기다렸다.

"어! 한 대리님! 강 팀장님!"

명랑쾌활이라는 단어가 이다지도 잘 어울릴 수 있을까. 밝은 목소리의 승현이 해맑게 웃으면서 냉큼 준우의 옆자리를 차지했다.

"안녕하세요, 팀장님. 한 대리님도 안녕하세요. 오늘 날씨 좋죠?"

"그러게요. 이제 완전히 봄이네요."

"아직 꽃샘추위가 안 가서 꽤 춥습니다, 한 대리. 완전히 봄은 아니죠."

말꼬리 붙잡고 늘어지기는. 다영이 티 나지 않게 그를 흘기다가 다시 승현을 향해 빙긋 웃었다. 승현도 준우가 말꼬리를 잡고 늘어진다고 생각했는지 약간 난처한 기색을 띠며 눈을 데굴데굴 굴리다 준우와 시선이 딱 마주쳤다. 항상 딱딱하던 준우의 얼굴 근육이 살짝 풀어지면서 빙긋 미소를 짓는데, 오히려 그게 더 무서웠다. 승현이 마른침을 꼴깍 삼키고는 급하게 시선을 돌렸다. 어쩐지 밉보인 것 같다는 생각이 들기 시작했다.

어제 이 두 사람 사이에 무슨 일이 확실히 있긴 한 모양이다. 승현이 눈치껏 입을 꾹 다물고 침묵을 지키는데 이번에 먼저 말을 건 사람은 다름 아니라 다영이었다. 어제 준우를 향해 틱틱 쏘는 어투가 아닌, 따뜻한 봄볕처럼 다정하고 따스한 말투였다.

"승현 씨, 안 추워요? 옷이 좀 얇은 것 같은데, 저녁에는 아직 쌀쌀해요."

승현 씨? 준우의 눈썹이 슬쩍 일그러졌다. 아주 자연스럽고 다정하게 이름을 부른다. 제 이름을 부를 때는 무슨 기차 화통을 삶아 먹은 것처럼 '강준우!' 하고 살벌하게 부르더니만. 준우가 못마땅한 기색을 굳이 숨기지 않으며 저보다 조금 작은 승현을 슬쩍 노려보았다.

눈치가 빠른 승현이 그걸 모를 리 없기에 속으로 긴장했다. 앞으로 회사 생활이 조금, 아니, 꽤 고단할 듯싶었다. 도대체 과거에 무슨 사이였기에 무뚝뚝하고 까칠하기로 유명한 디자인팀의 강준우 팀장이 이렇게 여실히 표정을 드러내느냐는 말이다. 승현은 마른침을 꿀꺽 삼키며 다영의 말에 어색하게 대꾸하고는 입을 꾹 다물었다.

땅! 하는 소리와 함께 엘리베이터 문이 열리자 안에 있던 사람들이 재빨리 내렸다. 준우와 다영, 그리고 승현은 엘리베이터에 타 숫자 6을 꾹 누르고는 엘리베이터 가장 뒷자리에 등을 기댔다. 정장 차림의 여자와 남자들이 꾸역꾸역 엘리베이터 안으로 밀려

직장상사와 전 **남자친구**의 상관관계

오고 문이 부드럽게 달혔다.

"회장님한테는 인사드렸습니까?"

"아니요, 아직."

회장님이라는 단어에 엘리베이터 안에 있던 모든 회사원들의 귀가 쫑긋 움직였다. 그건 승현도 별반 다를 것이 없었기에 호기심 가득한 눈초리로 물었다.

"한 대리님, 회장님과도 아는 사이세요?"

LOSA의 강 회장은 디자인팀 강준우 팀장의 아버지다. 그런데 강 팀장과 알면서 강 회장과도 아는 사이. 의문이 승현의 머릿속을 뱅글뱅글 돌기 시작했다. 도대체 정체가 무엇이기에 강 팀장뿐만 아니라 강 회장과도 친분이 있는 건가. 호기심으로 반짝거리는 승현의 눈초리를 그녀가 애써 피했다.

곤란해하라고 일부러 말한 것이 틀림없다. 어제 다툼의 연장선상에 이어지는 꼴이었다. 유치하고 치졸한 놈. 끓는 냄비처럼 속이 부글부글 끓어올랐다. 제 속내를 알면서도 준우는 능청스럽게 말을 이었다.

"잘 아는 사이죠. 한 대리 스카웃하신 분도 회장님이니까요. 그만큼 유능하다는 거겠죠."

앞에 있던 사원 몇 명이 힐끗 뒤를 돌아보며 다영의 얼굴을 확인했다. 많은 사람들 사이에 끼어 있어 더운 것이 아니라, 난처함과 분함으로 다영의 이마에 식은땀이 맺히기 시작했다. 하지만 준우는 혀에 기름칠이라도 한 것마냥 사람이 많은 엘리베이터 안에서 계속해서 떠들었다.

"점심 식사, 회장님이랑 같이 하는 게 어때요? 안 그래도 회장님이 한 대리 찾으시는 것 같던데."

"조언, 감사합니다, 강 팀장님."

바로 옆에 서 있는 준우였기에 그녀의 이가 으득 갈리는 소리가 선명하게 들려왔다. 그 살벌한 기척에도 그는 아랑곳하지 않았다. 사내에서 한다영이 자신에게 분풀이를 할 수 있는 입장도 아니었다. 그가 능청스럽게 그녀를 향해 웃어 보이자 다영이 눈을 예쁘게 휘며 발을 들어 준우의 구두코를 밟았다. 느껴지는 무게감과 통증에 준우가 윽, 하고 신음을 삼켰다.

"팀장님, 왜 그러세요?"

저가 밟고 있으면서 아무것도 모르는 척 되묻는 모습에 그가 어처구니없다는 눈빛으로 보았다. 그 시선을 가볍게 무시하면서 다영은 좀 더 세게, 세게 그의 발을 밟았다.

"한 대리 발이 내 발을 밟고 있는데."

"아, 죄송합니다. 사람들이 밀어서 실수로 그만 밟았네요. 괜찮으세요?"

가증스럽게 웃으며 걱정이 한가득 들어간 목소리가 준우의 눈에는 손으로 입가를 가리고 얄밉게 웃는 모습과 오버랩되었다. 그의 입술이 비뚜름하게 올라갔다. 그가 아무렇지도 않은 척 대꾸하자 구두코를 짓밟고 있던 다영의 발이 슬며시 떨어졌다. 6층을 향해 올라가는 엘리베이터 안으로 꾸역꾸역 밀려드는 사람들 때문에 더 이상 물러날 곳도 없는 다영의 등이 엘리베이터 벽에 계속 눌려졌다. 이러다가 압사하는 건 아닐까 하는 생각에 몸을 좌우로 비틀자 그녀의 팔과 준우의 팔이 맞닿았다.

그 감촉에 흠칫한 다영에 비해 준우는 아무런 표정 없이 서 있었다. 옆으로 떨어뜨린 손에 땀이 살살 고이는 기분이 들었다. 사람들 숨소리가 어렴풋이 들리고, 엘리베이터가 작동하며 위로 올라가는 소리도 들렸지만, 제 가슴이 뛰는 소리만이 다영의 귀에 선명히 들려왔다. 옆으로 떨어뜨린 손이 살짝 그의 손에 가볍게 닿았다가 떨어졌다. 손가락과 손가락이 가볍게 얽히던 그 시절이 떠오르고, 그 시절의 감정 역시 떠올랐다. 나이를 먹음과 동시에 연해져 가는 감정이라 생각하였는데, 굳이 그런 것도 아닌가 보다. 그 시절을 떠올리니 설레는 것을 보니.

엘리베이터에 탔던 사람들이 우르르 내리기 시작하고 안이 조금 더 넓어지자 그녀가 냉큼 그의 옆에서 멀찍이 떨어졌다. 그런 다영을 이상한 눈초리로 보던 승현이 힐긋 준우의 얼굴을 올려다봤다. 딱딱하게 굳어 있던 그의 얼굴이 어쩐지 부드럽게 풀어진 것 같다는 생각이 들었지만, 딱히 그의 기분이 좋게 할 만한 일이 1층에서 6층으로 올라가는 동안 일어나지는 않았기에 아리송한 얼굴만 하고는 멈춘 엘리베이터에서 황급히 내렸다.

모델처럼 길쭉한 다리로 앞서 걸어가는 준우의 뒤로 다영과 승현이 보폭을 맞추며 걸었다. 준우가 부서 안으로 들어가는 것을 확인한 다영이 재빨리 승현의 팔목을 낚아챘다.

"승현 씨."

"예?"

무심결에 잡힌 제 손목을 보다 다영의 얼굴을 봤다. 꽤나 다급한 얼굴이라 승현은 몸을 돌려 다영을 바라보았다. 그녀는 어깨 너머로 준우가 시야에서 사라진 것을 다시 한 번 확인하자 안도감이 섞인 한숨을 슬쩍 내쉬고는 머리를 쓸어 넘겼다. 손가락에 머리카락이 엉킨 것이 걸려서 그녀가 미간을 슬쩍 좁혔다.

"하실 말씀 있으세요?"

"아, 네. 승현 씨한테 부탁이 있어서요."

"무슨 부탁이요?"

"들어주실 수 있으세요?"

그녀가 무슨 부탁을 할지는 모르겠지만, 본인이 들어주지 못할 부탁을 할 것 같지는 않았다. 하지만 승현은 잠시 멈칫했다. 그렇다 해도 쉽사리 들어주겠다고 말하기는 조금 부담스러웠다.

"어려운 부탁 아니에요."

"뭔데요?"

"그, 아까 전에 강준우…… 팀장님이 엘리베이터에서 했던 말, 있잖아요."

"네."

"그 말, 부서 사람들한테 말하지 말아주세요."

"그러니까, 회장님이랑 친하다는 그 말 말이죠?"

포인트를 정확하게 짚은 말에 그녀가 격하게 고개를 끄덕였다. 승현은 눈을 말똥말똥 뜨며 간절한 얼굴로 바라보는 다영이 자신보다 네 살이나 많은 연상 같지는 않았다. 오히려 제 또래, 혹은 연하 같아 보였다. 이래서 강 팀장이 이 사람을 약 올리는구나 하고 알게 모르게 수긍이 갔다. 감정이 얼굴에 그대로 다 드러나고 반응도 대번에 오니, 이만큼 놀리는 재미가 쏠쏠한 사람이 어디 있을까. 승현이 짤막하게 헛기침을 했다.

잠시 고민하긴 했지만, 부탁이 어려운 것도 아니고 그냥 입만 다물고 있으면 되었다. 별 무리 없는 부탁에 승현은 단박에 고개

직장상사의 전 **남자친구**의 상관관계

를 끄덕이려다 말고 잠시 눈을 도르륵 굴렸다. 그냥 부탁을 들어주겠다고 말하기에는 뭔가 아쉬웠다. 한 대리와 강 팀장의 관계가 궁금하기도 하고, 강 회장까지 친분이 있는 이 사람에 대해서 알고 싶기도 했다. 약간 속물적인 이유를 보태며 그가 고개를 끄덕였다.

"좋아요."

"정말요? 고마워요."

"대신에."

긍정의 말에 다영의 얼굴이 화사한 봄볕처럼 밝아지다가 뒤를 따라오는 말에 단박에 표정이 어두워졌다. 조마조마한 기색이 여실히 눈에 들어왔다.

"대신에 저녁이라도 사주세요."

"네?"

"입막음 값이라고 치죠. 맛있는 걸로요."

"……정말 그거면 돼요?"

"아, 그럼 비싼 거 먹어도 돼요?"

"아니, 그건 안 되지만."

바로 이어지는 말에 승현이 와락 웃음을 터뜨렸다. 허리를 구부리고 신나게 웃는 승현을 보며 그녀가 어리둥절한 얼굴을 하며 고개를 갸웃했다. 자신은 웃긴 말을 하지도 않았고, 웃긴 행동도 하지 않았는데 도대체 뭐가 재밌어서 이렇게 웃는 것일까? 자문을 해도 딱히 대답은 나오지 않았다. 부서 앞에서 한참을 신나게 웃던 승현이 고개를 끄덕였다.

"오늘은 안 될 것 같고…… 내일은 어때요?"

"전 상관없어요."

"그럼 내일 같이 밥 먹는 걸로 하죠. 그런데 비밀로 하려고 하시는 이유가 뭐예요? 엘리베이터 안에 저랑 강 팀장님이랑 한 대리님, 이렇게 셋만 있던 게 아니라서 얼마 못 가서 소문 날 텐데."

매도 먼저 맞는 게 나을 텐데 왜 굳이 뒤로 자꾸 미루려고 하느냐라는 질문에 다영이 미묘한 얼굴을 했다. 그녀 스스로도 매도 먼저 맞는 게 낫다는 주의였지만, 뭐랄까, 준우나 강 회장과 관련된 일이라면 뒤로 미루고 싶은 건 어쩔 수 없는 마음이었다. 적어도 대학 생활을 할 때 사람들이 꼬치꼬치 캐묻지만 않았어도 이렇게까지 하지는 않았을 것이다. 답을 기다리고 있는 승현을 보며 그녀가 잠시 시선을 위로 올렸다.

"그래도 최대한 늦게 돌았으면 하는 마음이랄까."

"소문이요?"

"네. 저 낙하산이잖아요. 괜한 뒷담화 별로 듣고 싶진 않……."

그녀의 말이 채 끝나기도 전에 부서 문이 세게 열렸다. 안에서 나온 사람은 승현과 다영이 있다고는 생각하지 못했는지 문을 활짝 열었고, 그와 동시에 문과 승현의 뒤통수가 꽝! 하는 소리와 함께 부딪쳤다. 듣기만 해도 아팠기에 승현과 동시에 다영의 얼굴이 실감나게 구겨졌다. 진짜 아프겠다, 그녀가 속으로 중얼거리며 뒤통수를 붙잡고 주저앉은 승현을 따라 앉았다.

"괜찮아요, 승현 씨?"

"아, 예. 아, 아파라……."

"괜찮습니까?"

승현은 얼얼한 부분을 손으로 문지르며 눈살을 찡그리며 뒤를

직장상사와 전 남자친구의 상관관계

돌아봤다. 약간 미안함이 담긴 얼굴의 준우가 눈에 들어왔다.

"예, 괜찮습니다."

사실 안 괜찮지만 어쩌겠는가, 사회는 계급이 깡패니 안 괜찮아도 괜찮다고 할 수밖에. 굽혔던 무릎을 폈다. 날카로운 인상의 준우의 표정은 썩 좋아 보이지 않았다. 아픈 것은 자신인데 왜 그의 표정이 더 안 좋은가에 대해 의아함을 느끼는데 그가 승현과 다영을 몇 번 번갈아 보고는 시큰둥하게 물었다.

"그런데 두 사람 안 들어오고 뭐 하는 겁니까?"

"들어갑니다."

그녀가 흘리듯 말하며 안으로 쌩 들어갔다. 승현이 뒤따라 들어가며 준우의 눈치를 슬쩍 보니 표정이 여전히 매서웠다. 오늘 하루 회사 일은 정말로, 진심으로 고달플 것 같다.

LOSA에서 그리 멀지 않은 곳에 위치한 고급 일식집에 도착한 다영이 내부 인테리어를 슥 훑어봤다. 큰 어항과 미닫이 형식의 문으로 되어 있는 방이 칸마다 있었다. 척 봐도 비싼 곳이라는 게 눈에 들어온지라 질리는 감이 없지 않아 있는데 접시를 들고 나르던 종업원이 다영을 힐끗 봤다. 돌아다니는 종업원들이 저를 바라보자 인테리어를 보던 시선을 냉큼 거둬들이고는 카운터로 갔다. 카운터에 서 있는 여종업원이 생글생글 웃는 낯으로 그녀를 반겼다.

"무슨 일이세요?"

"예약…… 하고 왔는데요."

"성함이 어떻게 되세요?"

"아……. 강, 형 자, 식 자입니다."

"1시 예약의 강형식님과 한다영님 맞으세요?"

그 물음에 다영이 고개를 몇 번 끄덕였다. 종업원의 시선이 모니터로 있다가 고개를 들고는 방싯 웃었다.

"연꽃실 11번 방입니다."

이런 곳은 처음이었기에 다영은 어색한 얼굴로 종업원이 가리킨 쪽으로 발길을 돌렸다. 연꽃실 1번 방부터 시작해서 번호 순대로 차례로 있었다. 2번 방, 3번 방……. 꽤나 구석진 곳에 들어가셨다며 그녀가 혀를 내두르며 11번 방 미닫이문 앞에 섰다. 미국에 있을 때도 종종 연락을 드리면서 가깝게 지냈던 강 회장이지만, 자신이 취직한 회사의 회장님으로 만나는 것은 처음이었기에 긴장을 안 하려고 해도 안 할 수가 없었다.

입고 있던 옅은 분홍색 코트를 손으로 대충 털어내고 베이지색 구두를 벗고는 마루 위로 올라섰다. 미닫이문이라 노크를 하기에는 애매한지라 그녀가 조심스럽게 문을 열고 조금 열린 문틈 사이로 몸을 집어넣자 먼저 와 있던 강 회장이 보였다. 얼굴을 보자마자 재빨리 안으로 들어가서 문을 닫고는 두 손을 앞에 가지런히 모으며 꾸벅 인사했다.

"늦게 와서 죄송합니다. 많이 기다리셨어요?"

"별로 안 기다렸다. 앉거라."

"네."

코트를 벗어 옷걸이에 조심스레 걸어두었다. 나름 차려입고 오기는 했는데 다른 여사원들과 비교해서 너무 편하게 입고 온 건 아닌가 하는 생각에 슬슬 걱정이 됐다.

강 회장이 잔에 따른 물을 한 모금 마시며 다영을 위아래로 찬찬히 훑었다. 다영은 긴 머리카락을 높게 질끈 묶은 채 깔끔한 하얀 블라우스와 달라붙는 진을 입고 있었다. 화장을 진하게 하지 않아서인지 과거와 크게 변한 점은 없는 것 같다는 게 강 회장의 생각이었다.

오랫동안 알아왔지만 이런 자리가 어색한 건지, 아니면 회장으로서 자신을 만나는 것이라 긴장한 건지, 평상시의 보는 사람마저 기분 좋게 만드는 미소는 없고 딱딱하게 굳은 얼굴을 하고 있었다. 이렇게 딱딱하게 굴 필요는 없다 생각하며 강 회장이 작게 웃음을 터뜨렸다. 준우가 없는 것처럼 말하고 아들자식이 있는 부서에 넣었다고 야속해할 줄 알았는데, 아닌 모양이다.

"오랜만이다, 다영아."

"네. 아저…… 아니, 회장님도 잘 지내셨어요?"

"편하게 부르렴."

"그래도 지금은 업무의 일부분이니까 안 되죠."

강 회장이 평소와 다름없이 상냥하게 제 이름을 불러주자 고양이 앞의 생쥐마냥 바짝 긴장한 몸이 스르르 풀어지기 시작했다. 딱딱한 표정이 가시고 그녀가 부드럽게 입술 끝을 말아 올렸다. 어제만 해도 아무 말도 해주지 않고 준우가 있는 디자인팀에 자신을 넣은 강 회장이 야속했지만, 그 야속함이 금세 지워졌다. 디자인팀에 강준우가 있을 것이라고 꿈에도 생각 못 한 자신처럼, 강준우 역시 그날 자신이 온다는 것을 몰랐을 것이다.

아마 그날 강 회장에게 통보받았을 것이라는 예상이 쉽게 갔다. 강 회장은 아들인 강준우가 보기에도 정말 예상 불가능한 사람이었다. 강준우의 아버지이기에 두 사람의 얼굴은 역시 닮은 점이 많았다. 쌍꺼풀이 없지만 큰 눈이라든가, 약간 날카로운 눈매라든가. 평소에 거의 무표정한 얼굴이라 냉정해 보이는 준우의 인상과는 달리 강 회장은 그녀가 볼 때는 항상 만면 가득히 미소를 짓고 있는 사람이었기에 날카로운 눈매에도 불구하고 부드러운 인상을 주었다.

일상적인 대화도 오고 가지 않는 방에 침묵이 조용히 내려앉았다. 무슨 말을 어떻게 해야 할지 찬찬히 고민하고 있는 다영과는 달리 강 회장은 대화 주제에 대해서는 생각하지 않은 채 그녀를 뚫어져라 보고 있기만 했다.

참 아까운 여자애였다. 자신의 핏줄이긴 하지만 준우에게는 참 아까운 여자애였다. 순간 그런 생각을 했다가 이내 그 생각에 크게 가위표를 쳤다. 아니다. 준우와 다영은 누가 아깝고를 따질 수 없이 서로가 서로에게 균형이 잘 맞는 존재였다. 각자의 부족한 부분을 서로가 채워줄 수 있는 존재였다. 이만큼 잘 어울리는 커플이 어디 있을까. 아들 녀석이 살아오면서 적지 않은 여성을 만났지만, 다영만큼이나 잘 어울리는 아이는 없었다.

솔직하지 못한 아들 녀석과 숨길 줄 모르는 다영. 적어도 준우는 다영 앞에서는 솔직해졌던 걸로 어렴풋이 기억한다.

"회사 생활은 할 만하고?"

"아, 뭐, 강준우가…… 아니, 아니, 아……."

주원이에게 하던 것처럼 '강준우만 없다면야, 뭐'라고 대뜸 튀어 나갈 뻔했다. 다행히 주워 담을 수 있는 수준에서 입을 다물었다. 물론 다물어봤자 준우만큼이나 다영을 오래 봐온 강 회장이 그녀가 할 말을 눈치 못 챌 만한 것도 아니었다. 그녀가 강 회장의 눈치를 슬쩍 보며 어색하게 웃었다. 기분이 나쁠 법도 한데 딱히 그런 기색 없이 강 회장이 호탕하게 웃자 다영이 멋쩍은 얼굴로 손가락 장난만 하다 고개를 푹 숙였다.

"그래, 준우가 잘해주니?"

"아직 이틀밖에 안 돼서 잘해주고 못 해주고는 딱히 모르겠어요. 게다가 잘해주면 제 입장이 좀 곤란하잖아요."

"왜?"

"뭐, 이것저것 다요."

남녀 사이에 조금만 친하면 바로 연애 이야기로 넘어가는지라 최대한 마주치지 않으면 좋겠다는 게 그녀의 속마음이었다. 굳게 닫혀 있던 미닫이문이 다시 한 번 부드럽게 열리자, 종업원이 몇 가지 반찬과 함께 초밥 정식을 들고 안으로 들어왔다.

강 회장과의 대화가 잠시 끊기고, 종업원은 조용한 방 안에서 갖가지 음식들을 식탁 위에 올렸다. 뒤따라 들어오는 종업원 역시 뭔가를 많이 들고 와서는 식탁 위에 올려두었다. 종업원이 다시 나가자 강 회장이 젓가락을 들었다.

"먹으렴."

"네. 회장님도 드세요."

"미국 생활은 괜찮았어?"

"다 회장님 덕분이죠."

다영이 배시시 웃었다. 대학 재학 중일 때 공모전 제의를 꺼내면서 한 번 생각해 보지 않겠느냐고 말한 것은 강 회장이지만, 미국에서 입지를 다지고 커리어를 차근차근 쌓아간 건 모두 본인의 노력이었다. 강 회장이 흐뭇하게 웃자 그녀가 초밥을 집으려다 멈 칫했다.

"그런데 회장님."

"응?"

음식을 입에 안 대는 다영에 비해 강 회장의 입에는 이미 초밥 하나가 냉큼 들어가 있었다. 우물우물 씹으면서 말해보라는 제스 처에 그녀가 조심스럽게 물었다.

"절 강 팀장이 있는 부서에 넣으신 이유, 물어봐도 될까요?"

"너, 미국에서 디자인 배웠잖니. 그럼 디자인팀으로 가야지."

"그렇긴 하지만……."

뭔가 맞는 말이긴 하지만 어쩐지 찝찝했다. LOSA는 유명한 주 얼리 회사이기 때문에 그녀는 당연히 준우가 디자인이 아닌 경영 쪽의 일을 할 줄 알았다. 다영이 디자인 쪽 일을 한다고 하더라도 두 사람의 전공은 경영이었기에.

쉬이 가시지 않은 찝찝한 기분 탓에 그녀가 미묘한 얼굴을 했 다. 분명히 일부러 자신을 강준우와 마주치게 만든 것 같은 데……. 심증은 있으나 물증이 없었다.

"회장님, 아니, 아저씨. 혹시나 해서 물어보는 건데요."

어디 질문을 해보라는 뜻으로 강 회장이 고개를 주억거렸다. 동 기나 선배들에게 하는 말이라면 이렇게까지 어렵지는 않을 텐데, 전 남자 친구의 아버지에게 직접 말을 하자니 굉장히 어려웠다. 게다가 어제 준우가 맞선을 깬 이유가 자신 때문이라는 말을 한 덕분에 더더욱 강 회장에게 죄송스러웠다. 항상 저를 아껴 준 사 람에게 못 할 짓을 한 기분이었다.

"무슨 말이기에 그리 뜸을 들여?"

"아, 그게……."

다영이 숨을 작게 들이마시고 고개를 똑바로 들었다.

"저, 준우랑…… 오래전에 헤어졌어요, 아저씨."

2장 미스터리

"알고 있다, 너희 둘이 헤어진 거."

강 회장이 요즘 애들 말처럼 쿨하게 대꾸했다. 음식에 시선을 두던 그가 시선을 올렸다. 뭐랄까, 의외라면 의외였고, 예상 가능하다면 예상 가능한 질문이었다.

혹여 강 회장이 불쾌해하지는 않을까 다영이 그의 눈치를 힐끗 보았다. 그럼에도 강 회장은 불쾌해하는 것 같지도 않았다. 잠시 생각을 하는 준우와 비슷한, 예의 그 담담한 얼굴이었다. 그 단호한 대답에 오히려 그녀가 당황했다.

"예?"

"준우랑 너랑 오래전에 헤어진 거, 이미 알고 있다고."

하긴 모를 리가 없었다. 헤어지고 나서도 5년은 꽤 긴 시간이었으니 그동안 준우가 다른 여자를 만났을 수도 있었다. 그렇게 생

직장상사와 전 남자친구의 상관관계

각하자 알게 모르게 안도감이 들었다. 신경 쓰지 않으려고 해도 신경 쓰였던 '너 때문에 깬 거야'라는 말이 조금은 홀가분하게 다가왔다. 그렇다고 해서 신경 쓰이지 않는 것은 아니었지만. 가지런히 올려둔 젓가락을 꾹 쥐었다.

강준우가 맞선을 깬 이유, 강 회장은 알고 있을까? 그가 모르고 있다면 사실대로 말을 해야 하나? 하지만 굳이 말할 필요 역시 없지 않나? 상반되는 두 생각이 머릿속에서 어지럽게 교차되었다. 만약 강 회장이 모르고 있고 그녀가 말을 하지 않는다면 괜한 부스럼은 생기지 않을 것이고, 강 회장과의 사이 역시 틀어지지 않은 채 평온한 사이가 계속 유지될 것이다. 하지만 모르는 척 입을 닫고 있기에는 그녀의 양심이 콕콕 찔렸다. 그녀는 알면서도 모르는 척하는 비겁한 사람이 되고 싶지는 않았다.

"준우, 선자리 깨진 거 말이에요."

"음?"

"그거, 이유가 저 때문이라던데…… 사실인가요?"

"준우가 그렇게 말하더냐?"

"뭐어……."

그녀가 어물거리며 말끝을 길게 늘였다. 그 말은 처음 들어본다는 얼굴을 하던 강 회장이 이내 호탕하게 웃음을 터뜨렸다. 5년 전, 준우가 나간 선 자리는 강 회장 역시 탐탁잖은 자리였고, 내심 깨지길 원한 자리였다. 강 회장은 제 아들 녀석이 다영과 잘되길 원했으니까. 그가 깨지길 원한 건 준우의 선 자리였지, 다영과의 관계가 아니었다. 강 회장이 쓸쓸한 듯 입맛을 쩝, 다셨다.

아들인 준우 역시 그 자리를 원해서 나간 것은 아니었다. 처제의 강요가 섞인 부탁으로 인해 억지로 나간 것이었다. 나가지 않아도 된다고, 없는 마음에 그럴 필요가 없다는 말을 했음에도 불구하고 준우는 그 자리에 나가겠다고 했다. 아내가 죽고 난 후 처제가 준우를 제 자식처럼 이것저것 챙겨줬으니 아마 그녀의 체면을 한 번 세워주기 위해 나간 자리였을 것이다. 만약 그것 때문에 다영과 헤어질 줄 알았더라면 준우에게도 절대 나가지 말라고 했을 것이다.

무엇이 그의 관심을 끌게 한 계기가 되었는지는 몰라도, 남에게 무관심하던 준우가 맨 처음으로 관심을 갖게 된 이성이 다영이었다. 그의 반응을 끌어내게 만드는 유일한 여자애도 다영이었다. 준우가 교제한다는 사실을 알게 된 지 얼마 되지 않았을 때, 그녀를 집으로 초대한 적이 있었다. 물론 준우는 모르게. 아들 녀석이 어떤 여자와 만나고 있는지 궁금하기도 했고, 그때 LOSA가 주관하는 주얼리 디자인 대회에서 2등을 한 여학생에 대한 궁금증이 생기기도 했다.

앳된 얼굴로 우물쭈물거리며 집 안으로 들어오던 다영이 떠올랐다. 사실 맨 처음부터 이 아이가 마음에 든 건 아니었다. 확실하게 집안의 차이가 느껴졌고, 그냥 어디서나 흔히 볼 법한 여대생이구나란 생각을 했기에 두 사람이 그렇게 오랫동안 사귈 것이라고는 생각하지 않았다.

"의지가 되는 사람이 되고 싶어요, 그 녀석한테."

그렇게 말하던 다영의 모습이 머릿속에 스쳐 지나가자 강 회장이 슬쩍 웃었다.

"뭐, 네가 말하는 걸 들어보면 내가 무슨 꿍꿍이속이 있어서 널 디자인팀에 보냈다는 말 같구나."

"그렇게 생각할 수밖에 없었어요."

다영이 어색하게 웃으며 의기소침하게 중얼거렸다. 풀 죽은 모습의 다영을 보며 강 회장이 속으로 씩 웃었다. 사실 꿍꿍이속이 있는 것은 사실이었다. 그녀가 준우와 다시 잘되길 바라는 것. 그것이 그의 속셈이었다. 물론 그 속셈을 아들인 준우에게나 딸처럼 아끼는 다영에게 사실대로 말할 생각은 없다. 그랬다가는 준우는 몰라도, 다영은 오히려 진저리치며 뒷걸음질을 칠 것이다.

늙은이의 주책으로 억지로 자꾸 붙이려고 한다면 되레 역효과만 날 것이니, 멍석만 깔아줄 것이다. 만약 두 사람이 서로에게 아직 마음이 있다면 다시 만나게 될 것이고, 자꾸 미적거리기만 한다면 조금 힘쓰는 것도 나쁘지 않을 것이다. 게다가 아들 녀석은 그녀에게 아직 미련이 남아 있는 것처럼 보이니까 아비 되는 사람이 조금 도와준다고 해도 욕할 사람은 아무도 없을 것이다. 강 회장이 속으로 웃으며 능청스럽게 어깨를 으쓱였다.

"네가 디자인 공부를 했으니까 거기로 보낸 것뿐이다. 다른 뜻은 없었단다. 다영이 넌 꽤 실력 있는 디자이너니까."

꽤? 어쩐지 미묘한 칭찬이다. 그럼에도 불구하고 기분은 나쁘지 않았기에 다영이 싱그럽게 웃었다. 어쩐지 인정을 받은 기분에 마음 한구석이 가벼워졌다. 대학 때도 부전공으로 디자인을 공부했고, 5년간 미국에서 디자이너로서 입지를 굳건하게 다져 왔으니 디자인팀으로 가는 것은 당연한 것이었다. 미심쩍어할 필요가 없다며 그녀가 고개를 끄덕였다.

"젊은 남녀가 만났다가 헤어질 수도 있는 법이지. 아저씬 앞뒤 꽉 막힌 사람은 아니니까 너무 걱정하지 않아도 돼."

만났다가 헤어질 수도 있는 법이지만 다시 만났으면 하는 바람이었다. 강 회장이 능청스럽게 웃으며 하는 말에 다영은 어쩐지 꺼림칙했다.

"서로에게 좋은 짝이 있는 거겠지."

"그렇게 말씀해 주셔서 감사해요."

"뭘. 강준우, 그놈이 많이 속 썩였지?"

그 말에 그녀는 아무런 말도 하지 않았다. 침묵이 방 안에 조용히 가라앉았다. 입안에 있는 음식을 꼭꼭 씹으면서 삼키지만 목이 턱턱 막혀왔다.

"준우랑 헤어진 이유, 물어봐도 될까?"

"별건 아니에요."

"그 별거 아닌 이유가 궁금한 거야, 아저씬."

"그냥……."

강 회장에게는 친구에게 말하는 그 흔한 이유를 말하지 못하겠다. 5년간 그와 만나면서 섭섭하던 것들이 쌓이고 쌓여서 결국 폭발하게 된 것이다. 사실 폭발이라기보다는 스스로에 대한 자괴감이 더 컸던 것 같기도 했다. 그와 사귈 때는 옆에 있어도 있는 것 같지가 않았다. 아주 가까운 사이가 맞는데도 불구하고 때로는 아주 멀게도 느껴지는, 그런 사이. 그런 연을 놓치기 싫어 끝까지 붙잡고 있다 결국 힘을 다 써버려서 놓치고 말았다.

"그냥?"

강 회장이 앵무새처럼 다영의 뒷말을 따라 했다. 그녀가 짧게 웃었다.

"제가, 아저씨한테 했던 말 기억하세요? 맨 처음 아저씨 뵈러 갔을 때 했던 말."

"기억하지."

"제가 너무 자신만만했던 거예요. 결국 제가 그 녀석한테 '의지'되는 사람이 못 되어서……."

그녀가 손으로 뒷머리를 긁적였다. 씁쓸해 보이기도 하고 미련이 남아 있는 것 같은 얼굴이었다. 애초부터 다영이 준우의 성격을 모르던 것은 아니었다. 같은 과 동기였고, 몇 번 지켜보며 남의 일에 무관심하고 자기 생각을 잘 말하지 않는다는 걸 알고 있었다. 사귀기 전이야 그 모습이 멋있지만 타인에게 무관심한 녀석이구나 싶다가도 사귀고 나서부터는 자신이 그 녀석을 바꿀 수 있을 줄 알았다. 흔히 볼 수 있는 로맨스 소설에서처럼 남자 주인공이 여자 주인공에 의해 점차 변화되어 갈 수 있다고, 그렇게 생각했다.

"그렇게 자신만만하게 말한 게 부끄러워서 헤어졌던 거예요."

사람이 그렇게 쉽게 바뀔 리가 없다는 걸 준우와 함께 사귄 5년간 절실히 알게 됐다.

점심시간이 끝난 지 10분이 넘은 시각임에도 불구하고 준우는 바쁘지 않는 발걸음으로 유유자적하게 회사에 들어왔다. 점심시간 동안 느슨히게 푼 넥타이를 다시 한 번 꽉 조이며 옷차림을 단정하게 하고는 엘리베이터 앞에 섰다. 13층 숫자 옆에서 아래로 내려오고 있는 화살표에 시선을 한 번 주고는 엘리베이터 창에 시선을 던졌다.

15층인 회장실. 아버지가 다영을 부른 이유는 대충 알고 있었다. 함께 점심을 먹은 이유까지도. 무엇 때문인지는 몰라도 아버지는 그녀를 굉장히 아꼈으니, 대충 답은 나왔다. 그녀가 괜찮은 디자이너라는 이유도 있겠지만, 자신의 옆에 아무도 없고, 다영 옆에도 아무도 없는 지금, 그녀와 자신이 잘되길 바라고 다시 붙여주신 거다. 빤히 보이는 속셈에 준우가 피식 웃었다.

평소라면 여자와 이어지게 하려고 하는 아버지의 속셈에 진저리를 칠 법도 하지만, 상대가 다영이라 그런지 그런 생각보다는 오히려 좋다고 생각하는 자신이었다.

엘리베이터 문이 열리자 준우는 안으로 들어서며 6층을 꾹 눌렀다. 문이 닫히기를 기다리고 있는데 멀리서 누군가 뛰어오자 준우가 버튼을 누르며 뛰어오는 사람을 기다렸다. 가쁜 숨을 들이마시고 내쉬면서 여자가 엘리베이터 안으로 성큼 들어왔다.

"고맙습니다."

다영이 흐트러진 머리카락을 귀 뒤로 넘기며 허리를 일으켰다.

점심시간이 지나도 한참 지났다. 조금 더 있다 가라는 강 회장의 만류를 겨우 뿌리치고 최대한 빨리왔는 데도 불구하고 10분이나 늦었다. 그녀가 허리를 일으키면서 기다려 준 사람을 보니 놀랍게도 그는 강준우였다.

준우 역시 상대가 다영일 줄은 생각도 하지 못했는지 토끼처럼 눈을 뜨고는 살짝 웃으며 열림 버튼을 누르고 있던 손을 뗐다. 문

직장상사와 전 남자친구의 상관관계

이 닫히고 우웅거리는 조용한 소음이 엘리베이터 안을 채웠다. 불편한 침묵이 살짝 돌며 아침 무렵 엘리베이터에서 그와 손이 살짝 닿았던 순간이 떠오르자 다영이 고개를 휘휘 저었다.

"아버지랑 얘기 잘했어?"

"아, 어. 5년 전이랑 변함이 없으시더라."

"언제나 한결같으신 분이지."

준우가 웃으면서 짧게 대꾸했다. 다영 역시 그를 따라 웃었다. 엘리베이터 문에 비치는 준우의 얼굴을 그녀는 뚫어져라 쳐다보았다. 그는 그 시선을 눈치채지 못한 듯 그녀가 아닌, 다른 쪽으로 시선을 두고 있었다.

"무슨 말씀하셨는데?"

"별말씀 안 하셨어. 그냥, 미국 생활 어땠냐 물어보시고, 나는 혹시 싫어서 너랑 나랑 헤어진 거 아시냐고 물어봤고."

"아실 텐데."

"응. 아직 너랑 잘되길 바라시는 줄 알았는데, 딱히 그런 건 아닌 것 같으시더라."

다영이 애써 덤덤히 말을 했다. 그 말에 움찔한 준우가 시선을 그녀에게 돌렸다. 곱슬기가 있는 긴 머리카락을 단정하게 묶은 그녀가 서 있었다. 5년 전에는 항상 마주하던 시선이었다. 똑바로 서로를 바라보고, 마주 보며 웃고, 손을 잡고, 때로는 입을 맞추고 그랬다.

그런데 지금의 그녀는 자신에게 미련 같은 것은 하나도 없어 보였다. 온전히 과거의 일로 치부하는 것 같기도 했다. 자신은 아직 다영을, 그녀를 과거로 생각하지 못하고 있었다. 그녀가 없던 5년 동안은 그저 온통 무채색인 세상 속에서 지내는 기분이었다. 썩 유쾌하지 않은 기분에 준우의 인상이 미미하게 찡그려졌다. 6층까지 가는 속도가 유난히 더디게 느껴졌다. 다시 어색한 침묵이 흘렀다.

"우리, 나름 잘 지냈잖아."

"그랬지."

다영은 자신을, 그리고 자신과의 관계를 과거로 치부하고 있었다. 준우는 그것이 못내 섭섭했다. 자신에게는 쉽게 잊을 수도, 정리할 수도 없는 시간인데, 다영은 그것들을 너무도 쉽게 정리하고 있었다. 물론 5년의 세월은 그것들을 충분히 정리할 수 있는 시간이지만, 준우는 그러지 못했다. 준우에게 있어 다영은 항상 현재였다. 지금도 다영은 준우의 옆에 서 있었다. 다영이 사라진 그 순간, 준우의 세상은 잠시 시간이 멈췄다.

그녀는 무채색이던 그의 세상에 유일한 유채색을 가진 인물이었다. 흑백 TV를 보고 있는 것처럼, 그의 세상에서 유일하게 제 빛을 뽐내며 싱그럽게 웃는 여자였다. 회색빛 세상을 밝게 만들었으면서 다시 회색빛으로 만들고는 자신의 옆을 떠났다. 그리고 짧게나마 밝았던 세상은 다시 어두워졌다.

6층에서 문이 열리자 다영이 먼저 엘리베이터에서 내렸다. 준우는 내리지도 않은 채 엘리베이터 안에서 그저 다영을 보고만 있었다. 다영도 딱히 그에게 내리라는 채근을 하지 않고 몸을 돌린 채 그를 똑바로 바라보았다. 나이가 삼십 줄에 들어서 그녀가 어른스러워졌다는 건 잘 모르겠다. 다만 지금 자신을 보고 있는 그녀의 시선은 그가 알고 있던 20대 시절의 다영과는 전혀 다른 눈빛이었다. 항상 생동감 넘치는 그녀다운 모습이 아니었다.

"그러니까 내가 여기서 일할 동안…… 잘 지내자고."

"또 떠날 것처럼 말하네."

그가 차게 웃으며 대꾸했다. 5년 전에는 쉽게 보냈지만, 다시 돌아온 지금은 전처럼 그녀가 다시 떠나게끔 하지 않을 것이다. 붙잡을 것이고, 그녀를 다시 자신의 옆에 둘 것이다.

"네 말처럼…… 우리 나름 잘 지냈지, 5년 동안."

"……."

"나름 잘 지낸 우리였는데 왜 헤어진 걸까? 내가 널 서운하게 만든 것 같지는 않았는데."

그 말에 다영이 숨을 들이마시고는 옅게 웃었다. 현재 그와 자신은 아무런 사이도 아니었다. 그런 그에게 화를 내도, 섭섭한 것들을 말해도 그녀가 받은 상처가 괜찮아진다고는 할 수 없었다. 게다가 자존심 때문이라도 무엇 때문에 상처받았는지 말하고 싶지는 않았다. 지금 문득 드는 생각은, 헤어지게 된 이유가 자신에게도 있었다는 점이다.

5년이 지난 지금에서야 깨달았다. 아무것도 말하지 않은 건 다영 역시 마찬가지였다. 모든 걸 숨기려고 한 강준우와, 그것에 대해 섭섭하다고 표현하지 않은 한다영. 소통을 하지 않으려고 벽을 세운 것은 바로 한다영, 자신이었다.

하지만 그래서? 그걸 지금 깨달았다고 해도 어떻게 할 수 있는 것도 아니고, 변하는 것도 아니었다. 그와 자신은 지금 헤어졌고, 남이다. 남이라고 하기에 너무 삭막하면 직장 상사와 부하 직원, 친구보다는 가깝고 연인보다는 먼, 애매모호한 사이였다. 다영이 피곤한 얼굴로 손등을 허리에 얹었다.

"……넌 모르겠지."

자존심 때문에 말하지 않았다. 강준우도 자존심이 센 녀석이었고, 준우만큼이나 자존심이 센 사람이 다영이었다. 그래서 말하지 않았고, 표현하지 않았다.

"나 많이 울었어, 너 때문에."

"내가 울린 거였어?"

"그럼 누가 울렸겠어? 내가 동기나 선배들 때문에 우는 거 봤어?"

"아니."

그가 피식 웃었다. 친구와 슬픈 영화를 봐도 울지 않은 녀석이다. 그만큼 남의 앞에서 눈물을 보이는 걸 싫어했다. 두 사람 다 자존심이 센 편이었기에 적잖은 의견 충돌이 있었다. 연인으로서 섭섭함 때문에 싸우기도 했고, 때로는 대학 동기로서, 때로는 대학 조별 과제로 인한 의견 충돌로 싸운 적도 있었다.

다투기도 많이 다퉜지만, 그 시간 동안 그녀가 화내는 걸 본 적은 있어도 우는 건 단 한 번도 보지 못했다. 보통 여자들은 제 분에 못 이겨 우는 것 같았는데, 그럴 때 그녀는 오히려 그의 정강이를 세게 찼으면 찼지 단 한 번도 울지 않았다. 그런 한다영이 울었단다. 그것도 자신 때문에.

처음 알게 된 그 사실에 준우가 벙찐 얼굴을 하며 그녀를 바라봤다. 유리창 안으로 들어오는 눈부신 햇빛이 다영을 그대로 비추었다. 오랜만에 보는 그의 얼빠진 얼굴에 그녀가 웃는 듯 마는 듯한 얼굴을 했다.

"처음 듣는데."

"당연하지. 들키기 싫었으니까."

"……."

"이 정도면 얘기가 됐어?"

"그럼 있잖아."

망설임 없이 발걸음을 돌리려고 할 때, 뒤에서 작게 들리는 목소리에 다영이 멈칫하며 고개를 돌렸다. 약간 멍청해 보이던 표정을 다시 갈무리하고 평소 여자들이 멋지다고 하는, 담담한 얼굴을 한 준우가 그녀를 보고 있었다.

"그럼 우리 다……."

그의 말이 채 맺기도 전에 엘리베이터 문이 자동적으로 닫히려 했다. 덕분에 말이 끊긴 그가 재빨리 열림 버튼을 꾹꾹 눌렀다. 평소의 강준우라면 전혀 상상하지도 못할 행동에 그녀가 작게 웃음을 터뜨렸다. 그가 난처한 얼굴로 머리를 긁적이다 급하게 엘리베이터에서 빠져나왔다.

아, 하필 중요한 말을 하려고 할 때 문이 닫힐 게 뭐람. 준우가 죄 없는 엘리베이터를 가자미눈으로 노려보다 손으로 뒷목을 쓸었다. 퍽 진지하게 하려고 했던 말이 덕분에 개그 프로의 한 장면이 된 느낌이었다. 쯧, 준우가 가볍게 혀를 찼다.

"너 바보야?"

그녀가 낄낄 웃으며 손바닥으로 그의 어깨를 스스럼없이 가볍게 쳤다. 오랫동안 사귀었지만, 또한 그들은 오랫동안 친구이기도 했기에 친근한 행동이 물 흐르듯이 자연스럽게 흘러나왔다.

"근데 무슨 말 하려고 했는데?"

"아니, 오늘은 날이 아닌가 보네. 그냥 다음에 말할게."

"뭐야, 싱겁게."

다영이 피식 웃으며 디자인팀 쪽으로 성큼성큼 걸어갔다. 복도 안에 또각또각 소리가 유난히 선명하게 울렸다.

'지금 만나는 사람 없으면, 우리 다시 만날래?' 라고 말하려고 했는데. 왜 하필 그 타이밍에 문이 닫히는지. 타이밍도 참 거지같았다. 뭐, 말을 할 수 있는 기회는 앞으로도 많이 있다. 싫으나 좋으나 다영은 일주일에 다섯 번은 출근해야 했고, 6시까지는 같은 부서에서 함께 생활해야 하니 앞으로도 기회는 있을 것이다.

다만, 다영의 옆자리에 앉아 있던 최승현이라는 남자가 좀 신경 쓰이긴 했지만. 그녀에게 퍽 살갑게 굴던 모습도 떠오르고, 또 오늘 복도에서 둘이 이야기하는 것도 알고 있었다. 같은 엘리베이터를 탔다가 둘은 안 들어오기에 기분 나빠서 문을 확 연 것인데…… 아니나 다를까, 둘이 같이, 그것도 문 앞에서 이야기를 나누고 있었는지 문이 최승현의 뒤통수를 가격했다. 미안하긴 했지만 솔직히 내심 잘됐다는 생각 또한 어렴풋이 들었다.

준우는 땅이 꺼져라 한숨을 내쉬고 멀어지는 다영의 뒷모습을 뚫어져라 보며 마른세수를 했다. 기분 나쁜 기시감이 몸을 휘감았다. 다시 재회했건만, 지금 다영의 모습은 마치 5년 전에 말도 없이 미국으로 가려고 하던 그때의 모습과 겹쳐 보였다. 그것이 보기 싫어 그 역시 냉큼 발을 움직였다.

미국으로 막 떠났을 때는 몇 날 며칠 잠도 제대로 못 잤는데, 시간이 약이라고 떠오르는 것도 드문드문 해서 잊은 줄 알았고, 괜찮은 줄 알았는데 전혀 아니었다.

"왜? 왜 그렇게 봐?"

빤히 보는 그 시선을 느꼈는지 다영이 불편한 얼굴로 묻자 준우가 피식 웃었다. 괜찮은 줄 알았는데 전혀 아니었다. 만약 우연히 마주 보게 되면 그냥 웃으면서 안부를 묻고 지나칠 수 있을 거라 생각했는데, 그게 아니었다. 왜 멍청하게 그렇게 생각하고 있었는지 모르겠다. 아직까지 좋아하고 있는데, 다시 보니 가슴이 뛰는데, 무덤덤하다고 생각해서 괜찮아진 게 아니었다. 한다영을 보지 않아서 가슴이 안 뛰는 걸 괜찮은 걸로 착각했다.

"멍청이."

"뭐?"

"멍청하다고."

"너 지금 나한테 시비 거냐?"

"글쎄?"

"너 진짜 죽을래?"

씩씩거리면서 주먹을 내보이는 그녀에게 마땅한 해명을 하지 않고 준우는 냉큼 부서 안으로 들어갔다. 성이 났다는 걸 증명이라도 하는지 그녀가 쿵쾅거리는 발걸음으로 이내 문을 벌컥 열고 그를 따라 안으로 들어왔다. 그는 자연스럽게 팀장실 안으로 들어갔고, 그녀는 그를 몰래 노려보면서 제자리로 걸어가서 풀썩 소리가 나게끔 의자에 앉았다.

얄미운 자식! 앞에 샌드백이 있으면 강준우가 있다는 걸로 여기면서 주먹을 막 쳤을 것이다. 저런 얄미운 놈이 상사라는 것이 제일 싫다. 동기였을 때는 한 대 때리기라도 했지, 이제는 때리지도 못하고 속으로 궁시렁거리기만 하고. 그녀가 진저리난다는 얼굴을 하며 하얀 A4 용지에 신경질적으로 펜을 휘갈겼다.

"한 대리님 오셨어요?"

"네. 무슨 일 있었어요, 승현 씨?"

승현의 물음에 그녀가 대꾸하고는 옆으로 시선을 팩 돌렸다. 점심시간 한 시간이 조금 지났는데 유난히 피곤해하는 얼굴에 그녀가 승현의 책상에 가득 쌓인 서류로 눈길을 줬다. 누가 보면 강준우가 아니라 최승현이 팀장이라고 착각할 정도로 어마어마한 서류들이 책상을 빼곡 채우고 있었다.

"뭐, 뭐예요? 이거 다 승현 씨 일이에요?"

"이제부터 해야 할 일…… 이죠."

"언제까지 해야 돼요? 좀 도와줄까요?"

"도, 도와준다고요?"

도움이 필요한 것 같아서 한 말이었는데 오히려 기겁하며 손사래까지 치는 승현을 보며 다영은 고개를 갸웃했다. 승현은 마른침을 꼴깍 삼키며 입술의 양 끝을 억지로 올리면서 '괜찮아요'라고 띄엄띄엄 말했다.

괜찮기는 무슨. 승현은 눈을 질끈 감으며 어깨 너머로 보이는 강 팀장에게 시선을 던졌다. 무심한 척하고 있어도 강 팀장의 시선이 한 대리를, 혹은 자신을, 그것도 아니면 두 사람을 보고 있었다.

명백하게 드러나는 견제의 눈빛에 승현이 눈동자만 데굴데굴 굴리다가 의자를 빙글 돌리며 책상에 한껏 쌓인 서류들을 보았다. 이건 뭐랄까, 확실히 견제였다. 무엇에 대한 견제인지는 모르겠지만, 강 팀장이 자신을 주시하고 있는 건 확실히 알 수 있었다. 승현이 고개를 푹 숙이며 속으로 욕지거리를 내뱉었다. 오늘 안에 다 못 할 게 뻔했고, 누군가의 도움이라도 받아야 했다. 한 대리가 선뜻 도와주겠다고 했지만…… 글쎄, 도움을 받았다가는 앞으로 강 팀장에게 계속 시달릴 게 불 보듯 뻔했다.

도대체 무슨 사이이기에 강 팀장이 저렇게 날 선 눈빛으로 자신을 노려보는지 모르겠다. 안 친한 대학 동기인데 저렇게 신경 쓰는 거라고 보면……. 승현은 생각을 하는 걸 멈추었다.

"근데 양이 왜 이렇게 많아요?"

"그러게요. 점심 먹고 오니까 이렇게 많아졌네요."

이유를 모른다는 말이었지만, 어쩐지 낌새가 뭐 때문에 이렇게 할 일이 쌓이게 되었는지 알고 있다는 말투였다. 의아한 얼굴을 하며 다영 역시 몸을 돌리며 컴퓨터를 켰다. 입사한 지 며칠 되지 않아서 그런지 승현처럼 일이 엄청나게 많은 건 아니었지만, 그래도 해야 할 일은 있기에 마우스를 몇 번 움직이며 이번 주얼리 디자인 초안을 꺼냈다.

"뭐예요, 그거? 이번 봄 신상 초안?"

"그런 건 아니고……. 그냥 손 닿는 대로 그리는 거예요."

"오! 유능하다는 거 사실이었네요, 한 대리님."

방금 전까지의 힘없는 모습은 없어지고 능청스럽게 말을 거는 승현을 힐끗 보다 다영이 픽 웃었다. 습관처럼 엄지손톱을 잘근잘근 물면서 수정본과 작년 봄 시즌에 나온 LOSA의 주얼리 사진을 꺼냈다. 멍하니 그 사진을 보다가 손가락 사이에 낀 볼펜을 생각 없이 휘휘 돌리고 있을 때였다. 승현이 슬그머니 강 팀장이 있는 쪽으로 시선을 던졌다. 그가 다영이 아닌 컴퓨터를 보고 있다는 걸 확인한 승현은 슬쩍 의자를 그녀 쪽으로 밀었다.

"회장님하고 식사는 어땠어요?"

"별거 없었어요."

"에이, 그래도 회장님인데."

"그냥 밥 먹고 이야기 조금 하고. 별다른 건 없었는데."

다영이 어색하게 웃었다. 아들의 전 여자 친구인 자신을 예뻐하는 이유는 아직까지 잘 모르겠다. 헤어진 지금도 이것저것 많이 신경 써주고 예뻐하시니까 더 의아했다. 그래도 예쁨 받는 게 좋아서 딱히 물어본 적은 없었다.

다영은 머리를 한 번 긁적이다 턱을 괸 채 멍청하게 모니터만 뚫어져라 봤다. 5월에 나올 신상품 초안을 보다 작년 봄 신상 디자인을 비교했다.

딱히 떠오르는 디자인은 없는데. 그때, 조금 열어놓은 창문 사이로 서늘한 바람이 안으로 들어왔다. 봄이지만 꽃샘추위가 아직 가시지 않은지라 외투가 없으면 약간 춥다고 느껴질 정도였다. 손바닥으로 무의미하게 팔뚝을 쓸었다. 봄에 나올 신상에 대한 이야기는 듣지 않았지만, 그래도 몰라서 이것저것 만들고는 있긴 한데 하나같이 마음에 들지 않았다. 배가 부르니까 잠도 솔솔 몰려오기 시작하자 그녀는 의자 등받이에 편하게 몸을 기댔다.

유난히 무거운 눈꺼풀이 천천히 감겨지기 시작하고 있을 때, 옆에 앉은 승현이 그녀를 슬그머니 툭, 쳤다. 잠이 아예 달아난 건 아니지만 정신은 조금 깼다. 의자에 다시 고쳐 앉고 멍청하게 디자인을 보고 있을 때, 팀장실 문이 벌컥 열렸다. 모두의 시선이 준우에게 닿았고, 그는 다른 사원들에게는 시선도 주지 않은 채 다영을 뚫어져라 보며 손가락을 까딱였다.

"한 대리, 잠깐 안으로 들어오죠."

또 무슨 일로 부르는 거야? 고개를 끄덕이면서 신경질적으로 의자를 밀었다. 의자 바퀴 굴러가는 소리가 요란하게 사무실 안을 채웠다. 구겨진 치마를 대충 손으로 털어내고 준우 쪽으로 걸어가자 그녀가 오는 것을 확인한 그는 뒤도 돌아보지 않은 채 냉큼 다시 안으로 들어갔다. 문이 채 닫히기 전에 그녀 역시 재빨리 안으로 들어갔다.

"부르셨어요?"

"이번 봄에 신상품 나오는 거 알고 있죠?"

"예에."

다영이 시큰둥하게 대꾸했다. 별 의미 없는 고갯짓에 준우의 미간이 꿈틀거리고, 그녀는 고개를 슬쩍 숙인 채 발 장난만 슬슬 치다 고개를 들었다. 딱딱하게 굳은 준우의 얼굴을 확인하고 나서야 슬쩍 자세를 똑바로 했다.

"한 대리가 이번 신상 낼 거예요. 목걸이랑 귀고리 세트 상품으로."

"네."

"우리 회사 봄 신상품은 항상 대대적으로 홍보를 해요. 소비자들의 반응이 국내뿐만 아니라 국외에서도 괜찮다는 반응입니다."

준우가 서류를 읽다 말고 두터운 서류를 가지런하게 툭툭 치고는 다영에게 내밀었다.

그 종이 뭉텅이와 준우의 얼굴을 번갈아 보던 그녀가 쭈뼛쭈뼛 손을 뻗으며 서류 뭉치를 받았다. 첫 장에는 이번 신상품의 콘셉트에 대한 말이 적혀 있고, 두세 장을 더 넘기니 작년 상품뿐만 아니라 재작년, 그러니까 2년, 3년 전 디자인들이 한가득이었다. 초안부터 시작해서 완성한 디자인, 그리고 그들이 참고한 디자인 서적들, 봐온 디자인들 모두가 빼곡하게 있는 서류들을 보니 목이 칼칼해져 왔다. 어쩐지 목이 바짝바짝 마르는 것 같다고 생각하며 차가운 물 한 잔을 단번에 들이켜고 싶다는 생각이 간절하게 들었다.

서류를 대충 휘리릭 넘기면서 보다가 다시 고개를 들었다. 의자에 앉아 있는 준우가 빤히 자신을 보고 있자 손에 땀이 차는 기분이었다.

대학교 시절 전공이 경영이긴 했지만 부전공으로는 디자인을 공부했다. 졸업을 하고 대학원 쪽으로 진학하면서 많은 디자인 공모전에 참가하며 스펙을 쌓았다. 스물여덟부터는 미국에서 쭉 생활하며 나름 착실하게 자리를 잡아왔다.

10년이 조금 넘는 시간 동안 디자인에 대해 공부했고, 보석 디자이너로 자리를 잡기 위해 닥치는 대로 일을 해내왔다. 일을 할 때마다 물론 긴장을 하지 않은 것도 아니었고, 보석 디자인 역시 쉬운 일은 아니지만 지금만큼 긴장한 적은 없었다. 서로에 대해 모르는 타인보다 아는 사람과 일하는 것이 더 편할 텐데도 불구하고 다영은 이 상황이 매우 불편했다.

불편하고 또 불편했으며, 도망치고 싶었다. 과거에 그녀가 준우에게서 도망친 것처럼. 목이 자꾸 불편한 무언가로 인해 턱턱 막

직장상사와 전 남자친구의 상관관계

히는 기분이 들자 그녀는 기침을 몇 번이나 하고 숨을 후, 내뱉었다. 실력이 있다고 자부하지만 그래도 낙하산이라 꽤 큰 건은 주지 않을 거라 생각했는데, 꽤 어마어마한 기획에 참여하게 되어버렸다.

LOSA의 봄 상품은 미국에서도 유명했다. 물론 주얼리로 유명한 LOSA의 이름값도 톡톡히 한몫했지만, 그녀가 미국에서 같이 일하던 디자이너와 스탭들 사이에서도 괜찮고 예쁘다면서 모두들 입이 닳도록 칭찬했었다.

"상품이 나오는 건 5월 중순이에요."

엄청 빡빡하잖아. 다영이 경악하며 표정을 와그작 구겼다. 지금부터 해도 시간이 빡빡했다. 손바닥으로 얼굴을 가리며 그녀가 앓는 소리를 냈다. 턱을 괸 준우가 그 모습을 보며 웃음을 뒤로 삼켰다.

한다영은 뭐랄까, 굉장히 괴롭히는 재미가 쏠쏠한 상대였다. 반응이 재깍재깍 나오니 더 그랬다. 마치 초등학생 남자애가 좋아하는 여자애를 괴롭히는 마음과 비슷했다. 준우의 동기이자 다영의 친구인 주원이는 다영의 성격이 불같다고 표현했지만, 글쎄, 준우는 그렇게 생각하지는 않았다.

그가 볼 때 한다영은 경계심이 많은 새끼 고양이였다. 좀체 다가오지도 않고 경계심도 가득한 데다가 조금 놀리면 금세 작은 이빨로 손가락을 앙, 하고 물어버리는 고양이. 하지만 친해지면 그만큼 품을 내주고, 먼저 다가오며 웃어주고는 해서 대학 시절 알게 모르게 남자 동기들에게 새침하지만 귀여운 여학생으로 인기가 많았다. 한다영은 숙어도 모를 것이고, 준우 역시 말해줄 생각은 전혀 없지만.

아마 아버지가 자신을 놀릴 때 느끼는 기분이 이런 것일까? 약간 공감이 가려고 해도 아버지가 자신을 놀리는 것은 싫었다. 자리에 서서 서류를 한 장, 두 장…… 미간이 파일 정도로 주의 깊게 보고 있는 다영을 보다 통유리 너머로 일을 하고 있는 승현을 흘긋 봤다.

제 할 일 때문에 이쪽으로는 시선도 주지 않고 일을 하는 모습에 내심 흐뭇해져 준우는 입꼬리를 슬쩍 올렸다. 자신이 다영을 조금씩 괴롭히는 건 괜찮다. 어디까지나 도가 넘지 않는 행동이고, 그녀와는 대학 동기이자 친구며 한때는 연인이었던 사이니까.

하지만 다른 사람, 특히 남자는 안 된다. 오랫동안 봐온 동창들도 안 된다며 자신이 견제하는 마당에 어디서 굴러들어 온 자갈이 다영과 친한 척하면서 농담 따먹기를 하는 건 더더욱 용납이 안 됐다. 게다가 은근히 낯을 가리는 한다영이 꽤 빠른 속도로 승현과 친하게 지내는 걸 보니 속이 뒤틀렸다.

"알겠습니다."

어느새 들려온 목소리에 준우가 승현을 향하던 시선을 황급히 거둬들이고는 고개를 들어 전혀 알겠다는 표정이 아닌 다영을 향했다. 그녀가 고개를 까닥였다. 너무 찰나의 순간이었고, 정말 작게 까딱거린 것이었기에 그것이 인사라고는 쉽사리 눈치채지 못한 그가 팀장실을 나가려는 다영을 황급히 붙잡았다.

"한 대리!"

"예?"

흘러넘칠 것 같은 서류를 품 안에 꼭 안은 채 그녀가 못마땅한 기색을 여실히 드러내며 몸을 뒤로 돌렸다.

"일 제대로 해요."

"열심히 하고 있는데요."

"옆자리에 앉은 남자 사원하고 너무 친하게 지내는 것 같아서요."

"서로 일은 잘하고 있습니다만."

다영이 비딱한 얼굴로 대꾸했다. 부하 직원의 오만불손한 태도에 상사인 준우의 기분이 상할 법도 하건만, 그는 여전히 표정 변화가 없었다. 그녀를 놀리는 걸 좋아하고, 대학 시절부터 쭉 좋아했어도 그걸 사람들이 소위 말하는 사랑에 빠진 얼굴을 하면서 대놓고 드러낸 적은 한 번도 없었다.

"사내 연애 하면 소문이 빨리 퍼지거든요. 대학 과 CC만큼이나."

무표정하던 그의 눈이 부드럽게 휘며, 입술 역시 부드럽게 풀렸다. 여사원들이 본다면 몸을 스크루 바처럼 비비 꼬면서 다정하고 자상한 미소라며 부끄러워하고 좋아할 법도 했지만, 오랫동안 준우를 알아온 다영의 눈에는 그것이 자신을 놀리려는 심보가 가득한 미소라는 걸 단박에 눈치챌 수 있었다. 한때 그와 사귄 걸 저렇게 돌려서 말할 수도 있다는 게 참 신기했다.

아니, 신기한 건 둘째 치고, 굳이 그 사실을 사람들이 많은 회사에서 말하는 이유가 무엇이며, 대학 시절 얘기는 또 왜 꺼내는 것이냔 말이다. 게다가 꽤 좋게 보고 있는 사람과 엮으려고 하는 이유마저도 궁금했다. 표정이 서서히 구겨지려는 걸 허벅다리를 슬쩍 꼬집는 것으로 애써 평온함을 유지하며 가식적으로 빙긋 웃었다.

화를 낼 줄 알았는데 오히려 그녀가 웃으며 받아치자 준우가 내심 놀란 얼굴을 하며 깍지를 끼고는 턱을 받쳤다.

"좋죠, 승현 씨. 착하고, 잘생기고, 하물며 연하잖아요."

"하물며?"

"저도 서른셋이고, 슬슬 결혼할 나이니까 승현 씨 같은 사람 만나면 좋겠네요. 이왕이면 연하로요. 제가 예전에 사귀던 사람은 정말."

그녀가 숨을 살짝 들이마시며 다시 활짝 웃었다.

"별로더라고요. 승현 씨는 연하지만 어른스러운 것 같기도 하니까, 신랑감으로는 완벽하죠."

"아하……. 그렇게 전 남자 친구가 별로였어요?"

"네, 엄청."

요전까지는 다영이 계속 당해왔다면 이번에는 준우가 당했다. 감정을 잘 드러내지 않는 준우가 드물게 마땅찮은 얼굴을 했다. 동갑인데 별로라고 말하는 상대가 자신이란 걸 모를 준우가 아니었다. 그는 애써 웃으며 표정을 정리하고는 고개를 살짝 옆으로 기울인 채 그녀를 향해 입을 열었다.

"제 전 여자 친구는 완전 괜찮은 여자였는데."

"……네?"

"엄청 좋은 여자였어요. 저한테 과분했죠."

그 말에 그녀의 얼굴이 홧, 하고 달아올랐다. 헤어지고 5년이나 됐으니 그 기간 동안 다른 여자를 만났을 수도 있다. 자신이 아닌,

다른 여자에 대한 이야기일 것이라고 생각하며 스스로를 다독였지만, 그가 말하는 전 여자 친구가 마치 자신 같아서 자꾸 가슴이 벌렁벌렁거렸다.

아무 말도 못 하며 서류들을 곰 인형 안듯 안고 발에 못이라도 박힌 듯 그 자리에 멀뚱히 서 있는데 준우가 짓궂게 웃더니 말을 덧붙였다.

"하긴, 그리고 보면 한 대리도 슬슬 결혼할 나이죠. 한 대리처럼 30대 중반인데도 결혼 못 한 사람을 보고 노처녀라고 하니까요. 정말 노산되기 전에 결혼해야 하지 않을까요?"

"그건 강 팀장님이 신경 쓰실 문제가 전혀 아닌 것 같은데요. 그리고 저 못 한 게 아니라 안 한 거고, 아직 30대 중반 아니거든요!"

그 말에 달아올랐던 얼굴이 금세 사그라졌다. 30대 중반에 곧 있으면 정말 노처녀라고 불릴 나이이긴 하지만, 전혀 인정하고 싶지는 않았다. 저 얄미운 입을 손바닥으로 찰싹찰싹 때리거나 아니면 꼬집어서 길게 늘이고 싶다는 생각을 하며 다영이 눈을 부리부리하게 뜨며 준우를 노려봤다. 다만, 그것이 살벌하다거나 무섭다는 생각이 전혀 들지 않는다는 게 문제였지만. 뭐라고 한마디 덧붙이고 싶지만 마땅히 할 말도 없고, 게다가 저가 한마디 하면 적어도 두 마디는 덧붙일 강준우였기에 부글부글 끓어오르는 속을 애써 삭이며 문을 열어젖혔다.

문소리가 퍽 살벌하게 들리자 일을 하고 있던 사원들이 깜짝 놀라며 소음이 일어난 곳을 보았다. 그곳에는 화를 참으려는 건지, 아니면 화가 났다는 걸 표현하고 싶은 건지 다영이 성난 고릴라처럼 쿵쾅쿵쾅 걸으며 자리에 털썩 앉았다. 그녀가 팀장실에서 나왔기에 그들은 어리둥절한 얼굴로 팀장실 안으로 고개를 돌렸다. 화가 난 것처럼 보이는 다영과는 정반대로 준우는 여전히 평화로운 얼굴이었다.

"무슨 일 있었어요?"

"아무 일도 없었어요."

그녀가 탁! 소리가 나게끔 책상 위로 서류 뭉치들을 떨어뜨렸다.

"이건 나 뭐예요?"

"요 몇 년간 LOSA 봄 신상 디자인 초안이랑 참고 서적이요."

"이번에 신상 디자인, 한 대리님이 하세요? 보통 5월 중순에 상품 나와서 지금 해도 좀 빡셀 것 같은데."

"맞아요. 무지 빡세죠."

그녀가 땅이 꺼져라 한숨을 내쉬었다. 승현이 슬쩍 눈치를 보며 방금 전의 사원들처럼 팀장실 안으로 시선을 돌리자 마침 준우 또한 자신을 응시하고 있었다. 그 시선이 부담스럽기도 하고 무섭기도 해서 승현이 이러지도 저러지도 못하고 있자 준우는 금세 시선을 거둬들이고는 일을 하기 시작했다.

승현이 속으로 안도의 한숨을 내쉬고 다시 키보드에 손을 올렸을 때, 찜찜한 무언가가 스쳐 지나갔다. 전에만 해도 일을 할 때는 항상 블라인드를 치던 강 팀장인데 요 며칠 동안은 블라인드도 안 치고 일을 하고 있었다. 그리고 한 대리랑 아는 사이에다가 알게 모르게 쏘아지는 견제하는 눈빛, 그리고 회장님과도 아는, 아니, 친한 사이인 다영. 그것들이 머릿속에서 한참을 얽히고설키더니 금세 답을 내놓았다. 답이 머릿속에서 나오자 의아했던 모든 것들이 한 번에 풀리는 기분이 들었다.

그와 동시에 눈치가 빠른 자신이 너무도 싫었다. 승현이 어색하게 웃음소리를 내며 시선을 팩 돌렸다. 옆에서 허탈한 웃음소리를 내던 승현을 의아한 얼굴로 보던 다영은 이내 의자 등받이에 편하게 몸을 기대고는 준우에게 받은 서류를 한 장씩 넘겼다. 작년 디자인 초안과 완성된 작품은 크게 변하진 않은 듯했다. 최대한 빨리 디자인을 구상해서 제출해야 하는데, 마땅히 떠오르는 디자인이 없었다.

봄이 연상되는 이미지라……. 다영이 볼펜을 입에 물며 각종 참고 자료들을 보고 있을 때였다. 컴퓨터 옆에 놔둔 핸드폰의 검은 화면에 반짝하고 빛이 들어왔다. 메시지를 보낸 사람은 주원이었다.

—오늘 시간 되지? 만나자.

간단하고 명료한 메시지였다. 입에 여전히 볼펜을 문 채 책상 위에 팔꿈치를 대며 자판을 쳤다.

—왜?
—귀국 기념으로 한잔하자. 오늘 다혜도 시간 된대. 하는 거 다 놔두고 튀어나와.

허참, 무슨 귀국 기념으로 한잔하는 걸 본인 의사에 상관없이 자기들 마음대로 정해?

　—오늘 처음 듣는 말인데?
　—오늘 처음 얘기하는 거니까. 여하튼 퇴근하고 보자.

"아, 이 기집애가 진짜."

　술도 못 하게 생긴 게 술은 어지간히 좋아한다. 게다가 금요일도 아니고 하물며 목요일도 아닌, 무슨 화요일부터 술을 마시자는 건가. 거칠게 머리카락을 넘기는 다영의 모습이 퍽 터프했다. 자기들 멋대로 정한 자리지만 화를 낼 수 없는 이유는, 그래도 귀국한 뒤, 아니, 귀국뿐만 아니라 대학을 졸업하고 난 뒤 다혜와 주원이를 동시에 만나는 건 손에 꼽을 정도였다.

　자신이야 미국에서 생활한다고 얼굴을 못 보고 바빴다고 하지만, 윤다혜, 그 기집애는 무슨 연예인이라도 되는 것마냥 항상 바쁘다는 핑계를 대며 모임에 요리조리 빠지는 애였다. 정말 오랜만의 조우라는 생각에 다영이 어쩔 수 없다는 얼굴로 작게 웃고는 가볍게 '그래' 라고 보내고는 핸드폰 화면을 잠갔다.

　"승현 씨, 갑자기 일이 왜 이렇게 많아졌어요?"

　그때, 콧소리가 살짝 섞인 목소리가 들려와 의자를 슬쩍 돌리며 뒤를 돌아봤다. 단정하게 묶은 포니테일 머리에다 하얀 와이셔츠, 그리고 검은색 치마와 검은색 스타킹. 말랐다는 표현보다는 늘씬하다는 표현이 더 잘 어울리는, 육감적인 몸매를 가진 여자였다. 승현에게 말을 건 여자 사원은 친하지는 않지만 다영에게도 퍽 익숙한 사원이었다.

이름은 이수연. 다영이 처음 LOSA에 들어왔을 때 '강 팀장님과 무슨 사이세요?' 라고 물어본 여성이고, 사내 식당에서 여왕개미처럼 디자인팀의 남자 사원들을 거느리던 여자였다. 그때는 준우 때문에 제대로 보지 못했는데, 이렇게 가까이서 보니 많은 남자들을 거느릴 법했다.

동양인임에도 불구하고 몸매가 글래머러스한 서구 체형이었다. 가슴도 크고, 골반도 크고, 게다가 긴 생머리. 육감적이고 섹시하다는 말이 정말로 잘 어울리는 여자였다. 지나가는 예쁜 여자를 보며 휘파람을 부는 아저씨처럼 다영이 속으로 휘파람을 휘 불다 수연과 비교되는 자신의 가슴을 슬쩍 쳐다봤다. 괜히 주눅 드는 기분이 들어서 슬쩍 팔로 가슴을 가렸다.

그러다 문득 드는 생각이 이 섹시한 여왕개미에게 많은 일개미들이 꼬일 것이 분명한데, 그 꼬이는 일개미들 중 강준우도 있을지 모른단 생각을 하니 갑자기 속이 뒤틀렸다. 속이 쓰린 기분에 다영이 애써 표정을 관리했다. 절대로 이 여자가 부럽다거나, 자신에게는 없는 가슴이라든가, 섹시함 때문에 가지는 열등감이 전혀 아니었다. 그냥 짜증이 났다. 이 여자의 엉덩이를 보면서 칠렐레팔렐레할 강준우를 생각하니 걸레 쥐어짜듯 조이는 것처럼 속이 아파왔다.

"그러게요. 어쩌다 보니 일이 좀 많아졌네요."

승현이 능청스럽게 웃었다.

"오늘 안에 다 해야 되죠? 좀 도와줄까요?"

"수연 씨도 일 많잖아요, 괜찮아요."

예쁜데 착하기까지 한 모양이다. 괜히 착한 여사원을 상대로 엄한 생각을 하는 건가 싶어 다영은 멋쩍은 얼굴로 뒷목을 쓸어 넘겼다.

"한 대리님이 좀 안 도와주세요?"

"이번 5월에 출시되는 신상 디자인을 한 대리님이 맡으셔서, 대리님도 일 많으세요."

"한 대리님이 이번 봄 신상 디자인 맡으셨어요?"

떨떠름한 말투에 다영이 고개를 들어 수연의 얼굴을 확인했다. 목소리만 떨떠름한 줄 알았는데 얼굴표정 역시 떨떠름했다. 마치 실수로 떫은 감을 먹었을 때와 같은 표정이었다. 금방이라도 입안에 있는 침을 뱉어낼 것 같은 얼굴에 다영 역시 꺼림칙한 얼굴을 하며 고개를 끄덕였다.

"네. 그런데요?"

그녀의 표정이 안 좋아진 걸 눈치채자 수연이 금세 떨떠름한 표정을 지워내고는 활짝 웃었다.

"역시 한 대리님이세요. 저, TAO 거 되게 좋아해요. 저 이거 팔찌도 샀어요."

TAO는 다영이 미국에서 다니던 회사였다. 주얼리 쪽으로는 굉장히 유명한 회사이기도 했다. 수연이 손에 차고 있던 핑크 골드 팔찌를 냉큼 보여주자 다영이 슬쩍 웃었다.

"고마워요."

"한 대리님이라면 좋은 디자인 만드실 수 있을 거예요. 강 팀장님이 훌륭한 디자이너라고 말씀하셨으니까."

날이 선 것 같아 뭔가 찜찜한데도 초등학교 시절 바른생활, 혹은 도덕 교과서에서나 볼 법한 말이어서 이 찜찜함이 무엇인지 확실히 감이 오지는 않았다. 게다가 오글거리기도 하고 낯부끄럽기도 해서 손가락이 주인의 통제를 벗어나 자꾸 꾸물꾸물거렸다. 수연이 빙긋 웃으며 승현이 맡은 일을 조금 듣고는 유난히 높은 하이힐의 구두 굽 소리를 내며 다영의 시야에서 사라졌다.

별 대화를 나눈 것도 아닌데 기가 빨리는 기분이 들었다. 꼬리 아홉 개 달린 여우를 상대하는 기분이랄까? 괜한 선입견인지는 모르겠지만, 학과 생활 하는 동안 저런 스타일의 여자는 꽤 많이 만나봤다. 얌전한 듯 착한 듯하지만 속에는 가시를 품은 여자 동기들. 직설적이고 화끈한 성격의 다영과 그녀의 친구들과는 전혀 다른 타입의 여자였다. 직설적이기보다는 돌려 말하는 타입이었고, 화끈하다기보다는 섬세하다는 표현이 더 맞았다. 누가 맞고 틀린 문제는 아니지만, 상대적으로 그런 여자들을 상대하면 다영은 꽤 피곤해했다.

게다가 그 여자들, 아니, 그 여자들뿐만 아니라 대다수의 여자들이 준우를 노리고 있던지라 준우와 교제를 시작하고 난 뒤 얼마나 눈총을 받았어야 했는지. 전의 일을 떠올리면서 그녀가 목을 좌우로 꺾었다.

"아, 기 빨린다."

말은 좋게 하는데 여자의 육감이 말하고 있었다. 저 여자가 자신에게 보내는 시선이 썩 긍정적이고 좋은 것이 아니라는 여자의 육감, 또 다른 말로는 촉이 찌릿, 하고 왔다. 강준우와 교제하는 5년 동안 늘어난 것은 역시 눈치, 촉, 육감, 이런 거뿐이었다. 그렇다고 해서 썩 눈치가 좋아진 편은 아니지만, 호의와 호의를 가장한 악의는 확실히 구분할 수 있게 됐다. 그리고 수연이 자신에게 보내는 눈치는 호의를 가장한 악의였다.

"뭐가요?"

"에?"

"기 빨리신다면서요?"

"아니, 뭐⋯⋯. 저기 방금 저분."

"저분? 아, 수연 씨요?"

"네, 수연 씨요. 되게 인기 많아 보이는데, 남자 친구 없어요?"

디자인팀의 명실상부한 얼굴마담인 수연이다. 그렇기에 디자인팀에 있는 모든 남성들의 관심과 호의의 대상이었다. 용기를 가진 자가 미인을 차지한다는 말을 곧이곧대로 믿는 몇몇의 용기 있는 사내들이 그녀에게 대시했고, 그녀는 그 대시를 축구공 차듯이 뻥 차버렸다. 그녀에게 차인 한 남자 사원이 술을 마시고 펑펑 울면서 자신에게 하소연하던 걸 떠올린 승현이 고개를 끄덕였다.

"없는 걸로 알고 있어요. 확실하지는 않고."

"아⋯⋯. 그럼 좋아하는 사람이 있나 보네요."

"있는 것 같긴 한데, 잘 모르겠어요. 수연 씨 눈 되게 높을걸요? 강 팀장님 같은 분⋯⋯."

아, 실언했다, 라고 깨달아도 이미 늦은 후였다. 이미 내뱉은 말과 흘린 물은 주워 담을 수 없다는 것은 모두가 알고 있는 사실이다. 이미 시위를 떠난 활은 다영의 귓전을 정확하게 향했고, 그녀의 표정은 야차처럼 흉흉하게 변하기 시작했다.

"뭐, 강 팀장님도 이수연 씨 같은 분 좋아하겠죠."

다영이 혀를 크게 끌끌하고 찼다.

남자들이 예쁜 여자를 좋아하는 건 만고불변의 진리다. 어떤 연예인이 말하길, 여자가 예쁘게 태어난 것은 남자가 고시 세계를 패스한 것과 같다고 했다. 같은 회사, 같은 부서의 이수연 씨는 굉장히 예쁘다. 머리 빈 섹시함이 아니라 이지적인 섹시함이다. 거리를 지나가면 길거리 캐스팅을 몇 번 받았을 것 같기도 하고, 저렇게나 예쁜 사람이 왜 연예인이 아닌 일반인으로 지내고 있는 것일까, 하는 의문이 들기도 했다. 앞서 말했다시피 남자들이 예쁜 여자를 좋아하는 건 아주 당연한 것이었고, 강준우는 남자다. 그렇다는 말은 강준우도 예쁘고 섹시한 이수연을 좋아할 가능성이 크다는 말이기도 했다.

그런데 왜 그 말이 이렇게나 신경 쓰이냐, 이 말이다. 누가 보면 자신이 강준우에게 아직 감정이 남아 있어서 구질구질하게 군다고 생각하지 않겠는가. 대한민국 국민들 대다수가 가지고 있는 불같이 타오르는 성질을 애써 가라앉히기 위해 다영은 임산부들이나 할 법한 라마즈 호흡법을 몇 번 하고는 차가운 손을 뺨에 갖다 댔다.

쿨해지자. 강준우가 자신 때문에 맞선을 깬 것도 이미 과거의 일이고, 그 역시 과거의 감정은 다 정리했을 것이다. 강준우가 다른 여자를 만난다고 해도 자신이 할 말은 없다. 사랑은 사랑으로 치료한다는 말은 알지만, 그래도 신경 쓰였다.

다영이 눈을 질끈 감았다가 숨을 크게 내뱉으면서 몸을 일으켰다. 약간 어두운 조명이 바 안을 은은하게 비추고 있었다.

"야, 넌 오랜만에 만났는데 지금 태도가 그게 뭐냐?"

썩 마땅찮다는 다혜의 말에 다영이 억지로 입꼬리를 올리면서 '미안' 하고 중얼거리며 허리를 곧게 폈다. 오랜만에 만난 자리에 집중하지 못한 다영이 못마땅한지 다혜의 표정이 썩 좋지만은 않았다. 그녀가 어색하게 헤실 웃었다. 미안하면 짓는 그 특유의 미소에 두 사람이 어쩔 수 없다는 듯 고개를 설레설레 흔들었다.

"그런데 진짜 오랜만이다, 한다영."

"유학 생활하다 보면 연락 안 되고 만나기 어렵고 그렇지 뭐."

"미국 생활은 어땠어?"

"괜찮았어. 배울 것도 많았고. 더구나 어디가나 마음에 안 드는 상사가 있는 건 변함없지만."

뒷말은 작게 중얼거렸다. 그 말을 들은 다혜가 '상사?' 라고 되물었다. 사실 상사와 트러블 없이 잘 지낸다는 건 참 어려운 일이다. 미국에서도 그렇고, 한국에 도착한 지금도 그렇고. 다영은 미묘한 얼굴을 한 채 나온 칵테일을 마셨다. 새콤달콤한 맛이 입안에서 살짝 돌다 목으로 부드럽게 넘어갔다.

"주원이랑 같은 회사라며? 괜찮아? 사람들이 잘해줘?"

"안 괜찮아."

다혜가 무슨 말이냐며 계속 궁금해하자 옆자리에 앉아 있던 주원이가 다영의 눈치를 살피다 조심스럽게 입을 열었다.

"강준우, 기억나?"

"강준우?"

아주 유명한 이름이었다. 대학을 졸업한 뒤에도 동기들 사이에서 간간이 들려오는 그 이름에 다혜는 미간을 살짝 좁히며 고개를

직장상사와 전 남자친구의 상관관계

살짝 끄덕였다.

"응, 한다영 전 남친."

"걔가 내 상사다."

"뭐?"

"내, 상사라고, 아, 진짜, 완전."

난 이제 망했어! 다영은 다시 한 번 울상이 돼서 얼굴을 테이블에 철푸덕 엎드렸다. 강준우가 자신을 잘 대해줄 이유는 없다. 동기라서? 한때 사귀던 사이이기 때문에? 그녀가 알고 있는 그는 동기라서, 친구라서 잘 대해주는 사람이 전혀 아니었다. 그리고 한때 사귀었던 사이……. 진짜 미묘하긴 하지만 그것도 '한때'다. 말하자면 '전' 여자 친구이지, '현' 여자 친구는 아니라는 거다.

그리고 사실 현재 사귀는 사이라고 해도 준우가 공과 사를 구분 못 할 정도로 멍청하지는 않았다. 오히려 칼같이 그어서 여자를 섭섭하게 만들 사람이 그녀가 아는 그였다. 더구나 강준우는 아직 그녀가 이별을 고한 제대로 된 이유를 몰랐다. 게다가 요 며칠 동안 그가 상사라는 이유만으로 싫은 티를 얼마나 냈던가.

땅이 꺼져라 한숨을 다시 내쉬었다.

"너네 둘, 인연 진짜 질기다. 이쯤 되면 운명 아니야?"

태평한 얼굴로 우스갯소리를 내뱉는 다혜를 찌릿 한 번 노려보았다. 따끔하라고 보낸 눈초리였는데 다혜는 별 신경 쓰지 않는 얼굴을 하다 칵테일을 한 잔 더 주문했다.

"강준우가 너한테 못해줘?"

"아니, 그런 건 아닌데."

"그럼 딱히 걱정할 거 없는 거 아냐?"

"나 걔 싫은 티 엄청 냈어. 그래서 그래. 솔직히 자기 싫어하는 티 대놓고 내는데 잘 지낼 사람이 어디 있어."

"하긴."

답답한 마음에 다영이 칵테일을 물 마시듯이 쭉 들이켰다. 이내 바텐더가 칵테일 한 잔을 더 건네주었다. 칵테일을 다시 한 번 물 마시듯이 들이켜려고 하자 주원이가 그녀를 제지했다.

"이참에 강준우랑 다시 사귈 생각 없어? 그 정도면 괜찮은 정도가 아니라 톱이야, 톱."

남의 일이라고 신나게 떠드는 다혜를 보며 다영이 입술을 샐쭉 내밀었다. 강준우랑 다시 연애하는 걸 생각해 본 적이 아예 없다고 한다면 거짓말이겠지만, 그렇다고 다시 연애를 시작하기에는 겁이 나고, 또 그때처럼 상처받을까 봐 무서웠다. 다영을 아는 사람들은 대부분 그녀가 유쾌하고 시원시원한 사람일 것이라 생각하지만 꼭 그렇지만도 않았다.

아무리 유쾌하고 시원시원한 성격을 가진 사람이라도 한 가지씩 약한 부분을 갖고 있는데, 다영에게는 그 약한 부분이 준우였다. 준우와 연결될 때마다 자신이 쿨하지 못하고 미련 많고 구질구질한 사람으로 보이는 것 같아서 싫었다. 연애를 할 당시, 스스로를 얼마나 한심하다고 생각했는가.

준우의 연락만 기다리는 사람이 되어버리고, 사람들의 시선에 신경 쓰고, 그의 관심을 신경 쓰고. 그때처럼 머리가 복잡하고 안절부절못하던 때로 돌아가고 싶지는 않았다. 다영이 두 손으로 머리를 꾹 잡으며 눈을 꾹 감았다가 떴다.

"그건 절대 싫어."

"왜? 여자 친구 있대? 아니, 또 여자 친구 있으면 어때. 뺏음 되지."

"여자 친구 있는 건 모르겠고, 그리고 임자 있는 놈을 왜 뺏어?"

"골키퍼 있다고 골 안 들어가냐? 사랑은 쟁취하는 거라잖아. 그리고 결혼한 동기들 중에서 아직 강준우한테 눈독 들이는 애들 많다니까?"

자기 얘기 아니라고 막 떠드는 다혜를 보며 다영이 흘겨보다가 뒤따라 나오는 이야기에 경악했다. 주원이에게 듣기는 했지만 강준우의 인기가 아직도 여전하다는 걸 말해주기 위한 비유라고 생각했는데, 진짜 유부녀들이 총각을 노린다는 생각은 꿈에도 하지 못하다 제 동기들이 정말 상상을 초월한다며 입을 쩍 벌렸다.

다영이 열린 입을 도무지 다물 생각을 하지 못하고 있자, 옆에 앉아 있던 주원이 손바닥으로 그녀의 턱을 툭, 하고 쳤다. 그때가 되어서야 정신을 차렸는지 그녀가 화들짝 입을 다물곤 질린 얼굴을 했다.

"미친 거 아니야? 남편이 있는데 강준우한테 눈독 들여?"

"내가 며칠 전에 말했잖아."

"난 농담인 줄 알았지. 무슨 사랑과 전쟁 찍을 일 있대? 네가 직접 들은 거야?"

"너 들어오기 전에 여자애들끼리 한 번 만나서 밥 먹었는데, 화장실에서 영은이가 하는 말 들었어."

"걔 진짜 미쳤나 보다."

"로맨스 소설이나 드라마의 폐해지, 뭐."

다혜가 히죽 웃으며 어깨를 으쓱였다. 유부녀가 결혼도 하지 않은 총각, 그것도 준우를 노리고 있다는 소식은 굉장한 충격이었는데, 다혜는 아닌 모양이었다. 다혜는 별 대수롭지 않다는 얼굴을 하면서 물 흐르듯 자연스럽게 칵테일을 한 모금 마셨다.

"걔가 인기 있는 건 알았지만……."

"스펙이 남들과 다르잖아. LOSA 차기 이산데. 더구나 동기들 중에 결혼 안 한 애들은 거의 걔 노리고 있다고 보는 게 맞아. 여우 같은 년이 낚아채기 전에 네가 확 낚아채, 그러니까."

"예를 들어서?"

"영은이 같은?"

거듭 나오는 이름에 다영이 어색하게 웃으며 목 뒤를 쓸어 넘겼다. 바깥은 조금 서늘했는데, 바 안에 계속 있다 보니 꽤 덥게 느껴졌다. 입고 있던 외투를 벗어 옆에 의자에 대충 걸쳐 놓고는 의자에 몸을 기댔다. 영은과 대학 시절 사이가 좋은 건 아니었다. 상대방이 자기 싫다는 티를 팍팍 내는데 어떻게 좋아할 수 있겠느냐마는, 그래도 시간이 지나서 오랜만에 그 이름을 들었을 때 반갑거나 할 줄 알았는데 그런 감정은 전혀 들지 않았다.

김영은이라는 그 이름에 떠오르는 것은 단 하나, 대학 시절 화장실에서 자신의 험담을 아주 살벌하게 하던 여자애라는 거였다. 달갑지 않은 그 이름에 다영이 못마땅한 얼굴을 숨기지 않고 여실히 드러내자 다혜가 까르르 웃었다. 옆에서 타박하는 주원이의 목소리가 조금씩 멀어지기 시작했다.

강준우는 지금도 인기가 많은 것 같지만, 대학 시절에도 인기가

직장상사와 전 남자친구의 상관관계

많았다. 후배, 동기, 선배 가릴 것 없이 모든 여학생들의 선망이었고, 우상이었으며, 왕자님이었다. 그러나 강준우를 갖겠다며 호기롭게 접근하는 여학생들이 그렇게 많은 편은 아니어서, OT 때 일로 그나마 여학생들 중에서는 다영과 가장 친했다. 그때는 사귀는 것도 아니었고, 그저 친구 사이였는데도 여학생들의 시기를 한 몸에 받았는데, 사귀고 난 뒤에는 두말할 것도 없었다.

그래도 대부분 그 적대감을 대놓고 드러낸 적은 없는데, 영은 이만큼은 대놓고 드러냈었다. 그러다가 화장실에서 몇몇 여자 동기와 어울려서 자신의 뒷담화를 하는 걸 들었다. 그걸 듣기 전까지만 해도 그렇게 많은 여학생들이 자신을 미워하고 있을 줄은 생각도 못 했다. 자신의 눈치 없음에 대해 다영이 짧게 한탄했다.

이내 멀어졌던 친구들의 목소리가 다시 선명해지기 시작하자 그녀가 입을 열었다.

"근데 강준우, 김영은 눈에 안 들어올걸?"

"왜?"

"디자인팀에 엄청 예쁜 여자 있어. 왜 연예인을 안 할까란 생각이 들 정도로 엄청 예쁜 여자. 게다가 몸매도 좋더라. 난 동양인이 그런 몸매 가질 수 있다는 걸 처음 알았다, 야."

"가슴에 뭐 한 거 아니야?"

"그런 건 아닌 것 같던데."

"만져 본 것도 아니면서 단언하지 말지?"

"아, 내가 같은 여자 가슴 얘길 왜 40대 부장 아저씨처럼 하는지 모르겠지만, 여하튼 그 여자가 엄청 예뻐서 우리 동기들한테는 시선도 안 줄 거다, 그놈. 남자들은 예쁜 여잘 좋아하고, 강준우는 남자고, 그 여사원은 예쁘니까."

"그건 그렇지만. 그렇게 따지면 예쁜 여잘 좋아하는 남자 강준우는 너랑 사귀었잖아."

주원이 다혜의 말에 동의하는지 가볍게 고개를 끄덕이며 킬킬 웃었다. 친구들의 놀림 가득한 어조에 다영이 얄궂게 한 번 웃고 말았다. 그 여자가 예쁜 건 둘째 치고, 수연의 시선이 신경 쓰였다. 짧은 순간 봤던 그 미묘한 눈빛. 적대감이라고 해야 할까, 견제라고 해야 할까, 그와 비슷한 눈빛이었다. 어쩐지 영은이랑 비슷하다는 생각이 머릿속을 스쳐 지나갔다. 그러고는 쉽게 수긍했다.

주원이나 다혜의 말처럼 강준우는 유부녀가 탐낼 정도로 매력적이었다. 결혼한 유부녀도 탐내는데 결혼하지 않은 20대의 젊은 여사원이 강준우를 마음에 품기에는 충분했다. 다시 속에서 불쾌한 무언가가 꾸물꾸물 올라오기 시작하자 칵테일을 소주 마시듯 들이켰다. 강준우랑 아무런 사이도 아닌데 받는 견제라니, 경영학과의 모든 여학생들에게 받던 견제의 눈빛이 하나둘씩 스쳐 지나갔다. 강준우랑 친해서 이런 눈초리를 받는데, 강 회장과도 아는 사이라고 한다면 뒤에서 얼마나 씹어댈까.

앞으로의 회사 생활이 정신적으로 고되어질 게 눈에 선했다. 생각해 보면 강준우의 취향도 참 특이했다. 스스로 생각하기에도, 다혜가 말한 것처럼 그녀는 특출 나게 예쁜 곳이 없다. 주변 사람들이 말하길, 시원시원한 성격이 매력적이라고는 하지만, 같은 부서의 이수연처럼 남자를 한눈에 사로잡을 만한 몸매도,

직장상사와 전 남자친구의 상관관계

외모도 가지고 있지 않았다. 그리고 대학에 다닐 때 경영학과에 나 혹은 타과에 다영보다 예쁜 여학생은 많았고, 그중 몇 명 용기 있는 타과 학생들 중 준우에게 대시까지 한 여자들도 있었다.

그러나 그 퀸카들의 대시를 모두 걷어차고 강준우가 고백한 상대는 바로 한다영이었다. 사귀는 동안은 생각나지도 않고 궁금하지도 않은 것들이었는데, 막상 생각하니 진짜 궁금했다. '왜 하필 나였을까?' 하는 의문이 뭉게구름처럼 몽실몽실 피어올랐다. 문득 생긴 궁금함에 물어보려는 찰나, 다혜가 물었다.

"그런데 왜 헤어졌어, 강준우랑?"

"내가 그 질문을 하루에 몇 번은 받은 것 같다, 주원이한테. 그리고 동기들 사이에서 유명하다며? 강준우가 맞선 때문에 나 찬걸로."

"걘 별말 안 했거든. 진짜 그 이유가 맞는 건가 싶기도 하고."

"게다가 너희 사귀던 거, 우리 과 4대 미스터리 중 하나야."

"뭐?"

4대 미스터리? 처음 듣는 말에 주원이 장난스럽게 웃으며 차례차례 손가락을 펼치기 시작했다.

"하나는 우리 총대가 과대 오빠랑 사귄 이유, 두 번째는 상대에 나오는 귀신 이야기, 세 번째는 너희 둘이 사귄 이유, 네 번째는 너희가 헤어진 이유."

"쓸데없이 남의 연애사에 왜 그렇게 관심 많냐?"

"궁금하잖아. 게다가 너 우리한테 그런 낌새 하나도 안 보였고. 내심 섭섭했어, 그때."

"진짜 별 이유 없었는데……."

뒷말을 망설이는 사이, 가게 안에 조용히 울려 퍼지던 재즈 음악이 끝났다. 바 안을 가득 메우던 매혹적이고 조용한 재즈 음악 대신 고요한 침묵이 안을 채우기 시작했다. 그리고 침묵이 반도 채 메워지기 전에 이번에는 달달한 여자 가수의 목소리가 울리기 시작했다.

"별 이유 없으니까 말해봐."

"시간도 지났는데 슬슬 말해도 되지 않아?"

"진짜 별거 없었어."

두 눈을 반짝거리며 호기심을 빛내는 두 사람을 보며 다영이 난처한 듯 웃었다. 그러곤 블루 레몬 색의 칵테일잔을 잡고는 살짝 흔들었다. 잔잔한 수면이 약한 파동을 일으키며 울렁거렸다. 예쁜 바다색을 한참 홀린 듯이 바라보다 그녀가 입을 열었다.

"그냥 내가 비참했어."

"어?"

잘못 들었다는 듯 두 사람이 동시에 되물었다.

"비참했다니까?"

"아, 아……."

다영이 작게 웃으며 말하자 그제야 말뜻을 알아채고는 두 사람이 조개처럼 입을 꾹 다물었다. 막상 털어놓으려고 하니 봇물 터지듯 말들이 입 밖으로 흘러나오기 시작했다.

"잘생기고, 키 크고, 공부 잘하고, 집도 잘사는 강준우랑 사귀는 애가 누구야?"

"……."

"그거, 내가 학교 다닐 동안 계속 들은 것 같아. 말 그대로 강준우는 동화 속에 나오는 왕자님처럼 완벽한데 난 완벽하진 않잖아. 지방 출신에, 집이 잘사는 것도 아니고 그냥 평범한 여자애였는데 많은 사람들이 나랑 강준우를 그렇게 비교하더라. 걔가 훨씬 아깝네 마네, 그런 걸로."

"……."

"그런 얘기도 한두 번이어야지."

귀에 딱지가 앉도록 들은 그 말을 다영이 질린 듯한 얼굴을 하며 손까지 휘휘 내저었다. 사실 이유가 그것만이 아니었지만, 사실대로 말하고 너무 깊은 얘기를 꺼내면 즐겁자고 만든 분위기가 무거워질 것만 같았다. 그리고 이 즐거운 자리가 그렇게 되지 않으면 좋겠다는 의미에서 다른 이유는 꾹 삼켜내고는 다영이 활짝 웃었다.

"괜히 꺼냈나?"

"응? 아냐. 네가 뭘 모르나 본데, 너 우리 과에서 꽤 인기 있었어, 남자애들한테."

위로해 준다고 그냥 하는 말인지는 모르겠지만, 그 위로에 기분이 좋아졌다.

"진짜?"

"맞아. 네가 몰라서 그렇지."

"나, 한 번도 우리 과 남자애들이 대시한 적 없는데."

"강준우랑 사귀었잖아. 그러니까 대시를 못 한 거지, 뭐."

주원이가 '용기 없는 것들' 하고는 혀를 차며 말하자 옆에 앉은 다혜가 까르르 웃었다. 도대체 뭐가 웃긴 건지 몰라 혼자 어리둥절해하고 있자, 그 모습에 다혜가 다시 한 번 맑게 웃었다.

"뭐, 네가 여전히 강준우를 만날 생각이 없다면 다른 좋은 남자 만나. 부서에 괜찮은 사람 없냐?"

"어째 자꾸 내 연애 얘기로 흘러간다?"

이상하게 강준우에서부터 자신의 새로운 연애까지 사사건건 간섭당하는 기분이 들어 다영의 눈썹이 위로 치켜올라 갔다. 다혜가 장난스럽게 묻자 이번에는 옆에 앉아 있던 주원이 고개를 크게 저었다.

"시내에서는 만나지 마라, 결혼할 거 아니면. 소문 얼마나 빨리 도는 줄 알아? 그거 과 CC만큼이나 영향력 크다?"

"근데 사내 연애 할 사람도 없어."

"괜찮아 보이는 사람이 없어?"

"괜찮은 사람이라……."

다영이 팔짱을 낀 채 곰곰이 생각하기 시작했다. 딱히 떠오르는 사람이 없어서 없다고 말하려는 찰나, 떠오르는 사람이 한 명 있었다. 바로 옆자리에 앉은 승현이다. 멈칫하며 답을 하지 않자 뭔가 있는가 보다 싶어서 두 사람은 눈을 반짝 빛냈다. 그 눈빛이 부담스러워서 다영이 한참을 머뭇거리고는 입을 열었다.

"옆자리 사원이 괜찮아."

"꼬셔!"

"뭐래! 나보다 훨 어려 보이더만!"

"야, 요샌 연하가 대세야."

사내 연애는 과 CC만큼이나 소문이 빨리 돈다면서 말리던 주원마저 역시 그와 잘해보라는 식으로 말하자 다영이 질색한 얼굴로 주원의 팔을 퍽퍽 내려쳤다. 물론 승현은 꽤 괜찮아 보였다. 첫인상은 항상 변하게 마련이지만, 다영이 본 승현의 첫인상은 나쁘지 않은, 아니 꽤 좋은 편에 속했다. 팀장이 강준우라서 빛을 못 보는 것 같긴 하지만, 강준우가 없다면 아마 부서에서 가장 인기 많은 사람은 승현이 아닐까라는 생각이 들었다.

준우가 좀 날카롭게 생긴 얼굴이라면 승현은 그와 대조되게 서글서글한 인상이었다. 항상 웃는 낯에다가 약간은 장난기가 있어 보이는 소년 같은 얼굴. 비밀로 해달라는 말에 선뜻 비밀로 해주는 걸 봐서는 성격도 괜찮아 보였다.

"옆 사원이랑 노닥거리지 말고."

순간, 기분 나쁜 게 떠올라 버렸다. 열심히 일하는 사람한테 뭐? 뭐 때문에, 어딜 봐서 노닥거리는 거라고 생각한 거지? 오히려 그렇게 생각할 수 있는 그 녀석의 머리에 박수를 짝짝 쳐주고 싶은 마음이었다. 무릎 위에 올려둔 손이 절로 말려지면서 힘이 들어가기 시작했다.

"야, 오늘 강준우가 나한테 뭐라고 했는지 알아?"

"뭐라고 했는데?"

연애 얘기에 흥미가 떨어졌는지 자기네들끼리 또 무슨 이야기를 하고 있다 다영의 말에 두 사람이 동시에 고개를 그녀 쪽으로 돌렸다. 다영은 생각하면 생각할수록 아직도 이가 갈렸다.

"나보고 슬슬 결혼할 나이래. 30대 중반이라고, 지금 결혼해도 늦다면서 더 노산되기 전에 결혼하라는 거 있지?"

남이 노산이든 말든 저가 무슨 상관이냐고, 게다가 서른셋이면 아직 창창한 나이다. 아니, 그렇다고 믿고 싶었다. 요즘 모두들 늦게 결혼하는 추세인데 왜 굳이 콕 집어서 자신한테 그렇게 말하냐, 이 말이다. 그 말에 다영 혼자만 기분 나쁜 것은 아닌 모양이었다.

주원과 다혜 역시 서른셋의 미혼인 데다, 하물며 남자 친구도 없었다. 모두들 분노에 찬 얼굴로 기가 찬 듯 웃었다.

"그 자식, 미친놈 아냐? 서른셋이 무슨 30대 중반이야! 30대 초반이구만!"

"아, 그거 때문에 오늘 진짜 화나가지고. 그거 직장 내 성희롱 아니야? 남이사 결혼하든 말든."

"지도 결혼 안 했으면서."

세 사람은 잔에 얼마 남아 있지 않은 칵테일을 한 번에 시원하게 들이켰다. 불길로 인해 활활 타오르던 속이 칵테일로 인해 점화된 듯 좀 조용해졌다. 남의 결혼에 신경 쓸 게 아니었다, 강준우는. 얼마나 잘난 여자 만나서 잘사는지 보자. 다영이 이를 으득 갈며 그렇게 생각했지만, 현실적으로 생각했을 때는 자신이 좋은 남자를 만날 확률보다 강준우가 좋은 여자를 만날 확률이 더 컸다.

강준우는 스펙도 괜찮으니 현실 스펙도 괜찮고 예쁜 데다 능력 좋고 부모님 백도 있는 여자를 만날 거다. 예전에 선 봤던 여자도 '사' 자 직업의 여자라고 했으니까 말 다 했다. 괜히 분한 마음에 다영이 혀를 끌끌 찼다.

"아, 그리고 다영아."

"어?"

"요번에 동창 모임 있거든. 오라고."

"언제?"

"아직 날짜는 안 정해졌어. 거의 이번 주 금요일 날 할 것 같으니까 와. 그리고 오는 김에 강준우도 데리고 오면 좋고."

"나한테 걔 부탁하지 마."

차갑게 내뱉는 말에 다혜가 능글맞게 웃었다.

"왜? 넌 미국 간다고 5년 동안 못 나온 거지만, 걔는 한국 있으면서도 잘 안 나오더라. 억지로라도 데리고 와봐. 애들 얼굴 보고 싶지도 않냐?"

괜히 가서 무슨 말 들을 줄 알고. 영 내키지는 않았지만 다영이 일단은 알겠다는 얼굴로 고개를 끄덕였다.

"그럼 넌 이제 아예 관심 없고, 강준우?"

주원이의 물음에 다영은 쉽사리 답을 하지 못하고 머뭇거리며 손장난을 쳤다. 아예 관심이 없다는 말은 할 수가 없었다. 준우가 수연의 뒤꽁무니를 쫓아다닌다고 생각하면 속이 뒤집히니까. 이게 그에게 아직 관심이 있어서 그가 다른 여자와 잘되지 않길 바라는 미련인 건지 혹은 내가 좋은 남자를 만나기 전까지는 너도 좋은 여자를 만나지 말라는 못된 심보인 건지, 그것도 아니면…….

다영이 숨을 크게 한 번 들이쉬었다. 텁텁한 공기에 가슴이 답답해졌다. 마땅한 답을 내리지 못해 가슴이 답답한 것 같기도 했다. 자신이 한때 열렬히 좋아했던 사람의 한심한 모습을 보고 싶지 않다는 마음도 큰 것 같았다.

"한때 남자 친구였기 때문에 있는 관심은 있는 것 같아. 아니, 사실은 나도 잘 모르겠어."

다영이 자조적으로 웃었다.

3장 200%

준우가 액셀을 밟은 발에 힘을 주며 핸들을 부드럽게 잡았다. 현재 시각은 8시 33분. 회사 바로 앞에 있는 사거리 신호등에 신호가 걸리자 액셀에서 발을 떼고 브레이크를 천천히 밟았다. 차가 미끄러지듯 부드럽게 정지선 바로 앞에 멈춰 섰다. 운전을 하면서 듣고 있던 라디오에서 DJ의 웃음소리와 함께 노래 한 곡이 흘러나왔다.

노래는 신곡인 듯 그가 처음 듣는 노래였는데, 설익은 것 같은 상큼한 소녀의 목소리와 소년의 목소리가 한데 어우러지는 사랑 노래였다. 무신경한 눈빛으로 지나가는 차를 보던 준우가 시선을 라디오 쪽으로 돌렸다. 가사는 귀엽고 사랑스러웠다. 어쩐지 자신의 상황과 비슷한 노래 가사 같다는 생각이 들었다.

운전대에 턱을 올린 채 준우가 작게 웃음을 터뜨릴 때, 옆에 있는 핸드폰 진동이 위이이잉, 하고 음악 사이를 파고들었다. 귀에 이어폰을 꽂고 통화 버튼을 누르자 동시에 빨간불이 초록불로 바뀌었다.

"여보세요?"

[아, 받네? 나다, 강준우.]

그에게 전화한 상대는 대학 시절 친하게 지내던 동기였다. 하지만 이른 아침부터 전화를 할 친구가 아니었기에 준우가 고개를 갸웃하며 차창을 살짝 열었다. 봄바람이 안으로 들어오자 조금 시원한 기분이 들었다. 슬슬 피기 시작한 분홍색의 벚꽃 나무들이 길에 늘비하게 서 있었다.

"아침부터 무슨 일이냐?"

[별건 아니고, 이번 주 금요일에 동창 모임 있으니까 너도 오라고.]

별 관심 있는 주제는 아니어서 시큰둥한 목소리로 대답했다. 대답을 하는 둥 마는 둥한 성의 없는 대답에 수화기 너머 속 친구가 그를 향해 블라블라 떠들었지만, 준우는 한 귀로 듣고 한 귀로 넘기는 중이었다.

[이번에 다영이 미국에서 귀국했다며? 알고 있어?]

"어? 아, 어. 뭐."

같은 회사에 같은 부서라고 하면 또 흥미 위주로 이것저것 캐물을 것 같아서 자세한 대답은 피했다. 친구가 그럴 줄 알았다며 묘하게 수긍하는 말투를 하더니, 다영과 연락은 해봤냐고 묻곤 조심스럽게 말을 덧붙였다.

[다혜가 그러는데, 다영인 이번에 모임 온다던데. 아무래도

넌…… 좀 껄끄럽겠지?]

"한다영이, 동창 모임에 간대?"

준우의 미간이 살짝 꿈틀거렸다. 동창 모임 같은 건 전혀 흥미 없어 보였는데. 그가 속으로 중얼거렸다. 어차피 회사에서 만날 테니 이건 나중에 물어보면 될 일이었다. 핸들을 오른쪽으로 꺾을 때였다. 긴 머리카락을 나풀거리며 회사 안으로 들어가는 다영의 뒷모습이 그의 눈에 콕 하고 박혔다. 시계를 한 번 보고는 그리 높지 않은 굽의 힐로 급하게 들어가는 모습을 빤히 보던 준우가 운전석에 등을 기댔다.

[너희 둘이 만나면 좀 불편하겠다. 다영인 너 오는 거 아냐?]

알려나? 준우가 이마를 한 번 쓸었다. 그러는 사이, 올 생각이 있으면 금요일 7시까지 오라는 말과 함께 전화가 뚝 끊겼다. 준우의 초점이 점차 멀어졌다. 그와 동시에 그의 의식 역시 현실과 동떨어지기 시작했다.

대학 동기이긴 하지만 그렇게 친하지는 않았다. 관심도 없고, 흥미도 없고, 시선 역시 가지 않았다.

그런 한다영에게 시선이 가게 된 계기가 딱 한 번 있었는데, 그때가 바로 1학년 오리엔테이션 자리였다. 낮에는 신나게 놀고, 저녁에는 레크레이션 구경을 하고, 밤에는 아예 술 파티가 되어버렸다. 시끄럽게 떠드는 선배들과 시끄러운 사람들의 목소리, 그리고 방 안을 가득 채우던 술 냄새.

술자리가 썩 즐겁지 않던 그와는 달리 다른 동기들은 술자리가 즐거운지 한 잔, 두 잔 마시면서 취기가 올라 발갛게 달아오른 얼굴로 소란스럽게 떠들어댔다. 이 재미없는 자리에 있고 싶지 않아 복도 쪽으로 바람을 쐬러 나가자 얼마 있지 않아 그를 따라 다영이 나왔다.

사실 따라 나온 것인지, 아니면 술을 깨러 나온 것인지는 잘 모르겠지만, 아마 후자일 것이다. 그 무렵, 다영은 남자 친구보다는 여자 동기들하고 더 즐겁게 지내고 있던 걸로 어렴풋하게 기억하고 있으니까. 살짝 풀린 눈으로 배시시 웃으며 제게 살갑게 말을 걸던 다영의 얼굴이 떠올랐다. 그때 본 미소는 정말 예쁜 미소였다. 사귀고 난 후 얼마 동안은 그 예쁜 미소를 자주 볼 수 있었지만 서로가 서로에게 익숙해지기 시작할 무렵에는 그 미소를 본 적이 별로 없었다. 그때는 그것이 못내 섭섭했고, 둘은 그렇게 헤어졌다.

그리고 지금, 다영은 미소를 짓기는커녕 저만 보면 으르렁거리기 바빴다. 날 선 눈초리가 떠오르자 순간 심장이 쿵, 하고 바닥으로 내려앉는 기분이 들었다. 자신을 계속 그렇게 보면 어쩌지? 시간이 지나도 자신을 그렇게 싫어하면 어쩌지? 자신은 아직도 그녀를 마음에 두고 있는데……. 다시 만나자고 했을 때 그녀가 자신을 거절하면 어쩌지 등의 온갖 부정적인 생각이 머릿속을 소용돌이처럼 뱅뱅 돌기 시작했다.

쓸데없는 걱정이라며 준우는 고개를 절레절레 흔들고는 안전벨트를 풀고 차에서 내렸다. 바쁜 출근 시간이었기에 건물 입구로 많은 사람들이 들어가기 시작했다.

"강 팀장님?"

뒤에서 들리는 익숙한 목소리에 준우가 고개를 뒤로 돌렸다. H라인의 검은 스커트에 하얀 블라우스를 입은 수연이 그를 향해 살갑게 웃으며 옆으로 냉큼 다가왔다.

"지금 출근하세요?"

"네."

준우는 짤막하게 대꾸하고는 엘리베이터를 기다리는 사람들 뒤에 섰다. 라디오에서 들은 소년과 소녀의 목소리가 귓가에서 자꾸만 맴돌고, 입안에서 자꾸만 맴돌고 있었다. 중독성이 있는 멜로디와 공감되는 가사. 입속에서 맴도는 그 노래 가사를 목구멍으로 꿀꺽 삼켰다.

"이번 봄 신상 한 대리님이 맡으신다면서요?"

"네. TAO에서의 경력을 믿고 맡겼습니다."

힐을 신고 있음에도 불구하고 머리 한 개는 더 큰 준우의 얼굴을 수연이 슬쩍 올려다보았다. 딱딱하게 굳었다고 하기에는 애매모호하지만 담담하다고 하기에는 어색한 표정과 그에 어울리는 사무적인 말투. 진짜 다가가기 힘들고 딱딱한 사람이라는 생각이 수연의 머릿속에 가득 찼다. 간혹 가다 웃을 때가 있기는 하지만, 그건 정말 하늘의 별 따기와도 같았다. 이곳에 들어온 지 슬슬 2년이 다 되어 가지만 웃는 걸 본 건 손에 꼽았고, 손에 꼽는 몇 번 중 다영이 들어온 날, 그날 한 번 봤다.

대학 동기라고 했나. 잠시 그때의 기억을 떠올린 수연이 시선을 돌려 엘리베이터에 탔다. 봄 신상 초안은 조금, 아니, 굉장히 아깝게 되었다고 생각했다. 얼핏 질투와도 비슷한 감정이었다. 누군가는 낙하산으로 들어와서 굵직한 프로젝트를 한 번에 맡았는데……. 수연이 손을 둥글게 말았다.

다영만 들어오지 않았다면 이번 신상품 프로젝트는 자신에게 맡겨졌을 것이다. 자만으로 보일지도 모르겠지만, 그래도 자신이 현재 디자인팀에서 그나마 뛰어난 인재라는 자부심을 갖고 있었는데, 굴러온 돌이 박힌 돌을 빼버린 꼴이었다. 그녀가 얼핏 한숨을 내쉬며 손을 이마에 얹었다.

"어디 아프기라도 한 겁니까?"

엘리베이터 문이 열림과 동시에 준우가 수연에게 물었다. 강 팀장이 자신에게 말을 걸 거라고는 생각도 못 했기에 그녀는 얼떨떨한 얼굴로 고개를 끄덕였다.

"많이 아프면 말해요. 조퇴해도 괜찮으니까."

"아……."

퍽 다정한 말투에 수연이 두 볼을 붉혔다. 다른 여사원들이 강 팀장을 보며 몸을 배배 꼬는 이유를 십분 이해할 것 같았다. 평소에는 무뚝뚝하고 차가운 남자가 내 여자에게만 다정하고 따뜻하다면 어느 여자가 흔들리지 않을 수 있을까. 게다가 강 팀장은 흔한 드라마 속 남자 주인공처럼 재벌 2세이기도 했다.

수연이 몸을 꼬든 말든 준우는 다시 제 갈 길을 가며 문을 벌컥 열었다. 그가 습관적으로 다영을 눈으로 좇았다. 그보다 먼저 출근했기에 그녀는 당연히 자신의 자리에 앉아 있었다. 그렇다는 말은 승현의 옆자리에 앉아 있다는 뜻이기도 했다. 다행히 승현은 자리에 없는 것처럼 보…… 이는 것이 아니라 두 손에 종이컵을 들고는 하나를 다영에게 내밀고 있었다. 그리고 다영은 아주 당연하게 그가 내미는 커피를 받았다.

괜히 심통이 나는 걸 애써 무시하고는 뒤따라 들어오는 수연을 향해 말을 붙였다.

직장상사의 전 **남자친구**의 상관관계

"몸 많이 안 좋으면 말해요. 알겠죠?"

"아, 네. 걱정해 주셔서 감사합니다, 강 팀장님."

수연이 허리를 꾸벅 숙였다. 준우는 다영과 시선이 얼핏 마주치다 그녀가 먼저 시선을 피하자 갑자기 입안이 텁텁해지는 것 같았다. 준우가 의례적으로 '좋은 아침입니다' 라는 말을 하고는 냉큼 팀장실 안으로 들어갔다.

비밀을 지켜주는 대가로 밥을 한 끼 사겠다고 승현에게 약속했기에 점심 식사 자리에는 두 사람이 서로를 마주 보며 앉은 채였다. 종업원이 갖은 반찬과 음식을 들고 오며 미닫이문을 부드럽게 닫았다.

"한 대리님 덕분에 맛있는 거 얻어먹네요."

"약속이잖아요."

상에 차려진 회덮밥을 보며 그녀가 슬쩍 웃었다. 회사 내에서 그나마 가까운 사람은 승현이었다. 오래 알아온 사람은 준우였지만, 아무래도 지금 상사고, 또 전 남자 친구이다 보니 사적으로 말을 섞는 건 좀체 수월하지 않았다. 가까운 듯 가깝지 않은, 그런 사이였다. 승현이 하는 것처럼 그녀도 된장국을 한 번 떠먹고는 숟가락을 들었다.

낯을 잘 가리지 않는 편인지 승현은 퍽 자연스럽게 말을 걸어왔다. 어색함 없이 말이다. 침묵이 흘러도 편한 사람이 있고 불편한 사람이 있는데, 맞은편에 앉아 있는 최승현은 편한 쪽에 속했다. 지금처럼 서로 아무 말도 하지 않고 식사만 하고 있는데도 꽤 오래 알아온 사이처럼 딱히 어색함이란 게 없었다. 자신에게는 없는 신기한 재주라며 그녀가 내심 신기해하고 있을 때, 음식을 먹던 승현이 입안에 있는 걸 꿀꺽 삼키고는 말을 붙였다.

"한 대리님, 강 팀장님이랑 사귀었어요?"

"풉!!"

순간, 입안에 있던 밥알들이 더럽게 입 밖으로 튀어 나갈 뻔했다. 다행히 급하게 손으로 입을 틀어막아서 대참사는 막았지만, 식도로 넘어가야 할 밥알이 기도로 넘어가는 바람에 한참을 켁켁거렸다. 눈물이 고이고, 얼굴은 달아오르고, 숨 쉬는 것도 불편해져서 한참을 주먹으로 가슴께를 쾅쾅, 치다 조금 괜찮아지자 생수를 벌컥벌컥 들이켰다.

죽다 살아날 뻔했다며 다영이 숨을 후, 내뱉고는 손을 절레절레 흔들었다. 저를 엄청 당황하게 만들어놓고는 정작 당사자인 승현의 얼굴은 천하태평이었다. 착각일 수도 있겠지만, 얼핏 웃고 있는 것처럼 보이기도 했다.

"무슨 말이에요? 저랑 강 팀장님 그런 사이 아니에요. 안 친한 대학 동기라니까요."

"그런 거 아닌 것 같은데."

눈치가 없는 편에 속한 줄 알았는데, 그건 또 아닌가? 다영이 탐색하듯 승현을 찬찬히 살펴보기 시작했다. 눈치가 빠른 건 아니라고 생각했다. 감이 좋은 쪽인 건가? 그 생각을 읽기라도 한 듯 승현이 피시시 바람 빠진 웃음소리를 내며 수저를 내려놓았다.

"저 눈치 빠른 편에 속해요."

"……생각한 거 티 났어요?"

"네."

그가 고개를 크게 끄덕였다. 머쓱한 기분에 다영은 버릇처럼 목덜미를 쓸었다. 침묵이 흘러도 어색하지 않다고 불과 1분 전에 그렇게 생각했는데, 지금 이 순간의 침묵은 너무도 불편하고 어색했다.

"저랑 강 팀장이랑 그런 사이 아니에요, 진짜."

"그런 거 아니라고 하기에는 한 대리님이 강 팀장님 신경 많이 쓰셨잖아요."

강 팀장님도 마찬가지고. 승현이라도 차마 그 말을 잇지는 못했다. 제 감정을 숨기지 못하는 사람이라는 건 보자마자 알았기에 그녀는 난색을 드러내며 눈만 데굴데굴 굴릴 뿐이었다. 이 상황을 어떻게 하면 빠져나갈 수 있을까, 라고 생각하는 게 너무 훤히 드러나서 승현은 애써 웃음을 삼키고는 그 표정을 부러 모르는 척했다.

"티, 많이 나요?"

끝까지 잡아뗄 줄 알았던 승현의 예상과는 달리 그녀는 쉽사리 긍정했다. 승현은 내심 놀라워하다 그것을 재빨리 갈무리하고는 고개를 끄덕였다. 티가 너무 많이 났다. 다영도, 준우도. 사실 준우야 자세히 살펴보지 않으면 모르겠지만, 다영의 감정은 너무 확실했다. 그것이 부정적인 감정이라고 치부하기에는 미묘했으니까. 그 미묘함을 눈치채게 만든 건 준우의 견제 어린 시선이었다.

"아, 숨긴다고 숨긴 거였는데."

"저 눈치 빠른 편이라니까요?"

"제가 승현 씰 얕봤네요. 승현 씨는 고문관 타입인 줄 알았거든요."

"에이, 군대 시절에 선임이 저 엄청 아꼈어요."

"하하."

그녀가 어색하게 웃었다.

"헤어진 이유, 물어봐도 돼요?"

"헤어진 이유요?"

"네. 강 팀장님 아버지이신 회장님이랑도 친분이 있는 사이인데, 강 팀장님이랑 헤어지신 게 조금 아이러니해서요. 보통 전 남자 친구의 아버지는…… 뵙기 힘들잖아요."

"그렇죠."

다영이 짧게 동조했다. 그 동조에 힘을 얻었는지 승현이 또 한번 입을 열었다.

"게다가, 솔직히 강 팀장님 같은 타입, 여자분들한테 인기 많지 않아요? 드라마 속 남자 주인공 같잖아요. 잘생겼지, 키 크지, 능력 좋지, 집안 좋지. 빠지는 게 뭐 있어요."

대다수가 그렇게 생각했다. 친구인 다혜와 주원이도 그렇게 생각했으니까. 불특정 다수가 그런 남자와 헤어졌다고 말하면 한심하다는 식으로 혀를 끌끌 차고, 제 복을 제가 걷어찼다고 생각할 것이다. 그만큼 스펙 좋은 남자는 없으니까. 하지만 5년을 사귀고, 근 7년 가까이 알아보니 그게 전부는 아니었다.

잘생겼고, 스펙이 좋고, 능력이 좋고. 하지만 그런 외적인 요인들은 하나도 중요하지 않았다, 남자가 여자를 만나는 데. 물론, 어느 정도의 현실적인 부분은 필요하다고 생각 되지만. 다영이 무겁게 한숨을 내쉬었다. 어째 심상치 않은 기운을 느꼈는지 승현이 재주껏 '말씀 안 해주셔도 돼요' 라고 말하려는 찰나였다.

다영이 잠깐 보이던 수심 짙은 얼굴을 지우개로 지워내듯이 금세 없애고는 활짝 웃었다. 어쩐지 웃는 얼굴이 어색해 보인다고 생각했다. 그 표정은 누가 봐도 미련이 남은, 상처가 아물지 않은 얼굴이었다.

"사람이 사람을 만나는 데 외적인 조건은 별로 중요하지 않아요. 어느 정도의 현실적인 부분은 맞아야겠죠. 그런데 그게 만나는 것의 가장 최우선적인 조건이 되어서는 안 되더라고요."

"그럼 대리님도 외적인 것 때문에 만나셨던 거예요?"

"그런 건 아니고⋯⋯. 그냥, 음⋯⋯ 남들이랑 비슷한 이유로 헤어졌어요. 평범하게."

주위 사람들에게, 친구들에게 말했지만 아무도 믿지 않았다. 강준우가 그렇게 잘난 인간이라고 해도 그 역시 사람이고 인간이며, 다영도 신데렐라가 아니라 한 사람이었다. 사람과 사람이 맞지 않으면 헤어지는 것이 당연지사이건만, 다른 이들은 좋은 가십거리가 필요한 것처럼 굴었다.

막장 드라마 속의 시어머니 같은 여자가 돈 봉투를 주면서 '우리 준우한테서 떨어져!' 라는 말을 들었길 바라는 것처럼 보였다. 적어도 다영의 눈에는. 그녀가 멍한 눈으로 식탁 위에 있는 음식들을 보았다.

"뭐, 그랬어요."

자신의 남자 친구 이야기를, 소식을 남의 입에서 듣는 건 항상 기분 나쁜 일이었다.

그녀가 쓰게 웃으며 수저를 들었다. 더 이상 이야기하고 싶어 하지 않는 눈치에 승현도 더 이상 묻지 않았다.

"그런데 회장님이랑 친한 건 왜 숨기시는 거예요? 어차피 그때 엘리베이터에 들은 사람 많을 텐데."

분위기를 환기시키기 위해 그가 발랄한 목소리로 물었다. 다영이 난처한 얼굴로 잠시 턱을 긁었다.

"낙하산이라는 얘기 듣기 싫잖아요. 회장님 백으로 들어왔다는 거."

"최대한 뒤로 미루고 싶어서?"

"그렇죠. 매도 먼저 맞는 게 낫다지만, 이런 건 싫어요."

괜히 뒤에서, 특히 뒷담화 장소의 메카인 화장실에서 제 이야기를 듣고 싶지는 않았다. 물론 회장과 친하다는 이야기가 들리면 언젠가는 나돌 내용이겠지만, 봄 신상 프로젝트를 맡은 이 시점에 그 이야기가 나돈다면 열에 열은 뒷배로 인해 다른 누군가의 자리를 차지했다는 말을 듣고 말 거다. 피할 수 있는 건 최대한 피하는 것이 좋다는 생각에 그녀가 짐짓 고개를 끄덕였다. 다영의 마음이 이해 가는 듯 승현 역시 수긍을 했다.

그러다 문득 다영이 수저를 들다가 힐긋 승현의 눈치를 봤다. 나름 잘 숨겼다고 생각했는데, 낭패가 아닐 수 없었다. 정작 그는 다영의 행동이 아니라 준우의 태도에서 눈치를 챈 것이지만, 다영이 그 사실을 알 턱이 없었다.

"저기, 승현 씨."

"예?"

거의 그릇에 얼굴을 파묻는다는 말이 어울릴 정도로 식사에 엄청나게 집중하고 있던 승현이 고개를 번쩍 들면서 그녀를 쳐다봤다. 준우가 날카롭게 생겼다면, 20대 후반의 남자에게 이런 말을 하기에는 조금 그렇지만, 승현은 순수하게, 혹은 10대 소년 특유의 장난스러운 얼굴이 보였다.

지금도 유난히 크고 촉촉한 눈망울을 말똥말똥 뜬 채 보고 있는 모습에 그가 준우와 자신의 과거를 알고 있다는 사실도 순간 잊고 웃음이 터져 나올 것 같았다. 애써 웃음을 삼키면서 다영이 조심스럽게 말을 붙였다.

"그, 혹시 말할…… 거예요?"

"무슨 말이요? 한 대리님이 낙하산이라는 거?"

"아니, 낙하산이 맞긴 하지만."

낙하산이 맞긴 하지만 타인에게 낙하산이라는 말을 듣고 싶지는 않았다. 그런데 바로 맞은편에 앉아 있는 남자는 너무 자연스럽게 자신을 낙하산이라고 표현하니까 당황스럽기도 하고, 보통 때라면 기분 나쁠 말이 별 대수롭지 않게 받아들이는 자신이 신기하기도 했다. 이것 역시 침묵이 어색하지 않게 만드는 승현의 묘한 재주라고 생각됐다.

"그거 말고, 저랑 강 팀장이랑 전에 사귀던 거요."

"비밀로 해달라고요?"

"네. 소문으로 안 돌면 좋겠어요."

"알았어요. 소문 안 낼게요."

"고마워요."

그제야 긴장감이 조금 사라져서 다영은 안도의 한숨을 내쉬었다. 긴장으로 빳빳하게 굳어진 어깨가 부드럽게 풀렸다.

"일하시면서 힘든 점 있으시면 저한테 말씀하세요. 계급은 제가 낮지만, 강 팀장님 뒷담화 정도는 제가 들어줄 수 있어요."

"말이라도 고마워요."

꽤 재밌는 말에 다영이 까르르 웃으며 고개를 끄덕였다.

느낌이 굉장히 찝찝하다 했더니, 아니나 다를까, 대자연의 그분이 오셨다. 다영은 화장실 칸 안에서 챙겨온 생리대를 꺼내며 한숨을 푹 내쉬었다. 아랫배가 살살 아프더니 결국 이렇게 됐다. 사람들과 같이 있을 때는 아무 생각도 들지 않는데, 혼자 있으면 별의별 생각이 다 들고는 했다. 지금처럼 아침 무렵 강준우가 수연에게 말을 건 것이 떠오르는 기억들이 말이다. 그의 성격상 먼저 여사원에게 말을 걸 타입은 아니었다. 그런데 아까 전 수연에게 건넨 퍽 다정스런 말이 신경 쓰였다.

"아, 신경 쓰기 싫은데, 진짜."

마른세수를 하듯 얼굴을 벅벅 문지르고는 자리에서 벌떡 일어나 손잡이를 잡을 때였다. 화장실 안으로 누군가 우르르 들어오는 소리가 들렸다. 다영이 들어온 화장실은 6층 끝자락에 있고, 디자인팀도 거의 끝에 있기에 화장실을 쓰는 사람들은 대부분 디자인팀원이었다. 그렇다는 말은 들어온 사람들도 디자인팀 사람들일 가능성이 크다는 생각에 나가서 인사나 할까, 라고 생각한 찰나, 누군가가 입을 열었다.

"강 팀장님이 오늘 수연 씨한테 말 붙였잖아. 무슨 일이래? 보통 안 그러시잖아."

"그러게요."

나가려는 마음이 싹 사라졌다. 저 대화에 전혀 끼고 싶지 않고, 이후 수연의 얼굴을 보면 굉장히 거북해질 것 같았다. 근거 없

직장상사와 전 남자친구의 상관관계

는, 직감에 가까운 추측이지만, 수연은 자신을 마음에 들어 하지 않은 것 같았고, 다영은 자신을 별로 좋아하지 않는 사람을 좋아하거나 친한 척 티를 낼 만큼 배알 없는 사람도, 가식적인 사람도 아니었다.

"혹시 강 팀장님 수연 씨한테 관심 있는 거 아닐까?"

이건 또 무슨 말 같잖은 소리래? 여직원의 말에 화장실 안에서 그 대화를 듣고 있던 다영의 얼굴이 종이 구겨지듯 보기 싫게 일그러졌다.

"그런 거 아니에요."

약간은 부끄러워하는 말투였다.

"왜? 수연 씨는 너무 겸손해서 탈이야. 수연 씨 정도면 강 팀장님도 당연히 관심 가질 만하지."

"맞아. 얼굴 예쁘지, 몸매 좋지, 능력 좋지. 3박자 골고루 갖추고 있잖아."

저거 과연 진심일까……. 대학 시절 화장실에서 제 뒷담을 많이 들은 적이 있기에 저런 말들이 모두 진심이라고 생각되지는 않았다. 물론 몸매 좋고, 얼굴 예쁘고, 능력 좋은 게 거짓은 아니겠지만, 사회에서 만난 여직원들의 심리상 저런 입 발린 말이 다 좋아서 하는 말이 아니라는 건 그녀도 알고, 듣는 본인도 알고, 말하는 사람들도 알 것이다.

"난 당연히 이번 봄 프로젝트 수연 씨가 맡을 줄 알았어. 그런데 웬 낙하산한테 덜렁 맡기셨대, 팀장님은?"

"팀장님도 다 생각이 있으셨겠죠."

"속 좋은 소리 한다. 수연씨는 화도 안 나?"

"실력 증명이 확실한 것도 아닌데 어떻게 그 큰 프로젝트를 덥석 맡기셨대, 팀장님은?"

"대학 동기라고 그런 건가?"

"한 대리님 TAO에서도 활약하셨다고 들었으니까……. 능력이랑 경력이 저보다 훨씬 더 우위에 있으신 분인데 당연히 한 대리님이 맡으셔야죠."

"수연 씨도 참 착해서 탈이야."

허참, 다영은 헛웃음을 터뜨렸다. 낙하산은 틀린 말이 아니니 반박할 깃도 아니지만, 불만이 있으면 강 팀장한테 가서 직접 건의를 하든가 그럴 것이지. 다영이 이를 으득 갈았다. 핸드폰을 쥐고 있는 손에 힘이 저절로 들어갔다. 게다가 더 짜증나는 건 수연의 피해자 코스프레였다. 사실 피해자 코스프레라고 할 것은 없지만, 착한 척하고 있는 게 가증스러웠다.

그래, 수연이 자신한테 해를 가한 것은 없지만, 솔직히 보기 싫었다.

"그리고 나 기획팀에서 하는 얘기 들었는데 한 대리, 회장님이랑도 친한 사이라고 하던데?"

"정말? 아, 하긴 팀장님이랑 대학 동기고 친하면 그럴 수도 있겠다."

제발 늦게 퍼지길 바라던 소문은 금세 퍼지고 말았다. 괜히 발 없는 말이 천 리를 간다고 하는 게 아니었다. 낭패감 서린 얼굴로 엄지손톱을 잘근잘근 씹고 있는데, 그녀의 속을 뒤집는 이야기가 뒤이어 나왔다.

"그럼 뭐야? 우리보고는 팀장님이랑 별로 안 친하다며? 진짜 웃기네."

"게다가 낙하산. 좋겠네, 누군. 아등바등 살아가는 우리랑은 달라서."

마음 같아선 화장실 문을 박차고 나가서 마음 편하게 이야기하고 있는 저것들의 머리채를 휘어잡아 좌우로 신나게 흔들고 싶었다. 입사한 지 며칠도 되지 않아서 사고를 칠 수는 없어서 가만히 참고 있긴 하지만 말이다. 자신들만 아등바등 살아간다고? 다영도 아등바등 살아가는 건 마찬가지였다.

뉴욕에서 생활할 때, 디자이너로 자리 잡기 위해서 그녀가 얼마나 몸부림치고, 아등바등거리고 자존심도 버리고 뛰어들었는가! 아무것도 모르는 것들이 속 편한 소리를 하고 있는 꼴이었다. 게다가 강준우에 대한 이야기는 거짓말을 할 수밖에 없었다. 어느 누가 직장 상사와 과거에 사귀었다고 말하며, 게다가 친하다고 말할 수 있겠는가. 만약 그랬다면 옆에서 얼마나 들러붙어서 아양을 떨겠는가. 그런 것들은 이제 지긋지긋했다.

멀어지는 발소리와 목소리에 그녀가 화장실 문을 열었다. 끼이익거리며 신경 거슬리는 녹슨 쇳소리가 조용한 화장실 안을 울렸다. 거울 앞에서 다시 한 번 몸을 단장했다. 화장실에 있은 지 불과 5분도 안 된 것 같은데 5년은 더 늙은 것 같았다. 눈가에 조금씩 잡히는 주름을 검지로 꾹 누르고는 흐르는 물에 손을 벅벅 씻었다.

"뭐? 실력 증명이 된 것도 아니야?"

제대로 알지도 못하면서 뚫린 입이라고 잘도 떠들어대는 꼴들이 기가 막히고 코가 막혔다. 오늘 디자인팀의 어떤 여직원이 했던 팔찌는 그녀가 직접 디자인한 것이었다. TAO에서 불티나게 팔린, 여름 시즌에 맞춰 만든 발찌도 그녀가 직접 디자인한 것이었고, 한때 약혼반지로 인기를 끌었던 것도 그녀가 디자인한 것들이었다.

제대로 알지도 못하면서! 이로 입술을 짓이겼다. 꼭 말하는 걸 들어보면 자신이 이수연의 자리를 냉큼 뺏은 것처럼 보이지 않는가. 갑자기 억울해지기 시작했다.

화가 났다는 것을 애써 숨기지 않은 걸음걸이로 쿵쾅쿵쾅 걸어간 다영이 제자리에 털썩 앉았다. 풀고 있던 머리를 당고 머리로 시원하게 묶고는, 며칠 전 준우에게 받은 자료들을 펼치면서 펜을 잡았다. 본때를 보여주고 말 것이다. 실력 증명이 안 된다? 굴러온 돌이 박힌 돌을 뺀다는 따위의 말을 두 번 다시 지껄이지 못하도록 확실하게 만들고 말 것이다.

오늘은 야근이다. 다영이 굳은 결심을 하며 불타오르는 눈으로 일에 집중하기 시작하자 승현이 고개를 갸웃했다. 어쩐지 기분이 별로 안 좋아 보였다. 말이라도 걸어볼까 하다가 괜히 불똥이 튈까 싶어 눈치를 보다가 슬쩍 말을 붙였다.

"무슨 일 있으셨어요?"

"아뇨. 그런 건 거 없어요."

전생에 무슨 죄를 지었다고 항상 여자들과 척을 지면서 지내는지 모르겠다. 자신도 여자이면서 여자들의 시기, 질투는 피곤했다.

다영은 손가락에 낀 펜을 한 번 돌리고는 의자에 몸을 기대며 몸을 흔들었다. 반동으로 인해 의자가 끼익끼익, 낡은 소리를 냈다.

조용한 듯 어수선한 분위기의 디자인팀에서 몇몇 사원의 소곤 거리는 소리와 왔다 갔다 움직이는 소리에 그 소리는 금방 묻혔 다. 실력 증명이라⋯⋯. 이번에 제대로 된 걸 만들어서 찍소리 못 하게 만들 것이다. 그녀가 등받이 뒤로 목을 젖히면서 눈을 지그 시 감았다. 봄에 나오는 제품이니까 색상은 핑크 골드가 좋을 것 이고, 봄과 관련된 상징성이 있는 것이면 더더욱 좋을 것이다.

봄과 관련된 것들. 꽃, 사랑, 연애, 봄바람. 그런데 꽃 모양 목걸 이들은 꽤 많은데. 흔한 디자인을 하고 싶지는 않았다. 열린 창문 사이로 따뜻하고 부드러운 바람이 솔솔 들어오고, 배도 부르고 몸 도 따뜻하니 잠이 솔솔 몰려오는 것 같았다. 감은 눈을 뜨고 싶지 않다고 느낄 때였다.

"뭡니까? 자는 겁니까?"

머리를 살짝 만지는 느낌과 위에서 들리는 목소리에 감고 있던 눈을 번쩍 떴다. 그늘진 준우의 얼굴에 재빨리 젖힌 목을 제대로 올리면서 새치름한 표정을 지었다.

"아니요."

"자고 있던 것 같던데."

"아니에요."

다영이 입술을 삐죽이면서 고개를 저었다. 팀장실에나 들어갈 것이지 왜 자꾸 이쪽에 있는 건지 모르겠다면서 툴툴거리는데 준 우가 작게 웃었다.

"잠깐 따라와요."

"팀장실에요?"

그녀가 별 내키지 않는 얼굴을 했다. 다영은 솔직해도 너무 솔직했다. 들어가기 싫어한다는 기색을 여실히 드러내는 표정에도 준우가 직장 상사라는 것을 잊지는 않았는지 얼굴을 잠시 쓸다가 고개를 끄덕였다.

그녀가 자리에서 일어나는 걸 확인하자 준우가 앞서 성큼성큼 팀장실 안으로 들어갔다. 어미 새를 졸졸 쫓아가는 새끼 새마냥 다영이 잰걸음으로 그의 뒤를 쫓았다.

일을 하고 있는 직원들이 그들에게 시선을 한 번 줬다. 약간 수군거리는 듯한 목소리와 눈빛에 걸어가던 준우가 발을 멈추자 고개를 숙인 채 따라가던 다영이 그의 등에 머리를 퍽, 하고 받았다.

준우가 사원들을 바라봤다. 쓸데없이 떠들지 말고 일이나 하라는 무언의 눈빛에 고개를 들고 있던 직원들이 일제히 고개를 책상에 박았다.

딱딱한 등에 부딪친 이마가 꽤 아파서 문지르며 약간 신경질적인 눈빛으로 올려다보자, 그의 시선이 디자인팀 직원들에게로 향하고 있었다. 그것도 지금 열심히 일을 하고 있는 이수연에게.

괜히 빈정 상하려고 해서 다영은 뽀로통한 얼굴을 애써 숨기기 위해 고개를 푹 숙였다. 멈췄던 그의 발이 다시 앞으로 걸어가고 그녀 역시 다시 발을 움직였다. 그가 문을 열어주며 들어오라는 제스처를 취하자 그녀가 냉큼 안으로 들어갔다. 문을 닫은 준우는 목을 죄고 있던 넥타이를 조금 느슨하게 풀고는 자리에 앉았다.

다영은 '디자인팀 팀장 강준우'라는 명패가 있는 바로 앞쪽으로 다가가 서서는 고개를 숙였다. 갑자기 고개를 숙이고 있는 다영을 보자 준우의 눈빛에 걱정이 슬슬 몰려왔다. 아까 전만 해도 평소와 똑같더니 갑자기 왜 이러는가 싶어 그가 고개를 옆으로 기울면서 그녀의 얼굴을 확인하려고 했다.

"어디 아픕니까, 한 대리?"

"아니요."

어쩐지 시무룩한 목소리라고 준우는 생각했다.

"그럼 왜 얼굴을 그렇게 숙이고 있습니까?"

"뭐, 그냥."

이러면 안 된다는 생각에 다영이 고개를 번쩍 들었다. 두 사람의 시선이 공중에서 딱 마주쳤다. 날카로운 눈빛이 자신을 빤히 바라보자 괜히 어색한 기분이 들었다. 그래서 평소라면 눈싸움이라도 하는 것처럼 계속 노려보았을 걸 이번에는 슬쩍 시선을 피해 버렸다. 다영의 이상함을 느낀 건 준우 역시 마찬가지였나 보다.

"진짜 괜찮은 겁니까?"

"네. 진짜 괜찮으니까 걱정하지 마세요."

더 이상 묻지 말라는 말이 내포되어 있는지라 준우는 신경이 쓰이면서도 결국 묻지 못한 채 화제를 돌렸다.

"봄 기획안 초안 보여주세요."

"네?"

"디자인 초안 말입니다."

무슨 디자인이 나와라, 뚝딱! 하면 나오는 건 줄 아나. 프로젝트 맡긴 지 며칠 되지도 않았는데 디자인이 그렇게 쉽게 나올 리가 없지 않나. 얼이 빠진 얼굴로 다영이 헛웃음을 터뜨렸다. 그 표정에 준우는 '디자인 초안은 완성되지 않았다'라는 걸 눈치챘다.

"아직 초안도 안 만들어졌는데요……."

기어들어 가는 목소리로 다영이 말했다. 한 달 남짓한 시간을 주고 이렇게 빡세게 일을 하는 건 처음인지라 어쩐지 위축이 되기 시작했다. 최대한 빨리 만들겠다고 말하려고 하는 찰나, 아까 전화장실에서 들은 여사원의 목소리가 머릿속에서 재생되는 것처럼 들려오기 시작했다.

"실력 증명이 확실한 것도 아닌데, 어떻게 그 큰 프로젝트를 덥석 맡기셨대, 팀장님은?"

순간, 가라앉은 것들이 다시 부글부글 끓기 시작하자 그녀가 고개를 번쩍 들었다.

열의에 가득 찬 얼굴로 '그렇잖아도 오늘 야근하려고 했습니다!' 라고 말을 하려는데 준우가 먼저 움직였다. 그녀에게 책상 위에 있는 달력을 보여준 것이다. 그가 달력을 한 장 넘기자 숫자가 3에서 4로 바뀌었다. 지금은 3월의 마지막 주였고, 벚꽃들이 서서히 피기 시작하는 시기였다. 3월 달력을 넘기자 4월의 첫 주, 다음 주 금요일에 동그라미가 쳐져 있었다.

다영은 고개를 갸웃하면서 동그라미가 쳐져 있는 날짜를 빤히 바라봤다. 중요한 날이라면 아래에 조그마한 글씨로 뭔가가 적혀 있을 법도 한데, 딱히 적혀 있는 글자도 없었다.

"뭐예요?"

"다음 주 금요일에 사내 체육대회 있으니까 초안이라도 빨리 작성해서 보여주는 게 좋을 겁니다."

"네?"

사내 체육대회? 처음 들어보는 말에 다영이 잠시 멍한 얼굴을 했다. 그런 것도 하느냐는 얼굴에 준우가 가볍게 어깨를 으쓱하면서 고개를 끄덕였다. 별의별 것 다 한다는 생각에 그녀가 낭패감이 서린 얼굴로 한숨을 푹 내쉬었다. 이번 주에는 동창회, 다음 주에는 체육대회…… 언제 디자인을 완성하란 말인가. 야근을 하고 싶지 않아도 할 수밖에 없는 상황이었다.

젠장. 다영은 속으로 욕지거리를 내뱉었다. 마땅히 떠오르는 건 없는데 시간은 엄청나게 촉박했다. 뇌를 최대한 가동시켜 봤지만, 원하는 느낌의 디자인은 떠오르지 않았다.

"너무 조급해하지 말고요."

조급해할 수밖에 없는 상황인데 팔자 좋은 소리나 내뱉고 있다며 그녀가 속으로 준우를 욕했다.

"저 오늘 야근하겠습니다."

"야근이요?"

의외의 말을 들었다는 준우의 표정에 그녀가 고개를 끄덕였다. 집에 가면 일은커녕 텔레비전을 보면서 맥주나 마실 게 뻔했다. 차라리 약간 긴장되는 장소에서 조금이라도 노력해 보는 게 나을 것이다. 적어도 노력했다는 건 보여줘야 나중에 뒷말이 없을 것 같기도 하니까.

"알겠습니다. 그런데 진짜 어디 아픈 건 아니죠?"

"네……."

"회사 생활은 어떻니까? 적응할 만합니까?"

시시콜콜 묻는 준우에게 그녀가 망설이다 입을 열었다.

"저, 제가 봄 프로젝트 맡은 거 말이에요."

다영의 물음에 준우가 고개를 갸웃하다 고개를 끄덕였다. 다영은 솔직하게 물어보기도 민망해서 우물쭈물하다 조심스레 물었다.

"저, 그, 제가 회장님이랑 아는 사이라서⋯⋯. 뭐, 뒷배? 그런 거 때문에 주신 건가요?"

엄청 긴장해서 물어보기에 또 무슨 말인가 했다. 자존심에 큰 상처를 받았다는 얼굴을 한 다영의 모습에 준우가 풋, 하고 웃음을 터뜨릴 뻔했다. 은근히 순진한 구석이 있었다.

"회장님이 한 대리를 '실력이 좋아서 스카웃했다'고 말했습니다. 이번 프로젝트도 마찬가지고요."

다영이 눈을 몇 번 깜빡였다.

"이 부서에서 디자이너로 가장 훌륭한 사람은 한 대립니다. 그래서 프로젝트도 한 대리한테 맡겼고요. 이상한 생각 마세요."

"아, 다행이다."

"누가 그런 말이라도 했습니까?"

"아니, 뭐, 누가 뒷배로 들어왔고, 실력 증명도 안 됐는데 프로젝트 맡았다고 하는 얘길 주워들어서⋯⋯."

"신경 쓰지 마세요. 아무것도 모르는 사람들이 하는 말이니까."

확신이 담긴 목소리에 다영은 얼굴 근육이 풀어지려는 걸 꾹 참으며 고개를 끄덕였다.

"고맙습니다, 그렇게 말해주셔서."

"당연한 사실인데요, 뭐."

"네. 그럼 전 이만 나가보겠습니다."

다영은 고개를 까딱 숙여 보이고 급하게 팀장실을 나오며 억지로 붙잡고 있던 얼굴 근육을 풀고는 자리로 가서 앉았다. 빨리 일

해야지 생각하면서 하얀 종이에다가 선을 대충 그은 것들을 보고 있는데 옆에 앉아 있던 승현이 말을 걸어왔다.

"팀장님이 무슨 말 하셨어요?"

"그냥 이번 디자인 초안 얘기 하셨어요."

"근데 되게 기분 좋은 얼굴이시네요?"

"아니에요. 아, 그러고 보니까 다음 주에 사내 체육대회라면서요? 왜 말 안 해줬어요."

"모르셨어요?"

"내가 그걸 어떻게 알아요. 말이라도 좀 해주지."

"저도 거의 깜빡하고 있어서. 죄송해요, 한 대리님. 죄송하단 의미로 제가 일 좀 도와드릴까요?"

"됐거든요? 정 미안하거든 다음에 맥주나 한잔 사요."

"그걸로 돼요?"

"그럼 비싼 거 얻어먹어도 돼요?"

"그건 안 되지만."

문득 기시감이 느껴지는 대화라며 다영이 입꼬리를 슬쩍 올리고는 컴퓨터를 멀뚱히 바라보기 시작했다.

날이 슬슬 어두워지기 시작했다. 뉴욕에서 생활할 때는 야근도 잦았지만, 야근이 없는 날이면 대부분의 직원들은 칼퇴근을 하기 바빴기에 퇴근 시간이 가까워지면 모두들 퇴근 준비를 하고는 했다. 한국은 아직 칼퇴근을 하기에는 상사의 눈치를 보곤 했기에 모두들 우물쭈물하면서 팀장실에 있는 준우의 눈치를 보기에 바빴다. 통유리로 되어 있는 팀장실 안을 보니, 그는 엉덩이에 돌을 매달아놓기라도 했는지 도무지 일어날 생각을 안 하는 것 같았다.

모두의 시선이 이번에는 다영을 향했다. 항상 칼퇴근을 하는 다영이었다. 팀장도 다영의 칼퇴근에 딱히 다른 말을 하지 않았기에 그녀가 퇴근을 하면 다른 사원들도 뒤따라 퇴근을 하려고 눈치를 보고 있었지만, 항상 칼퇴근을 하던 그녀가 퇴근 준비는커녕 머리를 시원하게 묶고 조금은 퀭해진 눈으로 일에만 집중하고 있었다. 상황이 이렇게 되자 사원들은 눈치 게임을 하는 것처럼 서로의 눈치만 보고 있었다.

퇴근할 생가은 하지도 않은 채 시침과 분침이 숫자 6을 조금 넘자 그제야 준우가 팀장실에서 외투를 챙기고 나왔다.

"모두들 퇴근 안 합니까?"

"팀장님, 퇴근하시게요?"

수연이 묻자 여태까지 디자인 콘셉트를 잡고 있던 다영이 슬쩍 고개를 들어 그녀를 바라봤다. 아침과 별반 다를 것 없이 탱탱한 피부에 완벽한 화장이 유지되고 있는 예쁜 얼굴이었다. 컴퓨터 화면으로 비쳐 보이는 자신의 얼굴은 퀭하고 화장도 번진 상태였다. 비교를 하니까 괜한 자격지심만 들어 그녀가 다시 고개를 돌렸다. 한 살이라도 어린 게 좋구나, 다영은 문득 그런 생각을 하면서 손으로 목을 만졌다.

어쩐지 처진 것 같다는 생각에 기분이 우울해졌다. 처지는 건 목주름뿐만이 아니었다. 눈가에도 주름이 하나둘씩 생기고, 입가에 있는 팔자주름도 점점 선명해지기 시작했다. 엉덩이도 슬슬 처지는 듯했다. 여자는 나이가 깡패라는 말이 새삼 와 닿았다.

"저도 퇴근해야죠. 다른 분들은 안 합니까, 퇴근?"

"아, 아뇨. 저희도 해야죠."

"그럼 저 먼저 퇴근합니다."

준우가 먼저 외투를 입고는 부서를 빠져나가자 팽팽한 실마냥 긴장됐던 사무실 안 분위기가 느슨해졌다. 사람들의 목소리와 주섬주섬 움직이는 소란에도 다영은 피곤한 듯 마른세수만 하고 여전히 의자에 엉덩이를 붙이고 있는 상태였다. 몇몇 남자 사원이 수연과 다른 여사원에게 함께 호프집에 가서 간단하게 한잔하자는 말을 하고 있었다.

옆자리의 승현도 퇴근 준비를 하는 것은 마찬가지라 얇은 외투를 걸치고는 컴퓨터 화면을 껐다. 평소라면 제 옆자리에 앉은 상사인 한 대리는 이미 회사를 나가고 없었을 텐데, 컴퓨터 화면은 여전히 환하고, 자리에서 일어날 생각을 하지 않은 채였다. 뭔가 이상하다는 생각에 그가 고개를 갸웃했다.

"한 대리님, 퇴근 안 하세요?"

"저 오늘 야근해요."

"왜요?"

"디자인 기획 때문에요. 승현 씨가 사내 체육대회 말 안 해준 것 때문에 일이 바빠졌잖아요."

"아, 저도 그건 깜빡해서……."

짓궂음이 담긴 놀림성 다분한 말이었는데 승현은 크게 당황했는지 어쩔 줄 몰라 하며 안절부절못한 얼굴을 한 채 다영 앞에 서 있었다. 능글맞은 성격인 줄 알았는데 꽤 순진한 구석이 있다 여기며 그녀가 시원하게 웃었다.

"농담이에요, 농담. 왜 그렇게 놀라요?"

"아, 진짜 놀랐잖아요. 상사가 그런 농담 하면 부하 직원은 그게 농담이라고 생각 안 한다고요."

얼핏 툴툴거리는 말투였다. 진짜 놀랐는지 승현은 손으로 가슴을 쓸며 휴, 한숨을 크게 내쉬었다. 적잖게 놀랐는지 다영이 기분 좋게 까르르 웃으며 미안하다는 말을 툭 던졌다.

"맥주 한잔 사주는 걸로 퉁치죠, 뭐. 7시 다 돼가는데 빨리 퇴근해요. 저도 조금만 더 하고 퇴근할 거예요."

"승현 씨, 오늘 호프집 갈래요? 오늘 사원들끼리 호프집에서 한잔하자고 하던데."

승현의 뒤에서 대뜸 튀어나온 수연의 목소리에 다영이 고개를 살짝 올렸다. 유분기도 없고, 흐트러짐 하나 없는 화장에 생글생글 웃는 모습이었다. 무심결에 예쁘다는 말이 절로 튀어나오려는 걸 속으로 꾹 삼켰다. 호프집에 가고 싶으면 그렇다고 말하면 되는데 이상하게도 승현은 쉽사리 간다, 안 간다, 딱 떨어지는 대답을 하지 않았다. 잠시 고민을 하는 것 같은 얼굴로 그는 다영이 눈치채지 못하게 넌지시 그녀를 내려다봤다.

점심시간이 끝난 이후로 숨도 안 돌리며 일을 한 다영이었다. 시원하게 묶은 당고머리는 처음보다 흐트러져 있었고, 잔머리는 삐죽삐죽 솟아나고, 두껍게 한 것은 아니지만 시간이 지남에 따라 화장도 많이 번져 있었다. 굉장히 오래 안 사이는 아니지만 그나마 부서에서 친한 사람이 다영이었고, 다영의 입장에서도 제일 친한 사람이 준우 아니면 자신일 텐데 일을 하는 다영을 내버려 두고 혼자 술을 마시러 가기에는 조금 미안했다.

승현은 멋쩍은 얼굴로 볼을 긁적이다가 수연을 향해 배시시 웃

직장상사와 전 남자친구의 상관관계

었다. 예쁜 여자가 같이 술을 마시자고 권해주니 설레긴 하지만, 그 이상, 그 이하도 아니었다. 딱히 자신에게 관심이 있어 한 권유가 아니라는 것을 승현은 잘 알고 있었기에 미안함이 가득한 얼굴로 입꼬리를 살짝 올렸다.

"죄송해요. 오늘 호프집은 좀⋯⋯."

"선약 있으세요?"

"술 마시기에는 컨디션이 조금 안 좋아서요."

"아아⋯⋯."

그 말에 수연이 내심 서운하다는 얼굴을 하다가 곧 어쩔 수 없다는 얼굴로 고개를 끄덕였다. 컨디션이 안 좋다고 하는데 뭐라 하겠는가. 자신이라도 억지로 2차 가자고 권하는 남자 사원들이나 상사가 있으면 짜증 나는 게 사실이니까. 싫다는 사람을 억지로 끌고 갈 수는 없어서 그녀는 미련이 남는 얼굴로 '그럼 다음에는 다 같이 한잔해요'라는 의례적인 말을 하고는 몸을 돌렸다.

"제가 도와드릴 일 있으면 도와드릴까요?"

"아뇨, 괜찮아요. 피곤할 텐데 승현 씨도 어서 들어가요."

다영과 떨어져 있는, 꽤 나이가 있는 남자 사원이 '자자, 우리도 이제 퇴근합시다' 하면서 퇴근 분위기를 유도하자 다시 한 번 사무실 안이 시끄러워졌다. 혼자 놔두고 가기 좀 미안한 듯 승현이 한 발자국 움직였다가 뒤를 돌아보고, 한 발자국 움직였다가 뒤를 돌아보고를 반복하자 그녀가 귀찮다는 얼굴로 얼른 가라는 손짓을 하고 나서야 그도 사무실 밖으로 나갔다.

소란스럽고 시끌벅적했는데 직원들이 사라지자 언제 시끄러웠냐는 듯 사무실에는 침묵이 조용히 내려앉았다. 그녀가 멀거니 부서 안을 눈으로 훑었다. 텅 빈 사무실에 혼자 있으니 느낌이 뭔가 오묘했다. 뉴욕에서 야근을 할 때도 그녀 혼자만 야근을 한 적은 별로 없었다. 거의 팀 프로젝트였기 때문에 야근 때도 평소처럼 소란스러운 분위기였다. 다영은 자세를 편하게 고치며 의자 등받이에 몸을 기댔다.

심이 얇은 펜을 입에 물고는 점심때부터 그린 디자인 초안들을 하나둘씩 넘기기 시작했다. 엄청나게 많이 그린 것은 아니지만, 어째 마음에 드는 것들이 하나도 없었다.

눈이 피곤해져서 손으로 눈두덩을 꾹꾹 눌렀다. 아픈 건지, 시원한 건지 모를 느낌이 들다가 눈을 떴다. 창밖으로 보이는 풍경은 해가 서서히 지기 시작한 모습이었다.

딱히 이거다, 하고 떠오르는 게 없으니 디자인하기가 더더욱 힘들었다. 책상 위에 팔꿈치를 올리며 손에 머리를 기댔다. 떠오르는 건 없지만, 손이라도 움직이고 있으면 괜찮은 아이디어가 나올지도 모른다는 생각에 그녀가 다시 펜을 잡았다. 봄에 대해 떠오르는 이미지라면 가장 흔한 것이 꽃이나 연애 같은 것들이다. 종이에다가 작게 연애라는 글자를 썼다.

"왜 헤어진 거예요?"
"왜 헤어진 거야?"
"너네 사귄 이유랑 헤어진 이유가 4대 미스터리 중 하나야."

남의 연애에 대해 궁금해하던 이들이 떠올랐다. 헤어진 이유는 복합적이었다. 친구들에게 말한 비교도 헤어지는 데 한몫했지만,

정확히 말하자면 강준우의 성격 때문이었다. 자신에게는 아무것도 말해주지 않는 강준우가 야속하고 서운했다. 가족을 제외하면 가장 가까운 사이라며 다영은 스스로에 대한 자부심이 있었다. 슬픈 일이든, 힘든 일이든, 기쁜 일이든 그 어느 것이든 가장 먼저 알고, 가장 먼저 공유할 수 있으며, 의지할 수 있는 사람이 되길 원했다.

그렇지만 그는 그러지 않았다. 남자 친구의 힘든 일을, 남의 입을 통해서 듣게 되는 것이 얼마나 비참한 일인지 사람들은 모를 것이다. 강준우 또한 모를 것이다. 입대한다는 이야기도 어머니가 돌아가셨다는 이야기도, 하나같이 남에게서 들었다.

그런 이야기를 전해줄 때마다 사람들의 시선은 하나같이 '여자 친구 맞나?' 하는 눈빛을 도저히 견딜 수가 없었다. 그 때도 마찬가지였다. 강준우는 이모의 강압에 의해 나간 자리고, 얼굴만 보고 나올 자리라 굳이 말하지 않았다고 했다. 걱정 끼치기 싫어서 애기하지 않았다고…….

순간, 다영은 숨을 훅 들이켰다. 기분이 다운되려는 걸 막기 위해 도리질을 크게 했다.

"그렇게 따지면 예쁜 여잘 좋아하는 남자 강준우는 너랑 사귀었었잖아."

다혜의 목소리가 귓가에서 울렸다. 문득 떠오른 그 말에 다영은 웃음기 없는 웃음소리를 흘렸다.

"하하, 그러게. 나도 의문이다."

친구들이 위로해 준답시고 너도 과에서 인기가 많았어, 라는 되도 않은 말을 지껄이긴 했지만. 다영은 그다지 예쁜 얼굴은 아니었다. 그렇다고 어디 한구석이 모난 얼굴도 아니지만, 그들이 누누이 말하는 탑 클래스의 강준우와 오래 사귈 만큼의 미모를 가지지 못했다고 주위 사람들이 수군거렸고, 그녀 스스로도 그렇게 생각했다. 그럼에도 불구하고 그들이 5년이나 사귀게 된 건 자신만의 독특한 매력 때문이 아닐까 하고 자문자답했다. 이 어처구니없는 자기 자랑이 그녀 스스로도 웃겼는지 아무도 없는 사무실에서 한참을 깔깔 웃었다.

개미 새끼 한 마리 없는 사무실 안에 낭랑한 웃음소리만 가득했다. TV에서 방영하는 웃긴 개그 프로를 본 것처럼 깔깔 웃던 다영의 웃음소리가 점점 잠잠해졌다. 어찌나 웃었는지 눈가에 눈물이 그렁그렁 맺히기 시작한 걸 검지로 슥 닦아냈다. 강준우가 헤어지자는 말도 하지 않았고, 사귀자고 한 말도 먼저 한 걸 보면 아마 예쁘진 않아도 그의 눈에는 매력 있어 보였을 것이라고 그녀는 단정 지었다.

다영은 다시 몸을 편하게 뒤로 기댔다가 목을 확 젖혔다. 그러곤 뒤에서 보이는 누군가의 그림자에 그녀가 스프링처럼 몸을 벌떡 일으켰다.

"왁!"

갑작스러운 사람의 등장에 심장이 높이 뛰었다가 다시 제자리로 뛰어내렸다. 롤러코스터를 탔을 때 가장 높은 곳에서 떨어지는 기분처럼 심장이 벌렁벌렁거렸다. 가슴을 움켜쥔 다영이 놀란 기색을 여실히 드러내며 도둑놈처럼 제 뒤에 살금살금 걸어온 놈의 얼굴을 확인했다.

경비 아저씨일 줄 알았는데 뒤에 다가선 사람의 예상외의 인물이었다. 한 손에는 검은 봉투를 든 채 얇은 롱 코트를 입고 있는 준우의 모습에 다영은 안도의 표정을 지었다. 그러다가도 자신을 놀라게 한 게 괘씸해 소리를 버럭 질렀다.

"갑자기 나타나면 어떡해! 얼마나 놀랐는지 알아?!"

"아, 미안."

"인기척이라도 낼 것이지!"

"너 혼자 웃고 혼잣말하느라 못 들었을 거 아냐?"

"봐, 봤어?"

"어."

준우의 담담한 얼굴이 살짝 깨졌다. 위로 떠오르는 미소가 꽤 익살스러워서 다영의 얼굴에 홍조가 피어났다. 혼자 웃고 혼잣말하는 바보 같은 모습을 봤을 거라고 생각하니 낯이 저절로 화끈거렸다. 쥐구멍이라도 있다면 숨고 싶었다. 다영이 준우의 얼굴을 제대로 보지 못하고 고개를 푹 숙이자 그가 작게 웃음을 터뜨리고는 손에 들고 있던 검은 봉투를 다영의 책상 위에 올렸다.

부스럭거리는 소리에 그녀가 고개를 살짝 갸웃하면서 슬금슬금 그의 옆에 다가가 서서는 검은 봉투를 확인했다. 봉투 안에 담긴 것은 그녀가 좋아하는 초밥이었는데, 출출한 이 시점에 먹으면 안성맞춤이었다.

다영은 놀란 눈을 동그랗게 뜨고는 고개를 들었다. 그의 표정은 여전히 담담했다. 아니, 뭐랄까, 조금은 뿌듯한 얼굴인 것 같기도 했다. 그는 입고 있던 코트를 벗어 다영의 옆자리인 승현의 의자에 대충 걸쳐 놓았다. 그러고는 해명을 요구하는 다영의 얼굴에 담담하게 말을 이었다.

"야근한다며? 배고플 것 같아서 사 왔어."

"너 초밥 좋아하잖아."

"아니, 좋아하긴 하는데."

'네가 왜 이걸 사 와?' 라는 말이 차마 입 밖으로 나오지 않았다. 아마 그에 대한 뒷말을 듣기가 겁이 나서 그럴 것이다. 다영은 갈 피를 못 잡는 눈동자를 데굴데굴 굴렸다. 그녀가 지금 어떤 기분 인지, 무슨 생각을 하고 있는지 알면서도 그는 모르는 척 승현의 자리에 앉아서 검은 봉투 안에 담긴 초밥 팩을 꺼내고는 포장을 풀고 물병을 땄다.

"너 새우 못 먹어서 일부러 새우초밥은 안 사 왔어."

"넌?"

"난 안 먹어도 돼."

"그래도 네가 사 왔는데 나만 먹으면 좀 그런데."

"너 먹으라고 사 온 거니까 별로 신경 안 써도 돼. 여기 젓가 락."

준우가 자연스럽게 젓가락을 두 짝으로 떼고 내밀자 다영도 익 숙하게 그것을 받았다. 5년을 사귀고 다시 5년이란 시간이 흘렀지 만, 몸에 남아 있는 습관들은 쉽게 사라지지 않고, 잔재로 남아 있 는 감정들도 쉽게 사라지지 않았다. 그리고 그녀의 습관과 버릇도 쉽게 잊혀지지 않았다. 준우가 피식 웃고는 물을 한 모금 마시며 곁눈질로 다영을 쳐다봤다.

다영은 '잘 먹겠습니다' 라고 가볍게 중얼거리고는 초밥을 냉큼 입에 넣었다. 초밥이 들어간 볼이 부푸는 풍선처럼 빵빵해졌다. 그녀가 한참을 우물거리다 물을 한 모금 마시자 준우는 그 모습을 넌지시 바라보다가 그녀의 책상 위에 놓인 종이로 손을 뻗었다. 아직 남에게 보여줄 법한 디자인 초안이 아닌지라 그녀가 제지하기 위해 종이를 뺏으려고 했지만, 그의 손이 조금 더 빨랐다.

준우의 손에는 이미 종이 몇 장이 들어간 뒤였고, 그는 디자인 초안이라고 할 수도 없는 디자인들을 한 장, 한 장 유심히 살폈다.

준우가 자신의 디자인을 일로써 보는 것은 처음이었기에 다영은 긴장되는 마음에 젓가락을 입에 물었다. 초조한 마음이 그대로 반영되었는지 그녀는 이로 젓가락을 잘근잘근 씹었다. 한참을 보고 있던 준우의 미간이 살짝 꿈틀거렸다.

"뭐, 뭐가 마음에 안 들어?"

아직 초안이라서, 완성된 게 아니라서 그렇다며 그녀가 옆에서 무어라 떠들어대기 시작했지만, 준우의 귀에는 그런 말들이 하나도 들어오지 않았다. 그가 본 것은 줄만 죽죽 그어놓은 종이의 구석진 곳에 적혀 있는 '연애'라는 글자였다.

"너, 연애하고 싶냐?"

"어?"

준우가 들고 있던 종이를 팔랑팔랑 흔들며 그녀에게 보여줬다. 귀퉁이에 적혀 있는 '연애'라는 글자에 다영은 그제야 납득이 간다는 얼굴로 짧게 호응하고는 손을 설레설레 흔들었다.

"그런 거 아니야."

"그럼?"

"봄 하면 떠오르는 것들 중에 연애가 있기도 하고, 너랑 사귈 때가 생각나서."

"뭐?"

"너랑 나랑 사귄 거랑 헤어진 게 상대 4대 미스터리 중 두 개를 차지하고 있대."

난생처음 듣는 말에 준우의 눈이 토끼처럼 동그랗게 떠졌다가 이내 무거운 한숨을 푹 쉬었다. 사귄 거야 그렇다고 쳐도, 헤어진 이유에 대해서는 아무런 말도 하지 않아서인지 말도 안 되는 헛소문이 돌더니 결국에는 그런 말까지 나온 모양이었다. 머리가 지끈거리자 준우는 검지로 관자놀이를 꾹꾹 눌렀다.

불쾌한 기분이 들 줄 알았는데 다영의 얼굴은 그의 예상보다 담담했다. 입에 든 초밥을 삼키고는 다시 초밥을 하나 집어 다시 입안에 넣었다. 약간 짭조름한 간장 맛이 입안에서 살짝 맴돌고 코끝을 톡 쏘는 고추냉이 맛 또한 느껴졌다. 살짝 매운 것 같다며 그녀가 물을 한 모금 마셨다.

"애들이 궁금해할 법도 하지. 사귈 때 주위에서 막 그랬잖아, 한다영이랑 왜 사귀냐고."

"기분 상했어?"

"그때는 좀. 근데 지금 생각해 보면 좀 궁금하기도 하네."

"너랑 사귄 이유?"

"응."

따지기 좋아하는 사람들이 본다면 강준우의 스펙과 한다영의 스펙은 현저하게 차이가 났다. 강준우는 강준우에게 맞는 급의 여자가 있을 것이고, 다영은 다영에게 맞는 급의 남자가 있을 것이다. 다영의 궁금하다는 듯한 얼굴을 보며 준우가 턱을 괴었다. 생각해 보면 그도 그런 말을 많이 들었다. 하지만 준우는 굳이 그들에게 한다영이 매력적인 이유를 말하지는 않았다.

그녀의 매력은 다른 사람이 아닌 자신에게만 보이면 됐고, 다른 사람이 그녀의 매력을 찾는 것을 원치 않기 때문이기도 했다. 이기적인 생각이라고 해도 좋았고, 유치하다고 해도 좋았다. 사랑에 빠진 남자는 유치하고, 사랑하는 여자를 독점하고 싶어 하는 것은 당연했다. 그리고 그런 것들은 사랑하는 자의 특권이었다.

자신에게 시선을 주지 않는 다영의 옆모습을 준우는 계속해서 쳐다봤다. 시간이 지났음에도 불구하고 홀로 빛나는 매력은 전혀 사라지지 않은 듯했다. 그리고 예뻤다.

옆통수에 마치 구멍이라도 날 것 같은 기분에 다영이 떨떠름한 얼굴로 고개를 돌렸다.

"왜 자꾸 보는……."

"예뻤거든."

"어?"

말을 채 잇기도 전에 준우가 가위로 냉큼 그녀의 말을 자르고 들어왔다. 뜬금없는 말에 그녀의 눈썹이 꿈틀거렸다.

"예뻤다고. 내 눈에는 너만큼 예쁜 여자도, 매력적인 여자도 없었어."

순간, 다영은 숨을 훅, 하고 들이켰다. 아까와는 다른 감정으로 인해 낯이 화끈거리기 시작했다. 남부끄러운 말을 잘도 한다고 말하려는데, 준우는 그녀가 입을 열 타이밍도 주지 않았다. 그의 눈이 살짝 접혔다. 매력적인 눈웃음이었다.

"그리고 지금도 여전해."

다영이 멍청하게 입을 벌렸다. 거의 고백과도 같은 말이지만 그녀의 머리는 제 기능을 하지 못하는 상태였다. 바로 옆에 앉아 잘생긴 얼굴로 자신을 빤히 바라보고 있는 저 남자가 방금 무슨 말을 한 것 같은데 머리로는 그 말을 이해하지 못하고 있지만 그녀의 심장은 그가 무슨 말을 했는지, 무슨 말을 하고 싶었는지에 대해서 눈치챈 모양이었다. 평소보다는 조금 더 빠른 속도로 콩닥콩닥 뛰고 있었다.

그가 한 말을 이해하자마자 멍청하게 입을 벌리고 있던 다영은 혀로 입술을 축이곤 입을 꾹 다물었다. 조금 빠르지만 그래도 가볍게 뛰던 가슴이 지금은 전혀 다른 느낌으로 뛰어댔다. 그것도 막 물에서 나온 물고기처럼 숨이 부족해서 팔딱팔딱 뛰는 것처럼. 숨을 쉴 수 있는 데도 불구하고 숨이 턱, 하고 막히는 기분이 들었다. 마땅히 해야 할 말을 찾지 못하고 당황해하다 결국 그녀가 내뱉은 말은 방금 그가 한 말과는 전혀 다른 맥락의 말이었다.

"이, 이번 주 금요일에 동창회 하는데, 너도 가?"

"글쎄?"

대화의 흐름이 바뀌었지만 준우는 무심한 목소리로 대답할 뿐이었다. 특유의 담담하고 무심한 목소리를 듣자 제 것이 아닌 것처럼 뛰던 다영의 심장이 다시 차분하게 가라앉았다. 그가 한 말은 별 의미 있는 말이 아닐 것이라고 스스로 타일렀다. 하지만 강준우라는 남자는 입 발린 말을 하는 남자가 아니었다. 겨우 진정되어 가던 가슴이 다시 빠른 박자로 뛰기 시작했다.

준우가 턱을 괸 채 그녀를 바라보았다. 당고머리를 한 30대 초반의 예쁜 여자를 말이다. 다영은 방금 준우가 한 말에 당황한 기색을 여실히 드러내다가 상황과 전혀 어울리지 않는 생뚱맞은 말을 내뱉었다. 그럼에도 불구하고 그는 굳이 다시 한 번 강조하지는 않았다. 아무 생각이 없던 그 말이 그녀에게 좋은 자극제가 되었을 것이고, 오늘 밤 잠에 들기 전 그 말을 다시 한 번 생각해 볼 것이라는 걸 준우는 잘 알고 있었다.

성격 나쁜 사람처럼 굳이 또 강조해 가면서 당황시키고 싶지는 않은 것이다. 물론 당황해서 어버버거리는 모습은 보고 싶지만, 조급한 마음에 섣불리 몰아붙이다가 그녀의 입에서 긍정이 아닌, 부정의 말이 나온다면 사내에서 계속 봐야 될 두 사람의 사이가 다시 어색해질 수도 있었기에 그는 그녀를 따라 말꼬리를 돌렸다.

"나 가면 너 안 갈 거 아냐?"

"아니, 뭐, 그런 건……."

"게다가 애들 너 많이 보고 싶어 할 텐데."

다영은 그 말에 미묘한 표정을 지었다. 과연 자신을 보고 싶어 할까, 라고 자문해 보니 그럴 것 같지는 않았다. 동창 모임에 나올 이들은 대학 시절 대놓고 척을 진 여학생 중 한 명인 영은과 그들 무리일 것이다. 그들이 자신을 내켜할 것 같지는 않다고 그녀는 짐작했다. 굳이 그들뿐만 아니라, 다른 사람들도 한다영보다는 강준우의 발걸음을 더 반가워할 게 분명했다.

"너도 마찬가지일걸. 그냥 가."

"넌?"

이번에도 다영은 대답을 어물거리며 멈칫했다. 동기들 한 명, 한 명 떠올려 봤지만, 경영학과에는 사람들이 워낙 많다 보니 떠오르는 사람은 그리 많지 않았다. 그녀와 친하게 지내던 인물 몇 명, 그녀에게 호의를 보이던 몇 안 되던 여학생들, 그리고 대놓고 척을 지던 여학생들. 그중 가장 선명하게 기억나는 사람은 역시나 영은이었다.

만약 동창회에 간다면 그 계집애가 자신 근처에서 굶주린 하이에나처럼 어슬렁거리면서 물어뜯으려 할 것이 분명했다. 동창회의 트러블 메이커가 되고 싶지도 않고, 가면 준우에 대한 이야기만 들을 게 뻔하니 일부러 나서서 가고 싶다는 생각은 그다지 들지 않았다.

하지만 신기하게도 그런 마음과 대조되게 김영은, 그 계집애의 얄미운 얼굴이 종잇장 구겨지듯 일그러지는 꼴이 보고 싶었고, 유리 접시가 와장창, 하고 깨지는 것처럼 금이 쩍쩍 가다 못해 가루가 되어 날리는 꼴이 보고 싶었다. 보다 나은 복수라고 해야 하나, 약 올림이라고 해야 하나. 여하튼 그런 것들을 하기 위해서는 준우가 필요했다.

우리가 비록 사귀다 헤어졌지만 너 따위보단 내가 강준우랑 더 가깝고, 더 많은 시간을 공유했다는 걸 보여주고 싶었다. 그리고 준우의 옆에 아직 사귀는 여자가 없지만 그 옆에 설 여자는 절대로 네가 되지는 않을 것이라는 선방을 날리고 싶었다. 다영이 습관적으로 검지로 책상을 툭툭 치다 이내 활짝 웃었다. 어딘가 음흉해 보이는 그 미소에 준우가 저도 모르게 움찔거리며 몸을 뒤로 뺐다.

"가려고, 동창회."

"그럼 난 가면 안……."

"너도 같이 가자. 어차피 금요일이니까 내일이네. 내일 일 끝나고 같이 가면 되겠다. 너, 차 있지?"

준우가 고개를 작게 주억거리자 다영이 잘됐다며 박수를 짝, 하고 쳤다. 한 번 결정을 내리면 멧돼지처럼 돌진하는 성격은 여전한가 보다.

"잘됐네. 나 차 없거든. 카풀하면 되겠네. 목적지도 같으니까. 괜찮지?"

"상관은 없는데, 너 동창회 가는 거 별로 안 좋아하는 거 아니었어?"

"아니야. 5년 만에 만나는 애들인데 당연히 보고 싶지. 내일 같이 가자."

준우가 고개를 끄덕이며 의자 위에 걸쳐 뒀던 외투를 집어 들었다. 야식도 가져다 줬고, 얼굴도 봤고, 하고 싶은 말도 했으니 오늘은 이만 돌아가면 된다. 준우가 의자를 밀며 자리에서 일어나자 다영도 그를 따라 의자에서 일어났다. 매끄러운 바닥 위로 바퀴 굴러가는 소리가 요란하게 들려왔다.

"벌써 가게?"

"왜? 아쉬워?"

준우가 짓궂게 웃으며 물었다. 화끈거리는 볼을 가리기 위해 다영은 짐짓 대담한 척 가슴을 쭉 내밀고는 기가 찬 듯 웃었다.

"얼굴도 봤고, 전해줄 것도 전해줬으니까."

두 사람은 지금 서로 얼굴을 마주 보고 웃으며 이야기하고 있다. 마치 5년 전으로 돌아간 것 같았다. 서로를 열렬히 사랑할 때, 서로의 모든 행동이 사랑스러워 보이던 그 순간으로. 새삼스레 느껴지는 기시감과 새록새록 피어나기 시작하는 그때의 감정이 준우의 손끝을 간질간질하게 만들었다.

그래서 그런 걸까? 바닥을 보고 있던 준우의 손이 위로 올라오더니, 사귀던 시절처럼 장난스럽게 다영의 머리를 기분 좋게 헤집었다. 큰 손이 머리 위로 턱 올라와 그가 가볍게 손을 흔들자 그녀의 머리카락이 더 부스스하게 됐다.

"야……!"

"너도 너무 늦게 있지는 마라. 먼저 갈게."

준우가 웃으며 가방을 챙기고는 한결 가벼운 걸음으로 사무실을 나갔다. 그의 입가에는 미소가 만연했다.

등을 돌린 준우의 얼굴을 볼 수 있을 리가 없는 다영은 그가 사무실 문을 닫고 나가는 모습을 확인하자마자 의자에 털썩 주저앉았다. 그의 손길이 너무 익숙하고 다정해서 그녀의 얼굴이 잘 익은 사과처럼 달아올랐다. 그녀가 손으로 얼굴을 가리며 무릎에 얼굴을 묻었다.

"미치겠다, 진짜……."

부끄럽고, 5년 전의 한다영이 된 것 같기도 하고, 온갖 감정이 계속해서 섞였다. 귓가에는 그의 목소리가 생생하게 재생되었다.

"예뻤다고. 내 눈에는 너만큼 예쁜 여자도, 매력적인 여자도 없었어. 그리고 지금도 여전해."

"미쳤어, 미쳤어. 그 말에 설레는 건 또 뭐야?"

다영의 얼굴은 술이라도 한잔한 것처럼 붉었다.

"모두 퇴근합시다."

팀장실에서 준우가 나오자마자 다영이 자연스럽게 자리에서 일어났다.

"한 대리님, 오늘은 야근 안 하세요?"

"오늘 약속 있어서요."

"아, 그럼……."

옆자리에 앉아 있던 승현은 준우가 눈치채지 못하도록 그를 향해 눈짓했다.

"같이 가세요?"

소곤거리며 조심스레 묻는 말에 그녀가 고개를 끄덕였다.

"한 대리님, 준비 다 됐습니까?"

"다 됐어요."

"두 분 같이 나가세요?"

"일 때문에 타 부서랑 미팅 있습니다. 여러분 먼저 퇴근하세요, 그럼."

거짓말이 아주 능청스럽게 잘 나온다면서 다영이 혀를 쯧, 하고 찼다. 안 본 사이 굉장히 능글맞게 변한 것 같았다. 그 자연스러운 거짓말에 다영의 옆자리에 앉은 승현이 숨죽여 웃었다. 하지만 그를 제외하고는 모두들 납득이 간다는 얼굴로 고개를 끄덕였다.

그러는 사이, 다영도 얇은 카디건을 걸치려는데 오른팔 부분이 잘 들어가지 않아 공중에서 허우적거리자 옆에 서 있던 준우가 자연스럽게 그녀의 카디건을 잡고는 편하게 옷을 입도록 도와줬다. 그런 후, 다영은 검은 숄더백을 어깨에 메고는 발걸음을 나란히 하며 앞으로 걸어 나갔다. 다영을 안 지 얼마 안 되는 사람들의 눈에도 두 사람이 서로를 익숙해한다는 느낌을 받았다.

곧 터질 것 같은 풍선처럼 항상 긴장을 유지하며 딱딱해 보이던 강 팀장의 얼굴이 유난히 편안해 보였다. 서로가 오래 알아와서 그런 감정인 것 같기도 하지만, 그것이 친구이기에 느끼는 편안함은 또 아닌 듯했다. 마치 오래 사귄 연인들만이 가질 수 있는 안정감과 비슷해 보인다 생각하며 승현 역시 외투를 잡았다.

"우리 오랜만에 칼퇴근인데, 가볍게 한잔하고 들어갈까?"

"좋아요."

"승현 씨, 오늘은 한잔해도 괜찮겠어요?"

수연이 눈을 요사스럽게 접으며 물었다. 그 물음에 승현은 좋다며 고개를 끄덕였다. 외투를 입고 모두들 나갈 준비를 하고 있는데, 남자들보다 좀 더 준비하는 게 오래 걸리던 여사원들끼리 말이 한마디씩 나오기 시작했다. 첫 시작은 수연이었다.

"강 팀장님이랑 한 대리님, 서로 되게 친한 것 같지 않아요?"

"어머, 수연 씨도 방금 그 생각 했어? 나도 그 생각 했는데. 강 팀장님이 방금 한 대리님 카디건 잡아주는 거 되게 익숙해 보였는데……."

그 말에 오히려 찔끔한 것은 승현이었다. 만약 이 자리에 다영이 있었으면 분명 말을 더듬으면서 무슨 소리냐고 되물었을 게 눈에 선했다. 그는 수연과 옆에 서 있던 다른 여사원이 말하는 것을 유심히 듣다 명쾌하게 대화에 끼어들었다.

"두 분 같은 과라고 했잖아요. 저희보다야 사적으로 당연히 친하시겠죠."

"하긴."

"그래도 강 팀장님 평소에 그런 행동은 잘 안 하시는 것 같던데……."

의심이 사라지지 않은 듯 느껴지는 수연의 목소리에 승현이 그녀의 외투를 건넸다.

"그냥 매너죠. 수연 씨가 그러고 있으면 저라도 그렇게 도와줬을걸요?"

"그런가요?"

"네. 저뿐만이 아니라 다른 남자 사원들도 그랬을 거예요."

보는 사람마저 기분 좋게 만드는 미소를 지은 승현이 자연스럽게 사람들 틈으로 들어가 어깨를 치며 어서 호프집으로 가자며 분위기를 전환시켰다.

4장 Give Love

　당연하게 준우가 운전석에, 그리고 다영이 옆자리인 보조석에 앉았다. 말을 하기도 전에 안전벨트를 맨 다영은 숄더백을 자신의 무릎 위에 올려놓고 파우치를 꺼내며 얼굴을 확인했다. 아이라인이 번지지도 않았고, 코에 기름이 끼지도 않았다. 만족스럽게 웃으며 탁, 소리가 나게 손거울을 닫곤 다시 파우치 안에서 핑크 립스틱을 꺼내서 연하게 입술에 발랐다.

　"가자."

　준우가 시동을 걸고 부드럽게 액셀을 밟았다. 차가 부드럽게 주차장을 빠져나가자 다영은 오늘 동기들이 모이는 장소를 내비게이션에 입력했다. 운전할 때 보통 운전자의 성격이 드러나는 편인데, 평소 진중한 준우답게 운전 역시 진중하고 조심스러웠다.

　어느 순간 획획 지나가는 풍경들이 시간이 멈춘 것처럼 딱 하고 멈췄다. 앞을 계속 바라보며 그가 물었다.

"음악이라도 틀까?"

"그러든가."

밍밍한 대답이 떨어지자마자 가늘고 긴 검지로 재생 버튼을 꾹 누르고 버튼을 한 번 더 눌렀다. 그러고 나서 얼마 있지 않아 꽤 발랄한 음악 소리가 승용차 안을 가득 채우기 시작했다. 소년과 소녀의 목소리였다. 남매인 건지 두 사람의 목소리는 비슷한 것 같기도 했고, 비슷하지 않은 것 같기도 했다. 노래를 주로 부르는 아이는 소녀였는데, 상큼한 것이 귓가에 선명하게 닿는 목소리였다.

좀체 파란불로 바뀌지 않자 다영의 얼굴이 조금 지루하게 바뀌었다. 그러자 노래 가사가 귀에 들어왔다. 내용은 소녀의 풋사랑, 짝사랑에 대한 노래 가사였다. 귀여운 노래 가사라며 그녀가 손으로 입을 가린 채 살짝 웃었다. 노래가 좋기도 하지만, 이 노래가 강준우와는 전혀 어울리지 않는 노래였기 때문이다.

라디오에서 틀어주는 노래도 아니고, 그가 CD로 직접 사서 넣은 노래이니 더더욱 그랬다. 이 녀석이 이런 노래를 좋아했나? 그녀의 머리 위에 물음표가 크게 하나 떠올랐다. 대학 시절 그가 노래를 부르는 모습도 본 적이 없고, 노래를 듣고 있는 모습을 본 기억도 없었다.

"너, 근데 아까 전에 거짓말 잘하더라?"

"뭐가?"

"아무렇지도 않게 타 부서랑 미팅 있어서요, 라니."

"사회생활하니까 늘어나는 게 처세술이지."

"너도 처세술 같은 게 필요해?"

놀랍다는 다영의 목소리에 준우가 고개를 크게 끄덕였다. 새로 봤다는 얼굴에 그가 키득거리며 말을 덧붙였다.

"너무 늦게 배워서 문제였지."

"뭘? 처세술을?"

"어. 대학 때 알게 됐다면 더 좋았을걸."

준우가 가볍게 대꾸했다. 그 말에 다영이 아리송한 얼굴을 하며 그의 옆모습을 바라보고 있을 때, 빨간불이던 신호가 파란불로 바뀌며 그가 다시 액셀을 밟았다. 차가 다시 움직이자 준우를 힐끔 보던 다영도 시선을 거두고는 핸드백 안에서 핸드폰을 꺼냈다.

운전을 하면서 준우는 다영을 슬쩍 쳐다봤다. 차라리 20대 때 능숙하게 거짓말을 할 수 있었으면 좋았을 것이다. 거짓말보다는, 그래, 방금도 말했다시피 처세술이 필요했다. 자신이 조금만 더 빨리 알았다면 그때 맞선 자리에 나갔다는 사실이 다영의 귀에 들어갔어도 헤어지지 않고 그저 며칠 싸운 걸로 끝낼 수 있지 않았을까란 생각이 들었다. 물론 그녀는 그 일 때문에 헤어진 게 아니라고 말했지만, 이유를 제대로 듣지 못한 준우에게는 그때의 일이 헤어짐의 이유라고 생각할 수밖에 없었다.

"오늘 애들 다 온대?"

"거의 다 오는 것 같더라. 몇 명 빼고."

"그래? 기대된다."

"동창회 가기 싫은 것처럼 굴더니."

그가 핸들을 옆으로 꺾자 다영의 몸도 옆으로 살짝 기울었다.

"뭐, 다들 오랜만에 보는 거니까 기대되지."

"주원이랑 다혜는 온다고 했어?"

"응?"

준우의 입에서 갑자기 나온, 얼마 안 되는 대학 시절 여자 친구의 이름에 다영은 고개를 옆으로 홱 돌렸다. 그러더니 순박한 소처럼 두 눈을 몇 번 깜빡했다. 빤히 바라보는 시선에 준우는 아무렇지도 않은 말투로 다시 한 번 말했다.

"걔들이랑 친하잖아."

"친하긴 한데……."

다영은 어딘가 찜찜한 말투로 그의 뒷말을 똑같이 되풀이했다.

"다행이네, 그럼."

도통 앞뒤를 알 수 없는 말이었다. 다영은 고개를 한 번 갸웃하다가 빤히 바라보던 시선을 거뒀다. 자신이 말귀가 어두운 편은 아니지만, 이번에 그가 하는 말은 알아들을 수가 없었다. 아니, 이번뿐만이 아니었다. 그가 하는 말은, 그리고 그가 하는 행동들은 거의 대부분 그녀가 알 수 없는 것들이었다.

'이렇게 생각하니까 또 착잡해지네.'

약속 장소에 도착하자 다영은 기웃기웃거리면서 주위를 살펴보았다. 이쪽 근처도 자주 오고는 했는데 5년 만에 오니 많이 바뀌어져 있었다. 길거리에 있는 옷가게들과, 그리고 친구들과 함께 자주 가던 술집과 음식점들의 간판 대다수가 바뀌어져 있었다. 5년이라는 시간이 정말 많은 걸 바뀌게 만들었다.

술집의 지하주차장으로 들어가자 승용차들이 꽤 많이 눈에 들어왔다. 꽤 큰 술집을 빌린 모양이라며 그녀가 휘파람을 속으로 휘, 한 번 불었다. 그가 능숙하게 주차를 하자 그녀가 어깨를 한 번 쭉 펴면서 찌뿌듯한 몸을 풀었다.

"나가자."

"좀 일찍 온 것 같은데."

약속 시각은 7시인데 지금은 6시 40분이었다. 강준우는 동창회에서 주인공 급인데, 주인공이 너무 일찍 등장하는 건 아닌가, 라는 생각이 들었다. 그러거나 말거나 준우는 차 문을 열고 밖으로 나갔다. 다영 역시 차에서 내리며 문을 닫자 지하주차장 안으로 문 닫는 소리가 웡— 하고 메아리처럼 넓게 울려 퍼졌다.

차창에 비치는 제 얼굴에 그녀가 머리를 한 번 죽 잡아당겼다. 아까 전에 거울로 볼 때는 꽤 괜찮았는데, 지금 이렇게 보니까 또 못나게 보이는 것 같기도 했다. 괜히 신경 쓰여서 차창을 보면서 오른쪽으로 몸을 돌려 보기도 하고, 왼쪽으로 돌려 보기도 했다. 깔끔하고 예쁘게 입는다고 했는데 좀 뚱뚱해 보이는 건 아닌가, 라는 생각이 들었다.

차창 앞에서 발을 떼지 않는 다영을 한참 바라보던 준우가 팔짱을 끼었다. 자신이 볼 때는 괜찮고 예쁘기만 한데, 다영은 자신 스스로가 마음에 들지 않는 듯했다.

"왜? 뭐가 마음에 안 드는데?"

"그냥 좀. 5년 만에 보는 건데 살찐 것 같다는 얘긴 듣기 싫거든."

"살 더 빠졌어, 한다영."

"어?"

"더 빠졌다고. 미국에서 제대로 안 챙겨 먹었어?"

"바빠서……."

바빠서 제대로 못 먹어 철야에 쓰러진 적도 적잖이 있긴 했지만, 몸이 안 좋다는 신호가 오면 나름 푹 쉬고 영양 섭취도 제대로 했다. 햄버거나 샌드위치가 제대로 된 영양 섭취가 아니라는 건 스스로도 잘 알긴 하지만. 준우의 눈이 날카로워서 그녀는 저도 모르게 슥 시선을 피했다.

"제대로 안 먹고 다녔네."

"아니야. 잘 챙겨 먹었어."

변한 것이 있다면 변하지 않는 것도 있다. 다영의 욱하는 성격과 거짓말을 못 하는 점은 여전했다. 준우가 딱딱하게 굳은 얼굴로 다영의 앞으로 성큼성큼 걸어가더니 주차 선에 서 있던 다영의 손목을 잡고는 자신 쪽으로 끌어당겼다.

갑작스러운 그의 행동에 그녀가 숨을 훅, 하고 들이켰다. 준우의 탄탄한 가슴이 바로 눈앞에 있었고, 매섭게 굳은 얼굴이 그녀의 몸을 딱딱하게 굳게 만들었다.

사귈 때도 준우가 화내는 모습을 본 적은 손에 꼽을 정도로 적었다. 그런데 지금, 마치 그가 화가 난 것처럼 보였다. 그녀보다 머리가 한 개 정도는 더 큰 준우가 그녀를 내려다보았다. 머리부터 시작해서 얼핏 보이는 콧대와 입술을 찬찬히 살펴보다가 손에 쏙 들어오는 다영의 손목을 꾹 쥐었다.

전에도 잡아본 적이 있지만 이렇게 가냘프지는 않았다. 바쁘면 제 몸도 제대로 챙기지 않고 일하는 이 녀석의 성격이 그대로 나타났다. 안 그래도 마른 녀석이 5년 전보다 더 말랐다. 준우는 엄격해진 얼굴을 하고 그녀와 시선을 마주하려고 했다.

"몸 좀 챙기면서 일해. 더 말랐잖아. 이러다가 또 쓰러져."

"안 쓰러져."

"안 챙겨 먹고 몸만 혹사시키면 결국엔 쓰러져."

다정하면서도 걱정이 가득한 눈빛이었다. 다영이 마른침을 꼴깍 삼키고는 그의 손에 잡힌 손목을 빼려고 안간힘을 썼지만, 여자와 남자의 힘 차이는 꽤 컸다. 안간힘을 써도 빠지지 않는 탓에 어깨에서 힘이 절로 풀렸다. 뭘 어쩌길 원하냐는 눈빛으로 그녀가 고개를 들고는 시선을 마주치니 강건한 눈빛이 다영을 걱정스레 보고 있었다.

"지금 혼자 살지? 밥 꼬박꼬박 챙겨 먹어."

"좀 놓고 얘기해."

"알겠다고 말하면."

"알았으니까 놔줘. 나도 내 몸 걱정 많이 하거든?"

"그래."

다영이 익살스럽게 대꾸했다. 원하는 답을 듣고 나서야 안도한 한숨을 내쉬며 그가 웃었다. 손목을 잡고 있는 손에 힘이 빠지기 시작하자 그녀는 냉큼 손목을 빼냈다. 어찌나 세게 잡고 있었는지 잡혀 있던 부분에 약간 울긋불긋하게 손자국이 살짝 오르고 있었다. 아파. 그녀가 작게 중얼거리며 손목을 어루만졌다.

빨갛게 부어오른 손목을 보자 미안한 마음이 들었는지 준우가 머쓱한 얼굴로 뒷머리를 긁적였다. 어루만져 주기 위해 그가 손을 뻗으려고 할 때, 그녀가 손을 떨어뜨렸다.

두 사람 사이에 어색한 기운이 흘렀다. 헤어지고 나서 5년이 지난 후에 만났지만, 그래도 크게 어색하지는 않았다. 사귀기 전에는 친구였고, 친구처럼 사귀기도 했으니까.

그래서 회사에서 처음 만났을 때 당황스럽고 어이가 없기는 하지만 지금처럼 서로 무슨 말을 해야 할지 모를 정도로 어색해하지는 않았다. 서로가 서로의 눈치를 보며 아무런 말도 하지 않은 채 그녀는 바닥으로 시선을 떨군 채 얄궂은 발장난만 했다. 준우 역시 혀로 마른 입술을 한 번 훑고는 시선을 출구 쪽으로 돌리며 읊조렸다.

"가자, 조금 있으면 7시다."

평소보다 보폭을 작게 해서 준우가 앞서 걸어가자 다영이 그의 뒷모습을 힐끔 보고는 자신의 손목을 내려다봤다. 손목이 불에 덴 것처럼 화끈거렸다. 손목을 잡던 그의 손의 감촉이 지워지지 않고 아직도 선명하게 느껴졌다. 다영은 얼핏 한숨과도 같은 무거운 숨을 내쉬고는 잰걸음으로 그의 뒤를 쫓아갔다.

"강준우."

"왜?"

아까 전과 같이 당황한 기색은 사라진 얼굴이었다. 약간은 개구진 시골 소년처럼 다영이 장난스럽게 웃으며 냉큼 그의 옆에 선채 엘리베이터 버튼을 꾹 눌렀다.

"우리 어색하지 않게 잘 지내자. 쿨하게."

"……."

"친구처럼 말이야."

그녀의 목소리가 미묘하게 떨렸다.

목소리가 떨린 것처럼 그녀의 눈동자도 가냘프게 떨리고 있었다. 그 말에 준우는 물어보고 싶었다. 너는 친구로 지낼 수 있냐고, 자신을 친구로 볼 수 있냐고. 나는 널 앞으로 친구로 보지 못

할 것이라고. 빗물이 하늘에서 쏟아져 내리듯 그렇게 쏟아붓고 싶었다.

준우의 답변이 늦어질수록 다영의 긴장 역시 떨어지지 않는 꼬리표처럼 찰싹 달라붙었다. 준우는 피곤한 듯 머리를 쓸어 넘기고는 자신을 올려다보고 있는 다영을 보았다. 항상 당찬 모습만 보여주던 그녀의 모습에 그가 말을 하려다가 입을 꾹 다물었다. 지금 무슨 말이라도 한다면 꼭 울 것 같은 눈동자라서 차마 가슴에 있는 말을 하지 못하고 고개를 돌렸다.

친구로 지내자는 말에 싫다고 할 수도 없고, 그렇다고 해서 거짓말이라도 그러자고 할 수도 없었다. 엘리베이터의 문이 띵, 하고 열리자 그가 턱짓으로 안을 가리키면서 부드럽게 끌고 들어갔다. 그녀가 어, 하는 소리를 내뱉으며 힘없이 그에게 끌려갔다. 엘리베이터에는 단 두 사람, 다영과 준우만이 있었다.

조용한 숨소리마저도 선명하게 들리는 순간이었다. 서로의 얄팍한 숨소리가 섞여 어쩐지 야하게 들리는 것 같았다. 준우가 피아니스트처럼 길고 예쁜 검지로 5층 버튼을 꾹 누르자 위잉, 하는 소리와 함께 몸이 살짝 붕 뜨는 느낌을 받았다.

다영은 제 입을 찰싹찰싹 때리고 싶었다. 친구로 지내자는 말은 헛소리였다. 자기도 모르게 내뱉은 말이었다. 방금 전에 자신을 내려다보던 그의 눈초리가 매서워서, 그리고 그의 주위를 감돌고 있던 분위기도 평소와 같지 않았기 때문이다. 먼저 성큼성큼 걸어가던 뒷모습이 마치 사귀던 시절에 그의 뒷모습만 멍하니 쫓던 자신이 떠올라 더 이상 멀어지기가 싫어서 일떨결에 내뱉은 말이었다.

강준우가 아무런 말을 하지 않는 것이 어쩌면 당연한 일이기도 했다. 아니, 자신이 생각해도 마찬가지였다. 한때 사귀던 사이가 어떻게 친구 사이로 남을 수 있겠는가. 적어도 다영은 그러지 못했다. 다만, 멀어지기 싫어서 그런 변명으로 자신을 붙잡고 있는 거지. 그녀가 가볍게 혀를 쯧, 차는 것과 동시에 엘리베이터 문이 열렸다.

동창회가 열리는 곳은 노래도 부르고 술도 마실 수 있는, 꽤나 넓은 고급 주점이었다. 다영이 쭈뼛쭈뼛 술집 안으로 들어가 두리번거리면서 주위 눈치를 보고 있는데, 그와는 다르게 준우는 큰 보폭으로 근처 종업원에게 방을 묻더니 다영을 데리고 동창들이 있는 곳으로 걸어가 문을 벌컥 열었다. 문을 열자 룸 안에 있던 모든 이들의 시선이 준우에게 쏟아졌다. 그러고는 몇 초도 채 지나지 않아서 함성과 같은 소리가 룸 안에서 터져 나왔다.

"우오오오! 강준우!"

"어머, 준우야!"

"이야, 강준우. 너, 진짜 오랜만이다! 이게 얼마 만이냐!"

"강준우 맞지?"

"너 좀 동창회에 자주 오고 그래라, 인마. 얼굴 다 까먹겠다."

과에서 인기 스타를 맡고 있던 녀석답게 남녀 가릴 것 없이 모두들 벌떼처럼 준우에게로 몰려들었다. 그 뒤에서 그 모습을 보고 있는데, 익숙한 목소리가 귀에 콕, 하고 박혔다.

"강준우, 너 혼자 왔어?"

다혜의 목소리였다.

"아니. 다영이랑 같이 왔어."

"다영이?"

"어."

그가 옆으로 한 발자국 비켜서자 등 뒤에 거의 숨어 있다시피 한 다영의 모습이 드러났다. 5년 만에 보는 얼굴이라 몇 명 기억이 나지 않는 듯 골똘히 생각하다가도 이내 떠올렸는지 박수를 짝, 하고 쳤다. 룸 안 구석에서 '준우랑 사귀었던······' 이란 말이 들려왔다.

"다영아, 진짜 오랜만이다!"

"그러게."

"얼마 만이지, 4년? 5년?"

"유학 갔다는 말은 들었는데, 언제 온 거야?"

질문이 연속적으로 쏟아져 나왔지만, 다영은 당황하지 않으면서 넉살 좋게 웃었다. 5년 만이고, 한국에는 아예 들어왔다는 소식을 전하면서 몇몇 아이들하고는 악수를 하기도 하고 가벼운 포옹을 하기도 했다. 다영은 5년 만인 데다 준우는 동창회에 얼굴을 보이지 않아서 그런지 모두들 준우와 다영의 곁을 떠나지 않고 있었다. 대충 인사가 끝나갈 무렵, 먼저 와 있던 다혜가 냉큼 다영에게 다가왔다.

다영도 많은 사람들에게 벗어나고 싶어서 다혜가 있는 곳으로 가려고 했는데, 준우의 주위에 있던 여자 동기 중 한 명이 궁금함이 섞인, 그리고 조금은 가시 돋친 말투로 물었다.

"그런데 너희 둘이 왜 같이 와?"

"아, 맞다. 너희······."

순간, 들떴던 분위기가 북극의 서리처럼 싸하게 식었다. 그러곤 그녀의 눈치를 보는 것인지, 그의 눈치를 보는 것인지, 한참 두 사람 눈치를 보기 시작한다. 그 말을 처음 꺼낸 사람은 아니나 다를까, 영은이었다. 5년 전이랑 변한 게 하나도 없다며 다영이 속으로 영은을 욕했다. 결혼도 한 애가 왜 그렇게 자신에게, 그리고 준우에게 관심이 많은지 모르겠다.

그렇게 생각한 건 다영만이 아니라 옆에 같이 서 있던 다혜도 마찬가지인지 작게 귓속말로 '저 계집애는 변한 게 하나도 없네'라는 말을 조용히 속삭였다. 결국 다영은 한숨을 내쉬면서 영은이 최대한 빈정 상하게끔 여유롭게 웃었다.

"친하니까 같이 왔지."

"그럼 두 사람 다시 만나는 거야?"

영은이 미묘하게 찌푸린 얼굴로 물었다. 모두의 시선이 다영과 준우를 번갈아 보았다. 평소에 제 이야기를 잘 꺼내지 않는 준우답게 그는 아무런 말도 하지 않은 채 가볍게 어깨만 으쓱이고는 외투를 옷걸이에 걸고 근처 소파에 엉덩이를 붙였다.

접착제를 발라놓은 것처럼 입을 꾹 다문 그를 본 다른 동기들은 충분히 짐작할 수 있었다. 아무리 옆에서 보채며 물어봐도 절대로 그 스스로가 말해주는 일은 없을 것이라는 것을 모두들 잘 알고 있었다. 왜냐하면 준우가 자신의 이야기를 잘 하지 않는 사람이라는 것을 모두들 잘 알고 있기 때문이었다.

특히 다영과 헤어졌을 때, 헤어진 이유를 물어도 죽어도 말하지 않던 준우였다. 시간이 몇 년이 지난 후에 물어도 마찬가지였다. 그랬기에 두 사람의 결별 이유는 더더욱 미궁 속으로 빠졌고, 자신들 멋대로 이야기를 덧대고 덧대서 말도 안 되는 헛소리까지 만들었던 것이다.

준우가 말하지 않자 이번에는 수십 쌍의 눈동자가 다영에게로 향했다. 하지만 다영 역시 웃는 듯 마는 듯한 얼굴로 고개를 가로 저었다. 몇몇은 아쉬운 한숨 소리를 내뱉었고, 몇 명은 대놓고 안도한 얼굴로 가슴을 쓸어내렸다. 그중 대표적인 예가 영은이었다. 그 모습이 퍽 얄미워서 다영은 가자미눈을 한 채 영은이 눈치채지 못하도록 노려보고는 테이블 위에 올려져 있는 맥주를 벌컥벌컥 들이켰다.

마지막으로 온 주원이 몇몇 동기와 인사를 나누고 냉큼 다영의 옆으로 다가왔다. 웨이터가 들어오고, 술을 마시고, 음식을 먹고를 그들은 계속해서 반복했다. 술에 떡이 된 것은 아니지만 알싸하게 취한 동기들 몇 명이 볼을 발갛게 물들이고는 노래를 부르고, 다른 동기들은 그 노래를 따라 부르고를 반복했다.

준우는 다영의 거의 맞은편 대각선에 앉아 있었는데, 그는 동기들의 관심을 독차지하고 있는 사람답게 여자들 사이에 끼어 나름 곤욕을 치르고 있는 중이었다. 그것을 못마땅하게 바라보며 다영이 콧방귀를 뀌고는 양주를 한 모금 마셨다. 조금씩, 조금씩 마시고 있다곤 하지만 술을 마시면 취하는 것은 불변의 진리였다. 다영의 볼도 슬슬 발갛게 물들어가고 있을 때에 마침 동기가 부르던 노래가 딱 끝났다.

"야야, 나 궁금한 거 있는데!"

시간이 꽤 지났지만 아직 9시도 채 되지 않는 시각이었는데 누군가가 얼큰하게 취한 상태로 몸을 좌우로 살짝 흔들면서 손을 번쩍 들었다. 그 모습이 웃겨 룸 안에 있던 애들이 깔깔 웃었다.

"뭔데?"

"이거 우리들 중에서 안 궁금해하는 사람 없을걸?"

그가 짐짓 비장한 목소리로 말을 이었다.

"그러니까, 내가 진—짜 이거, 총대 메고 물어본다."

아, 뭔지 알 것 같아. 다영이 자리를 피하기 위해 엉덩이를 슬쩍 떼려고 하자, 손을 든 이가 검지로 정확하게 그녀를 콕 집었다.

"한다영! 나가지 마!"

"미치겠네, 진짜."

나가지 말라는데 나갈 수도 없고. 다영은 한숨을 푹 내쉬면서 털썩 소파에 주저앉았다. 입에서 방금 먹은 술 냄새가 솔솔 나기 시작했다. 목이 바짝바짝 타는 느낌에 다시 손을 뻗어서 술을 마시려고 하는데 주원이 너무 많이 마셨다며 옆에서 타박을 했다.

타박에도 다영은 아랑곳하지 않고 얼음이 들어간 양주잔을 손에 쥐었다. 그녀가 꼴깍꼴깍 마시기 시작하자 약간 달달하면서도 알싸한 술 냄새가 코를 찔렀다. 마치 고추냉이를 먹을 때와 비슷한 느낌이기도 했다. 볼이 화끈거리고 머리가 슬슬 어지러웠다.

"너희, 헤어졌지?"

"그래."

"응."

그녀와 그가 동시에 말을 내뱉었다. 전자는 준우였고, 후자는 다영이었다. 준우는 대답을 하고 나서도 뭔가 못마땅한 얼굴로 다영을 보다가 질문하는 이에게 고개를 돌렸다.

"그럼 누가 헤어지자고 했냐?"

"남이 헤어진 이유가 왜 그렇게 궁금하냐, 너흰?"

불쾌한 표정을 숨기지 않으며 다영이 얼굴을 와락 구겼다. 그녀가 진짜로 기분 상했을 거라고 생각하진 않았는지 물어본 이가 배시시 웃으면서 '궁금하니까'라고 말하며 철퍼덕 테이블에 얼굴을 갖다 박았다. 다영은 한숨을 푹 내쉬었다. 사귀던 때도 궁금해하고, 헤어진 이유도 궁금하고, 두 번 다시 이놈의 동창회에 나타나지는 않을 것이라고 그녀가 다짐하며 다시 잔을 잡았다.

"네가 차였나 보네, 기분 별로 안 좋은 거 보니까."

역시 얼굴을 발갛게 물들인 영은이 잔을 흔들면서 빙긋 웃었다. 바로 맞은편에 앉아서 사람 배알 꼴리는 말을 덥석 던지는 소리에 다영의 귀가 번쩍했다. 소란스러움이 조금 남아 있던 룸에 얼핏 조용함이 내려앉았다. 눈치 없는 남자를 제외하고는 본인들이 재학하고 있을 때 영은과 다영의 사이가 좋지 않았다는 것은 누구나가 다 알고 있는 사실이었다.

뒤에서 뒷담화를 하고 있는 걸 다영이 직접 들은 적도 있고, 남이 그 얘기를 전달해 준 적도 있었다. 대놓고 싫은 티를 내는데 어찌 그걸 모를까. 혹시 싸움이 일어나는 건 아닐까라는 생각에 여자들 모두가 둘의 스파크 튀는 상황을 안절부절못하며 지켜보고 있었다.

영은이 도도한 얼굴로 팔짱을 꼈다. 그녀는 다영이 싫어하는 티를 내며 아무 말도 하지 못할 거라고 생각했다. 다영이 준우를 찼을 리는 없을 것이고, 준우가 다영을 찼을 게 분명했으니까. 그녀의 예상은 다영이 분에 차 씩씩거리는 모습을 보는 것이었는데, 다영은 딱히 그런 행동을 하지 않았다. 오히려 이내 피시시 바람 빠진 웃음소리를 내면서 입꼬리를 올렸다. 어쩐지 승리자 같은 모습에 영은이 움찔했다.

"내가 차였어."

누구 한 사람이라도 말해주기를 원했는데, 그 말을 한 사람은 예상외로 준우였다. 잔에 물을 따라 마시던 그가 오늘의 날씨를 얘기하는 것처럼 담담한 목소리로 결론만 딱 내리며 말하자 모두의 시선이 그에게로 집중됐다.

다영 역시 마찬가지였다. 놀람이 섞인 눈동자로 눈을 동그랗게 뜨는데 준우가 만지고 있던 잔을 테이블 위에 올려놨다. 술을 마시려고 만난 자리였지만 몰고 온 차 때문에 그는 한 시간 반 정도가 지난 지금에도 술을 한 모금도 마시지 않은 채 안주만 먹고 있었다.

혀를 굴리지도 않고 말짱한 정신을 유지하며 준우는 자신이 차였다는 걸 다시 한 번 강조했다. 설마설마 했는데 진짜로 다영이 준우를 찼다니. 만화 속 주인공처럼 그들의 입이 쩍 하고 벌어졌다. 정말 생각도 못 한 사실이었다. 선을 보러 간다는 이야기에 재벌 2세와 평범한 서민의 사랑을 생각하며 당연히 다영이 차였을 것이라고 생각했다. 즐거웠던 분위기가 싹 사라지고 싸늘함만이 남았을 때, 이번에는 다영이 입을 열었다.

"너 진짜 매너 없다."

"뭐?"

"뭐 때문에 나나 강준우가 그 얘기에 대해서 말 안 하는지 몰라? 사람에 대한 배려 같은 거 없어?"

"그게, 나는……."

다영을 골탕 먹이려다가 되레 당했다. 영은이 갈피를 못 잡고 눈만 데굴데굴 굴리다가 조그맣게 중얼거렸다.

"준우야, 미안."

"괜찮아."

준우는 전혀 괜찮지 않은 표정으로 괜찮다고 말했다.

"찔러놓을 건 다 찔러놓고 미안하다는 말 한마디면 단 줄 아나 보네."

다영이 대놓고 영은을 타박했다. 그 말에 맞은편에 앉은 영은이 발끈했지만, 어디까지나 먼저 시작한 건 본인인 것이 틀림없었기에 아무 말도 하지 못하고 입술만 잘근잘근 깨물었다. 다영이 다시 술을 한 모금 마시고, 주위의 눈치를 살피던 다혜가 허허, 웃으며 손바닥을 짝, 하고 쳤다.

"그래그래. 뭐, 옛날 얘기는 이 정도로 하고 노래나 하자. 노래할 사람!"

"나, 나!"

한 동기가 손을 번쩍 들고는 부르려는 노래의 번호를 꾹꾹 눌렀다. 시작 버튼을 누르자 익숙한 전주곡이 흘러나왔다. 아까 준우의 차 안에서 들은 노래였다. 아직 여물지 않은 소녀의 목소리 대신에 친숙한 동기의 목소리가 박자에 맞춰 들려왔다. 노래 기계 쪽으로 그녀가 시선을 돌리자 산을 배경으로 한 화면 아래에 노래 가사가 적혀 있었다.

내가 뭘 잘못했는데. 내게 왜 그러는데.

그럴수록 난 되게 섭섭해. Oh I'm so sad.

그러니까 슬슬 Let me come into your.

마음, 중요한 건 마음.

결코 네 얼굴만 보고 좋아하는 거 아니, 아니야.

날 미워하는 너의 날이 선 말투까지도 사랑하게 된 거.

이게 내 맘이야, 너에 대한 건 사소한 것도 기억해. 난 마니아.

아무리 나삐 굴어도 넌 내게 이 순간 만화야. 순정 만화야.

주인공은 맨날 맨날 이렇게 밤마다 기도해.

Give Love. 사랑을 좀 주세요.

Give Love. 사랑이 모자라요.

매일매일 자라는 사랑을 그녀에게 주는데도 받질 않으니.

달콤한 사랑 노래였다. 그런데 우습게도 짝사랑 노래였다. 상큼한 음악 소리와는 전혀 반대되게 말이다. 다영이 물을 마시듯 술을 마시면서 시선을 돌렸다. 대각선 자리에 앉아 있는 준우 역시 노래를 부르는 동기를 보고 있었다. 그의 입술이 작게 중얼거리는 것으로 봐서 이 노래를 아는 것처럼 보였다.

강준우와 어울리지 않는 상큼 발랄한 짝사랑 노래라니, 손짓 한 번에 다가갈 여자가 운동장 네 바퀴를 돌고도 남을 것 같은데. 다영은 어렴풋이 그런 생각을 하며 옆에 앉은 다혜의 어깨에 몸을 기댔다. 초반부터 술을 너무 많이 마시면서 달렸나, 머리가 조금 어지러웠다.

어깨에 실리는 무게에 분위기에 도취돼 있던 다혜가 슬그머니 다영을 내려다보면서 박수를 치던 것도 멈추었다.

"왜?"

"어지러워."

"너무 많이 마셨나 보네. 물이라도 마실래?"

"아니……."

"화장실 한 번 다녀와."

"그래야겠다."

다영이 기댔던 몸을 일으키자 몸이 살짝 휘청거렸다. 그렇게 높지 않은 구두 굽인데도 이상하게 높게만 느껴졌다. 다리에 힘이 풀려 후들후들거리는 걸 꾹 참으면서 조금씩 발을 앞으로 내딛었다.

노래는 거의 중반부에 다다라 후크 부분에서 머무르고 있자 여자 동기들이 그 노래를 따라 불렀다. 꽤 인기 많은 노래네, 라고 어렴풋이 생각하면서 다영은 삐그덕 소리를 내며 문을 열었다.

화장실이 어디에 있지, 하고 보자 오른쪽 통로 가장 끝에 화장실이 있는 걸 확인하고 그녀가 냉큼 화장실 안으로 들어갔다. 도착하자마자 세면대에 물을 틀고 손을 씻었다. 찬물에 씻은 손을 얼굴에 갖다 대니, 차갑던 손이 금방 따뜻해졌다.

불에 덴 것처럼 볼이 화끈화끈거렸다. 화장도 지우고 집에 가서 자고 싶다. 수돗물에 입을 몇 번 헹구고 있을 때, 화장실 안으로 누군가 냉큼 들어왔다.

들어온 사람하고 순간 눈이 마주치자 다영의 표정이 짜증 난다는 식으로 구겨졌다. 입에 있던 물을 퉤, 뱉으면서 손에 묻은 물기를 탈탈 털어내고 곧바로 나갔다. 아니, 나가려고 했다.

"야, 한다영."

"왜?"

다영은 피곤한 얼굴로 몸을 슬쩍 돌렸다.

"너 뭐야?"

"시비 걸고 싶어서 불렀어?"

"시비는 내가 아니라 네가 걸었지. 내가 너한테 뭘 했다고 나한 테 그렇게 날 세우고 시비 거는데, 넌."

이건 또 무슨 개 풀 뜯어 먹는 소린가. 다영은 피곤한 얼굴로 숨을 크게 내쉬었다. 입에서 술 냄새가 나는 것 같아서 불쾌했지만, 무엇보다 그녀를 불쾌하게 만드는 원인은 바로 눈앞에 있는 영은 이었다. 마음 같아선 쌍욕이라도 한 바가지 하고 싶었지만 꾹 참 았다.

"내가 언제 날 세우고 덤볐어, 네가 먼저 날 세우고 덤볐지."

"대학 때부터 그랬잖아, 너. 나만 보면 항상 못마땅한 얼굴이 고, 네가 준우랑 사귄 게 그렇게 잘난 일이야? 너, 준우 믿 고……."

술이라도 안 마셨으면 다영은 참았을 것이다. 아니, 사실은 모 르겠다. 참았을지, 안 참았을지. 적반하장도 유분수지, 대학 시절 부터 자신에게 날을 세우고 못마땅한 얼굴을 한 사람은 영은 쪽이 었다. 그리고 다영은 준우랑 교제한다고 해서 잘난 척을 한 적도 없었고, 그럴 마음도 없었다. 오히려 그녀는 준우랑 사귀는 걸 다 른 사람에게 숨기고 싶어 했다. 그들에게 받는 관심과 눈빛이 부 담스럽고 무서웠다.

꾹꾹 눌러 참으려고 한 감정이었다. 만약 다영이 고향에 있는 대학을 다녔으면 대놓고 싸웠을 것이다. 집으로 돌아가면 이야 기를 들어줄 엄마가 있고, 편을 들어줄 형제가 있었다. 하지만 여기에 이곳에서 자신의 편은 아무도 없었기에 참고, 또 참으려고 했다.

그랬던 것들이 지금 이 순간 활화산처럼 터져 버렸다. 세 번을 참으면 살인도 면한다는 이야기는 이제는 옛날이야기였다. 살인도 면하는 게 아니라, 세 번을 참으면 호구였다. 호구로 보인다. 남들에게 자신이 얼마나 호구로 보였으면 5년 만에 참석한 동창회 자리에서, 또 뒷얘기의 메카인 화장실에서 이러고 있느냔 말이다. 다영이 대뜸 영은의 말을 잘랐다.

"내가 언제 강준우 믿고 설쳤어? 그리고 대학 시절 때부터 내가 날 세웠어? 네가 날 세웠지. 뭐 눈에는 뭐만 보인다고, 네가 날 싫어하니까 나도 널 싫어하는 거라고 네가 지레짐작하는 거지."

"뭐, 뭐?"

바로 맞받아칠 줄은 생각 못 했는지 영은이 당황한 기색을 드러내는 꼴을 보며 다영은 코웃음을 쳤다.

"그래, 나 너 싫어해. 완전 싫어해. 근데 네가 먼저 나 싫어했잖아. 내가 나 싫어하는 사람 좋아할 만큼 배알 없는 년으로 보였어? 네가 화장실에서 내 뒷담화한 걸 내가 몇 번이나 들었는데. 다른 애들이 몇 번이나 네 얘길 하더라. 네 눈에는 내가 아니꼬워 보였겠지. 내가 강준우랑 만나고 있으니까. 질투를 그렇게 추잡하게 할 수가 없다, 없어."

"추, 추잡?"

"그래, 추잡. 자기는 아무것도 안 했으면서 강준우가 나보고 사귀자고 하니까 열 받든? 그럼 왜 가만히 있는데? 그리고 넌 결혼한 애가 이러는 거 진짜 꼴불견이고 흉해."

"야!"

"왜? 내가 틀린 말 했어?"

씩씩거리는 꼴이 금방이라도 다영에게 덤벼들 것 같았다. 언제 머리채를 붙잡힐지 몰라 팔짱을 풀고는 다영도 긴장한 태세로, 여태까지 꾹꾹 눌러 담아온 말을 폭포수마냥 쏟아냈다.

"너 결혼했는데도 왜 강준우한테 껄떡거려? 유부녀가 그러는 거 아니다. 네 남편은 네가 이러는 거 알아?"

"너, 너, 진짜."

막상 말이 터져 나오니까 아주 시원하게 잘 나왔다. 남을 공격하는 말은 자신에게 돌아오는 법이지만, 그래도 한 번쯤은 쏟아내야 한다고 생각했다. 아니, 다영 스스로에게 돌아오는 것이 아니었다. 영은에게 돌아가는 것이다. 영은은 대학 시절부터 다영을 주구장창 뒤에서 씹고 다니며 싫어했다. 그런 것들이 지금 본인에게 돌아가는 것이었다.

"좋아하면 좋아한다고 직접 말해, 그렇게 추잡하게 질투하지 말고. 그리고 넌 지금 강준우가 혼자 되니까 어떻게 하고 싶은 모양인데……. 하나 말하지만, 강준우가 혼자 됐다고 걔가 너 만날 확률? 참 나, 걔 너한테 관심 없어. 물론 동기로서 보긴 하겠지. 근데 여자로서 관심은 0.001%나 될까? 왜냐?"

한 번쯤은 이렇게 얄밉게 못된 말을 하고 싶었다. 그리고 지금이 그 타이밍이었으니, 속이 시원했다. 다영은 더욱 얄밉게 보이도록 입꼬리를 비뚜름하게 올리며 비아냥거렸다.

"네가 유부녀니까. 넌 결혼했으니까."

영은은 아무런 말도 하지 않고 씩씩거리기만 했다. 아무런 말도 하지 못하는 것은 다영이 하는 말들이 하나같이 구구절절 옳은 말이었기 때문이다.

다영은 속에 있는 것들을 쏟아내니까 한결 개운하고 시원해졌다. 발걸음이 가볍고, 술이 조금 깬 기분도 들었다. 그렇지만 짜증은 났다. 누구에게 쏟아부었다고 해서, 자신이 당한 만큼 되돌려줬다고 해서 속이 시원해지는 건 아니었다.

그 잔재된 감정들, 전부터 자신이 당해온 케케묵은 감정들이 떠올랐기 때문이다. 애써 참으려고 했던 것들이 말이다. 그 속에는 다영 자신을 향한 적대감도 있고, 준우와 함께했던 날들과, 그를 향하던 감정도 함께 있기 때문이다. 갑작스럽게 몰려오는 피곤 때문에 다영은 손으로 얼굴을 벅벅 문질렀다.

더 이상 이곳에서 이득 없는 말싸움을 하다가는 정말 머리채 잡고 싸울 것 같다는 생각에 그녀가 발을 돌리려는 때였다.

"야!"

"야?"

들려오는 말에 다영이 다시 발을 돌렸다. 술기운 때문에 그런지 화가 나서 그런지, 얼굴이 잘 익은 사과마냥 붉어진 얼굴의 영은을 비딱하게 쳐다봤다. 영은의 꽉 쥔 주먹이 부들부들 떨리고 있었다.

"그럼 넌 뭐가 그렇게 잘났는데! 너 솔직히 잘난 거 하나도 없잖아! 과에서도 준우 없으면 별 볼일 없는 년이면서 뭐가 그렇게 잘나서 도도한 척, 잘난 척 구는데! 너 유학 얘기도 내가 모를 줄 알아?! 그거 준우 아버지가 보내준 거 다 알거든! 네 힘으로 한 거 하나도 없잖아! 다 강준우 덕분이면서!"

"하?"

이건 또 무슨 개소리래? 그녀가 미국에서 생활한 모든 편의들은 확실히 LOSA 강 회장의 입김이 어느 정도 작용됐을 수도 있다. 하지만 뉴욕으로 유학을 간 것 자체는 다영의 능력이었고, 다영의 선택이었다. LOSA와 TAO가 주체한 디자인 공모전에서 그녀는 당당하게 입상했고, 입상의 포상 중 하나가 미국 유학이었다. 그녀의 능력 덕택에 주위 사람들이 그녀를 붙잡고 늘어진 것이었다.

"야, 너 진짜 내 머리채라도 잡겠다?"

"네가, 네가 뭐가 그렇게 잘났다고! 사람 마음을 추잡하다고 무시하는데, 어! 내가 얼마나 노력했는데! 네가 뭐가 그렇게 잘나서 내 첫사랑을, 짝사랑을 무시하는 건데!!"

영은은 화장실이 떠나가라 소리를 꽥꽥 질렀다. 얼마나 큰 목소리였으면 룸 안에 있던 사람들이 하나둘씩 나와 화장실 안으로 얼굴을 빼꼼 내밀겠는가. 괜히 더 상대했다가는 진짜 못 볼 꼴이라도 당할 것 같아서 다영이 혀를 끌끌 차고는 몸을 돌리려고 할 때, 그녀의 기다란 뒷머리가 꽉 잡혔다.

"악!"

"네가 뭔데!"

진짜 영은이 뒤에서 머리채를 잡고 뒤흔드는 바람에 다영의 목이 앞뒤로 보기 흉하게 움직였다. 입에서는 고통에 겨운 소리가 나왔다. 계속 머리채를 잡히고 있을 수는 없어서 다영 역시 영은의 머리채를 잡고 뒤로 세게 밀쳤다. 좀비처럼 달라붙어서 떨어질 것 같지 않던 영은이 쉽사리 뒤로 밀려 나갔다.

"후, 그래, 내가 네 짝사랑을 무시한 건 미안해. 근데 내가 걔랑 사귄다는 게 내가 너희한테 그렇게 괄시당하고 무시받아야 하는 이유야? 대학 생활 때 네가 나를 얼마나 무시했어? 강준우랑 비교하면서도 무시했고, 지방 출신이라고 무시하고! 나는 그거 다 참았어! 네 사랑이 얼마나 대단하고 멋진 건진 몰라도 네 사랑 때문에 네가 다른 사람을 욕할 이유는 없어!"

"네가……!"

영은이 다시 한 번 다영에게 달려들면서 손을 뻗을 때 누군가 그녀의 팔을 잡았다. 그와 동시에 산발이 된 두 사람이 고개를 들어 나타난 사람의 얼굴을 확인했다. 그는 다름 아닌, 담담하지만 약간은 화난 얼굴의 준우였다.

"주, 준우야……."

"강준우, 네가 왜?"

"너 취했다. 흉한 모습 보이지 말고 그만해."

수군거리던 주변 분위기가 순식간에 조용해졌다. 재밌는 구경거리가 사라졌다고 판단했는지, 전혀 관계없는 사람들은 다시 룸 안으로 들어갔고, 바깥으로 나온 동기들 몇 명이 세 사람의 눈치를 살폈다. 순식간에 긴장이 풀려 다영이 다리를 휘청거리자 옆에 서 있던 준우가 그녀를 잡아줬다.

"너도 많이 취했어."

많이 마시긴 마셨다. 머리도 어지럽고 혀도 슬슬 꼬이는 것 같기도 했다. 가장 중요한 건 다리가 후들후들 떨린다는 점이었다.

"집에 갈래?"

준우를 따라 여자 화장실로 들어온 남자 동기가 걱정이 가득 담긴 목소리로 물었다.

직장상사와 전 남자친구의 상관관계

"그래야겠다. 미안한데 나 밖에까지 데려다 주면 안 될까? 택시 좀 불러줘."

"요새 세상 흉흉하대. 그냥 내가 태워줄게."

"그러면 나야 고맙……."

다영이 미안한 얼굴로 웃으며 고개를 끄덕였다. 계속 이 자리에 있으면서 영은을 보면 또 모든 것들을 쏟아낼 것 같았다. 차라리 그럴 바에야 집에 가는 게 나을 것이다. 올 때는 준우의 차를 얻어 타고 왔지만 지금은 다른 동기가 차를 태워준다고 하니 굳이 거절 할 필요는 없을 것 같아서 고개를 끄덕이려는 찰나, 누군가가 동 기의 손에 붙잡힌 자신의 손을 빼냈다.

"한다영, 가자."

"엉?"

준우는 이미 나갈 준비를 마친 상황이고, 손에는 다영의 외투 역시 들려져 있었다. 아마 주원이나 다혜가 챙겨준 모양이었다.

"아니, 나는……."

"우리 먼저 갈게. 미안한데 뒷정리 좀 해줘."

준우는 거의 화난 얼굴로 그녀를 잡아끌며 화장실 밖으로 끌고 나왔다.

"뭐, 뭐야, 강준우, 뭔데!"

손을 빼내려고 해도 어찌나 힘을 세게 줬는지 쉽사리 손이 빠져 나오지 않았다. 엘리베이터를 타고 나서야 준우가 그녀를 내려다 보았다. 화가 난 얼굴이었다. 아니, 또 어떻게 보면 섭섭해하는 얼 굴 같기도 했다. 시야가 자꾸 감기고 흐릿하게 보여서 그의 표정 이 잘 보이지 않았다.

"넌 어떻게 변한 게 없냐?"

"내가 뭐?"

"술 취해서 아무렇게나 웃지 마."

"나 안 웃었어."

"웃었어, 김동호한테."

"이렇게?"

입꼬리에 힘이 풀렸는지 다영은 배시시 웃음을 지었다. 눈이 접힌 예쁜 웃음에 화를 내기도 애매했는지 그가 어이없는 웃음을 터뜨렸다. 마치 옛날 같았다. 그가 질투해 주는 것 같은 기분이 들었다. 김영은한테 추잡하다고 말했지만, 그가 지금 자신 때문에 질투를 하고 있다고 생각하니 기분이 좋았다. 다른 남자에게 웃었다고 질투해 주는 강준우라니.

"너무 좋잖아."

"뭐?"

그의 되물음에 모르는 척 시치미를 뗐다. 가만 생각해 보니 자신이 왜 준우한테 일방적으로 꾸지람을 듣고 있어야 되는 건지 몰라 그녀가 인상을 팍 찡그리면서 무어라 대꾸하려고 하는데, 그것을 읽기라도 했는지 준우가 냉큼 물었다.

"뭐 때문에 그렇게 살벌하게 싸운 건데?"

"몰라서 물어? 다 이게 너 때문이잖아. 대학 때도 그렇고, 지금도 그래. 너랑 관련되면 될 일도 안 돼!"

"갑자기 나는 왜?"

"그걸 몰라서 물어?"

갑작스러운 다영의 화풀이에 준우는 그 나름대로 당황한 상황이었다. 도대체 자신이 뭘 어쨌다고 이렇게 또 한껏 날이 서서는 화를 내느냐 말이다.

"김영은, 그 기집애는 옛날부터 변한 게 하나도 없어. 너랑 관련만 되면 나 욕하고 무시하고. 어, 내가 너 때문에 대학 때 얼마나 힘들었는지 넌 모르지?"

엘리베이터 문이 지하에서 열렸다. 다영이 엘리베이터에서 신경질적인 걸음으로 폴짝 뛰어내렸다. 기분이 갑자기 더러워져서 그렇게 한 행동이었지만, 풀리는 다리 때문에 바닥에 철퍽 주저앉게 되었다. 준우가 놀라서 냉큼 달려와 그녀를 일으키려고 했지만, 쉽지만은 않았다. 다영이 자리에서 일어날 생각을 하지 않자 준우 역시 그녀를 따라 거의 주저앉듯이 쭈그려 앉아 그녀와 시선을 마주했다.

"나 때문에 그렇게 싸운 거라면 미안해."

"됐거든? ……네가 잘못한 건 없어. 이건 그냥 화풀이라고, 멍청아! 그걸 왜 몰라?!"

술에 취한 상태에서 기분까지 나빠지자 다영은 얼굴을 와작 일그러뜨렸다. 시시각각 변하는 얼굴 표정이 웃겨서 준우는 자신도 모르게 웃음이 나려는 걸 손등으로 애써 훔쳤다.

"그리고 너, 인마. 너 그러는 거 아니다?"

"이번에는 또 뭐가?"

"너, 말야. 너. 아까 전에 내가, 친구로 지내자고 하니까 내 말 무시했지? 아까 먼저 갔지? 내가 그거 때문에 얼마나 놀랐는지 알아?"

대화의 주제가 동쪽으로 갔다가 서쪽으로 갔다가 했지만 준우는 짜증도 내지 않고 용케 그녀의 말을 들어주었다. 다영이 후, 숨을 내쉬면서 그의 손을 꽉 쥐었다.

"내가, 어, 너랑 멀어지기 싫어서, 친구로라도 남자고 했는데, 인마. 너는 말야, 여자가 그렇게 말하면, 싫어도 괜찮은 척 좀 말해주면 좋잖아, 엉? 내가 너 차서 신경 쓰이냐?"

"그런 게 아니라……."

"그런 게 아니면 뭔데, 인마! 넌 그냥, 네가 차인 것만 생각하지? 내가, 내가 너 만나면서 내가, 얼마나, 얼마나 힘들었는데……."

다영은 울 것 같은 얼굴로 감정 소비를 계속하더니 결국 말꼬리가 힘없이 축 늘어짐과 동시에 그녀의 고개 역시 축 늘어졌다. 몸에 힘이 풀려 뒤로 넘어지려는 걸 놀란 준우가 급하게 손으로 잡았다.

"야, 한다영?"

"……."

"한다영? 집에 가야지. 야, 일어나. 한다영."

그녀의 집이 어디 있는지도 모르는데 무작정 쓰러졌다. 사귀기 전이 떠오르고, 그녀의 술버릇이 떠올랐다. 아, 왜 까먹고 있었을까. 어느 정도 술에 취하면 그녀는 누군가의 손을 잡고 잠에 빠진다는 걸. 그때도 선배랑 얘기를 하면서 자신의 손을 꼭 잡고 있었다. 그러다가 편하게 자신의 어깨에 기대고는 쿨쿨 잠을 잤는데, 너무 오래돼서, 그리고 이런 게 너무 오랜만이어서 순간 잊어버렸다.

"너무 좋잖아."

그녀의 목소리가 귓가에 윙윙 울렸다. 준우는 주저앉은 그녀를 억지로 일으키면서 업었다. 그의 얼굴이 유난히 붉었다. 술에 취한 것과는 다른 느낌의 홍조였다.

"Give Love. 사랑을 좀 주세요. Give Love. 사랑이 모자라요……."

준우는 조용히 노래 가사를 읊조렸다. 몰래 뒤에서 전전긍긍하던 마음도, 달빛에 정전됐던 마음에 다시 불빛이 들어오기 시작했다.

오렌지색 가로등이 준우를 비추고 그의 등에는 곤한 숨소리를 내며 자고 있는 다영이 있었다. 무겁고 힘들 법도 하지만, 그는 별다른 내색 없이 슬쩍 고쳐 업고는 가벼운 걸음으로 걸었다. 달이 유난히 밝은 밤이었다. 사실 달이 밝은 것인지, 그의 마음이 밝은 것인지 모르겠다. 아까 전 다영이 했던 말이 자꾸만 떠올랐다. 술에 취해 거의 웅얼거리듯이 한 말이건만 그 말이 마치 밀어를 속삭이듯 귓가에서 선명하게 울렸다.

그녀의 목소리가, 한다영의 체취가 바람에 훅 몰려왔다. 넓은 등에 얼굴을 맞댄 다영이 품 안으로 파고들 듯이 몇 번 뒤척이자 그의 얼굴에 좀체 볼 수 없는 미소가 떠올랐다.

준우는 그녀를 고쳐 업고는 잠시 생각에 잠겼다. 벌써 10년도 더 된 일이다. 선을 그으며 누구에게 다가가지 않고, 다가오지도 않게 하면서 벽을 만들었던 시절 다영이 그의 가슴에 발자국을 남기며 성큼성큼, 깊숙이 들어왔다. 해맑게 웃으면서, 아무렇지도 않게 웃으며 다가왔고, 그의 손을 잡았다.

그때의 일을 만약 곤하게 자고 있는 그녀에게 말하면 어리둥절한 얼굴을 하다 난처하게 웃으면서 술에 취해 한 일이었다고, 별것 아닌 일이었다고 말할 것이다. 하지만 그 별것도 아닌 일이 준우에게는 아주 크게 다가왔다. 그녀의 선의가, 호의가. 그 이후로 타인에게 관심을 보였다. 정확히 말하자면, 타인보다는 '한다영'이라는 여자에게.

"수업 없어?"

"응."

참 못났다. 말을 걸면 길게 말하지도 못하고, 다정하게 말하지도 못하고 왜 그렇게 숙맥처럼 굴었는지……. 준우는 옛일을 떠올렸다. 풋풋하던 시절의 강준우와 풋풋하던 시절의 한다영을.

그날도 이맘때 즈음이었던 것 같다. 꽃이 봉오리지고 피기 시작할 때까지 그는 그녀를 지켜보기만 했다. 그것도 근 1년 가까이 바라보다가, 그러다가 벚꽃이 피기 시작하고, 중간고사가 시작될 무렵 늦은 밤 과방에서 공부하고 있는 그녀를 봤다.

볼펜 소리와 책장 넘기는 소리, 그리고 바깥에서 불어오는 봄바람 소리가 한데 어우러져 묘한 긴장감을 내고 있을 때였다. 아니, 사실대로 말하자면, 긴장한 건 준우 혼자였다. 다영은 공부하기 바빴으니까. 상대에 있으면서도 디자인을 부전공하고 있던 그녀는 경영학 책과 디자인 책을 동시에 펼쳐서는 피곤에 전 얼굴을 한 채였다.

시간이 이만큼이나 지났는데 그때 일은 왜 그렇게 선명한지 모르겠다. 그건 아마도 다영이 자신에게 있어서 첫사랑이기 때문에 그럴 것이다.

"다영아."
"응?"

부름에 얼굴도 들지 않는 그녀가 못내 야속했다. 그래서 자신도 모르게 내뱉은 말이었다.

"좋아해."
"……."
"사귀자."

그렇게 만남이 시작됐다. 군대를 갔다 오고 복학한 뒤에도 그녀와 꾸준히 만났다. 초기의 연애처럼 열렬히 사랑하는, 그러한 감정이 조금 덜하기는 했어도 시간이 지날수록 서로에게 생기는 신뢰와 안정감이 생겼다고 준우는 생각했다.

그것이 비록 그 혼자만의 생각이고 끝이 좋지만은 않았지만.

준우는 도어락을 풀고 구두를 대충 벗은 뒤 안방 문을 열었다. 그의 성격을 대변하기라도 하듯 침대 위의 하얀 시트는 주름 하나 없이 반질반질하게 펴져 있었다. 등에 업힌 그녀를 조심스레 침대 위에 눕히고는 그녀가 신고 있는 신발을 조심스레 벗겨주었다.

자신의 손보다 작은 발이 한 손에 쏙 들어왔다. 타인의 손길에 의해 침대에 누운 그녀가 움찔거리며 한 번 뒤척였지만, 깨지는 않은 채 몸을 옆으로 돌렸다. 벗긴 신발을 현관문에 가지런히 놓고 이번에는 물티슈를 들고 안방으로 들어가 그녀가 누워 있는 바로 옆자리에 앉아 손을 뻗어 머리를 뒤로 넘겨주었다. 얼굴을 쓰다듬는 그 손길에 그녀가 배시시 웃으며 약간 웅얼거리며 준우가 있는 쪽으로 몸을 돌렸다.

아기처럼 평온한 얼굴로 색색 자고 있는 모습이 사랑스럽기 그지없었다. 준우의 입술이 부드럽게 풀리며 위로 올라갔다. 엄지로 그녀의 입술을 살짝 쓰다듬다 챙겨온 물티슈를 꺼내서는 그녀의 얼굴을 꼼꼼히 닦아주었다. 준우의 손길이 조심스럽게, 그리고 아주 천천히 다영의 이마에서부터 눈, 콧망울, 입술을 조심스럽게 닦아내며 아래로 내려왔다. 다정하고 부드러운 손길이었다. 이렇듯 강준우가 사랑스러움이 가득 담긴 눈으로 여자를 바라보고, 다정함이 가득 묻어나는 손길로 여자를 어루만지는 것을 다른 사람은 절대로 모를 것이다.

"그 여자랑 계속 만날 생각 없었어. 그게 끝이었어, 진짜야."

"알아."

"다영아."

"그만하자, 우리. 5년이 흘렀는데도 나도 너도 변할 것 같진 않아."

그때 다영은 울 것 같은 얼굴이었다. 워낙에 자존심이 세고 단단한 여자여서 마지막까지 눈물을 보이지는 않았지만, 등을 돌리면 금방이라도 울 것 같았다. 왜 그런 얼굴로 작별을 고했는지 모르겠다. 오랜 시간의 교제 끝에 신뢰와 안정감이 생겼다고 생각했는데, 그건 준우 혼자만의 생각이고 다영에게는 자신에 대한 신뢰가 없는 듯했다.

그렇다고 해서 그때 자신이 잘했다고 할 수는 없었다. 다만, 준우는 그 나름대로 배려한 행동이었다. 이미 다영과 사귀고 있었고, 이모가 주선한 자리에 나오는 여자랑 만남을 이어갈 생각도 없었다. 그저 얼굴만 비추고 바로 돌아오려고 했다. 하지만 자신이 그런 자리에 나갔다는 걸 알게 된 다영은 담담한 얼굴로 말했다. 그래서 자신을 믿고 있다고 생각한 것이었는데…….

"유학, 간다면서?"

"응."

그녀가 미국으로 떠난다는 이야기를 직접 들은 게 아니었다. 아버지에게서, 주원이에게서, 남의 입을 통해서 들었다. 그때는 하늘이 무너지는 기분이었다. 언제 돌아오는지도 확실하게 정해지지 않은 유학이었다. 그리고 그녀는 미련 없이 자신을 떠났다. 헤어짐을 고하고는.

"……5년이다, 한다영."

준우가 조용히 읊조렸다. 말을 걸어봤자 아무런 답도 돌아오지 않는다는 걸 알면서도 그는 말을 걸었다.

"한 사람을 묻기에, 잊기에 충분한 시간이라고 다른 사람들은 생각하겠지만, 아닌 것 같네."

"……."

"아직까지도 내가 널 마음에 두고 있는 걸 보면……."

말을 마친 준우는 쓰게 웃었다. 만약 자신이 다시 사귀자고 한다면 그녀는 뭐라고 말할까? 싫다고 말할까?

쓸쓸한 감정을 숨기지 않은 채 그가 천천히 몸을 숙였다. 얼굴과 얼굴이 바로 맞닿기 직전이었다. 그녀가 내뱉는 옅은 숨소리에 귀를 기울이다 고개를 조금 더 숙여 그녀의 입술에 가볍게 입을 맞추었다. 말랑말랑한 감촉이 느껴졌다. 떨어지기 싫은 마음을 애써 정리하며 그가 고개를 들었다.

"……잘 자."

그가 그녀의 머리카락을 다정하게 쓸어 넘겼다.

눈이 따갑고 목이 탔다. 커튼을 안 쳤나? 몸을 뒤척이면서 다영은 이불을 머리 위로 끝까지 올렸다. 햇빛이 차단되자 반쯤 잠에서 깨 어제 있던 일을 떠올렸다. 어제 동창회에 갔고, 화장실에서 사소한 말다툼이 있다가 집에 먼저 가려고 했는데 강준우가 자신을 데리고 나왔다.

아, 그러다가 어떻게 됐지? 일단 집에는 알아서 들어온 것 같은데…… 그녀가 몸을 뒤척였다. 자신의 집이라고 생각했지만 뭔가 평소에 지내던 안락함이 잘 느껴지지 않았다. 집에서 나던 향수 냄새도 나지 않고……. 그녀가 부스럭거리면서 이불을 잡아 내렸다.

따끔따끔한 눈을 대충 비비고는 조심스럽게 주위를 휙휙 둘러봤다. 아니었다. 삼성동에 있는 자신의 집이 아니었다. 집에 무사히 들어왔다고 생각했는데, 그 생각도 틀린 거였다. 반쯤은 취해 있던 잠이 고양이를 만난 생쥐마냥 후다닥 달아나 버렸다.

그럼 여기가 어디지, 하면서 어제를 떠올리니 맨 마지막으로 자신과 같이 있던 사람은 준우였다. 그렇다는 말은 이곳이 강준우의 집일 가능성이 매우 컸다. 몸을 가리고 있던 하얀 이불보가 스르륵 내려가자 얌전하게 입고 있던 블라우스는 언제 벗어 던졌는지 침대 아래에 있었고, 입고 있던 바지 역시 침대 끄트머리에 있었다. 그녀는 현재 얇은 슬립에다가 속옷만 입고 있는 꼴이었다. 흔하디흔한 로맨틱 코미디 드라마 속의 한 장면이었다.

"꺄아아악!!"

새된 비명 소리가 방 안을 울리자 문이 열렸다. 이곳은 강준우의 집이 맞았는지 문을 열고 들어온 사람 역시 편안한 차림의 강준우였다. 그는 편하게 다가와 옆에 몸을 살짝 기대며 팔짱을 끼고는 그녀의 몸 위아래를 훑어보았다. 자칫 음흉해 보이는 그 시선에 그녀가 급하게 이불보로 몸을 가렸다.

"새삼 부끄러워서 그래?"

짓궂은 목소리에 다영은 화들짝 놀란 얼굴을 하며 이불보를 꽉 껴안았다. 얇은 슬립만 입고 있던지라 그녀의 얇은 팔뚝이 그대로 무방비하게 노출되어 있었다. 침대 위에 하얀 이불보로 몸을 가리고 있는 슬립 차림의 여자라…… 꽤나 자극적인 상황이었다.

"무, 무, 뭐야, 뭐야! 내가 여기 왜 있어!"

"네가 어제 술 취해서 우리 집으로 오자고 했는데."

"거짓말이지?"

"글쎄?"

"장난치지 말고!"

다영이 고함을 꽥 지르자 준우는 가볍게 어깨를 으쓱였다. 어제 마신 술 때문인지, 아니면 지금 이 상황 때문인지 목도 바짝바짝 타고 입술도 말라왔다. 혀로 입술을 적셨지만, 혀 역시 수분이 부족해서 텁텁했다. 다영은 이불을 살짝 걷어내면서 제 꼴을 다시 한 번 확인했다.

위는 슬립 차림이고, 아래는 팬티 한 장만 걸치고 있는 맨다리였다. 눈앞이 빙글 돌면서 현기증이 나려고 했다. 다영은 헛웃음을 내뱉으며 침대 헤드에 몸을 기대고는 황망한 시선으로 그를 봤다. 그녀가 이 상황에 대해서 제대로 묻지 않자 준우 역시 먼저 해명할 마음은 없는지 얌전히 서서는 한껏 당황해하고 있는 그녀의 모습을 응시하고 있는 중이었다.

다영이 마른침을 꿀꺽 삼켰다. 주위가 어찌나 조용한지, 침 넘어가는 소리가 선명하게 들렸다. 초침 돌아가는 소리 역시 선명하게 들렸다. 째깍째깍 소리가 한 다섯 번쯤 들렸을까, 그녀가 단단히 각오한 얼굴을 하며 고개를 들었다.

"우, 우리, 그, 해, 했…… 어?"

"뭘 해?"

"그거 말이야, 그거!"

"아, 그거?"

준우가 빙글빙글 웃었다. 자신이 당황한 꼴이 재미있다는 듯 놀리는 저 모습을 주먹으로 한 대 꽉 쥐어박을 수만 있다면 소원이 없겠다고 그녀가 생각했다.

"안 했어."

"……하, 다행이다."

다영이 무심결에 그리 내뱉자 그의 미간이 살짝 꿈틀거렸다.

"근데 왜 내가 옷 벗고 있어?"

"네가 옷 벗으면서 하자고 덤빈 거 내가 말렸어."

"나가!"

농담조가 가득한 말에 그녀가 씩씩거리며 베개를 그를 향해 집어 던졌다. 준우는 딱히 막지도 않은 채 가만히 맞아주었다. 하얀 베개가 발등 아래로 툭 떨어지자 그가 허리를 숙여 그것을 집어 가볍게 탈탈 털고는 방 안으로 들어와 근처 옷장을 열었다.

조금이라도 가까이 오면 할퀴어 버리겠다는 경계심이 가득한 고양이처럼 다영이 한껏 날을 세우며 그를 예의 주시하고 있었다. 옷장 안을 몇 번 뒤적거리던 준우가 평소 자신이 입는 트레이닝복을 꺼내서 그녀의 앞에 내려놓았다. 다영이 그것을 멀뚱히 보다가 고개를 들어 올려다보자 그가 미미하게 웃고 있었다.

"입고 나와."

"아…… 응."

그가 비식 웃으며 손을 들어 그녀의 머리를 가볍게 톡톡 내려쳤다. 이것이 애정이 담긴 손길인지, 아니면 장난을 걸고 싶어 하는 것인지 다영은 도통 감을 잡을 수가 없었다. 탁 소리가 나며 문이 닫히자 방금 전의 소란은 마치 거짓말이었다는 것처럼 고요함이 방 안에 내려앉았다. 몸을 가리고 있던 이불보를 치우고 앞에 있는 옷을 집었다. 하얀 티셔츠는 남자 사이즈다 보니 아무래도 헐렁한 느낌이 크게 들었다. 이불보를 주섬주섬 정리하면서 일어나

보니 티가 아예 박스 티가 되어 있었다. 바지까지 챙겨 입었지만 티와 다름없이 헐렁해서 자꾸 아래로 내려가는 걸 바지를 꾹 잡는 걸로 마무리했다.

평소 그에게서 나던 향기가 옷에서 풍겼다. 그게 나쁘지가 않아서, 오히려 제 집 냄새만큼이나 익숙하고 좋아하던 것이었기에 그녀는 팔뚝에 코를 갖다 댔다. 낯설지 않은 냄새였다. 과거에도, 현재에도 느껴지던 그의 향이다. 비누 냄새가 조금 나는 시원한 향. 다영은 그 향을 크게 들이마시면서 감았던 눈을 살짝 떴다.

"강준우 냄새다."

항상 그에게서 나던 냄새가 몸을 섞은 것이 아님에도 불구하고 자신의 몸에서 흘러나오고 있었다. 아니라고 말했으니, 관계를 맺지는 않았을 것이다. 엑스 보이프렌드가 껄끄러운 건 변하지 않는 사실이지만, 5년간 쌓아온 신뢰와 믿음이란 게 있었다. 준우가 그런 걸 가지고 거짓말을 할 사람은 아니었다.

익숙한 체향에 마음이 어쩐지 가벼워졌다. 아로마 향을 맡은 것처럼 마음이 편안해졌다. 준우의 농담과 낯선 장소에서 느끼던 불안함이 순식간에 사라졌다. 그가 방금 전과 같은 농담을 뱉을 거란 생각은 하지도 못했지만. 가슴께를 덮는 머리카락을 뒤로 넘기고 바지를 질질 끌며 문손잡이를 잡은 순간이었다.

벽에 걸려 있는 TV 바로 아래에 있는 서랍으로 시선이 갔다. 정확하게 말하자면, 그 옆에 있는 작은 액자로 시선이 갔다.

문을 향해 있던 발끝을 정반대 방향으로 돌리며 다영은 슬그머니 그 액자가 있는 쪽으로 걸어갔다. 준우의 가족사진이었다. 그곳에는 조금 더 앳되어 보이는 그의 얼굴과 대학 시절 돌아가신 그의 어머니가 고운 한복 차림으로 강 회장과 함께 앉아 있었다. 순간, 서글픈 기분이 들었다.

그의 어머니는 그와 그녀가 아직 학생일 때 돌아가셨다. 사귄 지 1년이 조금 지났을 때, 그때 말이다. 그때도 다영은 그 사실을 남에게 들었다. 그의 어머니가 돌아가셨다는 이야기를.

다영이 피곤한 얼굴로 눈두덩을 꾹꾹 눌렀다. 자주 뵌 건 아니지만, 그래도 간혹 뵐 때마다 그녀에게 항상 친절하고 다정하게 대해주신 분이었다. 손을 뻗어 액자를 집었다. 사진을 찬찬히 들여다보고 있는데, 액자의 귀퉁이에 작은 사진이 뒤집힌 채 끼워져 있었다.

그녀가 고개를 갸웃했다. 사진의 크기는 증명사진 정도 됐는데, 그녀가 알아온 준우는 타인의 사진을 남이 쉽게 볼 수 있는 곳에 이렇게 끼워놓을 것 같지도 않았다. 그래서였을까, 순간적으로 드는 호기심에 다영은 귀퉁이에 있는 사진을 살짝 빼서 돌렸다.

"뭐야, 이거?"

사진의 주인공은 바로 자신이었다. 조금 앳되지만 그래도 한눈에 알아볼 수 있는 한다영, 그녀였다. 예상치 못한 사진 속 주인공에 다영은 마른침을 꼴깍 삼켰다. 그에게 자신의 증명사진을 준 기억도 없고, 줬다고 한들 그가 왜 이 사진을 아직까지 들고 있는 걸까?

의문의 답은 은근히 명쾌하게, 또 쉽게 도출되었다. 그건 아직까지도……. 다영은 입을 살짝 벌렸다가 다시 꾹 닫았다. 만약 그게 맞다면 자신은 어떻게 해야 하나. 어제 지하주차장에서 친구로 지내자고 했던 자신의 말이 떠올랐다. 그때는 당황해서 부러 말을 돌렸지만 말이다. 그녀가 고개를 설레설레 저었다. 떡 줄 놈은 생각하지도 않는데 김칫국부터 마실 수는 없는 노릇이었다. 다시 증명사진을 귀퉁이에 꽂고는 문을 향해 성큼성큼 걸어갔다.

먼저 말하지 않아서 그렇지, 대놓고 물어보면 숨기거나 거짓말을 할 녀석은 아니니 사진을 왜 가지고 있는지에 대해서는 물어보면 될 일이었다. 그에게 사진을 준 것을 다영이 기억하지 못한 것일 수도 있고, 저 사진을 갖고 추억하는 게 아니라 끼워 넣고 깜빡한 것일 수도 있었다. 그렇지 않고서야 오래전에 헤어진 연인의 사진을 저렇게 갖고 있을 리는 없었다. 스스로를 달래는 말이 위로해 주기는커녕 지끈거리며 머리를 아프게 만들자 다영은 주먹으로 가슴께를 툭툭 치고는 문손잡이를 돌렸다.

방 바로 옆에 있는 부엌에서 준우가 분주히 움직이며 무언가를 끓이는 소리가 요란스럽게 들려왔다. 휴일 날 아침을 준비하고 있는 남자와 그 남자의 옷을 입고 있는 여자의 모습을 아무것도 모르는 사람이 본다면 신혼 부부 정도로 여길 것 같았다. 그게 아니라면 오래 사귄 연인이라든가, 혹은 오랫동안 동거하고 있는 사이라든가.

배가 고픈 건지, 아니면 숙취로 인해 속이 쓰린 건지 배를 붙잡고 그녀가 부엌 쪽으로 걸어가자, 발걸음 소리에 그가 고개를 돌렸다.

"시간도 많이 걸리네. 해장할 거 차렸으니까 먹어."

"네가 만들었어?"

"그럼 누가 해?"

"의외다."

"뭐가?"

"넌, 뭔가 요리에 손도 안 댈 것 같은 타입이거든. 손으로 하는 건 다 못 하잖아. 가위질도 조금 엉성하게 하던 네가 요리라니."

"혼자 살면 싫어도 차려 먹게 되더라. 실력도 늘고."

"나는 딱히 그런 것 같지는 않던데."

하긴, 미국에는 가공식품이 잘되어 있으니까 대부분 그것들을 챙겨 먹었고, 한국 음식이 끌릴 때에는 직접 해 먹는 것보다는 한인 타운에 가서 사 먹는 편을 선호했다. 대학 때부터 그랬지만, 혼자 사니까 잘 안 챙겨 먹게 됐다. 아침은 거의 굶다시피 했고, 점심 겸 저녁을 친구들이랑 자주 먹곤 했으니까 밥 해 먹을 일이 그다지 없었다.

식탁 위에 하나하나씩 올라오는 반찬들을 보며 다영이 입을 쩍, 벌렸다. 남자 솜씨라고는 느껴지지 않는, 마치 어머니의 손맛이 담겨 있을 것 같은 요리들이었다. 꽤 오랫동안 사귀었다고 생각했는데 아직도 모르는 것들이 많았다. 아니, 이건 헤어지고 난 후의 일이니 모를 수도 있는 건가?

그녀가 입에 젓가락을 물었다. 준우가 예쁜 그릇에 콩나물국과 밥을 담고는 그녀에게 내밀었다. 모든 준비가 끝났는지 그 역시 그녀의 맞은편 의자에 엉덩이를 붙이고는 수저를 들었다.

"내가 살다 보니 네가 챙겨주는 음식도 다 먹네."

"맛은 장담 못 하겠다. 내 입맛대로 만들어서."

그 말을 듣는 둥 마는 둥 하며 다영은 수저로 콩나물국을 한 모금 떠먹었다. 칼칼하던 목이 시원하게 뚫리는 기분이 들었다. 짜지도 않고 싱겁지도 않은, 담백하고 깔끔한 맛이었다. 제 입맛에 딱 맞아 저도 모르게 고개를 몇 번 끄덕이고는 그를 향해 엄지를 척, 치켜세웠다.

"괜찮은데? 완전 맛있어."

그 칭찬에 기분이 좋아졌는지 그가 뿌듯한 듯 웃었다.

"보람이 있네."

"진짜 괜찮다."

위에 따뜻한 것이 들어가자 속이 조금 풀렸다.

"어제 내가 뭐 딱히 실수한 거는 없었지?"

"하자고 덤볐……."

말도 안 되는 농담을 다시 던지려고 하자 냉큼 식탁 아래에 있는 그의 정강이를 걷어찼다.

"헛소리하지 말고. 그리고 너 말고 다른 애들 말이야, 다른 애들."

"술 마시고 실수하기 전에 나왔어. 네가 집에 가고 싶어 해서."

"집에 좀 데려다 주지, 왜 여기로 데리고 온 건데?"

"너희 집 몰라서."

콩나물국처럼 그가 담백하게 말했다. 하긴 한국에 들어온 지도 얼마 안 됐고, 집들이도 아직 하지 않은 상태라 다혜랑 주원이도 아직 그녀의 집을 몰랐다. 현재 그녀가 거주하고 있는 집을 아는 사람은 그녀와 그 집을 마련해 준 강 회장뿐이었다.

거기까지 생각이 미치자 강 회장을 다시 한 번 만나야겠다는 생각이 강하게 들었다. 게다가 곧 있으면 그의 생일이기도 했다.

생일 선물 겸 감사 선물도 준비해야겠다며 다영이 속으로 중얼거리며 수저를 슬쩍 내려놓고는 주위를 한 번 둘러봤다. 남자 혼자 사는 집답게 별다른 인테리어는 없었고, 그의 성정에 맞게 깨끗한 흰색과 푸른색 계열의 파스텔 톤 벽지가 한데 어우르고 있었다. 남자들 자취방은 더럽기 그지없다고 들었는데, 생각보다 깔끔했다.

홀아비 냄새도 안 나고 담배 냄새도 안 났다. 볕도 잘 드는 남향이라 뽀송뽀송한 기분이 들었다. 이불을 펴고 고양이처럼 낮잠이라도 자고 싶었다.

다영이 멀거니 햇빛이 들어오는 거실을 보다가 고개를 돌리자 그와 그녀의 시선이 공중에서 딱 마주쳤다. 갑작스러운 아이컨택에 다영은 당황했다. 순간적으로 움찔하고는 눈을 슬쩍 깔며 피했다. 왜 피했는지는 모르겠다. 그냥, 계속 눈을 마주치고 있다면 분위기가 이상하게 흘러갈 것만 같았다.

"안 먹어?"

"머, 먹을 거야."

아까 전의 장난스러운 분위기는 온데간데없이 사라지고 말았다. 좋게 헤어졌든 혹은 그렇지 않든, 오랜 시간을 알아왔기 때문에 미운 정이라도 들어 서로가 서로에게 그리 모질지 못하였다. 준우에게 섭섭함이 많던 다영이 그에게 모질지 못했고, 준우는 일방적으로 헤어짐을 통보한 그녀에게 모질지 못했다. 달그락달그락거리며 식기 부딪치는 소리가 한참 동안 집 안을 메우고 있을 때 그녀가 슬쩍 물었다.

"방 안에서 사진 봤어."

"사진? 아…… 가족사진."

"응. 가을이면 기일이지?"

아무런 대답도 하지 않고 고개를 끄덕이는 것으로 준우는 긍정을 표했다. 기일에 대해서는 그녀가 더 이상 말을 이을 것이 없었다. 옛날의 섭섭했던 말도 꺼낼 수가 없고, 아무것도 아닌 관계인 지금 함께 기일에 찾아뵈러 가자는 말을 할 수도 없었다. 그랬기에 다영은 재빨리 화제를 돌렸다. 주제는 여전히 사진이었다. 다만 가족사진이 아닌, 그녀의 증명사진이었다.

"그 액자에 증명사진 하나가 끼어 있더라."

젓가락질을 하던 준우의 손이 멈칫했다. 다영은 크고 단단한 그의 손에 시선을 주었다. 자신보다 더 큰 손, 딱딱해 보이는 손이 실상은 아주 부드럽고 따뜻하다는 것을 그녀는 알고 있었다. 사실은 그의 손이 다정한 것인지, 아니면 그때 그의 손길이 다정했던 것인지는 잘 모르겠다.

다영은 준우의 손을 좋아했다. 제 손을 감싸주는 손도, 볼을 어루만지는 손도, 다정하고 따뜻한 손길도. 그 모든 것을 좋아했다. 이제는 제 것이 아닌 손이지만. 그녀가 잠시 숨을 고르다가 다시 물었다.

"옛날 내 사진이던데."

"……."

"왜 아직까지 갖고 있어?"

그가 쥐고 있던 젓가락을 가지런히 놓았다. 두 사람의 미묘한 시선이 엉킨 실마냥 어지럽게 얽히기 시작했다. 그녀는 흔들리고 있었고, 그는 담담해 보였다. 여전히 자신만 그에게 휘둘리고 있는 것 같았다. 그것이 싫어서 다영은 시선을 팩 돌렸다. 흔들리고 있다는 걸, 동요하고 있다는 걸 그에게 보이고 싶지 않았다.

꾹 다문 조개처럼 준우는 좀처럼 말할 기색을 보이지 않았다. 자신이 생각했던 것과는 달리 그저 치우는 걸 깜빡했나 보다, 하고 그녀가 웃으며 넘기려고 했다. 그때, 중저음의 목소리가 나지막하게 퍼졌다. 노래의 도입부처럼 아주 천천히, 부드럽게.

"네가 회사에 조금 익숙해지면 말하려고 했는데, 그냥 지금 말할게."

"……."

"지금만큼 좋은 타이밍도 없는 것 같으니까."

타임머신을 타고 과거로 돌아간 것 같았다. 봄바람이 불어오던 그때의 밤과 같았다. 그의 시선이 그때와 똑같았다.

"나는 아직까지 너한테 마음이 있는 것 같아."

"……."

"다영아. 다시 시작하자, 우리."

다시, 시작하자, 우리?

다영이 조용히 그 말을 따라 했다. 갑작스러운 그의 말에 넋이 나간 얼굴의 그녀를, 준우는 조금은 긴장한 얼굴로 쳐다보았다. 마치 대학교 2학년 중간고사 무렵 봄의 그때처럼 말이다. 아니, 그때보다 더 심장이 쫄깃쫄깃해지는 것 같기도 했다. 그 순간, 아파트에 살고 있는 길고양이의 울음소리가 두 사람 사이를 가로질렀다. 그 선명하고 날카로운 울음소리에 다영이 정신을 퍼뜩 차렸다.

친구들에게 둔하다는 말을 자주 듣기는 했다. 연애 경험이 없을 때는 더더욱. 하지만 나이가 서른이 조금 넘으니 먹는 것이 눈칫밥이요, 생기는 것이 눈치였다. 그랬기에 그의 감정을 조금은 눈치채고 있었다. 야근 때 들고 온 초밥이라든가, 그리고 그때 그가 했던 말이라든가. 하지만 이렇게 갑작스러운 고백을 받을 줄은 꿈에도 생각하지 못했다.

"갑자기 무슨 말이야?"

"갑자기 아닌데."

"아니, 내 입장에서는 충분히 갑자기거든?"

컵에 물을 따라 벌컥벌컥 들이마시자, 목구멍으로 차가운 액체가 시원하게 넘어갔다. 치밀어 오르던 갈증이 사라지고 정신도 말끔하게 깨는 기분이 들어 다영은 입술을 깨물고는 그를 똑바로 쳐다봤다.

"내가 어제 너한테 뭐 실수라도 했어? 내가 술김에 우리 다시 만나자고 하든?"

그렇지 않고서야 이 남자가 이런 말을 자신에게 할 이유는 없었다. 게다가 자신을 처음 봤을 때 당황하지도 않고 너무 유연하게 대처했으니까 말이다. 날을 세우고 으르렁거리며 경계한 사람은 오히려 다영이었다. 그랬기에 주위 사람들, 혹은 친구들이 네가 아직도 강준우를 잊지 못하고 있는 것 아니냐는 이야기를 하는 것이다. 나름 쿨하려고, 신경을 안 쓰려고 해도 신경이 쓰이는 것은 어쩔 수 없는 일이었고, 그녀의 성미상 전 연인을 친구처럼, 아무 일도 없던 것처럼 대하는 건 힘들었다.

한마디로 요약하자면, 있을 수 없는 일. 간혹 그녀의 친구들, 뉴욕에 있을 때 회사 동료들이 사귀던 남자 친구와 헤어지고 동료로 지내는 걸 보면 이해할 수가 없었다. 그렇게 열렬히 사랑하고, 키스도 하고, 진도가 좀 빠르면 자기까지 했던 관계인데 어떻게 아무런 일도 없던 것처럼 되느냐 말이다.

다영이 답답한 얼굴로 물었다. 동창회에서 그녀가 '쿨하게 친구로 지내자'라고 했던 말도…… 그래, 한마디로 개소리였다. 그녀는 절대로 전 연인과 친구로 지내지 못한다. 다만, 강준우와 멀어지는 것이, 그리고 너무 가까워져서 다시 만나는 것이 두려워서 그은 일종의 선이었다. 어제 일을 빨리 기억해 내려고 해도 기억나는 것이 없었다. 다만 기억나는 것이라고는 영은에게 따끔하게 쏘아붙인 한마디뿐이었다.

혼란스러워서 이러지도 저러지도 못하는 기색이 표정 위로 여실히 드러나자 그가 비식 웃으면서 고개를 저었다. 어제 그녀의 입에서 '너무 좋잖아'라는 말을 듣긴 했지만 자신에게 하는 건지 아직 확실하지는 않았다. 다만, 그것이 도화선을 당기는 신호가 되었을 뿐.

"그런 말 안 했어."

"그럼?"

"이유가 있어야 돼?"

"이유가 있어야 하지 않아?"

다영의 되물음에 준우는 편하게 등을 의자에 기대고는 눈썹을 추켜올렸다. 물음에 대한 답변을 골몰히 생각하며 그가 검지로 식탁을 툭툭, 쳤다. 한참을 생각하더니 이내 명쾌하게 답을 내놓았다.

"그래, 군이 이유를 만들자면, 내가 아직 너를 마음에 두고 있어서가 되겠네."

"……."

그런 건 미련이 아닌가. 자신을 정말로, 진심으로 좋아해서 하는 말은 아닌 것 같았다. 솔직히 잘 모르겠다. 이 고백이 좋으면서도 겁이 났다. 과거에 헤어진 연인을 잊지 못한다는 이유로 전 연인을 다시 만날 확률은 크다. TV에서 그러는 것을 많이 봤고, 주위에서 그러는 것 또한 많이 봤다. 드라마 속에서 헤어진 연인이 다시 만난다면 그건 열에 아홉은 해피 엔딩이겠지만, 현실은 딱히 그렇지 않았다.

그 사람을 잊지 못해서 다시 만났지만 똑같은 이유로 헤어진다. 그런 것이 두려웠다. 과거에도 헤어지자고 먼저 말한 사람은 준우가 아니라 다영이었지만, 두려웠다. 한 번 겪은 일이었기에 익숙해져서 괜찮다는 것보다는, 두 번 다시 그런 감정을 느끼고 싶지 않다는 게 더욱더 컸다. 제 일은 아무것도 하지 못하고 한 남자의 연락만을 기다리는 게 얼마나 초라해 보이는 건지 그는 모를 것이다.

제 남자의 이야기를 본인이 아닌 다른 사람에게 듣는 것도 얼마나 비참한 일인지 눈앞에 있는 이 남자는 모를 것이다. 그래서 유학 이야기를 부러 하지 않았다. 남의 입을 통해 너도 내 유학 소식을 들어봐라, 라는 심보로 말도 없이 떠났다. 만약 지금 다시 한번 교제가 시작된다면 분명 그때와 같은 일이 되풀이될 것이다.

강준우는 남에게 자신의 말을 잘 하지 않는 사람이라는 것을 그녀는 아주 잘 알았다. 그것을 견딜 자신이 있다면 다시 만나는 것도 나쁘진 않겠지만, 안타깝게도 다영은 그럴 자신이 없었다.

승현이 했던 말처럼 강준우는 일등 신랑감이다. 잘생겼고, 능력 좋고, 집도 잘산다. 뭣 하나 빠지는 것 없는 조건이지만, 그것이 결혼의 전제조건이 되어주지는 못한다. 방금 언급한 것들도 분명 중요한 것이겠지만, 그래도 무엇보다 가장 중요한 것은 남자에게 사랑받고 있다는 느낌이 들어야만 한다는 것이다.

그녀는 능력이 좋은 남자를 만나고 싶은 게 아니었다. 능력이 조금 부족하면 그녀가 돈을 벌어도 되는 것이었으니까. 그녀는 사랑받고 있다는 걸 확실히 알 수 있는 것을 원했고, 서로 믿고 의지할 수 있는 사람을 원했다.

긴장한 다영은 혀로 마른 입술을 핥았다.

쉽사리 대답을 하지 못하는 그녀를 보며 준우가 슬쩍 웃었다. 그건 씁쓸한 미소이기도 했다. 그나마 바로 부정적인 대답이 나오지 않은 걸 다행이라 여겼다. 긍정적으로 생각하면서 조금 더 시간을 주면 그녀 역시 마음을 열 것이라 생각했다. 5년은 절대로 적은 시간이 아니니까 말이다.

"성급하게 답할 필요는 없어. 충분히 기다릴 테니까, 늦더라도 긍정적으로 생각해 줘."

"그, 그래."

다시 한 번 침묵이 내려앉았다. 준우의 갑작스러운 고백에 그녀가 얼떨떨한 얼굴을 하다가 이번에는 어색한 얼굴로 그의 눈치를 힐긋힐긋 봤다. 5년간 죽어 있던 연애 세포가 다시 살아나는 것 같았다.

다영 스스로 자신에게 특별한 매력이 없다고 생각할 뿐인지, 실제로 그녀는 주위 남성들에게 인기가 있는 편이었다. 작은 얼굴에 오목조목하게 자리 잡은 이목구비, 눈은 순한 강아지마냥 아래로 처져 있고, 눈동자에는 물기가 있어 항상 촉촉하였고, 콧망울은 잘 익은 방울토마토마냥 동그랬으며, 입술은 한입 베어 물면 복숭 아즙이 나올 것 같은 예쁜 분홍색이었다.

30대로 보이지 않는 사랑스러운 외모에다가 자신이 맡은 일에 는 프로페셔널한 모습을 보이고, 어떨 때는 호쾌한 성격과 잘 웃 는 인상 때문에 남녀를 가릴 것 없이 그녀에게 호감을 보이고는 했다. 뉴욕에서 친하게 지낸 동료 몇 명이 그녀에게 고백하기도 했지만, 이렇게까지 가슴이 세차게 떨리지는 않았다.

다영이 고개를 푹 숙인 채 얄궂게 손장난만 치고 있다는 걸 알 고 있기에 그가 턱을 괴며 피시시 웃었다. 얼른 결혼해야 되지 않 겠냐면서 입사하고 며칠 지나지 않아서 그렇게 놀리긴 했지만, 이 런 모습을 보니 그녀가 30대라는 생각이 들지 않았다. 저렇게 행 동하니 어찌 사랑스럽지 않을까. 지금이라도 두 볼을 잡아 입술을 맞추고 싶은 걸 꾹 참았다. 마치 20대로 돌아간 느낌이었다.

준우의 시선을 그녀가 부러 모른 척하며 시선을 휘휘 돌렸다. 지금 이 감정을 어떻게 표현하면 좋을까? 준우를 처음 만났던 그 때로 돌아간 기분이 들기도 했다. 사랑에는 나이를 따지는 것이 아니라고 하지만, 30대가 되어서도 풋풋한 감정을 느끼리라고는 생각도 못 했다.

계절이 봄이라는 건 알고 있다. 벚꽃이 피고, 따뜻한 바람이 불 고, 많은 남녀가 손을 꼭 잡고 길거리를 거닐고는 했으니까, 하지 만 봄이라는 걸 알면서도 그녀의 마음에는 봄이 오지 않았기에, 그저 별다를 것 없는 나날이라고 생각하였다. 그런 평범하던 날들 중 바로 지금 이 순간이 마치 봄이라도 된 것만 같았다.

주인의 속도 모르고 눈치 없이 세차게 뛰어대는 가슴이 얄밉기

만 했다. 그러다가 떠오르는 생각에 그녀가 재빨리 자리에서 일어
났다. 다영이 자리에서 벌떡 일어나자 그도 얼떨결에 그녀를 따라
자리에서 일어났다.

"펜이랑 종이 없어?"

"있어."

드르륵, 의자 끄는 소리가 들리고, 준우가 거실 쪽으로 가서 펜
이랑 종이를 들고 와 건네주자 아직 음식이 치워지지 않은 식탁
위에 종이를 놓고 펜으로 디자인 하나를 그리기 시작했다. 그녀가
그린 디자인은 꽃모양과 비슷했는데, 보통의 꽃보다는 조금 더 풍
성한 느낌을 주는 형태였다. 현재 본인의 심정을 그대로 대변한
디자인이었다.

"이런 디자인 어때?"

"……."

그녀가 A4 용지에 망설임 없이 그린 디자인을 보여줬다. 좋은
레스토랑에서 분위기 있게 한 고백은 아니지만, 그래도 나름 고백
이라고 했는데 좀 설렌다거나 의식해 주는 모습을 좀 길게 보여줄
것이지, 무드 없게 어째 바로 일 쪽으로 넘어가냐며 준우는 속으
로 그녀를 타박했다.

"너무…… 난잡한데."

"난잡해?"

"풍성하기만 하고 깔끔한 느낌이 없어. 화려하면서도 깔끔해야
하는 게 특징인데, 이건 너무 화려하기만 해."

"그런가."

다영은 검지로 콧등을 긁으며 대꾸했다. 다시 한 번 디자인을

바라보니, 확실히 준우가 말하는 것처럼 깔끔하다는 느낌은 없었다. 이번 디자인의 주제는 고백, 사랑으로 해야겠다고 마음먹는데 건너편에 앉은 그가 불퉁한 얼굴로 그녀를 응시하고 있었다.

"잊지 마."

"뭘?"

"내가 고백한 거. 고백하다가 일 얘기로 넘어가는 여자는 세상 천지에 너밖에 없을 거다."

"집밥 먹으면서 고백하는 남자도 세상천지에 너밖에 없을 거야."

그녀가 얄궂은 얼굴로 대꾸했다. 펜을 검지와 중지 사이에 끼우고 휘휘 돌리다 다시 디자인에 시선을 주었다. 전에도 그랬고 지금도 그랬다. 그의 고백은 성격이 그대로 묻어나듯이 담백하고 담담한 것이었다. 학생 시절에 그가 했던 고백도 그러했다. 달달한 말도, 특별한 미사여구도 없이 그저 담백하게 본론만 말했다. 방금처럼.

친한 친구들하고 있어도, 그 누구와 함께 있어도 젊어진 것 같다는 생각을 들게 하는 사람은 없었다. 타인과 대화를 나누다가 때때로 드는 생각은 '그때로 돌아간 것 같아'가 아니라 '벌써 시간이 이만큼이나 흘렀네'였다. 풋풋한 감정도, 젊을 적처럼 제 가슴을 뛰게 하는 사람은 항상 강준우였다. 그것이 못내 못마땅하였다. 어렸을 적 첫사랑도 그랬고, 첫 연애도 그렇고, 항상 골치 아픈 사람만 상대하는 기분이 들었다.

다영은 힐긋, 그를 쳐다보았다. 맞은편에 앉아 있는 남자는 턱을 괸 채 그녀의 디자인을 내려다보고 있었다.

그럼에도 불구하고 다영은 준우가 좋았다. 사귈 때 항상 가슴 아프게 했던 남잔데 뭐가 미련이 남아서 이렇게까지 마음을 정리하지 못하고 질질 끌고 있는 건지 모르겠다. 그녀가 하릴없이 종이에 선만 슥슥 긋고 있자 그가 종이와 볼펜을 뺏어 옆에 내려놓았다. 그녀가 어리둥절한 얼굴을 했다.

"사적인 공간에서 굳이 공적인 일을 할 필욘 없잖아."

"꽤 급한 일인데요, 강 팀장님."

"여기 회사 아니니까 강 팀장님이라고 부를 필욘 없어. 그리고 사적인 공간에서는 사적인 일을 하는 게 더 좋거든, 나는."

어쩐지 뒷말이 음흉하게, 그리고 은밀하게 들려왔다. 왠지 불안한 기분이 들어 다영은 미심쩍은 눈초리를 하며 몸을 뒤로 슬쩍 뺐다. 경계심 가득한 눈초리에 준우는 터져 나올 것 같은 웃음을 꾹 눌러 참으며 그녀에게 몸을 더 가까이했다.

"뭐, 뭔데?"

"뭐가?"

"가까이 오지 마."

"왜?"

"그 사적인 일 같은 거…… 생각도, 꿈도 꾸지 마."

"내가 무슨 일을 할 줄 알고?"

"몰라. 모르지만 왠지 좀 그렇거든? 그러니까 가까이 오지 마."

검지로 그의 어깨를 쭉 밀자 그는 별다른 저항 없이 뒤로 밀려나 주었다. 여전히 경계하고 있는 그녀를 보며 준우가 못 참겠는지 결국 푸핫, 하고 소리 내어 웃고는 식탁을 눈짓으로 가리켰다.

"식사나 마저 하자는 건데."

"⋯⋯그게 사적인 일이야?"

"그럼 뭘 기대한 건데?"

"기대 같은 거, 안 했거든?"

불쾌한 감정에 다영은 씹어뱉듯 말을 내뱉었다. 그의 손안에서 놀아났다는 기분을 쉽사리 지울 수가 없어 입을 삐죽 내밀고는 볼펜 대신 수저를 잡았다. 그러곤 신경질적으로 밥을 퍼먹었다. 그 모습에 또 한 번 그가 웃고는 그녀를 따라 수저를 들었다.

"어제 화장실에서 내 얘기 나온 것 같던데."

"뭐? 아, 김영은."

어제 양주를 꾸역꾸역 마시다가 결국 쓰러져서 등에 업혀 그의 집에 도착한 것이다. 물론 기억에는 없지만 어제 영은과 싸운 건 확실히 기억났다. 자신이 뭐라고 말했는지 구구절절 다 기억나는 건 아니지만, 대충 말의 맥락이라든가, 그 기집애 손에 머리 뭉텅이가 잡힌 것 정도는 기억났다.

"별거 있나. 10년이 지나도 인기가 여전한 인기남 때문이지."

그가 잘못한 것이 하나도 없다는 걸 알면서도 그녀는 이죽거렸다. 그게 본심이 아니라는 것을 준우 역시 알고 있었기에 딱히 기분 나쁜 기색을 드러내지는 않았다.

"네 옆에 내가 있던 게 아니꼬웠나 봐. 자기가 아니라."

"결혼했잖아?"

"남자가 첫사랑을 못 잊는 거랑 비슷한 거 아닐까? 걔 첫사랑이 너였나 보지."

다영이 시큰둥하게 말하면서 젓가락으로 반찬을 하나 날름 집어 먹었다. 그러다 가만 생각해 보니, 어제 자신이 너무 심했나,

라는 생각 역시 들었다. 인정하고 싶지는 않지만, 그녀의 첫사랑 역시 준우였다. 누군가 자신의 마음을 깎아내린다고 생각하면 기분이 썩 좋을 것 같진 않았다. 아니, 썩 좋을 것 같지 않은 게 아니라, 안 좋았다. 네가 뭔데 남의 마음을 그렇게 평가절하하느냐는 생각도 들었다.

하지만 애초에 다영은 타인의 감정을 절하할 생각은 없었다. 한데 자신을 먼저 깎아내리고 폄하한 것은 영은이었다. 자기 자신의 마음이 소중하다고 생각하는 사람이라면 타인의 마음 역시 소중하다고 생각해 줄 줄 알아야 했다. 어제 자신의 행동이 잘했다고 생각하지는 않지만, 그렇다고 잘못했다고도 생각하지 않았다.

그녀의 입에서 한숨이 흘러나오며 애꿎은 밥알만 깨작거렸다. 때맞춰 열린 창문 사이로 바람이 들어왔다. 커튼이 부드럽게 휘날리며 식기가 조금씩 부딪치는 소리만이 이 고요한 분위기의 유일한 소란이 되고 있었다. 두 사람 다 아무런 말이 없었다. 그렇다고 해서 어색한 것 또한 아니었다. 오랫동안 알아온 사이인 만큼 아무것도 하지 않고 시간을 보내도 어색하지 않은 사이였다.

별다른 대화가 오고 가지 않고 서로가 식사에만 집중한 사이, 배가 서서히 불러오기 시작했다. 음식을 담은 그릇이 깨끗하게 비워지자 그녀가 식기와 수저를 챙겨 싱크대에 올려놨다. 처음 온, 그것도 남자 집이었지만 그녀는 별달리 어색하게 굴지도 않았고, 딱딱하게 자리를 지키지만도 않았다. 단지 신기한 눈으로 인테리어를 한 번 둘러보는 것이 끝이었다.

강준우는 설거지를 하는 건지, 아니면 과일이라도 내오려고 하는 건지 부엌에 들어가서 나올 생각을 하지 않은 채였고, 그녀는 지금 굉장히 씻고 싶은 상태였다.

"나 좀 씻을게."

"샤워하게?"

"미쳤어?"

뒤도 돌아보지 않고 태연하게 하는 물음에 다영이 기겁을 했다. 놀란 다영의 얼굴에 준우는 그저 작게 웃음을 터뜨릴 뿐, 아무런 말도 하지 않은 채 제 할 일만 하고 있었다.

그나저나 질 나쁜 준우의 농담에 다영은 심장이 자꾸 벌렁벌렁거리는 것을 애써 눌러 진정시켜야 했다. 사람을 갖고 노는 거에 재미라도 들렸나, 아무리 오랫동안 사귀고, 볼 꼴 못 볼 꼴을 다 본 사이라고 해도 어찌 됐든 지금 두 사람의 관계는 직장 상사와 부하 직원이었고, 조금 더 사적으로 가자면 전 남자 친구와 전 여자 친구일 뿐이었다. 조심할 건 조심하는 편이 좋았기에 다영은 새치름한 얼굴로 욕실 안으로 냉큼 들어갔다.

"샤워 안 할 거거든? 머리만 감을 거야."

"그러든가."

욕실 문이 쾅, 닫히는 소리와 함께 샤워기 트는 소리가 선명하게 들렸다. 과거 사귀던 시절처럼 밤을 함께 보낸 것도 아니었고, 그녀가 샤워를 하는 것도 아니었다. 다만, 아직까지도 마음에 품은 여자가 자신의 집에 있다는 것만으로도 크나큰 자극이 됐다. 최대한 신경을 쓰지 않으려고 해도 들리는 샤워기 소리에 귀가 쫑긋 세워졌다. 신경이 다른 곳으로 곤두세워지자 과일을 깎던 과도로 인해 손에 작은 생채기가 났다.

엄지에 맺히는 작은 핏방울을 보며 준우는 커다란 손으로 제 얼굴을 덮었다. 아, 미치겠네. 그가 조용히 중얼거렸다. 아무렇지도 않은 척하며 평정을 유지하려고 해도 자신이 도를 닦는 사람도, 부처도 아닌데 이런 자극을 쉽게 견뎌낼 수는 없었다.

준우는 커피포트에 물이 끓는 동안 마음을 애써 진정시키며 포크와 찻잔을 내려놓았다. 오랜 시간이 지나지 않아 물이 다 끓었다는 신호와 함께 꽁꽁 닫혀 있던 욕실 문이 달칵, 소리를 내며 열렸다.

다영이 젖은 머리카락을 꼼꼼히 닦아내며 수건으로 머리를 말아 올렸다. 세수로 인해 말끔해진 얼굴로 그녀는 준우가 준비해 둔 후식을 보다 냉큼 그의 방으로 들어갔다.

잠결에 내팽개친 옷을 줍고 개킨 다음 가방을 찾기 위해 둘러보니 그의 책상 위에 다영이 항상 메고 다니던 검은 숄더백과 스킨, 로션이 가지런하게 놓여 있었다.

남의 것이긴 하지만 일단은 급한 대로 준우의 스킨과 로션을 얼굴에 대충 바르고는 숄더백 안에 있는 핸드폰을 꺼냈다. 연락 올 사람은 딱히 없다고 생각했는데, 생각 외로 많은 문자와 전화가 와 있었다. 부재중 전화와 문자의 주인공들은 대부분 다혜와 주원이었다.

영은이랑 어떻게 된 거냐부터 시작해서 지금 강준우랑 같이 있냐까지. 두 사람에게 괜찮다는 문자를 넣었고, 메시지를 보낸 지 몇 초도 되지 않아서 그녀의 핸드폰이 위이잉, 요란한 소리를 내며 울려대기 시작했다. 발신자는 다름 아니라 주원이었다.

"여보세요?"

[야, 너 어제 연락 안 돼서 얼마나 걱정했는지 알아?!]

다짜고짜 터져 나오는 고함에 다영이 검지로 귀를 막았다.

"아, 미안. 연락하려고 했는데 생각보다 많이 마셔서. 양주, 그거. 한 방에 훅 가네."

맛있어서 계속 꼴깍거렸더니 결국 취해서 이 모양 이 꼴이었다.

[강준우가 데리고 갔으니까 딱히 걱정은 안 하긴 했지만. 집에는 잘 들어갔어?]

"어? 어, 어어."

제집이 아니긴 하지만 굳이 말할 필요는 없겠다 싶어 긍정했다. 사실대로 말한 것은 아니지만 그렇다고 해서 거짓말은 아니라고 스스로를 타이르며 다영이 어색하게 입꼬리를 올렸다. 수화기 너머의 주원은 '그래, 그렇다면 다행이네'라는 말을 했다. 그러나 그와 동시에 방문이 벌컥 열렸다.

"과일 먹어."

"아, 깜짝이야!"

[무, 뭐야? 뭔데?]

준우의 방 안에서 다영의 목소리, 주원의 목소리, 그리고 준우의 목소리가 섞였다. 기척 좀 내고 다니라고! 다영이 때릴 것처럼 손을 들어 올렸지만, 무섭지 않은 듯 준우는 그저 씩, 개구지게 웃고는 다시 문을 닫고 나갔다. 방 안에 조용한 침묵이 흘렀다. TV 소리가 나는 것처럼 들렸는데, 그도, 그녀도 TV를 켜지 않았으니 아마 주원이 제집에서 보는 TV의 소리인 듯했다. TV에서 나는 개그맨의 웃음소리가 어찌나 큰지 다영에게도 선명하게 들려왔다.

[너…… 강준우랑 있어?]

"그, 그게, 있잖아, 그러니까, 가, 같이 있기는 한데……."

[아~]

얼굴을 직접 보고 있는 건 아니지만 주원 특유의 음흉한 미소가 눈앞에서 생생하게 그려졌다. 망했어. 놀릴 걸 알기에 최대한 숨기려고 했는데. 다영은 눈을 질끈 감으며 땅이 꺼져라 한숨을 내쉬었다. 하지만 정작 상대방은 웃음기가 섞인 목소리였다.

[그래, 일단은 같이 있다고 하니까 좋은 시간 보내. 나중에 보자.]

참 쓸데없는 배려로 주원이 급하게 전화기를 끊었다. 다영의 허망함을 수건이 대신해 주기라도 하는 것처럼 머리를 말고 있던 수건이 힘없이 바닥으로 툭 떨어졌다.

한국에 들어오고 나서 왜 이렇게 사건 사고만 터지는지 모르겠고, 왜 자꾸 강준우랑 엮이는지도 모르겠다. 엮일 수밖에 없는 상황이긴 해도, 시시때때로 엮이니 이건 악재가 자꾸 겹치는 것과 같지 않은가. 이렇게 엮이다가는 승현뿐만이 아니라 부서의 다른 사원들이 눈치채는 것도 시간문제였다.

"갑자기 들어오면 어떡해!"

"내 방에 내가 못 들어가?"

"아, 망했어."

그녀가 신경질적으로 다시 식탁 의자에 앉으면서 포크로 사과를 사납게 내려찍었다. 사과는 준우가 될 수 없는데도 화풀이를 하는 모습이 퍽 살벌했다. 이제 주원이나 다혜에게 아무런 사이가 아니라고 말해도 두 사람 다 믿어주지 않을 것이다. 그녀가 울상을 지으며 사과를 아삭아삭 씹어 먹었다.

양치를 금방 하고 나온 뒤라 새콤한 사과 향이 약간은 알싸하게 느껴졌다. 다영을 위해 준비한 것이었기에 준우는 과일에는 손 하나 대지 않은 채 꾸역꾸역 디저트를 먹고 있는 전 여자 친구를 턱을 괸 상태로 빤히 바라보고 있었다.

"그리고 깜빡하고 안 한 말이 있는데."

"뭐?"

다영이 내심 신경질적으로 받아쳤다.

"승현 씨랑 너무 달라붙어 있지 마."

"왜?"

"질투 나니까."

그의 말이 화살이 되어 그녀의 가슴에 콕, 박혔고, 그 화살이 심장에 닿은 동시에 다영의 얼굴이 새빨갛게 익은 사과처럼 붉게 달아올랐다.

다음날 부리나케 전화를 할 줄 알았던 친구들은 예상 외로 휴일 내내 깜깜무소식이었다. 강준우와 토요일 아침에 같이 있었다는 이야기를 들었다면 분명히 불러서 무슨 일이 있었느냐, 네가 왜 강준우 집에 있었느냐, 혹시 두 사람 잤느냐, 다시 시작하느냐 등등의 소모적이기만 한 질문들을 쏟아부어 피곤하게 만들 줄 알았다.

그런 것들이 없어서 물론 좋기는 하지만, 휴일 내내 너무 조용한데다가 월요일 이 시간까지 아무런 전화나 문자 한 통도 없으니 오히려 슬슬 불안해지기 시작했다. 바람 앞의 등불, 일촉즉발의 느낌이 이런 것일까?

울리지 않는 핸드폰을 힐긋 보면서 다영이 고개를 갸웃했다. 먼저 연락을 해볼까, 하다가도 괜한 부스럼을 만들고 싶지 않아서 핸드폰을 보던 시선을 거둬들이자 옆자리에 앉아 있던 승현이 그녀의 어깨를 가볍게 툭, 건드렸다.

"한 대리님, 안에 안 들어가요?"

"예? 아, 예. 들어가야죠."

한 주를 시작하는 피곤한 월요일의 아침은 직장 상사와 함께한다. 그리고 그녀의 직장 상사는 강준우였다. 이틀 전에 달달한 것 같지만 달달하지 않은 고백을 한 상사 말이다. 통유리 너머로 회의 준비를 하고 있는 그의 옆모습을 보다 승현을 따라 팀장실 안으로 들어갔다. 불과 이틀 전의 일이 아직도 생생했다.

다시 만나고 싶다니. 그런 말을 들을 줄은 꿈에도 생각하지 못했는데……. 의자를 잡으며 다영이 몰래 그의 옆 선을 힐끗 보았다. 생긴 건 또 왜 저렇게 잘생겨서는. 자신이 조금만 더 예뻤더라면 이렇게까지 기가 죽진 않았을 것이다. 그녀가 뚱한 얼굴을 하다가 볼펜 뚜껑을 열었다.

이번 봄 시즌에 나오는 주얼리 디자인들에 대해 이야기를 하는 목소리가 들리고, 팀원들이 자기 나름대로의 아이디어를 냈다. 가장 큰 프로젝트인 다영이 맡은 봄 신상에 대해 이야기를 하다 곧바로 다가올 여름 상품에 대해서도 이런저런 이야기가 나오고 있는 중이었다. 그중 가장 활발하게 의견을 내는 사람은 수연이었고, 대부분 사원들은 수연의 의견에 동의하는 쪽이었다.

남자 사원들은 그렇다 치더라도, 여자 사원들까지 긍정을 표하는 것을 보면 정말 일을 잘하는 데다가 인망이 좋은 것이거나, 아니면 앞에서는 좋은 척을 하고 뒤에서는 흉보고 다니는 쪽일 것이다. 여자 사원들이. 그렇게 생각하니까 수연이 왠지 안쓰럽게만 느껴졌다. 앞에서는 좋은 척하다가 뒤에서 흉보고 다니는 거 싫어하는 건 누구나 마찬가지일 테니까.

"참고로 모두 알고는 있겠지만, 이번 봄 시즌 상품은 한 대리가 디자인할 겁니다."

강준우의 말에 주위에서 흔하디흔한 리액션이 터져 나왔다. 다영이 어색하게 웃으며 고개를 끄덕이고는 입을 살짝 열었다.

"이번 테마는 '고백'으로 할 생각이에요. 봄 하면 떠오르는 것들은 사랑과 연애고, 연애를 시작하기 위해선 상대방의 고백이 필요하니까요. 아무래도 디자인에 한계는 있겠지만, 테마 자체가 진부해지고 싶지는 않아요."

준우가 난잡하다고 말한 디자인을 몇 번이나 수정했다. 물론 완성을 한 것은 아니었지만, 프린트해 놓은 상품을 보며 그녀가 말을 이었다.

"그리고 상품 모두 기초 색상은 핑크 골드로 할 생각인데, 정해진 건 아무것도 없으니까 다른 좋은 아이디어나 색상이 떠오르면 자유롭게 말씀하시면 돼요."

다영의 말을 끝으로 회의가 마무리되자, 다영은 디자인 수정안을 준우에게 건넸다.

"4월 첫 주인 만큼 모두들 열심히 해주길 바랍니다. 그리고 이번 주 금요일에 사내 체육대회가 있고, 회장님도 참가하신다고 하니까 모두 적극적으로 동참해 줬으면 좋겠네요. 이만 회의 끝내겠습니다."

모두들 팀장실을 빠져나가자 다영 역시 팀장실을 나가려고 했

직장상사와 전 남자친구의 상관관계

다. 그때 준우의 목소리가 머리 위에서 울렸다.

"아, 한 대리는 잠깐만 더 있다가 가요."

"……예?"

이틀 전 고백 때문인가. 다영이 놀란 얼굴을 하자 준우가 그 매끈한 이마에 보기 흉한 주름을 만들어냈다. 그로서는 그녀가 기겁하면서 놀란 게 조금 기분 나쁘게 다가왔다.

다영은 고백을 받은 이후로 준우의 시선을 똑바로 마주하지 못하고 있었는데, 지금도 마찬가지였다. 똑바로 마주 보면 얼굴이 잘 익은 홍시처럼 변할 것 같아서였다. 평소 안정적인 소리를 내던 심장이 오늘따라 유난히 쾅! 쾅! 쾅! 거리면서 거세게 뛰어댔다. 조용한 팀장실에 제 심장 소리가 유난히 크게 들리는 것 같았다. 이 소리가 강준우의 귀에까지 닿는 건 아닐까, 안절부절못하며 그녀가 슬쩍 발을 뒤로 뺐다.

얼떨결에 다영이 뒷걸음질을 치자 표정 변화가 거의 없는 준우의 눈썹이 미세하게 꿈틀거렸다. 피하려고 하는 게 눈에 보였다.

왜 뒷걸음질치는 거냐고 닦달 하고 싶었지만, 블라인드를 치고 있지도 않았고, 몇몇 팀원들은 팀장실 안을 호기심 가득한 눈으로 보고 있기도 했다. 그중에는 다영의 옆자리를 차지하고 있는 최승현도 있었으니, 준우의 심기가 불편해질 법도 하였다. 게다가 승현이 자신을 보는 것도 아니고, 다영을 보고 있어 더더욱 마음에 안 들었고, 뭔가 눈치챈 듯 알고 있다는 눈빛도 마음에 들지 않았다.

감정을 드러내지 않는 것이 익숙한 준우였기에 지금 생기는 감정들도 애써 꾹 누르며 아까 회의 때 다영이 준 디자인 수정안을 그녀에게 내밀었다. 팔을 쭉 뻗었지만 그녀에게 닿는 거리는 아니었기에 다영이 머뭇거리는 발걸음으로 한 발자국 앞으로 나섰다.

"다시 수정해 오세요."

"다시요?"

"네."

나름 괜찮은 디자인이라고 생각했는데 도대체 어디가 마음에 안 드는지 모르겠다. 디자인을 뚫어져라 쳐다보다 힐긋 그를 올려다봤다. 그는 책상에 기댄 채 팔짱을 끼고는 시크하게 그녀를 내려다보고 있었는데, 그 모습이 마치 광고 속 잘나가는 남자 배우의 모습 같기도 했고, 드라마 속에서 재벌 2세에 팀장 역할을 맡고 있는 남자 주인공 같기도 했다.

"어디가 어떻게 마음에 안 드시는지 모르겠는데요?"

"너무 단조롭네요."

"초안 보셨을 때는 너무 난잡하다고 하셔서 수정한 건데."

"중간은 없습니까? 화려함과 심플함의 중간."

그게 말처럼 쉬운 줄 아나. 손에 힘이 절로 들어가 쥐고 있던 디자인 수정안이 소리를 내며 구겨졌다. 다영과 준우의 전공은 경영이지만 다영이 디자이너로 성공하기 위해서 부전공으로 디자인을 들은 반면에, 준우는 회사를 이어받아야 했기 때문에 부전공으로 경제를 선택했다. 물론 디자인 회사다 보니 따로 디자인에 대해서는 배웠겠지만, 현직 디자이너인 그녀만큼이나 빡세지는 않았을 것이다.

"……알겠습니다."

디자인은 'ㄷ' 자도 모르는 녀석이 속 편한 소리를 한다고 생각하며, 다영이 신경질적으로 고개를 팩, 돌렸다.

"잘해봐요, 한 대리."

나가는 다영의 뒤로 들려온 준우의 말에 은근히 밉살맞은 태도라고 다영은 속으로 생각했다. 이틀 전에 고백했으면 조금 더 달달하게 굴어도 되지 않나? 나랑 다시 사귀고 싶어 하는 사람의 태도야, 그게? 스스로에게 물었다가 스스로 답을 내렸다.

알지 않은가, 강준우는 원래 이런 놈이라는 것을. 은근히 밉살맞고, 얄궂은 태도가 하도 얄밉고, 한 대 때리고 싶어서 자주 투닥거리며 싸우기도 했다. 옆에서 보는 주원이가 철 좀 들라는 말을 했던 게 어렴풋이 기억났다.

"수정안 내일까지 가져오세요."

"예에."

다영은 시큰둥하게 대꾸하며 팀장실을 벗어났다. 준우는 공과 사를 정확하게 구분하는 타입이었기 때문에 그가 고백을 했다고 해서 그녀에게 시선을 더 준다거나, 아니면 말을 좀 더 다정하게 해준다거나 그런 건 꿈도 꿀 수 없었다. 준우를 오랫동안 알아온 그녀였기에 별 섭섭한 마음 없이 뒤도 돌아보지 않은 채 제자리로 걸어갔다.

제각각 열심히 일하고 있던 사원들이 팀장실 문이 열렸다 닫히는 소리에 슬쩍 소리가 난 쪽으로 시선을 줬다가 다시 시선을 거두고는 제 할 일을 바삐 하기 시작했다. 다영이야 직급이 높고 스펙이 좋은 편이라 바로 큰 프로젝트에 들어왔으니 별 상관이 없겠지만, 이번 시즌이 끝나면 나올 상품에 대해서 좋은 아이디어나 디자인을 내놓는다면 좋은 승진 기회가 될 것이다. 굳이 승진이 아니더라도, 팀장인 준우에게 눈도장 찍히는 것은 당연지사이겠지.

때마침 탕비실 안에서 여사원 두 명이 나왔다. 각자 작은 쟁반에 커피를 담고 있었는데, 두 사람 다 웃으면서 '커피 드시고 하세요'라며 살갑게 사원들에게 다가왔다. 단발머리의 여사원이 다영의 맞은편에 앉아 있는 사원들에게 다가갔다면, 수연은 다영이 앉아 있는 줄 쪽에 그 높은 힐을 신고 다가오더니 요사스럽게 눈웃음을 살살 흘리며 승현에게 커피를 내밀었다.

"승현 씨도 마시고 하세요."

"아, 고마워요."

그가 자연스럽게 수연이 내미는 커피를 받으며 다영에게 물었다.

"그런데 팀장님이 안 좋은 말씀 하셨어요?"

"아니, 그런 건 아니고, 그냥 디자인 얘기 했죠. 얼굴색 안 좋아요?"

"조금? 너무 주눅 들지 마세요."

"누가 보면 승현 씨가 내 상산 줄 알겠어요. 일이나 해요, 최승현 씨."

"예이."

승현이 킥킥대며 의자를 돌렸다. 수연이 들고 있는 쟁반에 제 커피도 당연히 있겠거니 생각하며 다영이 손을 뻗었지만, 허공을 휘적거릴 뿐, 잡히는 것은 아무것도 없었다. 얼떨떨한 얼굴을 하고 있자 붉은 립스틱을 바른 수연이 한껏 미안함이 가득 담긴 얼굴을 한 채 자신을 바라보고 있었다.

"아, 죄송해요. 팀장님이랑 회의가 길어지시는 줄 알고 일부러 한 대리님 커피는 안 탔는데……."

"아……."

허, 다영이 헛웃음을 터뜨렸다. 표정이 겉으로 잘 드러나는 편인 다영의 얼굴을 본 수연이 한껏 눈치를 보고 있었다. 눈치를 정말로 보고 있는 건지, 보는 척하는 것인지는 잘 모르겠지만 말이다. 다영은 조금 복잡 미묘한 얼굴로 쟁반과 수연의 얼굴을 번갈아 보다 허공에 붕 뜬 손으로 뒷머리를 멋쩍게 긁적였다.

"죄송해요, 지금이라도 금방 타다 드릴게요."

"아, 아뇨, 괜찮아요. 됐어요. 회사에 커피 타러 온 것도 아닌데."

게다가 단체로 마시는 거라면 또 몰라도 자기 한 사람 때문에 그녀가 오가게 하고 싶지는 않았다. 또한 다영은 수연이 자신을 싫어한다고 거의 99퍼센트의 확률로 단정 짓고 있었기에 커피를 타면서 침을 뱉을지도 모른다는 유치한 생각을 했다. 어차피 아침에 커피도 마시고 왔고, 카페인 부족이라고 생각되면 나중에 자기가 타서 마시면 되는 일이니까. 그사이 수연의 커다란 눈망울이 촉촉해지더니 다시 한 번 '죄송합니다'라는 말을 했다.

아니, 저렇게까지 말하면 자신이 너무 못돼 처먹은 여자 같아 보이는데. 사무실 안을 쓱 훑어보니 자신을 바라보는 남자 사원들의 시선이 곱지만은 않았다. 그나마 친분이 있는 사원은 승현인데, 옆자리에 앉아 있는 그는 제 할 일 한다고 바빠 보였고, 또 자기 입으로 눈치 빠르다고는 해도 여자들 감정에는 둔한 것처럼 보였다.

입사한 지 며칠도 되지 않았는데 왜 이렇게 피곤한 건지 모르겠다. 엉덩이를 살랑살랑 흔들면서 제자리로 돌아가는 꼴이 꼬리 아홉 개 달린 여우가 엉덩이를 흔들면서 인간인 자신을 농락하는 것처럼 보였다. 분명히 자신을 싫어하는 게 맞다. 아니, 싫어하지는 않더라도, 자신을 탐탁치 않아하는 건 확실히 알 수 있었다.

하지만 왜? 자신은 딱히 그녀에게 실수한 적도 없고, 회식 자리에서도 나름 무난하게 잘 버텼다. 물론 가해자는 자기가 한 행동을 모른다고는 하지만, 아무리 생각해 봐도 수연과 자신의 접점은 하나도 없었다. 자신이 낙하산이라서? 아니면 이 큰 프로젝트를 백으로 입사한 자신이 맡아서? 그것도 아니면 강준우랑 대학 동기인데, 나름 친한 척하는 것 같아서? 가만 생각해 보니 찔리는 게 한두 개가 아니었다. 저번에 화장실에서 다른 사원들이 자신을 뒷담화할 때 같이 씹었더라면 이유라도 알지.

결국 아무런 답도 찾지 못한 다영은 고개를 푹 숙였다. 월요일이라서 안 그래도 피곤한데, 저 여자 때문에 더 피곤했다. 출근하는 길에 편의점에서 사 온 초콜릿 하나를 까서 입에 넣었다.

"승현 씨, 초콜릿 먹을래요?"

"주시는 거예요?"

"많으니까."

봉지째 사 온 초콜릿을 그의 눈앞에서 흔들어 보이고는 한 움큼 쥐어 그의 손바닥 위에 올려놨다. 어린 초등학생이 갖고 싶어 하던 선물을 받은 것처럼 두 눈을 반짝이던 승현이 활짝 웃으며 초콜릿을 하나 입에 넣으며 우물거렸다.

"그런데 왜 이렇게 많이 사 오셨어요?"

"사회생활은 스트레스의 연속이잖아요. 스트레스에는 단게 좋다고 해서 사 왔어요. 승현 씨도 스트레스받으면 말해요. 초콜릿 한 개쯤은 줄 수 있어요."

"한 개는 너무 야박하시다."

"알았어요. 그럼 두 개."

별 웃긴 말도 아닌데 그가 책상에 얼굴을 박고 한참을 큭큭댔다. 뭐가 그렇게 좋을까. 다영이 턱을 괴고는 수연을 힐끗 봤다. 그러다가 허공에서 시선이 딱 마주치자 어색하게 입꼬리를 말아 올리면서 눈짓으로 까딱 인사하자, 수연 역시 눈짓으로만 인사를 하고는 얼굴을 팽, 하니 돌렸다.

"아, 또 기분 나빠졌다."

"왜요?"

"별거 아니에요. 승현 씨, 저번에 호프집 가서 맥주 산다고 했죠? 그거 오늘 돼요?"

"네, 돼요. 근데 출근한 지 한 시간 막 지났는데 벌써 호프 얘기예요?"

"뭐, 어때요. 퇴근을 기다리는 게 직장인의 삶이지."

다영이 시큰둥한 얼굴로 고개를 숙이며 의자를 안으로 당겼다.

"내가 오늘만을 기다렸다."

여닫이문이 있는 식당 안에서 주원이 빙그레 웃었다. 그 미소가 몹시 불길하여 다영은 슬쩍 시선을 돌렸다. 그러자 닫혀 있는 문이 부드럽게 열리면서 점심 특선 요리가 차례대로 줄줄 들어왔다. 계산은 자기가 하겠다고 말한 만큼, 아마 밥값으로 준우와 있던 일을 이야기하라고 압박하려는 것처럼 보였다.

종업원이 꾸벅 인사를 하고 나가자 방 안이 조용해졌다. 사실 사내 식당을 이용할 수도 있고, 회사 근처에 맛집도 많았지만, 사람이 많을수록 듣는 귀도 많아지기에 주원이 방해받지 않을 수 있는 음식점으로 다영을 끌고 온 것이었다. 주말에 묻지 않고 얼굴을 마주 보고 이것저것 캐묻기 위해 만난 주원이 능글맞게 웃으면서 젓가락을 내밀었다.

우물쭈물 젓가락을 받은 다영이 밑반찬들을 깨작거렸다. 별로 말하고 싶지 않다는 생각을 하며 물을 한 모금 마시는데 주원이 담백하다면 담백하고, 노골적이라고 한다면 노골적인 질문을 간단명료하게 물었다.

"잤어?"

"풉!"

마시고 있던 물이 사방으로 튀었다. 맞은편에 앉은 주원의 얼굴에도 튀는 것은 당연한 일이었기에 주원이 얼굴을 찌푸리면서 휴지를 몇 장 뽑아 제 얼굴을 닦았다. 물이 기도로 들어갔는지 한참을 켁켁거리던 다영도 역시 휴지를 뽑아 입에서 흐르는 물을 닦아 냈다.

"잤나 보네. 너 이렇게 하는 거 보면."

"안 잤어, 안 잤어. 하룻밤 신세 진 거 가지고 왜 잔 거까지 가냐고."

얼굴이 새빨개져서는 강력 부인하는 다영의 모습 때문에 이내 흥미가 식었는지 눈을 반짝이던 주원의 얼굴이 심드렁한 표정으로 쉽게 바뀌었다.

"잔 거 아냐? 진짜 아무 일도 없었어?"

"진짜 아무 일 없었어."

"기억이 나긴 하냐?"

"어렴풋이? 게다가 그 녀석이 안 했다고 했어. 그런 걸로 거짓말할 녀석은 아니니까."

"그럼, 그게 끝이야?"

딱히 뒷말은 없었지만 자연스럽게 '아, 진짜 재미없어'라는 말이 들려오는 것 같았다. 왜 자신과 강준우의 일이 주원에게 흥밋거리가 되어야 하는지는 아직까지도 모르겠지만, 다영은 심통 난 얼굴로 고개를 가로저었다. 그 모습을 보던 주원의 얼굴이 다시 한 번 밤하늘의 별보다 반짝였다.

"어서 말해봐, 그럼!"

"강준우가 다시 만나자고 했어."

"다시 사귀기로 한 거야?"

"아니, 그런 건 아니고."

"그럼 안 만나겠다고 했어?"

"그것도 아닌데……."

어째 말을 하면 할수록 목소리가 줄어드는 것 같았다. 세모꼴로 치켜뜬 눈이 매섭기도 해서 애써 주원을 보지 않으려 고개를 푹 숙였다. 밥이 도대체 목으로 넘어가는 건지 콧구멍으로 넘어가는 건지 알 수가 없었다.

"그럼?"

"생각…… 해보겠다고 했어."

"생각할 게 뭐 있어? 만나!"

딱히 긍정도, 부정도 하지 않는 태도가 답답했는지 이번에는 주원이 물을 벌컥벌컥 마셨다. 그러곤 컵을 테이블 위로 탕! 소리가 나게끔 내려놓았다.

"아니, 왜 우물쭈물거리는 건데? 너 금요일에 김영은이랑 머리채 잡고 싸웠잖아. 김영은이랑은 그렇게 잘 싸우면서 왜 강준우랑만 부딪히면 그렇게 소심해지냐? 사람이 좀 일관성이 있어라."

"변화할 줄 아는 것도 필요하거든, 사람은."

"아냐. 내가 대학 때부터 봐온 한다영은 유난히 강준우에게는 소심하고 소극적이었어."

"아, 좀."

"도대체 뭐가 싫은데?"

"아니, 싫은 건 아닌데⋯⋯."

굳이 따지자면, 좋긴 한데 겁이 나는 것이었다. 제가 생각해도 제 꼴이 참으로 답답하고 못난데, 다른 사람이 보는 자신은 얼마나 속이 타겠는가. 화장이 번지는 것도 모르고 마른세수를 했다. 싫냐, 좋냐로 따지고 쉽게 결정할 수 있는 문제면 얼마나 좋을까. 나이가 들더니 반비례적으로 용기가 줄어드는 모양이었다.

"너, 강준우 좋아하잖아. 아니야?"

"⋯⋯."

"왜? 다른 사람들이 수군거릴까 봐 겁나? 너, 다른 사람들 시선 신경 안 썼⋯⋯."

"그런 거 아니야."

그래, 말은 다른 사람들의 수군거림이 피곤해서 헤어졌다고 했지만, 그런 문제가 아니었다. 남들이 수군거려도 남자에게 사랑받고 있다는 느낌만 확실히 들면 얼마든지 견딜 수 있었다. 다영에게는 그러한 배짱이 있고 자신감도 있었기에. 굳이 타인의 시선을 못 견딘 이유는 주원이 생각하는 것과 다른 것이었다.

'강준우같이 엄청나게 좋은 스펙의 소유자가 한다영 같은 지방 출신 여자랑 사귀어?' 라는 말보다는, 대학 내내 받아온 '쟤는 준우 여자 친구라면서 아는 게 도대체 뭐야?' 라는 시선이 원인이었다. 재학 중일 때도 그러했고, 그녀가 졸업하고 준우가 복학했을 때도 그러했다. 그는 그녀에게 말해주는 것들이 하나도 없었다.

"못 미더워, 강준우가."

"걔가 바람피우기라도 했어?"

"아니, 그것도 아닌데……."

"그럼 뭐! 말을 해, 말을!"

식사가 차려진 지 근 10분이 되어가지만 두 사람 다 음식에는 아예 손도 대지 않고 있었다. 뚫어져라 보는 주원의 시선에 얼굴이 정말로 뚫릴 것 같아 다영은 눈을 질끈 감고 속내를 털어놓았다.

"걔에 대해서 아는 게 없어서 그랬어, 헤어진 이유가."

"뭐?"

주원이 어리둥절한 얼굴로 되묻자 다영은 찬찬히 말을 풀어놓았다.

"나 있잖아, 다른 건 다 견딜 수 있었어. 김영은 그 기집애가 뒤에서 내 욕을 그렇게 하고 다녀도, 선배들이나 동기들이 강준우가 훨씬 아깝다는 얘기를 해도 견딜 수 있었어. 근데 내가 제일 못 견뎠던 게 뭔지 알아? '진짜 강준우 여자 친구 맞아? 강준우에 대해 아는 게 하나도 없잖아' 라는 시선."

"……."

"나 강준우 군대 가는 것도, 어머니 돌아가신 것도 다 남의 입통해서 들었어. 가족을 제외하면 제일 가깝다고, 제일 가깝게 여기길 바랐는데 강준우는 아니었던 거야. 내가 좋아하는 사람의 소식을 남의 입을 통해서 듣는 게 얼마나 비참한지 알아?"

"……."

"강준우는 끝까지 모를걸? 내가 헤어지자고 말한 게 다른 여자링 맞선 보러 갔다는 거 때문인 줄 알 거야. 나는 그냥 시시콜콜한 그 녀석의 이야기를 내가 제일 먼저 듣길 원했어. 그랬는데……."

다영은 숨을 들이켰다. 그때 그 시절은 생각할수록 비참했다. 자신이 그렇게 의지가 되질 못했나? 왜 기대지 않을까? 왜 자신에게는 아무런 이야기도 하지 않을까? 나는 과연 그 녀석의 옆에 있는 게 맞을까? 그런 것들이 쌓이고 쌓여서 결국에 폭발하고 말았고, 준우가 군대를 제대한 후에 복학하고 나온 맞선 이야기에 결국 헤어졌다. 게다가 마침 공모전 수상을 하고, 유학 제의를 받은 시기와 겹쳤다.

그녀에게 필요한 것은 시간이었다. 그 녀석과 조금 멀어지고, 객관적인 시간을 유지할 수 있는 시간. 질끈 감은 눈을 뜨고 숨을 내뱉었다. 얄팍한 한숨이 아스라하게 들리다가 금세 사라졌다.

생각지도 못한 이유에 주원은 아무런 말도 하지 못하고, 마치제가 죄를 지은 것마냥 눈을 살짝 내리깔았다. 가만 생각해 보면그녀 역시 다른 동기들이나 선배에게 들은 이야기였다.

"한다영, 준우 여친 맞아? 뭐 아는 게 하나도 없냐?"

그 사람들은 시시껄렁하게 웃으면서 하는 이야기였다 하더라도, 다영에게는 그것이 큰 상처로 다가왔을 게 분명했다.

"나는 또다시 비참해지고 싶지 않아. 그래서 망설이는 거야."

5장 *Green Light*

호프집 안으로 시끄러운 팝송이 울렸다. 클럽도 아닌데 쿵작거리는 소리가 어찌나 큰지 미간을 좁히지 않으려고 해도 자꾸만 인상이 찌푸려졌다. 귀가 아플 정도로 시끄러운 음악 소리가 낯선 다영에 비해 승현은 이곳이 익숙한지 자연스럽게 주위를 둘러보고는 두 사람이 앉을 수 있는 자리를 찾아 앞서 걸어갔다.

다영이 뒤를 따라 걸어가자 그는 익숙하게 바깥쪽 의자에 앉으며 안쪽 소파 자리를 자연스레 그녀에게 양보했다. 몸에 배인 매너에 다영이 속으로 휘파람을 불며 핸드백을 무릎 위에 올리고는 테이블을 치우고 있는 아르바이트생에게 생맥주 두 잔을 주문했다.

"무슨 일 있으셨어요? 오늘 강 팀장님이랑 엄청 어색해 보이던데."

역시 눈치가 장난 아니게 빠르다며 다영은 속으로 혀를 내둘렀다. 남들에게는 평상시랑 다름없어 보였을 것이다. 디자인을 보여준다거나, 오다가다 마주쳤을 때는 그저 평범한 인사말을 나눈 것 정도였는데, 그런 게 어째서 옆자리 승현의 눈에는 어색하게 보였을까? 그녀가 경이롭다는 표정으로 눈을 동그랗게 뜨자 승현이 멋쩍은 얼굴로 웃으며 물어보기도 전에 알아서 대답했다.

"팀장실에서 강 팀장님이랑 말씀 나누실 때, 눈 안 마주치시더라고요."

"아."

그래서 그런 거였나.

"그런데 무슨 일 있으셨어요?"

"뭐, 딱히……. 저기, 있잖아요, 승현 씨."

"네."

그가 눈을 말똥말똥 뜨며 말하라는 제스처를 보냈다. 한참을 말할까 말까 고민하던 다영이 겨우 용기를 내며 입을 열었다.

"제가 그…… 남자 심리가 궁금해서 그런 건데, 뭐 좀 물어봐도 돼요?"

"뭔데요?"

다영은 혀로 마른 입술을 축이고는 주먹을 꾹 쥐었다. 친구들에게 얘기하면 호들갑을 떨거나 굴러온 호박을 제 발로 걷어찬다면서 욕할 것이 분명하니, 그나마 차분한 승현에게 마음 편하게 털어놓고 싶었다. 준우는 낯도 가리고, 마음도 쉽게 열지 않는 타입이었는데, 승현은 달랐다. 확실히 상대방의 마음을 편하게 하는 무언가가 있었다. 마치 오랫동안 만나온 친구처럼 말이다.

맥주를 한 모금 들이켰다. 알싸한 맥주 냄새랑 탄산 특유의 톡 쏘는 맛이 목구멍에서 불꽃처럼 터졌다. 손으로 대충 입가를 닦으며 승현은 다영의 말에 귀를 기울였다. 그녀가 말한 이야기의 팔 할은 저번에 참석한 동창회에서의 이야기였고, 나머지는 그전에 그녀가 야근했을 때의 이야기였다. 시간 순서대로 준우가 자신에게 한 행동들을 말해주었는데, 이야기를 들은 승현은 마음 같아서는 웃음을 크게 터뜨리고 싶었다.

서툰 다영이나, 생각지도 못하게 다정한 준우의 모습이나. 다정하고 상냥한 강 팀장이라니. 쉽사리 상상이 가지 않았다. 그가 따뜻한 눈빛으로 한 대리를 응시하는 것을 몇 번 본 적이 있으면서도 말이다. 이야기가 끝 무렵에 다다를 때 즈음, 다영이 승현의 눈치를 슬쩍 살폈다.

턱을 괸 채 이야기를 듣던 승현의 얼굴이 오묘해지더니 맥주 한 모금을 시원하게 들이켜고는 턱짓을 했다. 직장 상사에게 할 법한 행동은 아니지만, 다영은 딱히 신경 쓰지 않았다.

"그래서…… 걔 집에서 잤어요."

"잤어요?"

이야기를 듣던 승현의 눈이 사냥꾼을 만난 사슴마냥 동그랗게 떠졌다. 믿어지지 않는다는 승현의 표정에 그녀가 기겁하며 양손을 설레설레 젓고, 고개까지 가로저으며 크나큰 부정을 했다.

"잠만 잤어요. 승현 씨가 생각하는 그런 건 없었어요."

"잠시만요……."

승현은 갑자기 너무 많은 정보들이 몰려 들어와 머리가 지끈거렸다. 검지로 관자놀이를 꾹꾹 누르다가 지금 호프집에서 그녀가 자신에게 한 말을 차근차근 정리하기 시작했다. 굵직굵직한 사건들이 얼마나 많았는지 한 모금도 마시지 않은 다영의 맥주잔에는 맥주 거품이 조금 빠져 있었다.

"그러니까 같이 동창회에 갔고, 나왔다가 집에 가서 잤다. 그런데 강 팀장님이 한 대리님에게 다시 만나자고 했다고요?"

"네."

"이거 물어볼 게 뭐가 있어요, 그냥 완전 그린 라이트네."

만약 앞에 누를 만한 게 있다면 그는 어느 프로의 엠씨들처럼 호쾌하게 버튼을 꾹 눌렀을 것이다.

"그린 라이트요?"

초록 불? 난생처음 들어보는 말에 다영이 미간을 찌푸리며 미묘한 얼굴을 했다.

"그린 라이트 몰라요? 사랑의 직진 신호, 그린 라이트."

"나랑 강 팀장이 무슨 그린 라이트예요? 사랑의 비직진 신호, 레드 라이트지. 정지선을 철저히 지켜야 하는."

"아, 한 대리님 답답한 말씀 하고 계시네. 아니, 이건 그냥 그대로 받아들이면 되잖아요. 강 팀장님은 한 대리님한테 아직 마음이 있고, 더 만나고 싶다는 거네요. 한 대리님도 마찬가지고."

승현은 답답함을 숨기지 못한 채 주먹으로 가슴을 팡팡 쳤다. 도대체 뭐가 무서워서 이렇게까지 미적거리는 건지 모르겠다. 대충 한 대리와 강 팀장이 헤어진 이유는 알 것 같았다. 그리고 다영이 얼버무리며 이야기를 한 것도 있었으니까. 아마도 드라마 속에서 나올 법한 재벌 2세와 서민의 사랑 이야기였을 것이다.

강 회장과는 친한 것을 보아 오히려 제3자들이 입방아를 찧어

댔을 것이고, 한 대리가 그것을 견디지 못했을 것이다. 솔직하게 말하자면, 승현은 드라마 속 신데렐라 이야기는 별 관심이 없고 궁금하지도 않았다.

하지만 이 상황은 그게 아니었다. 남자가 충분히 호감을 표현하고 있고, 자신의 감정에 확신을 갖고 있는데 상대가 너무 미적거리니 문제였다. 답답한지 승현이 다시 맥주를 벌컥벌컥 들이켜자 맥주잔이 금세 바닥을 드러내기 시작했다.

"아니, 난……."

"그냥 직신, 직진. 쭉 가면 되네. 직진이 뭐가 힘들어요? 핸들을 꺾으라는 것도 아니고, 그냥 액셀에 발만 갖다 대면 되는데. 아니, 안 밟아도 그냥 차가 알아서 가는데."

거북이 기어가듯 엄청 느린 속도이긴 하지만. 승현은 눈치껏 뒤에 말을 덧붙이지는 않았다.

"만나도 똑같은 이유로 헤어질 게 눈에 빤하잖아요. 난 그러고 싶지 않아요. 다시 만나는 연인이 또다시 헤어지는 이유 1위가 전에 헤어질 때와 같은 이유로 헤어진대요."

"헤어진 연인을 다시 만나는 이유 1위는 그 사람보다 나은 사람이 없기 때문이라죠? 한 대리님이 말하는 건 구더기 무서워서 장 못 담그는 꼴이에요."

"구더기도 구더기 나름이지, 그렇게 큰 구더기라면 차라리 사 먹고 말죠."

"와, 강 팀장님보고 구더기라고 표현하는 여자가 있을 줄은 생각도 못 했는데."

승현이 장난스럽게 킬킬 웃었다. 목이 타는지 이번에는 다영이 맥주를 벌컥벌컥 들이켰다.

"걔랑 전 레드 라이트예요."

"신호등의 불이 항상 빨간불이지는 않잖아요. 빨간불이었다가 다시 차가 갈 수 있게끔 초록불로도 바뀌는데, 왜 그렇게 겁을 내요?"

"또다시 황색으로 바뀌고, 또다시 빨간색이 되고 그러죠."

"그렇다고 해도 다시 초록색으로 바뀌잖아요. 그리고 왜 극단적으로 생각해요? 빨간불의 의미가 꼭 헤어짐의 의미는 아니에요. 어느 연인에게나 있을 법한 약간의 냉전일 수도 있어요. 한 대리님, 이상한 데서 소심하네요."

틀린 말이 아니었기에 그녀가 잠시 침묵을 지켰다.

"그리고 이 상태에서 다른 남자 만나봤자 강 팀장님이랑 비교만 될걸요?"

"딱히 그런 것 같지는 않은데."

"만나봤어요? 헤어진 이후로?"

"아니요······."

기어들어 가는 다영의 말에 그가 시원스레 웃었다. 웃음이 뚝, 끊기자 승현이 장난스런 미소를 만면에 가득 띠면서 장난스러운 미소와 잘 어울리는 목소리로 답했다.

"그럼 저랑 만나보실래요?"

그 말의 여파는 굉장히 컸다. 당황한 다영이 경악에 찬 얼굴을 한 것과 달리 승현은 장난스럽게 웃었다. 고백이라고 하기에는 뭣한 말이긴 하지만, 그 말을 한 사람에게서는 긴장감도 보이지 않고 수줍음도 보이지 않았다. 그저 '오늘 식사나 한 번 할까요?' 라는 의례적인 말 같기도 하고, '저도 커피 한 잔 주세요'라는 말처럼 쉽게 스쳐 지나갈 수 있는 말 같기도 했다. 멍청하게 두 눈을 끔뻑끔뻑하고 있는 그녀와 반대로 승현은 맥주를 한 모금 마시고 안주를 입에 넣으며 태평하게 되물었다.

"어때요?"

"스, 승현 씨, 나 좋아했어요?"

너무 놀란 나머지 다영은 말을 절로 더듬었다. 어쩐지 멍청해 보이는 얼굴이라고 그가 생각했다.

"굳이 좋고 싫고를 따지자면…… 좋아해요."

"아니, 그러니까, 이성적으로 말이에요. 회사 동료 말고."

어쩜 이렇게 긴장감 없는 고백을 하는가? 그녀가 세상에서 받아본 고백 중 두 번째로 허무한 고백이었다. 부동의 1위는 며칠 전 식사 도중에 한 강준우의 고백이었지만. 어쩔 줄 몰라 눈을 데굴데굴 굴리는 다영을 보며 승현이 나지막하게 웃었다.

"저…… 승현 씨보다 네 살이나 많은데요?"

"네 살, 딱 좋네요. 궁합도 안 본다는 네 살인데."

도대체 진심인지 장난인지 모르겠다. 진심이 어느 것인지 알아보기 위해 다영은 눈을 새침하게 뜨고 한참을 살펴보다가 이내 포기했다. 디자인 외에는 눈썰미가 없는 편이었기에 그의 의중을 쉽사리 눈치챌 수가 없었다. 살펴보는 듯한 시선에 그가 빙그레 웃으면서 가볍게 어깨를 으쓱였다. 그 모습을 보니 끙끙대면서 속앓이를 하는 것보다는 단도직입적으로 묻는 것이 더 편할 것이다.

그리고 승현도 묻는다고 하면 진심으로 답해줄 것 같았다. 그는 어딘지 모르게 준우와 다른 듯하면서 비슷한 사람이었기에. 강준우가 진중함으로 그의 주위를 감싸고 있다면, 승현은 장난스럽고 경쾌한 느낌으로 자신을 감싸고 있었다. 공통점은 두 사람 다 속을 알 수 없다는 점이었고, 물어보기 전에는 답을 하지 않는다는 점이었다.

"만나자는 거 진심이에요?"

"당연히 아니죠. 저 강 팀장님한테 미움받고 싶진 않거든요."

승현이 산뜻하게 대꾸했다. 사람 심장을 아주 들었다 났다, 들었다 났다 하는 게 아주 요물이다.

"아, 뭐예요! 놀랐잖아요!"

"제가 그 말 했을 때 어땠어요?"

"놀랐지, 어떻긴 뭐 어때요?"

그가 익살스럽게 킬킬 웃었다. 나오던 음악이 바뀌고 이번에는 한동안 인기가 많던 달콤한 남녀 듀엣곡이 나오고 있었다. 다영이 의식해 준다는 것은 고마운 일이지만, 승현은 그녀에게 직장 상사나 동료로서의 호감은 있어도 이성으로서의 호감은 아직 없었다. 다만, 그가 가지고 있는 호감은 언제든지 이성에게 가지는 호감으로 발전할 수 있는 것이기도 했다.

"근데 제 고백이 진심이었어도 한 대리님은 수락 안 했을 거잖아요."

"왜 그렇게 단정 지어요?"

"한 대리님은 강 팀장님 좋아하니까요."

순간, 피가 얼굴로 확 몰리는 기분이 들었다. 누군가를 좋아한다는 감정을 남에게 들켜 부끄러운 건 어릴 때나 있는 일인 줄 알았는데, 나이를 먹어도 부끄러운 건 마찬가지였다. 다영은 별로 덥지도 않은데 덥다며 손부채질을 하며 눈 둘 곳을 찾지 못하다 결국 고개를 푹 숙였다.

"그러다가 강 팀장님 다른 여자분한테 뺏기고 나서 후회하면 그땐 늦어요. 그냥 솔직해져요. 왜 자꾸 피하고 숨기려고 해요?"

"강준우가 저한테 먼저 숨겼어요. 자기 일은 말도 안 하고, 사귈 때 그 자식한테 일어난 일을 그 자식 입으로 직접 들은 기억이 없어요, 내가."

"그래요? 강 팀장님 못된 사람이네."

"그죠?"

"근데 한 대리님은 물어보셨어요?"

"……에?"

승현은 어린아이같이 순수하고, 또 소년처럼 개구진 얼굴로 아무렇지도 않게 정곡을 찔렀다. 그의 말이 시위를 떠난 화살이 되어 날아와 가슴에 콕, 하고 박혔다. 순간, 세상이 멈춘 느낌이 들었고, 그가 내뱉은 말을 천천히 되짚었다.

직접 물어본 적이 있냐고? 자문하고 답을 내리자면…… 없었다. 그것이 구차하고 자신을 더 비참하게 만들까 봐 한 번도 물어보지 않았다. 준우는 두 사람의 사이가 악화되었다고 생각하지 않았지만, 그녀는 관계가 악화되었다고 생각했고, 관계가 개선되지 않고 나쁜 채로 지속되게 한 책임의 일부는 그녀에게 있었다.

아무런 말도 하지 못한다는 것은 그것이 긍정이라는 의미였다. 태연스럽게 정곡을 찌르는 물음을 하고, 스스로 찔리게끔 만들었으면서도 승현은 아무렇지도 않은 얼굴을 한 채 다영의 대답을 기다렸다. 아무런 말도 하지 못하고 그녀가 얼핏 한숨을 내쉬었다.

"없어요."

"피장파장이네. 이참에 다시 시작해 보는 건 어때요?"

'그렇게 쉬운 게 아니에요' 라 말하고 싶은 걸 삼켰다. 만약 그렇게 말했다면 승현은 어린아이와 같이 순진한 얼굴로 되물었을 것이다. '뭐가 어려운데요?' 이렇게 말이다. 그 물음을 받으면 자신은 또다시 꿀 먹은 벙어리가 될 것을 알았기에 그녀는 현명하게 입을 열지 않는 것을 택했다.

아니, 가만 생각해 보면 현명한 사람은 승현일 것이고, 자신은 멍청한 쪽에 속할 것이다. 멍청하고, 답답하고, 둔한 사람으로. 제3자의 입장에서 본다면 정말 아무것도 아닌 문제라는 것을 그녀는 안다. 말 그대로 그녀의 친구와 승현, 그리고 그 둘이 아니더라도 그녀와 관계없는 모든 사람이 자신의 말을 들으면 마음 가는 대로 하면 된다고 말할 것이다. 그가 좋고, 아직 미련이 남았으면 만나면 되는데, 그게 왜 이렇게 마음대로 되지 않는 것일까?

"저는 그놈이랑 쿨한 관계가 되길 원했어요. 헤어지고 난 지 5년이 됐으니까, 만나면 솔직히 아무렇지도 않을 줄 알았거든요. 그래서 우리 전에는 사귀었지만, 지금은 뭐, 남이니까 쿨하게 인사하자고 말하려 했죠. 쿨하게!"

다영이 마지막에 목소리를 높였다. 가만히 얘기를 듣던 승현이 뭔가 떠올랐는지 손뼉을 짝, 쳤다.

"왜요?"

"이거, 제가 한 말은 아니고요, 어떤 프로에서 한 말인데 해도 될까요? 이거 진짜 한 대리님한테 맞는 말 같아서요."

"하세요."

"상사한테 해도 될 말은 아닌 것 같아서……."

자신의 눈치를 보며 웃는 승현의 모습에 다영이 픽 웃고는 말해 보라는 제스처를 했다. 허락이 떨어지자마자 승현이 큼, 하고 헛기침을 했다.

"쿨 같은 소리 하고 있네. 쿨 몽둥이로 맞아야 된다니까!"

"……뭐요?"

"……라고 그 프로 MC가 말했어요."

그녀의 눈이 가늘게 좁혀졌다. 안 믿는 눈치에 승현이 '진짜라니까요'라며 한 번 더 강조하고 나서야 겨우 그 시선을 거둬들였다.

"남녀 사이에 쿨한 척은 구린 거래요. 집착하는 것이 당연한 거래요. 그리고 헤어져도 서로를 그렇게 열렬히 사랑했는데, 어떻게 쿨할 수가 있어요? 한 대리님이 강 팀장님 피하고 싶은 건 당연한 거죠. 만약에 다시 시작하게 되면 솔직하게 말하세요."

가만히 얘기를 듣던 다영이 땅이 꺼져라 한숨을 쉬었다. 그 모습을 보며 승현은 더 이상 말을 하지 않고 입을 다물었다. 그러고는 그저 사람 좋은 미소만 지을 뿐이었다. 관심은 좋지만, 여기서 계속 말을 했다가는 관심이 아니라 간섭이 될 것이다. 멀뚱히 보고 있는 시선이 불편하게 느껴졌는지 다영은 맥주잔을 잡고는 눈만 데굴데굴 굴리다 한 모금 마셨다.

"강 팀장님은 어떤 사람이었어요?"

"뭐가요?"

"호기심이긴 한데, 강 팀장님 대학 시절 때 어땠는지 궁금해서요."

승현이 눈을 반짝반짝 빛내며 물었다. 그 물음에 그녀가 멋쩍은 얼굴로 '너무 오래돼서 기억은 잘 안 나는데⋯⋯' 말끝을 흐리며 뒷머리를 긁었다. 사람은 망각의 동물이다 보니 모든 것이 자세하게는 기억나지 않았다. 기억나는 것이라고는 그때의 풋풋했던 감정과 단편적인 기억들뿐. 아마 그중 왜곡된 기억도 있을 것이다.

다영이 눈을 살짝 내리깔자 기다란 눈썹 아래에 짙은 음영이 졌다. 승현은 생각에 잠긴 다영의 모습을 보며 그녀가 꽤 예쁘다는 생각을 했다. 강 팀장이 어째서 그녀에게 매력을 느끼는지 조금은 알 것 같았다. 집중하면서 일을 하는 모습도 인상적이고, 환하게 웃는 모습도 예뻤다.

"나쁜 놈이었어요."

"진짜요?"

"네. 잘생긴 나쁜 놈? 멋진 나쁜 놈? 하여튼 그랬어요. 근데 모순적이게도 좋긴 했어요."

"그건 한 대리님이 강 팀장님을 좋아해서 그런 거 아닐까요?"

사랑이라는 감정은 비합리적인 모든 것을 이해하게 만드는 힘이 있다. 객관적으로 볼 때 정말 이해가 안 되고 멍청하게 보이는 것들을 어떤 이가 눈물을 뚝뚝 흘리며 '그 사람을 사랑하니까' 라고 말하면 대부분 고개를 끄덕인다. 그렇다고 해서 모든 것을 수용하고 인정하게 만드는 것은 아니지만 말이다.

고백을 받기 전 강준우를 처음 봤을 때는 그저 잘생긴 놈, 얼굴이 반반한 동기 정도로 생각했다가 오리엔테이션 후에는 바뀌게되었다. 조금 친해진 뒤에는 남들이 모르는 그의 모습을 알게 되기도 했다. 예를 들어 웃는 얼굴이라든가, 장난기라든가 하는 것들. 그가 잘난 사람이어서 그런 것인지, 아니면 남들이 모르는 그의 모습을 혼자 알고 있어서 그런지 서서히 가슴이 설레기 시작했다. 그때는 그냥 잘생긴 연예인을 보면 얼굴에 화기가 몰리는 것쯤으로 치부했다.

옛날을 떠올리며 다영이 고개를 끄덕였다. 승현의 말이 맞았다. 그녀가 그를 좋아했기 때문에 상처를 받으면서도 시간을 질질 끌고 5년이란 시간 동안 만났다. 내 상처보다 남을 먼저 생각한 게아마 처음이었던 것 같기도 했다. 콩깍지가 제대로 씌었던 때라며다영은 맥주를 홀짝이면서 킬킬 웃었다.

"오래 만났어요."

"얼마나요?"

"5년."

"보통 그 정도 만나면 결혼하지 않아요?"

"헤어졌는데요, 뭘."

"회장님이랑 친하실 법도 하네요."

"그럼요. 진짜 오래 알았거든요. 군대도 고무신 거꾸로 안 신고기다렸고, 정말 좋아했어요."

다영이 잠시 말을 멈추었다. 그를 왜 그렇게 좋아했는지는 아직도 잘 모르겠다. 남들이 말하는 잘생긴 얼굴과 뛰어난 스펙 때문인 것 같지는 않았다. 처음엔 그런 것들에 혹하지 않은 것은 아니었다. TV 속 아이돌을 보는 기분이 들긴 했지만, 그런 이유만으로 만났다면 5년이란 시간 동안 사귀지는 못했을 것이다.

가만히 생각해 보면 그의 모든 것들이 좋았다. 웃음소리, 손을 잡아주는 것, 말을 들어주는 것, 그녀가 차도 쪽으로 걷고 있을 때면 자연스럽게 그가 차도로 서는 배려 같은 것들. 그리고 다정한 목소리도.

정말 스스로가 믿을 수 없을 정도로 그가 좋았다. 그와 함께 있는 모든 순간들이. 흔한 사랑 노래처럼 아무것도 하지 않아도, 그저 옆에 있는 것만으로도 마음이 꽉 채워지는 기분이었다.

아마 모든 것들이 처음이어서 더 설레고 좋았던 게 아닐까? 남자들이 첫사랑을 잊지 못하는 이유가 그 때문이지 않을까 싶었다. 믿지 않는 사람도 있겠지만, 시간이 지날수록 그가 좋았다. 그럼에도 불구하고 헤어진 이유는 그녀가 그를 좋아하는 만큼 그는 자신을 좋아하지 않는 것 같았기 때문이다.

맨 처음 강 회장을 봤을 때가 떠올랐다. 그전까지만 해도 그녀는 준우가 그녀가 목표로 하고 있는 회사의 회장 아들이라는 걸 상상도 하지 못했다. 알게 된 것은 LOSA에서 주최하는 디자인 대회에서 당당하게 2등으로 입상하고 나서였다. 그것 역시 남의 입을 통해 들은 거였다.

강 회장이 자신이 궁금하다고 해서 찾아간 그의 집에서 준우가 잠시 자리를 비웠을 때, 강 회장에게 그렇게 말했다. 그가 의지할 수 있는 사람이 되고 싶다고 말이다. 아마 자신에게 모든 것을 말하지 않은 이유는 만난 지 얼마 되지 않았기에, 아직 신뢰가 많이 쌓이지 않아서 그런 것이라고 생각했으므로 점차 시간이 지날수

록 의지하겠거니, 말해주겠거니 여겨 안일한 생각만 하고 있었
다.

　그러나 그는 결국 자신에 대한 것은 무엇 하나 말해주지 않았
다. 어머니가 돌아가셨을 때도, 입대할 때에도. 다영이 한숨을 폭
내쉬었다.

　"그런데 헤어진 건, 제가 지쳤기 때문이에요."

　"……."

　"자신에 대해 아무것도 말해주지 않는 남자의 옆에 있는 게 힘
들어졌어요. 승현 씨 말처럼 먼저 물어봤을 수도 있겠지만, '왜 그
런 사실을 나한테 말해주지 않았어?'라는 말을 하면 제가 너무 옭
아매고 속박하는 것처럼 보일까 봐 그랬어요. 집착하는 것처럼 보
일까 봐."

　"……."

　"그래서 결국엔 아무 말도 하지 못하고 헤어졌어요. 아무것도
묻지 못하고, 아무 말도 하지 못하고."

　다영이 배시시 웃었다. 평소에 짓는 다채롭고 장난스러운 표정
과는 거리가 먼, 어쩐지 힘이 빠진 듯한 얼굴이다.

　"그래서 제가 헤어지자고 했을 때, 그 녀석은 '갑자기 왜?'라고
생각했을 거예요. 그런데 그 녀석은 결국 아무것도 묻지 않았어
요."

　다영은 끝내 맥주잔을 쥐고 있던 손을 떨어뜨렸다. 승현이 아무
런 말도 하지 않고 그녀를 바라보았다. 괜한 얘기를 꺼냈다는 미
안한 감정은 들지 않았다. 그저 그녀의 이야기를 묵묵히 들어줄
뿐이었다. 어떤 위로의 말보다 그저 듣는 것만이 위로가 되어주

고, 힘이 되어준다는 것을 그는 잘 알고 있있다.

"진짜 별거 아닌 이유죠? 엄청 흔한 이유고, 그런 이유로 헤어졌어요. 준우도 그냥 평범한 사람인데, 간혹 사람들이 너무 준우를 '특별'한 사람인 것처럼 대할 때가 있어요. 실상 걔도 그냥 평범한 사람이고, 평범한 30대인데. 사람들이 너무 기대해서 힘들지는 않을까라는 생각을 그때도, 지금도 간혹 해요."

그녀가 어쩐지 울 것 같은 얼굴로 웃었다.

"진짜 오실 거예요?"

준우가 부엌에서 다과를 내오면서 강 회장에게 물었다. 아들의 물음에 강 회장은 읽고 있는 신문에서 눈을 떼지 않은 채 고개를 끄덕였다. 나이가 들어 글자가 잘 보이지 않는다며 눈을 가늘게 좁히며 넘겼다. 테이블 위에 다과를 올리는 소리가 선명하게 들렸다.

2층까지 있는 이 저택에서 사는 사람은 강 회장 혼자였다. 아내와는 오래전에 사별하였고, 아들인 준우는 회사에 들어가면서 독립하였다. 준우는 넓은 집에 혼자 사는 강 회장이 쓸쓸해하고 외로워할까 봐 틈틈이 시간 날 때마다 이곳으로 오고는 했다.

강 회장이 짓궂은 장난을 할 때면 간혹 부아가 치밀어 오르긴 하지만, 기본적으로 두 사람은 사이좋은 부자였다. 강 회장은 준우에게는 시선을 주지 않은 채 태평스레 신문을 읽고 있었다.

"왜? 가면 안 되냐?"

"사원들이 불편해할 텐데요."

"괜찮다."

"아니, 아버지가 괜찮으면 안 되죠. 사원들이 괜찮아야죠."

"그렇게 오래 있을 거 아니다. 다영이만 보고 올 거야."

"다영일 왜 그렇게 좋아하세요?"

아끼는 건 아주 오래전부터 알았지만 이렇게까지 아끼실 줄은 생각하지도 못했다. 그 물음에 강 회장은 아무런 답도 하지 않았다. 왜 좋아하는지 네가 맞춰보라는 시선에 준우는 흥미가 떨어진 얼굴을 하고는 고개를 돌렸다. 그러고는 얼그레이를 한 모금 들이켜며 다영이 들고 온 디자인 수정안을 다시 살펴보고 있었다.

"다영이랑 요새 어떠냐?"

"픕."

식도로 넘어가야 할 얼그레이가 기도를 막았다. 용케 입 밖으로 튀어나오지 않게 입을 틀어막으면서 한껏 빨개진 눈과 얼굴을 한 채 계속해서 콜록거렸다. 강 회장은 컥컥거리고 있는 아들을 한심하다는 눈으로 보며 읽던 신문을 소파 위로 툭 던졌다.

"아무 일도 없는 건 아니겠지?"

"갑자기 그런 건 왜 물어보세요?"

눈에 맺힌 눈물을 손등으로 대충 닦아내고는 인상을 찌푸렸다.

"안 궁금하겠느냐? 네 전 여자 친구가 같은 부서에 있는데."

"……"

"설마 아직도 미적지근한 건 아니겠지? 내가 그러라고 다영일 한국으로 부른……."

"다영이가 좋은 디자이너라 데리고 오신 거라면서요."

준우가 헛웃음을 터뜨리며 묻자 강 회장이 당황한 기색을 애써 숨기지 않으며 큼큼, 기침을 하고는 아들이 타 온 차를 한 모금 마셨다. 사별한 아내가 타 준 것만큼 맛있지는 않지만, 그래도 오랫동안 타 주더니 꽤 실력이 늘었다. 강 회장은 입안에 차향을 머금으며 음미했다.

"어째 젊은 놈이 숫기가 없어? 너 아직까지 다영이한테 미련 있는 거 아니었냐? 그런 줄 알았더만."

"제 연애는 제가 알아서 할게요, 아버지."

"네 연애를 네가 알아서 못 하니까 답답해서 그러는 게다. 네가 알아서 하다가 또 걷어차일라."

"아버지가 차이게끔 만드셨잖아요."

아버지에게 하는 말치고는 퍽 사납게 으르렁거리는 말투였다. 화가 난 것을 티 내기라도 하듯 준우의 날 선 눈빛에 이번에는 강 회장이 모르는 척 시치미를 뚝 떼었다.

"난 그때 아무 말도 안 했다? 결정한 건 다영이었어."

"부추기신 건 아버지잖아요."

"그럼 앞날 창창한 애를 연애 때문에 망치게 해? 걘 정말 소질이 있었어. 그리고 유학 얘기 꺼냈다고 해서 너희 둘이 헤어질 줄 내가 알았겠느냐, 원거리 연애라도 할 줄 알았지."

준우는 땅이 꺼져라 한숨을 내쉬었다. 유학을 가기 전, 다영이 LOSA와 TAO가 함께 주최하는 디자인 대회에서 당당히 2등으로 입상한 덕에 그녀에게 딸려온 것은 어마어마한 상금과 함께 TAO 본사에서 2년간 일을 배울 수 있는 기회가 생겼다. 물론 원래 유학 겸 인턴십 겸의 2년이 3년으로 늘어난 것은 그녀의 재량과 결정 때문이었겠지만.

다영이 유학을 간 것이 섭섭한 건 아니었다. 사랑하는 사람의 발목을 붙잡는 멍청한 인간이 되고 싶지는 않았기에 그녀가 유학을 간다고 하더라도 충분히 기다릴 수 있었고, 자신이 만나러 갈 수도 있었다. 그러할 여건이 충분히 됐었으니까. 다만, 그가 섭섭했던 것은 왜 자신에게는 단 한 마디의 말도 하지 않았냐는 점이었다.

유학 얘기 역시 다영이 떠나기 일주일 전, 그녀가 직접 말해준 것이 아닌, 그의 아버지 강 회장이 그에게 말해준 것이었다. 그가 답답한 얼굴을 하며 차를 찬물 들이켜듯 한 번에 마셨다. 열 길 물속은 알아도 한 길 사람 속은 모른다고, 다영의 속은 시간이 지난 지금도 모르겠다. 본인이 생각할 때 그녀에게 단 한 번도 소홀했던 적은 없었다.

"다영이한테 좀 잘하거라. 이모가 너 여자 친구 없냐고 물어봤어."

"선 안 봐요."

"그러겠지. 다영이가 있으니까."

강 회장이 능글맞게 웃었다. 어쩐지 항상 아버지의 손안에서 놀아난다는 기분을 지울 수가 없었다. 그랬기에 옆에서 설마 아직도 미적거리고 있냐는 물음에 차마 고백했다는 말을 할 수가 없었다. 그리고 앞으로도 말하지 않을 것이다. 다시 교제를 시작한다는 것을 알리는 말이라면 몰라도, 고백했다는 말을 섣불리 꺼냈다간 아버지는 분명 장난스럽게 뭐라고 고백했냐며, 이것저것 캐묻고 그를 놀릴 것이 불 보듯 빤한 일이었다.

아버지에게 놀림 받는 것은 정말로 피곤한 일이었기에 준우는 입을 꾹 다물었다. 그의 모토는 괜한 말을 하지 않는 것이다. 말이 많을수록 책잡힐 것도 많아지고, 실수를 하는 것도 많아진다. 그가 작게 한숨을 내쉬고는 갈변하기 시작하는 사과를 내려다봤다.

고백한 지 며칠이나 지났지만 그녀에게서 딱히 답은 없었다. 초조하지 않다고 한다면 거짓말이겠지만, 그래도 꾸준히 기다릴 것이다.

"다영이가 왜 좋으냐?"

강 회장의 물음에 준우는 꽤 골몰히 생각하는 눈치였다. 그 모습이 다 큰 아들치고는 꽤나 귀여운 얼굴이어서 강 회장이 숨죽여 웃었다.

왜 좋으냐고? 준우는 기다란 검지로 무릎을 천천히 두드렸다. 그건 무언가를 생각할 때 나오는 버릇이었다. 웃긴 것이 있다면, 그 버릇은 원래 준우의 버릇이 아니라 다영의 버릇이라는 점이었다. 그에게는 없는 버릇인데, 그녀와 오랫동안 만나면서 옮은 것이다.

한다영을 좋아하는 이유라……. 어린 왕자를 기다리는 여우가 된 것처럼 대학 시절 그녀와의 약속 시간이 다가오는 것이, 그녀가 자신을 만나러 오는 것이 좋았다. 그녀가 아무 말도 하지 않은 채 자신을 빤히 바라보는 시선도 좋았고, 뚫어져라 보고 있으면 부끄러워서 시선을 피하는 것도 좋았다.

해맑은 얼굴도, 그녀에게서 풍기는 바닐라 향도, 무언가를 골똘히 생각하는 얼굴도, 작은 손과 발도, 화나서 노려보는 얼굴마저도 사랑스럽고 예뻤다. 그 모든 감정을 알게 해준 사람이 한다영이라는 사실이 행복했으며, 그녀에게 고마웠다.

그래서 헤어지고 나서 떠오른 생각 중 하나가 그녀에게 미안한 감정이었다. 좀 더 잘할걸. 자신이 모르던 감정을 알게 해준 그녀였는데, 그런 사람이 먼저 헤어지자고 말할 만큼 힘들게 한 것이 미안했다. 준우가 짧게 침묵하다가 아버지를 향해 자신만만하게 웃었다.

"모두 다요."

"뭐?"

"이유가 없어요. 그냥 다 좋아요, 그 애의 모든 게."

맙소사. 강 회장이 놀란 얼굴을 지우지 않으며 와락 웃음을 터뜨렸다.

아들이 할 법한 말이 아니었다. 드라마 속 남자 주인공이 여자 주인공에게 할 만한 로맨틱한 말을 제 아들이 하다니, 처음 보는 준우의 모습이 웃기고, 이런 모습을 보여주게 만든 다영이 고마웠다. 워낙 감정을 드러내지 않는 녀석이라 연애도 무미건조하게 하는 건 아닐까 걱정했는데, 괜한 걱정이었다.

강 회장이 숨이 넘어갈 듯 웃자, 준우가 언제 자신만만하게 웃었냐는 듯 그 미소를 싹 지워냈다.

"그래, 잘해봐라. 다영이랑."

"네."

"아, 근데……."

준우가 다시 아버지의 얼굴을 확인했다. 어찌나 많이 웃으셨는지 상기된 얼굴이 새삼 얄밉게 다가왔다.

"혜정이가 한 번 만나자고 연락이 왔다."

"아……."

낯설지 않은 이름이었다. 익숙하다면 익숙한 이름에 준우가 손으로 뒷목을 한 번 쓸었다.

"같이 저녁이나 먹자고 하던데, 어쩔 거냐?"

"만나야죠."

약간 못마땅한 듯한, 혹은 불편한 얼굴을 했다. 그녀는 바로 준우의 전 맞선 상대였다.

다영은 멍하니 넋을 놓은 채 의자에 몸을 기댔다. 아무 생각도 안 들었다. 봄인데도 바람이 텁텁하게 느껴지고 시원한 커피가 마시고 싶어졌다.

목까지 꽉 채운 단추를 몇 개 풀고 거의 완성본이 되어가는 디자인을 보면서 만족스럽게 웃었다. 팀장인 준우에게 내려 살까? 곧 있으면 점심시간이니 나중에 내는 것보다는 지금 내는 게 더 나을 것 같았다.

그렇게 생각하며 팀장실 쪽으로 시선을 돌리니 불편한 얼굴로 전화를 받고 있는 그의 모습이 보였다. 지금은 갈 타이밍이 아닌가. 점심시간이라도 끝나고 가봐야지 하며 생각하고 있는데 통유리 너머의 그가 관자놀이를 꾹꾹 누르더니 수화기를 내려놓았다.

그와 동시에 고개를 돌렸고, 당연한 수순으로 준우와 시선이 마주쳤다. 갑작스럽게 마주친 눈에 다영이 움찔했는데, 그는 평소와는 다른 얼굴을 하고 있었다. 눈이 마주치면 거의 얄밉게 웃던 녀석이 지금은 평소와는 다르게 답답한 얼굴로 자신을 바라보고 있었다. 디자인 때문에 그런 건가 싶어서 의자를 밀며 냉큼 자리에서 일어나려고 하는데, 먼저 자리에서 일어나 밖으로 나온 것은 준우였다.

"한 대리, 잠깐만 저 좀 보시죠."

갑자기 왜? 그것도 왜 화난 얼굴로 자신을 부르는 거지? 잘못한 것도 없는데 괜히 찔려서 다영은 머리를 뱅뱅 굴렸다. 강준우한테 뭔가 실수라도 했나? 고백에 대한 답이 늦어져서 화를 내는 건가? 디자인이 너무 늦어져서? 하지만 이번 주가 가기 전에만 제출하면 된다고했는데…….

이런저런 생각을 하며 수정한 디자인을 품에 안고 그녀가 조심스럽게 안으로 들어갔다. 오랜만에 입은 치마가 나풀거리자 다리 사이로 횡횡 들어오는 찬바람이 약간은 어색했다. 높은 구두도 오랜만이어서 약간은 불안불안한 걸음걸이로 조심스럽게 팀장실 문을 열었다.

"부르셨어요. 디자인 2차 수정안입니다."

A4 용지 몇 장을 건넸지만, 준우는 아무 말도 하지 않고 그 종이를 낚아채고는 책상 위에 엎었다. 지금 보지 않고 나중에 확인하려는 것으로 보아 그가 그녀를 부른 이유는 디자인 때문이 아닌 듯했다. 다영은 바짝 마르는 입술을 혀로 축였다.

"회장님 호출입니다."

"회장님이요?"

"지금 뵙자고 하시네요."

지금? 곧 점심시간인데? 팀장실 안에 있는 동그란 시계에 시선을 줬다. 같이 점심을 먹자는 의민가? 그런데 딱히 그런 것 같지는 않은데. 게다가 점심을 먹을 거였다면 아마 미리 연락을 주셨을 분이었다.

그리고 준우가 못마땅해하는 이유가 강 회장 때문인 것처럼 보

직장상사와 전 남자친구의 상관관계

였다. 기본적으로 강 회장과 준우는 사이좋은 부자였지만, 간혹 강 회장의 장난 때문에 준우가 화를 내고는 했다. 지금은 아마 강 회장의 장난보다는 아버지가 전 여자 친구를 만난다는 사실이 썩 마음에 들지 않는 것처럼 보였다. 평소보다 약간은 더 살벌한 기색을 드러내는 그를 보니, 잘못한 것도 없는데 괜히 자신이 그의 눈치를 살피며 안절부절못했다.

도대체 점심시간 직전에 자신을 왜 찾으시는 건지. 강준우가 있는 디자인팀에 자신을 입사시켰을 때가 강 회장에게 가장 원망스러운 순간이 될 줄 알았는데, 그게 아니었다. 오히려 지금 이 순간, 강 회장이 정말 원망스러웠다. 따로 연락할 수도 있으면서…… 두 부자 사이에 끼어서 이게 뭔 꼴인가 싶었다.

얄팍한 한숨이 입 밖으로 터져 나오려는 것을 꾹꾹 밀어 넣으며 그녀가 고개를 끄덕였다. 일단은 그녀의 상사는 팀장인 준우였지만, 회사를 통째로 쥐고 있는 사람은 강 회장이다. 그리고 그녀는 일개 대리일 뿐이니 윗사람의 말을 듣는 수밖에 없었다.

대충 고개만 까닥하고 힘없이 터덜터덜 발걸음을 옮기려는데 그의 목소리가 그녀를 붙잡았다.

"아버지가 이상한 말씀 하면……."

"……?"

"그냥 한 귀로 듣고 한 귀로 흘려."

왠지 일 때문에 부르는 것 같진 않다는 기분 나쁜 예감이 들었기에 준우가 미리 경고했다. 뜬금없는 그 말에 다영이 아리송한 얼굴로 고개를 갸웃하다가 별 대수롭지 않게 고개를 끄덕이고는 팀장실 문을 밀었다. 밖으로 나오는 그녀를 사원들이 힐끗 보다 하나둘씩 점심 먹으러 갈 준비를 하더니, 사원들 중 연차가 제일 높은 남자 사원이 다른 사원들에게 '점심 먹으러 가죠'라는 말을 하자 움직이기 시작했다.

"한 대리님, 점심 드시러 가죠?"

승현이 웃으며 말하자 그녀가 고개를 저었다.

"저 약속 있어서요."

"아, 알았어요. 그럼 점심 맛있게 드세요."

"네, 승현 씨도요."

빙긋 웃으며 대꾸하며 뒤를 슬쩍 보자 준우는 자식을 물가에 내놓은 어미라도 된 것마냥 불안한 얼굴로 그녀의 뒷모습을 보고 있었다. 저 남자가 저렇게까지 반응하는 것을 보면 공적인 일 때문에 자신을 부르는 것 같지는 않았다. 정말 사적인 일 때문에 부르는 것이고, 그게 강준우와 관련된 일일 것이라는 강한 예감이 들었다.

하지만 딱히 강 회장에게 들을 말이 있는 것은 아니었다. 엘리베이터에 서서 버튼을 꾹 누르자 그리 오래지 않아 문이 열렸다. 회장실 버튼을 누르고 엘리베이터 벽에 기대 거울을 보면서 옷을 한 번 정돈하고는 멍하니 올라가는 층을 보기만 했다. 점심시간이라 위층으로 올라가는 엘리베이터에 타는 이는 아무도 없었다. 쭉쭉 올라가다 띵, 하는 소리와 함께 엘리베이터 문이 열렸다.

여비서가 다영을 알아보곤 빙그레 웃으면서 안쪽으로 안내했다. 그녀가 온다는 것을 미리 들은 모양이었다. 비서가 회장실 문을 열어주자 여유로운 얼굴의 강 회장이 활짝 웃으며 다영을 반겼다.

"부르셨습니까?"

"여기 앉게."

"네."

다영은 최대한 구두 굽 소리가 나지 않도록 하며 그의 바로 옆자리에 앉았다.

"이번 봄 상품, 한 대리가 맡았다지? 잘되고 있나?"

"열심히 하고 있습니다."

"그래, 한 대리라면 잘하겠지. 아들놈은 내가 체육대회 간다고 알고 있을 텐데, 그거 농담이라고 좀 전해주렴."

"아, 예."

다영이 바람 빠진 웃음소리를 내며 고개를 끄덕였다. 강 회장이 잠시 옆자리에 앉은 다영을 빤히 바라봤다. 할 말이 있는 것처럼 보이는데 아무런 말도 하지 않고 있는 강 회장이 아리송했지만 그녀는 진득하게 그가 먼저 말하기를 기다렸다.

"다영아."

"네."

"준우랑 다시 만날 생각은 없니?"

생각지도 못한 말에 이번에는 그녀가 꿀 먹은 벙어리가 되었다. 항상 웃는 낯으로 자신을 반겨주던 강 회장의 얼굴에는 미소가 사라져 있었고, 진지한 얼굴로, 그리고 조금은 부탁하는 얼굴로 말했다.

"만약 너희 둘이 헤어진 이유가 최악이 아니라면, 나는 다시 시작하면 좋겠구나."

"……."

"내가 입에 발린 말을 하는 것이라고 생각할 수도 있겠지만, 너만큼 준우랑 잘 어울리는 여자는 못 봤단다. 네가 준우한테 힘이 되어주는 사람이면 좋겠다. 맨 처음 네가 내게 말했던 것처럼."

"회장님……."

"늙은이 욕심이라는 것도 안다. 그 욕심 때문에 내가 널 불러들인 것도 맞아. 준우가 네 옆에 있을 때 가장 행복해하던 것도 맞으니까. 그래서 늙은이 주책으로 내가 널 여기로 불러들인 거란다. 네가 준우랑 다시 만났으면 하는 마음으로."

다영은 입을 꾹 다물었다. 마땅히 할 말이 떠오르지가 않았다. 그녀는 눈을 살짝 내리깔고는 하릴없이 손장난만을 쳤다.

"준우, 오늘, 전에 맞선 보려 했던 여자애 만난단다."

"네?"

마른하늘에 날벼락이었다. 뒤통수를 한 대 세게 얻어맞은 것처럼 머리가 얼얼했다.

"네가 준우 옆에 있길 바란다면 준우보고 나가지 말라고 말하마. 그런데 그게 아니라면 확실하게 말해다오. 준우에게 너는 좋고 멋진 여자이지만, 네가 마음에 없다면 서로 빨리 정리하고 너도 좋은 사람 만나야 하지 않겠니? 그 여자애는 준우한테 좋은 감정을 갖고 있어, 아직."

순간, 다영은 눈물이 왈칵 흐를 것만 같았다. 그 녀석에게 자신이 아직 좋은 사람이라는 사실이 감명 깊게 다가왔다. 5년 동안 잊지 않고 있어준 것도 고마웠다. 또한 아직까지 자신이 그를 좋아하고 있다는 사실을 깨닫자 머리가 복잡해졌다. 그런데 자신에게 고백을 했으면서도 그 여자를 만난다는 건 무슨 의미인지 모를 일이었다.

더 웃긴 것은 얼굴도 모르는 그 여자에게 강준우를 빼앗기는 게 싫다는 점이었다. 너무 늦게 출발하면 후회할지도 모른다는 승현의 말이 지금에서야 구구절절하게 다가왔다. 그녀가 피곤한 기색을 굳이 숨기지 않으며 눈두덩을 꾹꾹 눌렀다. 버릇없어 보일 텐데도 강 회장은 별말 하지 않았다.

강 회장과 있으면 항상 즐거웠는데, 지금은 어색한 침묵만이 주위를 맴돌았다. 이런 말을 지금 해준 강 회장에게 고마워해야 할지, 아니면 미워해야 할지 감이 잡히지 않았다. 다영이 문득 숨을 들이마셨다. 다른 사람들은 따뜻하다고 느낄 봄바람이 그녀에게는 텁텁하게 느껴졌다. 그 공기가 폐부를 쿡쿡 찌르자 가슴이 아파오기 시작했다. 지끈거리는 통증을 애써 무시했다.

"그 녀석에게 좋은 사람이라니……."

"아직까지도 그렇단다, 다영아."

"……."

"네게 마음이 있다면 너무 늦지 않길 바라는 마음이란다."

강 회장이 인자하게 웃자 다영 역시 억지로 입술 끝을 말아 올리며 애써 웃어 보였다.

"……리님, 한 대리님!"

"아, 네!"

옆에서 갑자기 들리는 목소리에 다영이 정신을 퍼뜩 차리고는 시선을 돌렸다. 걱정스러움이 담긴 승현의 시선에 그녀가 '왜요?' 하고 되물었다.

"어디 아프세요?"

"에? 아니요? 왜요?"

"점심시간 이후로 계속 넋 놓고 계셔서요. 저기서 강 팀장님이 계속 보고 있는데."

그가 속닥거리면서 장난스럽게 대꾸했다. 긴장하고 힘내라는 의미의 말이겠지만, 전혀 힘이 되지는 않았다. 그녀가 어색하게 웃으면서 고개를 끄덕이고는 다시 멍하게 컴퓨터 모니터만 빤히 바라봤다. 강준우가 전의 맞선 상대를 만난다. 그 여자는 강준우에게 호감이 있다. 오직 그 두 가지 말만 떠올랐다.

강준우처럼 공과 사는 확실하게 구분할 줄 아는 성격이라면 좋겠건만, 그녀는 그것이 힘들었다. 그랬기에 오늘 퇴근 후에 준우가 그 여자를 만난다는 사실이 자꾸 떠올랐다.

'진짜 멍청이다.'

후회는 아무리 빨라도 늦다는 격언이 지금에서야 피부로 와 닿았다. 그리고 승현이 했던 충고 역시 떠올랐다. 승현에게 의논을 할까 하는 생각도 일순 들긴 했지만, 상의를 한다고 해서 딱히 그가 해줄 수 있는 것은 아무것도 없었다. 그러기에 왜 안 붙잡았냐고 욕이나 듣지 않으면 다행이었다.

그때랑 상황이 많이 다르긴 하지만, 결혼을 전제로 하는 맞선을 본다는 얘기를 들었을 때도 이만큼 머리가 아프지는 않았다. 그리고 그 시절 다영은 준우를 반쯤은 포기하고 있었으니 머리가 아프고 상처를 입은 것보다는 거의 '그러려니' 하고 넘어가려는 마음이 컸다.

지끈지끈거리는 머리를 애써 진정시키며 다영은 서랍 안에서 두통약을 꺼내 입에 털어 넣었다. 신경 쓰이는 한편으로는 화가 나기도 했다. 나를 좋아한다면서 왜 그 여자를 만나느냐 묻고 싶었다. 하아, 땅이 꺼져라 한숨을 내쉬면서 마우스를 움직였다. 이것저것 만지고 있는데 컴퓨터 하단에 메신저 창이 떴다.

—팀장실로 와.

'이번엔 왜?'

지금은 그의 얼굴을 보고 싶지 않았다. 얼굴을 마주하면 그녀가 지독시리 싫어하는 부류의 여자처럼 아무것도 하지 못하고 울거나, 아니면 시비를 걸지도 몰랐다. 다영은 화장이 번지는 것도 신경 쓰지 않은 채 마른세수를 하고는 자리에서 벌떡 일어났다. 의자 밀리는 소리가 꽤 시끄럽게 나자 사원 몇이 인상을 살짝 찌푸리는 것이 눈에 들어왔다.

구두를 신어서 걸음걸이를 단정하게 해야 한다는 것도 잊은 채 그녀는 평소 운동화를 신고 걷는 것처럼 터덜터덜 힘없이 팀장실 쪽으로 걸어가 문을 열었다. 그러고는 안으로 들어서 문을 닫자 준우가 통유리 너머로 일하는 사원들을 보고는 다시 다영의 얼굴을 봤다. 아버지와 만난 이후로 유난히 힘이 없어 보이는 얼굴에 걱정되지 않았다면 거짓말이리라.

"무슨 일 있었어? 아버지가 뭐라고 하셨는데 그래?"

"아무 말씀 안 하셨어."

"아무 말씀 안 한 얼굴이 아닌데? 너, 아버지가 이상한 말……."

"아, 회장님이 체육대회 오는 거 거짓말이래. 너 골리려고 일부러 하신 말이래."

"뭐?"

한다영을 보러 가는 거라면서 그렇게 말씀하시더니, 결국 안 오실 줄 알았다. 준우가 혀를 쯧, 차고는 체육대회에 대한 고민을 저 멀리 접어버렸다.

"그런데 너는 왜?"

"그냥 머리가 좀 아파서."

"많이 아파? 병원 갈래?"

"그 정돈 아냐……. 나 이제 가봐도 될까?"

다영이 지친 얼굴로 조용히 중얼거렸다. 이런 모습의 한다영은 어색했다. 그녀에게 어울리는 모습은 활짝 웃거나, 자신을 경계하며 으르렁거리는 고양이 같은 모습이었다. 이렇게 축 처진 모습을 보면 준우 역시 기분이 처진다. 게다가 이 모습은 마치 5년 전 그때 같지 않은가. 헤어지기 며칠 전의 흔한 데쟈뷰. 그가 입을 꾹 다물었다.

뭐라고 말을 해야 할지 몰라서, 이곳이 회사고 자신이 상사임에도 불구하고 그녀의 눈치를 살피고 있었다.

다영은 오늘 하루 종일 뭔가로 막아놓은 것마냥 목이 답답했다. 승현의 말처럼 솔직해져 볼까? 그래 볼까? 머릿속에서 작은 소용돌이가 돌며 뇌 속을 어지럽혔다. 두 사람은 아무런 말도 하지 않은 채 시간이 지나는 소리만 듣고 있었다.

째깍째깍, 일정한 속도로 지나가는 초침 소리가 유난히 신경에 거슬렸다. 곧 퇴근 시간이라는 것을 확인한 준우가 얇은 외투를 손에 들었다. 퇴근 준비를 하는 것 같아 다영의 몸이 크게 움찔했다.

"나한테 할 말 없어?"

"어?"

그녀가 고개를 들었다. 탐색하는 듯 찬찬히 훑는 시선으로 준우가 자신을 바라보고 있었다.

"할 말 있는 것처럼 보이는데."

이 녀석은 예전이나 지금이나 제 속을 누구보다 빠르게 눈치채는 놈이었다. 다영이 약간 질린다는 얼굴을 자신도 모르게 슬쩍 드러내다가 금세 지워냈다. 오늘 전 맞선 상대를 만난다는 이야기를 물어볼까? 나랑 다시 만나자고 해놓고서는 왜 그 여자를 다시 만나려고 하는 건지 물어볼까? 갈피를 못 잡고 있는 다영을 보며 그가 옅은 한숨을 내쉬었다.

그녀는 자신에게 아무것도 물어보지 않고 있었다. 자신에게 관심이 없는 것인가, 라는 약간의 회의감 역시 들었다.

"할 말 없으면 나가자. 나도 오늘 약속 있어서."

준우가 턱짓으로 밖을 가리키며 앞서 나갔다. 그녀가 황망하게 그의 뒷모습을 바라보며 졸졸 따라 나가자 준우는 여느 때와 다름없이 입술 끝만 살짝 말아 올린 채 사원들에게 말을 걸었다.

"오늘 약속 있어서 먼저 퇴근하겠습니다. 여러분도 그만 퇴근하세요."

사원 몇 명의 시선이 준우에게, 몇 명은 시계를 향했다. 곧 있으면 6시가 되는 것을 확인하며 모두들 고개를 끄덕이며 정시 퇴근에 대한 기쁨을 얼굴에 드러냈다.

준우는 뒤에 서 있는 다영을 보면서 턱짓으로 인사만 하고는 사무실 밖으로 나갔다. 문이 닫히고 발걸음 소리가 점점 멀어지기 시작하자 모두들 기쁨 어린 한숨을 내쉬면서 '칼퇴근이다!' 라며 기쁨에 겨운 고함을 쳤다. 모두들 하나둘씩 하고 있던 일을 정리했고, 친한 사원들끼리는 '오랜만에 호프나 한잔할까?' 하며 소소한 기쁨을 누리고 있었다.

그렇게 모두들 퇴근 준비를 하고 있는데 다영은 움직이지 않은 채 나간 준우의 뒷모습만 보고 있었다. 처음엔 황망한 시선으로, 마지막에는 약간 실망한 듯한 눈빛으로 자신을 바라보던 준우의 모습이 뇌리에서 선명하게 재생되었다. 다영은 스스로에게 물었다. 왜 자신이 강준우에게 그런 눈빛을 받아야 하는가.

실망한 것도 자신이고, 화를 내야 할 것도 자신이었다. 고백한 지 며칠이나 됐다고 다른 여자를 만나러 가는 건가. 회사 일로 만난다고 해도 심장이 벌렁벌렁거리는데, 하물며 상대는 결혼을 전제로 만나려 했던 여자였다. 그것이 강준우의 자의든, 타의든 간에 말이다. 생각할수록 울화통이 치밀었다. 마지막에 '할 말 없어?' 란 물음은 마치 자신을 떠보는 것처럼 느껴지기까지 했다.

"한 대리님?"

"저 먼저 퇴근할게요, 승현 씨. 미안한데 내 자리 컴퓨터 좀 꺼줘요."

"네?"

"부탁할게요."

황급히 숄더백을 챙긴 다영은 사무실을 빠른 걸음으로 벗어났다. 그러곤 뒤에서 자신을 부르는 승현의 목소리를 무시한 채 뛰기 시작했다. 화가 났다. 5년 만에 다시 만난 준우의 손에 아직까지도 놀아나는 것 같아 분하기도 하고, 자신의 감정은 여전히 변한 게 없어서 울화통이 치밀기도 했다. 하지만 그것보다 더 큰 문제는 그를 다른 여자에게 뺏기고 싶지 않다는 마음이 더 커서였다.

다영은 숨을 몰아쉬면서 숄더백에서 핸드폰을 꺼내 전화부에 입력되어 있는 '강 회장님'을 꾹 눌렀다. 신호음이 얼마 가지 않아서 달칵, 하는 소리와 함께 익숙한 목소리가 수화기 너머로 들려왔다.

"아저씨!"

[다영아?]

"오늘 강준우 약속 장소가 어디예요? 저 급해요!"

[어?]

"빨리 말씀해 주세요!"

[로, 로옌호텔……]

"감사합니다! 조금 있다가 다시 연락드릴게요! 죄송해요!"

그녀는 전화를 끊고 엘리베이터 버튼을 눌렀다. 15층에 머물러 있는 엘리베이터가 내려오는 화살 표시는 쉽사리 움직이지도 않고, 다영을 놀리기라도 하려는 듯 천천히 내려오고 있었다.

"아우, 진짜!"

그녀가 신경질적으로 혀를 차고는 몸을 돌리며 계단 쪽으로 달려갔다. 오랜만에 신은 힐 때문에 발목이 아팠지만, 아랑곳하지 않고 계단을 성큼성큼 밟으며 로비 쪽으로 향했다. 디자인팀은 6층에 위치하고 있으니 그렇게 늦지는 않을 것이다.

로비에 도착하자 힘이 풀려 다리가 바들바들 떨렸다. 허리를 쭉 펴고 숨을 몰아쉬었다. 운동 부족인지, 아니면 구두를 신은 것 때문에 그런지 이마에 땀이 송골송골 맺혔다. 손등으로 대충 땀을 닦은 다영은 곧장 도로 쪽으로 나왔다. 휙휙 지나가는 차들을 바라보며 그녀는 눈에 보이는 택시마다 무작정 손을 흔들었다. 머피의 법칙이 그녀에게 작동되고 있는지 평소에는 그렇게도 흔하게 보이던 택시가 손님을 태우며 다영을 무시한 채 빠른 속도로 쌩, 하고 달렸다.

발을 동동 구르면서 택시 세 대를 보내고 나서야 그녀가 있는 갓길 쪽으로 택시가 한 대 멈춰 섰고, 급하게 택시에 탔다.

"아저씨, 따블로 드릴 테니까 로엔호텔로 가주세요, 빨리요!"

"알겠습니다."

다영의 다급한 목소리에 기사 역시 다급한 목소리로 대답하고 브레이크에서 발을 떼고는 액셀을 밟자 택시가 빠르게 달리기 시작했다. 바깥의 풍경들이 물에 번진 수채화 그림처럼 휙휙 지나갔다.

그래, 그 여자가 호감이 있다는 거지 강준우가 호감을 가졌다는 말은 없었다. 그런 생각으로 다영은 자신을 달랬다. 따블이라는 말이 택시 기사를 동하게 만들었는지, 평소보다 빠른 속도로 택시가 달렸다. 퇴근 시간이라 차가 많이 막힐 것을 예상했는데, 사이사이 골목길을 잘 아는지 생각보다 오래 걸리지 않고 바로 로엔호텔 앞에 도착할 수 있었다.

다영은 돈을 기사에 건네곤 거스름돈은 받을 생각도 하지 않은 채 열심히 뛰었다. 분명히 식사 자리라고 했으니까 레스토랑에 있을 것이다. 엘리베이터를 타기 위해 그녀가 재빠르게 뛰어갔는데, 다행히도 엘리베이터 앞에서 준우를 잡을 수 있었다. 다영은 준우의 팔을 잡아챘다.

한편 준우는 갑자기 누가 세게 잡아당기는 바람에 엘리베이터에 타지도 못한 채 뒤로 끌려 나왔다. 그가 인상을 찌푸리며 몸을 뒤로 돌리자, 그를 잡은 사람은 이곳에 있을 것이라 생각하지도 못한 다영이었다. 그가 놀란 기색을 여실하게 드러냈다.

"네가 여기 왜 있……."

"나와."

"뭐?"

"나오라고!"

"……준우 씨?"

그때, 뒤에서 들리는 목소리에 준우가 어깨 너머에 있는 가녀린 목소리의 주인 쪽으로 시선을 돌렸고, 다영 역시 그 여자에게 호기롭게 말할 기세로 고개를 돌렸다. 그러자 그리 멀지 않는 곳에서 두 사람을 빤히 바라보고 있는 여자가 당혹스러워하는 얼굴로 준우와 다영을 번갈아 보았다. 여자 혼자일 것이라고 생각했는데, 그녀는 동행인과 함께였다.

준우와는 전혀 다른 느낌을 지닌, 부드럽고 푸근한 인상의 남자와 팔짱을 낀 여자가 준우를 보았다.

"아, 혜정 씨."

"안 올라가고 무슨 일이세요?"

"제가 아는 사람을 만나서요."

"네?"

그제야 혜정이 준우의 팔을 잡고 있는 다영 쪽으로 시선을 던졌다. 그녀가 전투적으로 그 시선을 받아넘기고 있는데, 머리 위에서 웃음을 겨우 참는 듯 다정한 목소리가 울렸다.

"아무래도 오늘은 바깥 분과 두 분이서 오붓하게 식사하십시오. 오늘은 제가 귀중한 손님 때문에 같이 식사를 못 할 것 같네요."

바깥 분? 다영의 시선이 여자의 왼쪽 약지로 향했다. 기혼자라는 것을 증명하기라도 하듯 여자의 손에는 작은 다이아 반지가 끼워져 있었다. 그리고 그녀가 팔짱을 낀 남자의 왼손 약지에도 역시 그녀와 똑같은 반지가 끼워져 있었다.

그렇다는 말은 이 두 사람은 부부……. 방금까지 기세 좋게 달려들던 것과는 달리 다영이 얼빠진 얼굴로 입을 다물 줄 모르고 있자, 준우가 빙긋 웃으면서 그녀의 손을 잡고 재빨리 호텔 밖으로 나섰다.

"어쩐 일이야? 너 여긴 어떻게 알았어?"

"아저씨한테 물어서 왔어. 너 오늘 저 여자 만난다고 했다며? 저 사람이 전에 말한 맞선 상대였던 여자야?"

"어. 근데 너 여긴 왜 왔냐……."

"그걸 몰라서 물어?! 네가 나 좋아한다고 했잖아! 그 말 믿고 여기로 뛰어온 거야! 네가 다시 만나자고 했으면서 저 여자를 만난다고 하니까!"

"뭐?"

다영은 울지 않으려고 했건만 눈물이 차오르기 시작했다. 준우에게 놀아난 기분에 생각할수록 억울했다. 그녀가 분함을 감추지 못하고 씩씩거리며 손을 들어 그의 가슴을 퍽퍽, 때렸다.

"나쁜 놈! 이래서 네가 싫었어! 너랑 관련되면 내가 이성적이질 못하게 되니까! 쿨하게 굴지 못하고 너한테 집착하니까! 이래서 너랑 다시 만나기도 싫었는데, 이게 뭐야! 나 좋아한다는 놈이 다른 여자나 만나려고 하고!!"

"아니, 방금 그 사람은 결혼했는데……."

"알아! 약지에 낀 반지 봤어!"

"근데 왜 우는 건데?"

눈물을 흘리는 다영과 달리 준우는 웃음이 자꾸 터져 나왔다. 그녀의 행동이 귀엽기도 했고, 아버지에게서 방금 전 온 '깜짝 선물 도착 예정'이 이런 의미였다는 걸 깨닫자마자 웃음이 멈춰지지가 않았다. 준우가 무릎을 굽히고 그녀와 시선을 마주하려고 했지만, 다영은 되레 눈을 마주치고 싶지 않은 듯 고개를 팩 돌렸다.

그 모습이 얄미워서 준우가 그녀의 턱을 세게 쥐고 자신 쪽으로 돌렸다. 사귈 때도 보지 못한 한다영의 눈물을 지금 보게 되다니. 그것도 그녀가 질투하면서 흘리는 눈물을. 기분 좋은 웃음을 참지 못하고 입 밖으로 내자 다영이 인상을 구기며 그의 팔을 다시 한 번 때렸다.

"아야, 아파."

다영으로서는 전혀 아프지 않은 목소리로 그렇게 말하는 그가 더 얄미웠다. 준우가 킬킬 웃으면서 엄지로 그녀의 눈가에 맺힌 눈물을 닦아냈다.

"그래서 질투했어?"

"그래, 했어. 했으니까 여기까지 왔지! 거짓말한 아저씨도 나쁘지만, 말 안 한 네가 제일 나빠! 사귈 때도 그랬어, 넌. 아무것도 말 안 해주고, 아무것도 안 알려주고! 내가, 얼마나…… 그게 얼마나 비참했는데, 내가……."

겨우 그쳐 가던 눈물이 둑이 무너진 댐처럼 다시 쏟아져 내렸다. 참던 눈물이 한 번 터지니까 멈추려고 해도 쉽사리 멈춰지지가 않았다. 게다가 과거의 일까지 모두 떠오르자 더더욱 그랬다. 그때 남몰래 운 적도 많아서 그 일로는 더 이상 울지 않을 줄 알았는데, 그것은 다영 혼자만의 착각인 모양이었다.

그가 큭큭 웃으면서 품에 다영을 가뒀다. 반항 없이 쏙 안긴 다영은 그제야 안심이 됐는지 아예 목을 놓아 펑펑 울기 시작했다. 끅끅거리면서도 '나쁜 놈'이라는 말을 중얼거리곤 했는데, 그제야 그가 '그래그래' 하면서 그녀의 머리를 감싸 안고 등을 토닥여 주었다.

"일단 집으로 가자."

미치겠다. 준우는 기분이 너무 좋아서 웃음이 멈춰지지가 않았다.

"다 울었어?"

"응."

다영이 코를 팽, 풀고는 조금 부은 눈으로 고개를 끄덕였다. 민망함에 그의 시선을 피하고 있을 때, 머리 위에서 그가 나직이 물었다.

"질투한 거야?"

로옌호텔에서 오는 동안 내내 그녀는 울었고 그는 계속 웃었다. 그리고 흘러내리던 눈물이 멈추고 그가 사는 빌라에 도착한 지금,

그는 아까 전부터 했던 질문을 질리지도 않는지 계속 하고 있었다.

"그래, 했어."

"내가 좋으니까?"

"싫어했으면 거길 갔겠어?"

그가 장난스럽게 씨익 웃었다. 알면서도 묻다니, 악질이다. 다영이 불퉁하게 고개를 팩 돌렸다.

"그럼 이래도 돼?"

"뭘……?"

그녀가 짧게 대꾸도 하기 전에 그의 입술이 포개어졌다. 눈을 동그랗게 뜨자 살짝 맞닿았다가 가볍게 떨어지는 입술에 그녀가 손으로 입을 가렸다.

"야……!"

"왜?"

"너, 너, 지금……."

다영이 삿대질을 하며 기겁하자 그가 부드럽게 그녀의 허리에 팔을 둘렀다. 가슴이 맞닿을 정도로 가까워지자 그녀가 놀라 눈을 동그랗게 떴다.

"키스해도 돼?"

귓가를 속삭이는 물음에 그녀가 마른침을 꼴깍 삼켰다. 하지 말라고 해서 멈출 것 같지는 않았다. 또한 그만두라고 해서 정말로 그가 그만둔다면 그것 역시 싫을 것 같았다. 이러지도 못하고, 저러지도 못하고 있을 때, 그녀가 포기한 얼굴로 고개를 끄덕였다. 허락이 떨어짐과 동시에 그가 고개를 비틀고 강하게 입술을 맞댔다.

말랑한 입술이 느껴졌다. 겨우 입맞춤뿐인데도 하반신이 뜨거워지는 기분이 들었다. 전기에 감전이라도 된 것처럼 몸이 찌르르 울렸다. 그의 혀가 다물고 있는 그녀의 입술을 부드럽게 핥고 강렬하게 입안을 탐색했다. 그녀와의 키스가 사막에서 만난 유일한 오아시스인 것처럼 갈구하고 또 갈구했다. 그의 손이 블라우스 안으로 들어왔다. 낯설지 않은 이의 낯선 손길에 다영이 흠칫하며 몸을 뒤로 빼자 준우는 포갰던 입술을 떼고 그녀의 귓가에 조용히, 그리고 은밀하게 속삭였다.

"……싫어?"

물기를 머금은 듯 촉촉한 목소리였다. 저런 목소리가 귓가 바로 옆에서 울리면 고개를 끄덕이는 수밖에 없었다. 그래, 사실 다영도 멈추고 싶지 않았다. 그녀가 눈을 질끈 감고 그의 팔에 목을 둘렀다. 무언의 허락이었다. 그와 동시에 준우가 까치발을 서고 있는 다영이 힘들지 않도록 한 손으로는 그녀의 허리를 받치고, 한 손으로는 뒷목을 감싸 안았다.

이마를 맞대고 있던 그가 고개를 살짝 비틀어 그녀의 입술에 입술을 맞대었다. 촉촉하고 보드라운 입술의 감촉이 선명하게 느껴지자 준우는 더 이상 참을 수가 없게 되었다. 천천히, 음미하듯 이어지던 입맞춤이 조금 더 격렬하게 되어가면서 그가 그녀의 입술을 살짝 깨물었다. 가냘픈 신음 소리와 함께 닫혀 있던 입술이 열리자 그 틈을 파고들어 고르게 난 치열을 혀로 한 번 핥고 수줍어서 도망가려는 그녀의 혀를 얽어맸다.

수줍지만, 묘하게 색정적인 입맞춤이 계속해서 이어졌다. 몰아붙이는 듯한 입맞춤에 다영이 슬슬 뒷걸음질을 치면, 그는 떨어지기 싫다는 듯 계속해서 그녀에게 다가갔다. 현기증이 일어날 것 같았다. 농도 짙은 키스에 그러했고, 숨이 부족해서 그러기도 했다. 다영이 바들바들 떨리는 손으로 그의 옷소매를 꽉 잡았다. 항상 숨이 부족할 때면 보내는 그녀의 신호였기에 준우가 입술을 살짝 뗐다.

"흐아……."

다영이 숨을 내뱉기 무섭게 준우는 다시 짧게 한 번 그녀의 입술에 쪽, 하는 소리를 내며 부딪쳤다. 토끼처럼 눈을 동그랗게 뜬 모습이 사랑스러웠다. 마치 이 모든 것이 처음인 것처럼 얼굴을 새빨갛게 물들인 모습이 예뻤다.

이마에 가볍게 입을 맞추고, 그다음은 콧망울에, 볼에, 입술에, 그리곤 천천히 입술을 맞대었다. 부끄러운 듯 입술이 닿을 때마다 다영이 움찔거렸다. 준우가 피시시 바람 빠진 웃음소리를 내자 그녀는 밉지 않게 흘겨보다가 그를 따라 웃었다.

물이 위에서 아래로 흐르는 것처럼 준우가 자연스레 그녀의 블라우스 단추를 하나씩 풀어 나갔고, 다영 역시 그의 손길을 자연스럽게 받아들였다. 준우가 그녀의 허리를 꼭 껴안아 사뿐히 들어 올리자 다영은 갑작스러운 행동에 움찔하며 그의 어깨를 꾹 잡았다.

그러자 준우는 제 머리보다 조금 위에 있는 다영과 시선을 마주했다. 놀라서 눈을 깜빡거리자 준우가 빙긋 웃으면서 방문을 열고 하얀 침대 시트 위로 그녀를 사뿐히 눕혔다. 그가 허리를 숙여 그녀의 귓불을 물고 혀로 살살 핥다가 천천히 목 쪽으로 내려왔다. 두 사람의 상의가 벗겨진 지는 오래였다.

항상 자신의 손을 감싸주던 큰 손이 다영의 슬립 안으로 들어와 속옷 끈을 풀자 브래지어가 힘없이 벗겨졌다. 낯선 손길에 그녀의 몸이 자꾸 움찔거렸다. 아, 미치겠다. 긴장돼. 다영이 눈을 질끈 감았다. 오래전에 볼 것 못 볼 것 다 보여준 사이인데 왜 이렇게 부끄러운지 모르겠다.

"왜 그래?"

달뜬 한숨이 섞인 준우의 목소리가 귓가에서 은밀하게 속삭여졌다.

"그게, 좀, 창피해서……."

다영은 입술을 질끈 물며 조용히 답했다. 킥킥거리는 장난스러운 목소리에 비해, 그의 손은 느긋하고 부드러웠다. 그녀의 가슴 아래를 엄지로 쓰다듬고 봉우리를 한 손에 쥐었다. 쏙 들어오는 가슴이 말랑말랑하고 보드랍고, 또한 따뜻했다.

"흐아, 야……."

만지는 것뿐만이 아니라 목 언저리를 지분거리며 쪽쪽거리던 입술을 아래로 내려 그녀가 아프지 않게끔 쇄골을 물고, 혀로 솟아오른 언덕을 부드럽게 핥았다. 동시에 치마의 지퍼를 내리는 소리가 선명하게 두 사람의 귀를 파고들었다.

부끄럽지만 또한 기분이 좋았다. 흥분된 얼굴을 보이고 싶지 않아서 다영이 눈을 질끈 감으며 그의 목에 다시 한 번 팔을 두르고 자신 쪽으로 당겼다. 그대로 품 안에 안긴 준우가 그녀의 행동이 귀여운지 큭큭 웃으면서 단숨에 치마를 벗겨내곤 그녀의 허벅지 안쪽의 은밀한 곳을 엄지로 쓸었다. 처음에는 조심스러웠던 손길이 점차 노골적으로 변하기 시작했다.

"흣."

다영에게는 관계를 맺을 때의 버릇이 몇 가지 있었는데, 달뜬 얼굴을 보여주지 않으려는 것과 신음 소리를 최대한 참으려 한다는 것이었다. 바로 지금처럼. 그런데 그녀가 목소리를 죽일 때면 더 야하게 보이기에 그를 더 흥분시키고는 했다. 은밀한 곳을 가리고 있던 속옷 역시 벗겨낸 준우가 손으로 허벅지 사이를 벌렸다.

그러곤 애태우기라도 하려는지 그는 한껏 솟아오른 자신의 물건으로 그녀의 입구 주변을 맴돌기만 했다. 은밀한 곳에 닿는 낯선 느낌이 이질적이면서도 다영을 흥분하게 만들었다. 그가 나직이 신음을 터뜨리자, 그녀는 제 입술을 깨물었다. 그것이 못내 아파 보여 준우는 다시 그녀에게 짧게 키스하며 핏방울이 송골송골 맺힌 입술을 혀로 핥아냈다.

그와 동시에 주변을 문지르고만 있던 남성을 천천히 밀어 넣었다. 미끌미끌한 부분이 느껴지고, 조금씩 안으로 들어가자 따뜻함이 그의 온몸을 감싸 안았다. 그 순간, 아래에 있던 그녀가 다시 한 번 작은 신음 소리를 흘려냈다.

서서히 안으로 들어오는 느낌이 선명하게 느껴지자 다영이 움찔했다.

"하으, 읏, 준우야……."

다영이 애타게 그의 이름을 불렀다. 준우 역시 참는 얼굴로 그녀의 얼굴을 한 번 쓰다듬었다. 허리를 부드럽게 천천히 움직이자, 그게 오히려 안으로 들어와 있는 느낌을 선명하게 느끼게 한 듯 그녀가 달뜬 얼굴로 그의 이름을 중얼거렸다.

그가 좋아하는 목소리였고, 좋아하는 얼굴이었다. 참지 못하겠다는 듯한 얼굴로 자신을 찾는 것이 그를 또 한 번 자극했다.

"키스해 주면 움직일게……."

나른한 목소리로, 욕망에 들뜬 얼굴로 조용히 속삭였다. 그녀가 마른침을 삼키며 한숨과 신음이 섞인 숨소리를 내뱉었다.

"넌, 진짜 쓸데없이, 짓궂어……."

다영이 천천히 그의 입술에 제 입술을 맞대었다. 그의 입꼬리가 말려 올라가는 것이 선명하게 느껴졌다.

입맞춤이 도화선이 되어 그의 움직임이 빨라지기 시작했다. 그녀의 신음성 역시 높아만 갔다. 머릿속이 새하얗게 변해갔다. 아무 생각도 나지 않고, 그저 기분이 좋다는 것만 알 수 있었다.

"다영아."

그가 그녀의 이름을 불렀다. 다영은 그 목소리가 좋았다. 욕망에 가득 찬 얼굴로, 급하다는 목소리로 제 이름을 애타게 불러주는 모습이. 그 모습을 눈으로 확인하며 그녀가 눈을 감았다. 처음의 통증은 사라지고 쾌감만이 남았다. 살과 살이 맞닿아 녹아서 흐물흐물 사라져 버린다고 해도 좋았다. 자신은 지금 그의 품에 안겨 있으니까. 아직도 사랑하고 있는 그와 함께 있으니까.

잠겨 죽어도 좋으니까, 그가 파도처럼 계속해서 밀려오면 좋겠다고 그녀는 생각했다.

다영이 몸을 뒤척였다. 봄이라고는 하지만 아직 새벽바람이 차갑기 때문에 싸한 기분을 지울 수가 없어 하얀 이불을 몸 위로 끌어 올렸다. 그러다 슬며시 눈을 뜨자 흐릿한 시야 사이로 낯선 방

안의 풍경이 들어왔다. 나체라는 것을 알려주기라도 하듯 침대 아래의 저 너머로 보이는 자신의 옷이 눈에 들어왔고, 맨살에 닿는 이불의 감촉 또한 느껴졌다.

베개에 머리를 댄 채 눈을 감고 있는 그의 얼굴을 봤다. 여전히 잘난 얼굴이었다. 이 남자랑 밤을 보냈다는 게 아직 실감나지 않았다. 평소에도 약간 짓궂다면 짓궂은 편인데, 관계를 맺을 때는 더 짓궂어졌다. 어제저녁처럼 '키스하면 움직일게'라는 말 같은 것들로 사람을 안달 나게 하는 데 재주가 있다며 그녀가 피식 웃었다.

그의 얼굴을 만지기 위해 손을 뻗었다. 약간 뻗친 머리를 손으로 만지작거리고 있을 때, 감겨 있던 준우의 눈이 서서히 떠졌다. 조금 졸린 눈으로 그는 연하게 웃고 있었다.

"왜……."

낮게 깔린 목소리가 울림 좋게 다가왔다. 순간, 얼굴이 홧홧, 하고 달아올랐다. 이 녀석과 그렇고 그런 짓을 했다는 게 그제야 실감이 났다. 사랑을 나눌 때는 아무 생각도 들지 않았는데, 막상 인식을 하니 부끄러워 쥐구멍에 숨고 싶어졌다. 이불을 끌어 올려 그 속으로 숨으려 하자 그가 그것을 가로막았다.

준우는 다영의 작은 손에 깍지를 낀 손등에 가볍게 입을 맞췄다. 살짝 까칠한 수염의 느낌과 말랑한 입술의 감촉에 그와 처음 관계를 맺을 때처럼 부끄러워졌다. 아무 말도 하지 않고 다영이 눈을 살짝 내리깔았다. 마른침을 꼴깍 삼키며 긴장하는 모습이 귀여워 그가 다시 한 번 슬쩍 웃었다.

그녀가 속으로 얄팍한 한숨을 내쉬면서 고개를 올려 그와 시선을 마주했다. 나른한 눈동자가 매혹적이었다. 노골적으로 빤히 바라보는 시선이 부담스럽고 부끄러워 검지로 준우의 이마를 쭉 밀었다.

"왜?"

"부끄러워."

"새삼?"

"응."

새삼스레 부끄러웠다. 사귀는 동안 관계를 맺지 않은 것도 아닌데. 다영이 시선을 마주하자 그가 빙긋 웃으며 손을 뻗었다. 큼지막한 손이 다영의 머리를 쓰다듬었다.

"있잖아."

"응."

"지금도 나 사랑해? 우리 헤어진 지 5년이나 됐잖아."

관계를 맺은 남녀가 눈을 뜨자마자 할 말은 아닌 것 같았다. 그랬기에 준우는 조금은 미묘한 얼굴을 한 채 자신을 올려다보는 다영을 바라봤다.

진심으로 궁금하다는 듯 답을 기다리는 다영의 얼굴을 보며 준우가 깍지 낀 손에 다시 한 번 힘을 줬다.

5년. 길다면 충분히 긴 시간이었다. 그 역시 다영을 잊었다고 생각했다. 첫사랑이었기에 그저 한 번씩 그녀를 떠올렸지만, 정작 마주친다면 아무렇지 않게 행동할 수 있을 것이라 생각했다. 무덤덤하게.

하지만 그건 그의 착각이었다. 시간이 지나고 그녀를 다시 마주한 순간 머리가 새하얗게 변했다는 것과 다시 만나게 돼서 기뻤다는 것, 그리고 웃음이 나왔다는 거였다. 정리가 되고 아무렇지 않아졌다는 것과는 아주 거리가 먼 감정이었다. 말도 없이 다영을 회사에 불러들인 아버지가 못마땅했지만, 아버지가 아니었다면 그 스스로 용기를 내기에는 또 많은 시간이 걸렸을 것이다.

5년 만에 만난 다영은 다시 한 번 자신의 세계에 성큼성큼 들어오고, 자신의 세계에 다영의 색을 마음대로 칠했다.

"응."

들뜨지도 않지만, 그렇다고 무신경하다거나 무미건조하다고 생각되지는 않는 말투였다. 가만 생각해 보면 그는 자신에게 단 한 번도 거창한 고백 같은 것을 한 적이 없었다. 얼마만큼 사랑한다는 표현보다는 진정성 있고 진솔한 말로 담담하게 자신의 마음을 고백했다.

"헤어지고 다시 보게 된다면 아무렇지 않을 거라고 생각했어."

"……."

"네 말대로 5년이 흘렀으니까. 근데 아니더라."

준우는 조근조근한 목소리로 말을 이었다. 왠지 자장가를 불러주는 듯한 착각이 들었다. 그가 팔베개를 해주며 다영을 제 몸 쪽으로 끌어당겼다. 작고 가녀린 몸이 그의 품 안에 쏙 들어왔다. 어깨에 얼굴을 묻으며 그가 그녀의 등을 쓸었다.

"무덤덤하게 인사할 수 있을 거라 생각했는데, 그 5년이란 시간이 무색할 만큼 다시 가슴이 뛰더라. 그 순간, 생각했어. 아, 나는 너를 잊은 게 아니구나. 무덤덤해진 게 아니구나. 너는 그때처럼 다시 한 번 내 가슴을 뛰게 하는구나. 그렇다면 나는 한다영을 절대로 못 잊겠다는 걸 알았어."

"……."

"너는 내 첫사랑이니까."

"내가 네 첫사랑이야?"

그건 처음 들었는지 가만히 그의 품에 안겨 이야기를 듣던 다영이 고개를 들어 올렸다. 얼굴을 빼꼼 내보이면서 놀라움을 담은 채 초롱초롱하게 쳐다보는 그녀의 모습에 그가 순순히 인정하며 고개를 끄덕였다.

"진짜 의외다."

"……뭐야, 넌 아니야?"

"글쎄?"

"뭐?"

"그나저나 숨 막혀, 좀 놔줘."

그의 눈매가 매섭게 올라갔다. 허리를 껴안은 그의 팔에 힘이 들어갔다. 답을 말하기 전까지는 절대 놓아주지 않겠다는 표정이었다. 다영은 속으로 키득키득거리면서도 겉으로는 새침한 얼굴로 그의 가슴팍을 밀어냈다. 생각했던 것보다 자연스럽게 대화가 오가고, 장난이 오갔다.

"빨리 말해. 넌 아니야?"

"네가 내 첫 남자 친구인 건 맞아. 첫 남자인 것도 맞고. 하지만 첫사랑은…… 글쎄?"

"뭐야?"

준우는 못마땅한 얼굴을 여실히 드러냈다. 결국 참지 못한 그녀가 까르르 웃으면서 그의 가슴에 머리를 맞댔다. 감정 표현에 솔직한 강준우의 얼굴은 보기 좋았다. 정말로 자신을 사랑하고 있다는 것을 여실히 알게 해주니까, 사랑받고 있다는 기분을 들게 해주니까. 풀릴 줄 모르던 그의 얼굴이 다영의 낭랑한 웃음소리에 어쩔 수 없다는 듯 부드럽게 풀어지고 말았다.

다영이 시선을 위로 하며 귀엽게 눈을 몇 번 깜빡였다. 준우는 웃음이 가득한 그 얼굴이 보기 좋았다. 그가 그녀의 이마에 가볍게 입을 맞추었고, 다영 역시 눈을 반달로 예쁘게 접고 몸을 꾸물꾸물 움직이며 목을 길게 쭉 뺐다. 그러고는 가볍게 그의 볼에 입을 맞췄다.

"내 첫사랑은 우리 아빠야."

장난기가 가득한 목소리였다.

"뭐?"

"옛날부터 난 아빠한테 시집갈 거라고 말했거든."

그녀의 첫사랑은 강준우지만, 사실대로 말해주기는 싫었다. 조금 더 골려주고 싶다는 생각에 그녀가 키득키득 웃었다.

어릴 적, 아버지가 돌아가시기 전의 부모님은 잉꼬부부의 전형이셨다. 가족들끼리 외출이라도 하게 되면 아버지는 엄마의 손을 꼭 잡으셨고, 엄마도 그것이 아주 당연한 것처럼 여기셨다. 아버지는 감정 표현이 풍부하셨기 때문에 적어도 하루에 한 번씩은 엄마에게 사랑한다고 말씀하셨다.

철이 들기 전에는 주책이라며 아버지를 놀리면서도 아버지 같은 사람이랑 결혼해야지, 라고 생각했다. 물론 웃기게도 코 꿰인 상대는 아버지와는 전혀 다르게 감정 표현이 너무 없고 물어보지 않으면 말해주지도 않는 사람이었지만. 현실과 이상은 정말 다르다는 것을 다시 한 번 깨달았다.

아무 말 없이 그의 품으로 파고들었다. 따뜻한 체온이 느껴지며 다시 졸린 눈이 되어 슬슬 감겨져 갔다. 그녀의 정수리에 그가 가볍게 턱을 괴었다. 딱히 할 이야기가 없는 듯, 아니면 무슨 말을 하기 위해 생각이라도 하고 있는 건지, 두 사람은 아무런 말도 하지 않았다. 동도 트지 않은 새벽 공기 너머로 차 소리가 들렸다. 문득 준우가 입을 열어 물었다.

"나도 뭐 물어봐도 돼?"

"뭔데?"

준우 스스로가 생각해도 굉장히 낮은 목소리가 나왔다. 졸음을 몰아내기 위해 그녀가 혀를 꾹 깨물었다. 아릿하게 아파오긴 했지만 쉽사리 눈꺼풀이 가벼워지지는 않았다. 허리도 살짝 아프게 느껴져 다영이 몸을 비틀었다.

"왜 헤어지자고 한 거야?"

순간, 다영은 말문이 턱, 막혔다. 아까와는 다른 느낌으로 얼굴이 벌겋게 달아올랐다. 발갛게 달아오른 얼굴을 보이기 싫어 고개를 푹 숙였다. 그 모습에 준우가 슬쩍 웃었다. 얼굴을 보여주지는 않지만, 귀가 빨간 것을 보아하니 분명 얼굴도 귀처럼 빨갛게 변했을 것이다.

말해주기 싫은 건지, 아니면 부끄러워서 도망치고 싶은 건지, 다영이 아무 말도 하지 않으며 품 안에서 빠져나가려고 하자 준우는 놓칠세라 다영의 허리를 꼭 껴안았다. 그녀의 입에서 얄팍한 신음 소리가 섞여 흘러나왔다.

"이거, 놔……."

목소리가 바들바들 떨리는 것을 알면서도 그는 짐짓 모르는 척

하며 다시 물었다.

"왜 헤어지자고 했던 건데?"

다시 한 번 물었다. 어제저녁 자신에게 했던 말은 기억한다. 자신이 아무런 말도 해주지 않아서, 그게 비참했다는 말. 어떤 의미인지 알 것 같으면서도 모르겠다. 그는 단 한 번도 그녀에게 거짓말을 한 적도, 그녀의 믿음이 깨질 만한 어떠한 행동도 하지 않았다. 아래로 내려다보니 하얗고 둥근 어깨가 보였다. 어깨선을 따라 내려가니 잘 뻗은 팔이 눈에 들어오고, 맞잡은 두 손이 들어왔다.

깍지 낀 손에 짧게 힘을 주며 준우가 부드럽게 채근했다. 이럴 때의 그는 그녀가 생각한 것 이상으로 집요했다. 눈을 데굴데굴 굴리면서 한참을 고민하는 게 눈에 빤히 보였다. 손에 잡힌 그녀의 손가락이 꾸물꾸물거렸다. 그 야릇한 감촉에 그가 끙, 앓는 소리를 목구멍 뒤로 꿀꺽 삼켰다. 한참을 망설이던 다영이 얄팍한 한숨을 내뱉었다. 입김이 그의 가슴팍에 살짝 머물다 사라졌다.

어제는 화도 나고, 짜증도 나고, 얄밉기도 한 복합적인 감정 때문에 그에게 얼결에 말하고 말았는데, 맨정신에 다시 말하려니까 굉장히 민망했다. 사실을 말하는 일이 왜 이렇게 민망하고 낯부끄러운 일이 됐는지는 모르겠다. 한참을 끙끙 앓다가 손에서 느껴지는 약한 악력에 다영은 입술을 깨물며 우물쭈물했다.

"말 그대로야. 네가 말해주는 게 아무것도 없어서 그랬어."

"뭐?"

"넌 내가 맞선 본다는 얘기 때문에 화가 나서 헤어지자고 말한 건 줄 아는데, 그게 아니라 네가 네 입으로 말하는 것들이 아무것도 없어서, 그게 서운하고 화가 나서 헤어지자고 한 거야."

"……."

"군대 얘기도…… 어머니가 돌아가셨다는 얘기도……."

침묵이 맴돌았다. 어제저녁의 열기도, 방금 전 눈을 떴을 때처럼 달콤한 분위기도 느껴지지 않았다. 싸늘한 공기가 두 사람을 가로질렀다. 하지만 겨울의 밤공기라고 하기에는 그렇게 싸늘하지 않은, 선선한 가을에서 서서히 초겨울로 넘어가는 듯한 공기였다.

다영은 다시 입을 꾹 다물었다. 괜히 어색해질 것 같아서 말하고 싶지 않았던 건데. 그녀가 눈을 질끈 감으며 준우의 가슴에 이마를 맞댔다. 승현이 솔직해질 필요가 있다고 말했지만, 지금이 솔직해질 타이밍은 아닌 듯했다. 괜히 말했나? 그냥 아무렇지도 않게 넘어갈 걸 그랬나? 그가 침묵을 지키는 동안 별의별 생각이 그녀의 머릿속을 휘감았다.

탁상시계가 째깍째깍 소리를 내며 초조함을 더했다.

한편 그는 다영이 했던 말을 곰곰이 생각하면서 제 입장을 설명하기 위해서는 어떻게 말을 해야 할까 고심했다. 애초에 그녀가 그런 생각을 하고 있을 줄은 전혀 몰랐다. 얼핏 주원에게 듣기로는 다영은 듬직한 남자를 좋아한다고 해서 부러 안 좋은 이야기들은 하지 않은 거였는데, 일이 이상하게 꼬였다.

"일단, 그렇게 생각했다면 미안해."

그가 순순히 미안하다고 말할 줄은 생각도 하지 못했는지 다영이 어리둥절한 얼굴로 고개를 들었다. 준우는 난처한 얼굴로 웃으며 큼, 헛기침을 내뱉었다.

"일부러 말을 안 하려고 한 건 아니었어. 다만, 네가 듬직한 사람을 좋아한다고 해서 그에 부합하려고 노력했는데, 일이 이상하게 꼬였네."

그가 실없이 웃었다.

"듬직한 사람?"

"주원이한테 이상형이 '남자답고 듬직한 사람'이라고 했다며?"

"그랬나?"

"그랬어."

준우는 확신에 찬 어조로 고개를 끄덕였다.

"그래서 나는 네가 날 의지할 수 있게끔 하려고 했어. 옆에서 볼 때, 넌 모든 걸 혼자 짊어지고 있는 것처럼 보였거든. 안 그래도 힘든 애한테 내 투정까지 받아달라고 할 수는 없다고 생각했어."

"투정이 아닌데."

그녀가 작게 웅얼거렸다.

"……어머니 일은, 네가 부담스러워할까 봐 안 했던 거야. 그때 넌 스물두 살밖에 안 됐잖아. 내 말에 괜히 네가 부담 느끼지 않길 바랐어."

다영은 준우의 말이 지금에서야 이해가 됐다. 그때는 이해하지 못하고, 서운하던 것들이 서른셋이 된 지금에야 고개를 끄덕일 수 있었다. 스물둘의 어린 여학생이 그 이야기를 들어봤자 해줄 수 있는 것은 아무것도 없었다. 아니, 아무것도 해줄 수 없다는 것보다는, 아마 자신이 느낄 부담에 대한 것을 생각했을 것이다. 20대 초반의 어린 여자 친구에게 그런 이야기를 하는 것은 서로가 서로에게 부담이었을 것이다.

결혼을 약속한 사이도 아니고, 언제든지 헤어질 수 있는 사이인 젊은이들의 사랑이었으니까. 강준우는 아마 그런 점을 고려해서 말하지 않은 게 분명했다. 그는 무뚝뚝해 보이지만 기본적으로 좋은 사람이었다. 생각도 깊고 알게 모르게 남을 배려하는 부분도 있었다. 다만, 말을 하지 않고 표현을 하지 않아서 몇몇 사람들이 오해하기도 했고, 그가 무슨 슈퍼맨이라도 되는 것마냥 의지하고는 했다.

다영은 어쩐지 우울한 기분이 들었다. 과거의 일들이 파노라마처럼 스쳐 지나갔다. 기억이 하나둘씩 새록새록 떠올랐다. 생각해 보면 제일 힘들었을 사람은 그 시기의 준우였을 것이다. 언제부터 자신이 남의 아픔보다는 내 감정에만, 혼자 아픈 것만 생각했는지 모르겠다. 미안하기도 하고 부끄럽기도 했다. 괜히 센치해지려는 감정을 애써 다잡았다.

"군대 이야기도…… 사실 내가 먼저 하려고 했어. 망설이면서 언제 말을 꺼낼지 타이밍을 재고 있었는데, 네가 알게 된 거야."

다영에게 자신의 입장이 있듯이, 준우 역시 그 나름의 입장이 있었을 것이다. 왜 그걸 아무렇지도 않게 생각하고 받아들였는지 모르겠다. 자신은 모든 걸 다 알고 있던 게 아니었다. 그런데 그 순간에는 왜 강준우에 대해서 모든 것을 다 알고 있다고 자만했던 걸까? 왜 그가 말을 해주지 않았다고 생각했던 걸까? 그가 한 말처럼 타이밍을 놓친 것일 수도 있었는데.

"다영아."

준우가 흔들림 없이 잔잔한 목소리로 그녀의 이름을 불렀다. 다영은 딱히 대답도 하지 않고, 고개를 살짝 끄덕이는 것으로 듣고 있다는 걸 표현했다.

"말하지 않았다고 해서 널 의지하지 않은 건 아니야. 그냥 네가 내 옆에 있어준 것만으로도 그게 힘이 됐어, 나는."

중저음의 목소리가 가라앉은 채였는데, 그의 말투가 마치 귓가에서 바로 노래를 불러주는 듯한 착각이 들었다.

"만약에 네가 내 행동 때문에 상처받았다면 미안해."

"……그렇게 사과해 버리면 내가 너무 못된 년 같아 보이잖아."

"전혀."

그가 웃음이 섞인 목소리로 그녀를 안아줬다. 결국 이렇게 풀릴 운명이었던 거다. 아무리 미움이라는 이름으로 덧씌우고 감정을 덮으려 해도 결국에는 강준우라는 세 글자의 이름이 열쇠가 되어 모든 것들을 풀게 만들었을 것이다. 그에 대한 미련도, 원망도 모두가 사라지게끔.

"내가 모든 걸 말해주길 원한다면 그렇게. 지나온 일들, 느끼는 감정들 다 말해줄게. 네가 말 안 해도 알 거라고 생각했나 봐. 나도 네가 말하지 않으면 몰랐던 건 마찬가지였는데 말이야. 네가 유학 얘기를 안 한 것처럼."

다정했던 말투의 뒷부분은 약간 까칠했다. 다영 역시 찔리는 부분이 없지 않아 있었기 때문에 하하, 어색한 웃음만을 흘리며 몸을 뒤로 쭉 뺐다. 자꾸 도망가려는 것을 막기라도 하려는 듯, 준우는 그녀를 옴짝달싹 못 하게끔 만들었다.

"음, 그건……."

주저하던 다영이 그의 입술에 짧게 입 맞췄다. 순간, 그의 팔에서 힘이 풀어지자 이때다 싶은 마음으로 재빨리 품에서 빠져나와서는 곰곰이 생각하는 얼굴을 하다 눈을 살짝 접었다. 뭐, 그런 것도 있지만. 입 밖으로 나오지 않는 그 말을 속으로 조용히 중얼거리다가 장난스럽게 씩 웃었다.

"비밀이야."

그녀가 달짝지근한 목소리로 뒷말을 귓가에 속삭였다.

다영이 히죽히죽 웃으며 귀고리 디자인을 하고 있었다. 오늘따라 잔뜩 풀어진 얼굴로 옆자리에 앉은 다영을 바라보던 승현이 미심쩍다는 눈빛으로 고개를 갸웃했다. 어제는 기분이 엄청 안 좋다는 걸 폴폴 풍기면서 퇴근하더니, 오늘은 엄청 환한 얼굴이었다. 딴에는 숨기려고 하는 것 같아 보였지만, 페이스 조절이 쉽사리 되지 않는지 자꾸 실없는 웃음소리만 내뱉고 있었다.

승현이 영 이상하다는 얼굴을 하며 다영의 옆모습을 보다가 목덜미에 있는 붉은 자국을 확인했다. 그와 동시에 무언가를 알아챈 눈빛으로 준우가 있는 곳으로 시선을 돌렸다. 그는 여전히 열심히 일을 하고 있었다. 오늘따라 분위기가 유달리 부드럽다고 생각했는데, 다영과 이야기가 잘 풀린 모양이었다.

자신보다 네 살이나 많은 사람들인데 이상하게도 서툰 중고등학생 커플을 보는 기분이 들었다. 어쩌면 발라당 까진 고등학생 커플 중에는 다영과 준우보다 훨씬 능숙한 아이들도 있을 것이다. 승현은 문득 숨죽여 큭큭, 웃었다. 정말 재밌는 커플이다. 제 감정에 솔직한 다영이나, 무심한 듯 보여도 다영에게만 다정한 준우나.

"승현 씨, 왜 그래요?"

인쇄물을 손에 들고 있던 수연이 킥킥 웃고 있는 승현을 의아한 얼굴로 바라보며 고개를 갸웃했다. 아무것도 아니라며, 승현이 애써 웃음을 정리하며 손을 휘휘 저었다. 아무것도 아닌 게 전혀 아닌 것 같은데, 하며 의아한 시선을 보내다가 통유리 너머로 자신을 바라보고 있는 준우와 시선이 마주치자 수연은 재빨리 제자리로 돌아갔다.

요즘 들어 덜 까칠한 준우이긴 하지만, 업무 시간에 딴짓하는 것에 대해서는 유달리 엄격한 사람이니 괜히 꼬투리 잡힐까 싶어 그녀는 이내 자리에 가 앉았다.

"한 대리님."

"왜요?"

생글생글 웃는 다영이 아무 의심 없이 고개를 돌렸다. 승현으로서는 이렇게 좋아할 거면서 왜 여태껏 싫은 티를 냈나 싶었다. 그는 아무런 말도 하지 않고 검지로 자신의 목덜미를 툭툭, 두드렸다. 그게 무슨 의미인지 몰라 다영이 고개를 갸웃하며 그와 똑같이 자신의 목을 검지로 툭툭, 두드렸다.

도무지 눈치채지 못하는 그녀를 보며 승현이 얼핏 한숨을 내쉬면서 작게 말했다.

"벌레 물리셨나 봐요."

"예?"

벌레? 무슨 말이지? 목을 몇 번 두드리고는 나온 말이 벌레라니. 생뚱맞기 그지없는 말이었다. 이상한 감에 숄더백에서 들고 다니는 작은 손거울을 꺼내 목을 확인했다. 아까 전 승현이 짚은 부위에는 울긋불긋한 무언가가 생긴 상태였다. 평상시라면 모기에라도 물렸나 싶겠는데, 어젯밤의 일이 있으니 이건 아무래도 벌레라기보다는 강준우가 만들어놓은 키스 마크인 듯했다.

망할 자식, 그렇지 않아도 봄이라서 얇고 목이 드러나는 옷인데 훤히 보이는 곳에 키스 마크를 남겨놓는 건 도대체 무슨 심보란 말인가. 다영이 가자미눈을 하고 준우를 냉큼 째려보았다. 그녀의 시선이 느껴지지 않는지 그는 셔츠까지 걷은 채 열심히 일하고 있는 중이었다.

얼굴을 일그러뜨리며 그녀가 손으로 목덜미를 벅벅 문질렀다. 사람들이 많이 봤을 텐데 눈치챈 건 아니겠지? 다영은 노심초사하며 그 사실을 알려준 승현을 향해 어색하게 웃었다. 눈치 빠른 사람이니 아마 이게 무슨 자국인지 그는 이미 충분히 알아챘을 것이다. 능글맞게 웃는 꼴을 보아하니 딱 그랬다.

"그, 그러게요. 봄인데 벌써부터 모기가 있더라고요……. 안 그래도 어제 모기가 얼마나 물던지."

그 커다란 모기는 목뿐만이 아니라 온몸 전체 곳곳을 물고 안 놓아줬다. 어우, 창피해. 이게 무슨 꼴이래? 마음 같아서는 칸막이를 쳐놓고 승현이 자신을 보지 못하게끔 만들고 싶었다. 그녀가 아랫입술을 잘근잘근 씹으면서 시선을 피하고 있자, 그가 키득키득 웃으며 다시 제 할 일을 하다 말고 평소 들고 다니는 가방을 무릎 위에 올렸다.

"손수건이라도 드릴까요?"

"있으면 빌려줄래요?"

다영이 작게 속닥거렸다. 강준우와의 사이를 알고 있는 사람은 부서 내에서 승현밖에 없는 데다 말도 잘 통하고 눈치도 빠른 상대였으니 그녀는 부탁했다. 그가 고개를 끄덕이면서 손수건을 건네주자 다영은 심플한 하얀 손수건을 거의 낚아채듯 잡고는 재빨리 목을 휘감았다.

다영이 나중에 강준우, 저 자식한테 꼭 한 마디를 할 것이라 굳게 다짐하고 있을 때 그녀의 책상 위로 슬그머니 작은 쪽지가 올라왔다.

─강 팀장님이랑 잘 풀리셨나 봐요.

강준우, 내가 정말 너 때문에 늙는다, 늙어! 진짜 키스 마크란 걸 100퍼센트 눈치챘다는 의미였다. 다영은 화끈거리는 얼굴로 승현을 향해 작게 고개를 끄덕이는 것으로 답을 대신했다. 그러곤 드르륵, 의자 밀리는 소리와 함께 일어난 그녀가 재빨리 디자인 수정안들을 들고는 팀장실 쪽으로 향해 갔다.

얼굴은 잘 익은 홍시처럼 빨갛다. 마치 머리 위로 김이 슉슉, 올라오는 것 같아 승현은 숨죽여 웃고는 시선을 다시 책상 쪽으로 돌렸다. 두 사람을 보면 3D로 상영하고 있는 로맨틱 코미디 영화를 보는 착각이 들었다. 그만큼 재밌고, 사랑스럽고, 웃겼다. 물론 직장 상사인 그 두 사람에게는 절대 하지 못할 말이었지만.

팀장실의 문이 열리고 잠시 후 다영이 눈을 치켜뜨며 디자인 시안을 내밀었다. 그 표정이 이해가 안 가는지 준우가 입 모양으로 '왜?' 라고 물었지만, 다영은 아무 말도 하지 않은 채 제가 화가 났다는 걸 알려주기 위해 표정만 짐짓 무섭게 지을 뿐이었다.

"최종 수정안입니다."

준우는 다시 디자인들을 확인했다. 이번 테마가 고백인 것과 맞게 주로 디자인에는 꽃과 리본이 주로 사용됐다. 총 세 가지 디자인 중 꽃 하나는 봉오리에 둘러싸인 모양의 화려한 디자인이었고, 하나는 개화한 꽃의 모양, 다른 하나는 꽃과 하트 모양을 결합한 디자인이었다.

세 번째 디자인이 유니크하고 세련됐다. 역시 괜히 미국에서 인정받는 디자이너로 알려진 게 아니었다. 강 회장이 말한 유명한 디자이너 한다영의 진면목을 다시 한 번 확실히 깨달았다.

그가 만족스럽게 웃고 고개를 끄덕이는데 여전히 찡그린 인상의 다영의 얼굴이 눈에 들어왔고, 다음에는 오늘 아침에만 해도 하지 않았던 하얀 손수건이 눈에 들어왔다.

아까 전에 봐서 알고 있다. 그 하얀 손수건의 원래 주인이 누구인지. 그 사람은 꽤나 유한 성격의 남자이며, 현재 부서 안에서 준우가 제일 마음에 안 들어 하는 남자, 최승현이었다. 적어도 다영이 이곳으로 오기 전까지만 해도 준우는 승현에게 악감정 같은 것은 전혀 없었는데, 다영이 저 자리에 앉고 나서부터는 온몸의 세포 하나하나가 그쪽으로 신경이 가 있었다. 게다가 단둘이 밥도 먹은 적 있는 것 같고, 술도 한잔한 적이 있는 것 같았다. 그가 불퉁한 얼굴로 승현을 노려보자 앞에 서 있는 다영이 헛웃음을 터뜨렸다. 그제야 준우는 불만 섞인 목소리로 물었다.

"그 목에 있는 건 뭡니까?"

"목에 모기가 물려서요. 남들 신경 쓴다고 급하게 빌렸습니다."

너 때문에요. 그렇게 말하고 싶은 걸 회사라는 이유 때문에 꾹꾹 눌러 참으며 다영이 씹어뱉듯 말했다. 무슨 말인지 파악을 못

한 준우가 미간을 슬쩍 좁히고 계속 얘기해 보라는 시선을 보내자 그녀는 콧김을 내뿜으면서 입을 다물었다. 딱히 사귀는 것을 비밀로 하려는 것은 아니지만, 굳이 나서서 준우와 연애한다는 말은 하고 싶지도 않았다.

준우가 입술을 샐쭉 내밀며 마음에 들지 않는다는 것을 대놓고 드러냈다. 다영은 살짝 튀어나온 저 입술을 손바닥으로 찰싹 때리고 싶었다. 누구 때문에 지금 이렇게 하고 있는지 그는 아직도 모르는 모양이었다. 그나마 승현이 센스 있게 손수건을 빌려줘서 망정이지, 다영은 고개를 절레절레 흔들고 싶은 것을 꾹 참았다.

"넌 잠시만 네 자리에 있어."

"뭐?"

갑자기 웬 반말? 다영은 순간 어리둥절한 얼굴을 했다. 의자에 앉아 있던 그가 자리에서 일어나려고 몸을 움직이자 의자에서 끼이익, 소리가 났다. 그러고는 언제나랑 다를 바 없이 그 특유의 무덤덤한 얼굴을 한 채 팀장실 문을 열었다. 다영은 팀장실 안에 있고, 오히려 나오는 사람이 준우이자 모두들 그쪽으로 시선이 모였다.

"다들 점심 먹으러 가죠?"

"네?"

아직 점심시간 아닌 것 같은데, 하고 어떤 사원이 조용히 중얼거리면서 시계 쪽으로 시선을 돌렸다. 곧 있으면 점심시간이긴 하지만, 확실히 지금은 시간이 아니었다. 12시부터 식사 시간인데, 현재 시각은 분침이 숫자 10을 아슬아슬하게 지나고 있었다.

얼떨떨한 얼굴을 한 사원들이 준우와 시계를 번갈아 보았다. 승현은 시계를 보다, 강 팀장을 보다, 아직 팀장실 안에 있는 한 대리를 보았다. 다영 역시 어이없다는 얼굴을 한 채 팔을 꼬고는 준우의 뒷모습을 보고 있었다. 승현의 시선을 느꼈는지 다영이 그를 향해 어색하게 웃었고, 준우는 그를 평소보다 더 날카로운 눈빛으로 찌릿, 하고 노려봤다.

딱히 잘못한 것도 없는데 굉장히 찔리는 기분이 들어 승현은 조용히 눈을 내리깔았다. 사회생활의 반은 눈치다. 눈치껏 빠져나가야겠다며 준우의 시선을 피하던 그가 고개를 번쩍 들고는 어색하게 배시시 웃었다.

"그럼 저희 먼저 점심 먹으러…… 가도 될까요?"

"그러세요."

"평소보다 일찍 들어오면 됩니까?"

"아니요. 평소대로 들어오시면 됩니다."

도대체 무슨 생각이람? 사원 하나가 그렇게 생각했지만 더 이상 생각하기를 거부하며 주위의 눈치를 살폈다. 먼저 가서 밥을 먹으라고 한다지만, 상사의 말을 곧이곧대로 들었다가는 손해 보기 십상이었다. 모두들 자리를 뜨지도 못하고, 그렇다고 제대로 앉아 있지도 못하고 있는데 승현이 슬그머니 자리에서 일어났다.

"그럼 먼저 점심 먹고 오겠습니다. 강 팀장님도 식사 맛있게 하세요."

승현은 일단 여기서 벗어나고 싶었다. 계속 있다가는 저 눈빛에 찔려 죽을 것만 같았다. 다영과 단둘이 할 이야기가 있는 것처럼 보이고, 이야기도 잘 풀린 것 같으니 딱히 걱정은 하지 않아도 될 것 같았다. 게다가 그가 걱정하지 않아도 강 팀장은 한 대리에게 약했으니까 오히려 그녀를 걱정하기보다는 자신의 안위를 걱정하는 것이 더 맞을 것이다.

확실히, 자신은 강 팀장에게 단단히 찍힌 모양이니까. 승현이 속으로 한숨을 내쉬고, 겉으로는 웃으면서 부서 밖으로 나가자 다른 사원들도 하나둘씩 승현의 뒤를 따라 슬금슬금 부서를 나섰다. 눈치가 보이긴 하지만, 나가라고 한 사람은 자신들의 상사이니 딱히 별말은 없을 것이다. 사원들 모두가 나가고 사무실 안이 텅텅 비자 그제야 만족스러운지 준우가 씩 웃었다. 뒤에서 그를 어이없게 바라보던 다영이 문을 빠져나왔다.

"어디 가?"

"밥 먹으러. 네가 밥 먹으러 가라며?"

"사원들 보고 한 얘기였어. 넌 아니고."

"난 왜?"

그녀의 미간이 좁혀졌다. 아무것도 모른다는 순진한 얼굴로 오히려 되묻자 준우의 눈썹이 꿈틀거렸다.

"목에 있는 거 뭔데? 그 손수건."

"승현 씨가 빌려준 거야, 너 때문에."

"내가 왜?"

"몰라서 물어?"

다영이 낮게 으르렁거렸다. 전혀 모르겠다는 얼굴로 그가 어깨를 으쓱이자 그녀가 짜증스럽게 목에 감은 손수건을 풀며 검지로 붉게 난 자국을 척 하니 가리켰다.

"이거, 이거, 이거! 어떻게 할 거야, 이거!"

"벌레 물렸어?"

"그래. 강준우라는 벌레한테 크게 물렸다. 어쩔래? 너 때문에 못 살아, 진짜!"

그녀가 주먹을 쥐며 그의 팔뚝을 퍽퍽 때렸다. 혹여나 진짜 아플까 봐 그렇게 세게 때리지도 않았는데 그는 능청스럽게 아프다며 칭얼거리고는 커다랗고 예쁜 손으로 다영의 손목을 쥐었다. 그러고는 그녀의 앞으로 한 발자국 다가갔다.

"뭐, 뭐야, 너? 떨어져. 이거 놔라?"

"싫은데."

"아. 니 회사에서 이게 무슨 짓이야?"

"뭐, 어때."

"이게 나중에 자기 회사 된다고 아주 막 나가네?"

그렇게 생각하든지 말든지, 준우는 피식피식 웃으면서 손에 있는 손수건을 노려보았다.

"너 최승현 씨랑 친하게 지내지 마."

"질투해?"

"그래. 그러니까 친하게 지내지 마. 그리고 임자 있는 여자가 딴 남자가 준 물건을 목에 둘러?"

"그러면 네가 내 목에 이런 걸 만들지를 말든가."

다영이 눈을 매섭게 치켜떴다. 너무 뭐라고 하자 오히려 기분이 나빠졌다. 준우가 다시 한 번 그녀에게 한 발자국 앞으로 다가섰다. 두 사람의 몸이 아예 밀착됐다. 혹여 누가 들어오는 건 아닐까란 생각에 다영이 안절부절못하며 출입문과 준우를 번갈아 보며 그를 밀어내려고 했지만, 손이 그에게 꽉 잡힌 뒤라 어찌할 도리가 없었다.

"그럼 목은 가리고 있든가. 그럼 아예 다른 데다가 만들어놓을까?"

"뭐? 어디에?"

"예를 들어서……."

그의 시신이 음흉하게, 그리고 장난스럽게 그녀의 쇄골 쪽으로 향했다. 블라우스 단추를 목 끝까지 채운 게 아니었기에 블라우스 너머의 살결과 일자로 쭉 뻗어 있는 예쁜 쇄골이 눈에 들어왔다. 준우는 다른 손으로 그녀의 블라우스를 슬쩍 걷어내고는 고개를 살짝 숙였다. 점점 가까이 다가오는 얼굴에 그녀가 소스라치게 놀란 목소리로 말했다.

"너, 하지 마, 하지 마……!"

그리고 그 순간이었다. 구두 굽 소리와 함께 디자인팀의 문을 누군가 세게 열어젖혔다.

"어……?"

"……."

들어온 사원, 그러니까 그녀를 썩 좋지 않게 생각하는 수연과 다영의 시선이 공중에서 얽혔다. 준우 역시 사람이 들어온 것을 느낀 듯 고개를 들었다. 당황스러움이 가득 담긴 수연의 눈빛이 허공을 맴돌다 준우의 얼굴에, 그리고 그가 살짝 젖힌 다영의 블라우스와 준우의 손에 잡혀 있는 다영의 손목에 이르며 뒷걸음을 쳤다.

"아, 저 핸드폰을 놓고……. 그, 죄송합니다."

"아니, 그게, 이게 그런 게 아니라……!"

다영이 차마 변명을 하기도 전에 사무실 문이 쾅, 하고 닫혔다.

거의 뛰어가고 있는지 날카로운 구두 소리가 멀어져 갔다. 멍한 얼굴로 문을 바라보고 있던 다영이 고개를 번쩍 들었다. 거의 울 듯한 그녀에 비해 준우의 얼굴은 태평스럽다.

"너 어쩔 거야! 내가 하지 말라고 했잖아! 아우, 너 때문에 진짜!"

"어쩌긴 뭘 어째? 사귀고 있다고 말하면 되지."

"너 진짜 태평한 소리 해댈래?!"

"왜? 너, 나랑 결혼할 거 아니었어?"

그는 아주 진지하게 묻고 있었다. 그 말에 다영은 헛웃음이 터져 나왔다. 설마 이게 진심을 담아 말하는 프러포즈는 아니겠지? 제발 아니길, 하고 그녀가 속으로 빌고 또 빌었다. 헤어지기 전에 아무리 오랫동안 만났다고는 하지만, 다시 만나기 시작한 건 겨우 하루가 지났을 뿐이었다.

"너, 그거 진심으로 하는 말이야?"

"왜? 넌 아니야?"

그 말에 할 말이 없어진 그녀가 입을 꾹 다 물었다. 아니, 진심이든, 진심이지 않든 간에 그런 말은 좀 로맨틱하게 해줄 수는 없냐고 묻고 싶었다. 아무리 화성에서 온 남자, 금성에서 온 여자라 하며 남자가 여자를 이해하지 못하고, 여자가 남자를 이해하지 못한다고 해도 이건 좀 아니지 않나? 이 녀석은 드라마 같은 것도 안 보나?

머리가 지끈지끈거렸다. 그의 손을 아프지 않게 쳐내고는 이마를 짚었다. 그 말을 한 준우의 얼굴은 별반 다를 게 없어 보여 자기 혼자 너무 쓸데없이 생각을 깊게 하고 있는 건가 하는 생각에 허탈해졌다. 지우개로 그 쓸데없는 생각들을 빨리 지워내고는 다영이 다시 목에 손수건을 두르고 짐짓 엄한 척 말을 이었다.

"여하튼 체육대회 때까지 접근 금지야. 너 때문에 내가 진짜 늙는다, 늙어."

준우가 불퉁한 얼굴을 하며 그녀에게 한 발자국 떨어져 나갔다. 다영이 날카롭게 그를 향해 접근 금지 처분을 내렸다.

6장 *Something Special*

　이미 다 진 벚꽃이 LOSA 사원들이 앉아 있는 잔디밭에 깔려 있었다. 여기저기 응원하는 소리가 시끄럽게 울리고, 사람들의 웃음소리와 목청 높여 떠드는 소리가 한데 섞여 있었다. 다영이 속한 디자인팀에서 멀지 않은 자리에는 주원이 속한 인사과 사람들이 앉아 있었다. 눈으로 주원을 찾았지만 경기에라도 나갔는지 보이지 않았다.

　목을 쭉 빼고 기웃기웃하다 멀찍이서 이를 악물고 공을 피하는 친구의 얼굴이 웃겨 다영은 킬킬 웃으며 돗자리 위에 잔뜩 펼쳐져 있는 음료수를 잡고 홀짝였다. 사내 체육대회가 그다지 기대되거나 신나는 것도 아니고, 이곳까지 오는 것도 피곤하기만 했는데 막상 도착하니 이상한 승부욕이 불타올랐다.

　게다가 뭐가 좋은지 승현은 계속 싱글벙글 웃고 있었고, 준우는 무표정한 얼굴을 한 채 팔짱을 끼고는 체육대회를 구경하고 있었다. 쨍쨍한 햇빛 아래에서 하는 피구 게임을 보며 다영이 영혼 없는 목소리로 응원하다가 편하게 다리를 쭉 뻗었다. 모래 먼지 때문에 목이 칼칼하니 아파왔다. 슬쩍 준우를 보니, 그 역시 감흥 없는 얼굴로 경기를 보고 있었다.

"강 팀장님도 경기 나가시죠?"

그때, 옆에서 승현이 그의 눈치를 살피듯 살갑게 물었다. 승현보다 머리 하나 정도는 더 큰 준우가 그를 내려다보며 못마땅한 얼굴을 했다. 순간, 그 표정에 승현이 찔끔하며 어색하게 웃었다. 마음 같아서는 다영의 등 뒤에 숨고 싶었지만, 그랬다가는 더욱 준우의 눈 밖에 날 것 같아 피하고 싶은 심정을 꾹 눌러 담았다.

승현의 물음에 준우가 고개를 끄덕였다. 답을 해주지 않을 것 같았는데 의외로 쉽게 해주자 승현의 표정이 한껏 고조되어 해사해졌다.

그 모습을 옆에서 가만히 지켜보던 다영이 살짝 어이없다는 눈빛으로 승현과 준우를 번갈아 보았다. 제3자의 입장에서 보면 승현은 준우를 꽤 따르는 것 같았다.

한데 따르는 게 정말 존경심이 가득해서 따르는 것인지, 아니면 준우가 무서워서 잘 보이려고 그러는 것인지는 잘 모르겠다. 보통 저 매서운 눈빛으로 한 번 내려다보면 남녀 가릴 것 없이 대다수의 사람들은 지레 겁을 먹고 자리를 피하거나 하는데, 승현은 그러지 않았다. 역시 보통내기가 아니라며 그녀가 혀를 내둘렀다.

디자인팀 팀원들은 자기들끼리 놀고 있고, 팀장인 준우는 별로 끼고 싶은 생각이 없는 건지 가만히 있고, 다영은 친한 사람이 승현밖에 없었기에 그들 무리에 끼지도 못하고 그냥 가만히 게임이나 구경하고 있었다. 승현이 은근슬쩍 옆에 앉아서는 다시 한 번 준우에게 물었다.

"무슨 게임 나가실 건데요?"

"줄다리기 나갈 생각입니다."

"아."

그 얘기에 잠시 미묘한 얼굴을 하던 승현이 고개를 돌려 다영을 쳐다봤다. 갑작스러운 아이컨택에 과자를 집어 먹으려던 다영이 당황한 기색을 숨기지 않으며 과자를 슬쩍 내려놓았다.

"한 대리님은 뭐 참가하실 종목 있으세요?"

"아뇨, 전 얘기 못 들어서요. 그냥 인원수 부족한 거에 나가려고요."

"그럼……."

승현이 이번에는 준우를 보더니 맑게 갠 날씨처럼 활짝 웃으며 다시 한 번 살갑게 말을 붙였다.

"그럼 저랑 2인 3각 나가실래요?"

"2인 3각이요?"

그 말에 준우의 눈썹이 꿈틀거렸다. 안 듣는 척하며 승현이 뭐라고 말하는지 다영, 본인보다 더 집중하며 귀를 기울이고 있는 중이었다.

준우가 그러든 말든 다영은 승현이 말한 2인 3각에 대해서 잠시 생각했다. 2인 3각이라 하면 두 사람의 다리를 묶고 세 다리로 뛰어가서 골인하는 그 게임을 말하는 듯싶었다. 승현이 눈치 없이 웃으며 계속 말을 이었다.

"저 파트너 아직 못 정했거든요."

"그건, 그냥 당일치기로 되는 게 아니지 않나요?"

"아, 하긴. 근데 저 달리기도 잘 못 해서요."

승현이 적임자를 찾는 것처럼 눈을 데굴데굴 굴렸다. 마침 준우가 음료수를 다 마셨는지 종이컵을 돗자리 위에 올려놓고 있었는데, 승현이 다시 한 번 슬그머니 그에게 다가갔다. 일반적으로 사원들은 상사에게 저렇게 살갑게 굴지 못하는데, 저 넉살은 정말 알아줘야 할 것 같았다. 저 정도 넉살이면 디자인보다는 사람들을 상대하는 영업 쪽이 훨씬 더 적성에 맞았을 텐데, 내심 아쉬운 듯 그녀가 쩝, 하고 입맛을 다셨다.

"강 팀장님, 저랑 바꿔주시면 안 돼요?"

"네?"

"제가 힘은 진짜 잘 쓰는데, 달리기를 좀 못 하거든요. 그리고 솔직히 지금부터 한 대리님이랑 발맞춰도 제대로 맞춰질 것 같진 않아서요. 게다가 저보다는 강 팀장님이 한 대리님이랑 오래 알아 오셨잖아요. 두 분, 같은 대학 동기라고 하셨으니까 저보다 강 팀장님이랑 한 대리님이 더 잘하실 것 같아서요."

모르는 사람이 들으면 그의 말은 굉장히 합리적이었다. 그러나 다영의 입장에서는 입에 침도 바르지 않고 능청스럽게 말을 참 잘한다고 생각될 뿐이었다. 이 눈치 빠른 남자는 티 나지 않게 자신과 강준우를 최대한 많이 엮어줄 생각인 듯했다.

이런 능청스러움과 붙임성 좋은 성격이 대단하기도 하고 부럽기도 해서 그녀는 황망하게 승현의 입을 보다가 헛웃음을 터뜨렸다.

준우 역시 놀란 것은 마찬가지였다. 다영과 잘 붙어 다니기에 그는 당연히 승현이 다영에게 관심이 있는 줄 알았다. 그랬기에 2인 3각 얘기도 먼저 꺼낸 건 줄 알았는데. 표정이 잘 드러나지 않는 준우의 얼굴 위로 기쁨이 슬쩍 드러났다. 물론 웬만한 사람들은 눈치채지 못할 정도의 미세한 감정 변화였으나, 눈치가 빠른 승현이나 오랫동안 그를 알아온 다영은 대번에 알아챌 수 있었다.

승현은 속으로 흐흐, 웃었다. 제가 생각해도 참 눈치 빠르게 잘 행동했다며, 마음 같아서는 제 머리를 스스로 쓰다듬고 싶었다. 이로써 두 사람의 연애 사업도 도와주고, 강 팀장에게 찍힌 것도 좀 괜찮아진 것 같으니 일석이조, 꿩 먹고 알 먹고, 누이 좋고 매부 좋고, 마당 쓸고 돈 줍고가 이런 상황이지 않나 싶었다.

준우가 보지 못하게끔 다영에게 슬쩍 손으로 브이 자를 그려 보이니, 다영이 어처구니없다는 듯 웃어 보였다. 준우 역시 그의 페이스에 휘둘린 건지 기쁜 표정으로 고개를 끄덕였다.

휘슬 소리가 울려 퍼지자 공이 바닥으로 떨어지는 소리와 함께 부산스럽게 움직이던 사람들의 발소리마저 멈췄다. 심판으로 서 있는 남자 사원 누군가가 청팀의 손을 들자, 청팀 사람들의 환호성이 울려 퍼졌다. 멀찍이서 주원이가 힘에 부친 얼굴로 터덜터덜 걸어오는 것이 눈에 들어왔다.

"저기, 주원이 아냐?"

"응, 맞아. 주원이."

준우의 아는 척에 다영이 고개를 끄덕였다. 멀찍이서 걸어오는 주원과 눈이 마주치자 다영이 손을 번쩍 들고 좌우로 흔들었다.

다영을 발견했는지, 주원도 고개를 끄덕이며 손을 대충 흔들어주고는 피곤한 얼굴로 안으로 들어갔다. 20대 때야 무슨 게임을 하든 신나게 날아다녔는데 나이를 먹으니 그것도 힘이 드는 모양이다.

디자인팀에서 경기에 나간 사람은 수연을 포함한 한 남자 사원이었다. 들어오던 수연과 정중앙에서 눈이 딱 마주치자, 그녀의 표정이 평소와는 다르게 미세한 구김살이 생기더니 먼저 고개를 팩, 하니 돌렸다.

아니, 시선을 피하고 싶은 사람은 정작 자신인데, 게다가 왜 표정까지 구기면서……. 어처구니없어서 다영이 입을 쩍 벌리다가 금세 입을 꾹 다물었다. 팀장인 준우에게 꽤 관심이 있는 것처럼 보였던 그녀의 입장에서는 자신이 못마땅한 존재인 게 분명했다.

다영은 헛기침을 하며 뻘쭘한 얼굴로 고개를 돌리고는 발장난만 툭툭 쳤다. 그때 안내 방송으로 '다음은 2인 3각입니다'라는 소리가 들려오자 승현이 다영의 등을 툭, 건드렸다. 신고 있는 운동화 끈을 단단히 동여매고 다영이 자리에서 일어났다.

"승현 씨, 한 대리님이랑 같이 2인 3각 나가요?"

부서 안에서도 얼굴 붉히는 사람 없이 두루두루 친한 승현이었기에 사람들이 쉽게 그가 나가는 경기에 대해서 잘 알고 있는 것처럼 보였다. 열심히 움직이고 와서 목이 타는지 음료수를 맥주 마시듯 벌컥벌컥 들이켜던 수연도 다영과 승현을 번갈아 보았다. 사원 누군가의 물음에 승현이 손을 휘휘 내저었다.

"아뇨. 저 달리기 잘 못 해서 그냥 줄다리기 나가려고요."

"줄다리기는 팀장님이 나가시지 않아요?"

"바꿨어요."

"파트너는 누군데요?"

"한 대리님이요."

순간, 돗자리에 앉아 있던 여사원들의 시선이 한곳으로 모였다. 어쩐지 시선이 매섭다 못해 차갑게 느껴졌다. 다영이 허허로이 웃으면서 그 시선을 피하지도 못하고, 그렇다고 똑바로 바라보지도 못하고 있는데 준우가 뒤에서 그녀의 손목을 감싸는 것처럼 잡으면서 끌었다.

"한 대리, 나가야 합니다."

"아, 네."

그녀가 몸을 돌리고 총총 걸어갔다. 높게 묶은 포니테일의 머리카락이 바람에 나부끼며 가볍게 나풀거렸다. 앞에 준비된 노끈을 준우가 들고 와서는 허리를 숙였다.

"이왕 나왔으니 1등 하자."

그가 다리를 질끈 묶으면서 입술 양 끝을 슬쩍 올렸다. 그 미소에 다영이 따라 웃었다.

2인 3각을 해보지 않은 것은 아니었다. 학교 축제 때 각 과마다 있는 CC들끼리 나와서 대항전 비슷한 것을 한 적이 있으니, 그때의 경험을 되살리면 될 것이다. 거의 10년도 다 된 일이긴 하지만……

머리를 묶은 검은 끈을 풀고 다시 한 번 세게 묶었다. 고개를 좌우로 흔드니 단단하게 고정됐는지 머리카락이 잘 움직이지 않았다.

한 발을 움직이며 시작점에서 다른 부서 사람들과 나란히 섰다.

다섯 팀 중에서도 유달리 눈에 띄는 커플은 확실히 준우와 다영이었다. 훤칠하니 모델 같은 키의 준우와 크지는 않지만, 아담하고 조막만한 얼굴의 다영은 퍽 잘 어울리는 한 쌍이었다.

멀찍이서 보고 있던 승현이 내심 흐뭇하게 웃었다.

준우가 그녀의 어깨를 강하지만 부드럽게 감싸고, 다영도 자연스럽게 그의 허리에 팔을 둘렀다. 모두들 준비 자세를 취하면서 허리를 약간 구부정하게 숙였다. 바로 앞에 서 있는 심판이 하얀 깃발을 내렸다가 번쩍 위로 들어 올리며 휘슬을 세게 불렀다. 그 휘슬 소리가 창공을 날카롭게 가로질렀다.

첫 시작은 퍽 우스꽝스러운 자세였지만 차츰 자연스러워지더니, 이내 두 사람이 선두로 나서기 시작했다. 멀리서 부서 사람들이 외치는 '강 팀장님, 한 대리님 파이팅!!' 소리가 귓가에 꽂혔다. 코너를 돌면서 몸이 넘어질 듯 기우뚱하자, 혹여나 놓칠세라 준우가 다영의 어깨를 꽉 잡으며 발을 바지런히 움직였다. 그렇게 달리던 중 멀지 않은 곳에서 하얀 끈이 눈에 들어왔다.

평소 다영은 승부욕이 강한 편은 아니지만, 또 이렇게 나오니 꼭 1등을 하겠다는 일념으로 묶인 자신의 다리와 준우의 다리를 보며 박자에 맞춰 빠르게 움직였다. 어느새 허리에 하얀 끈이 닿고, 멀찍이서 함성 소리가 들려왔다. 동시에 휘슬 소리가 울리고 준우가 숫자 1이 적혀 있는 깃발을 뽑았다.

"일등이다!"

다영이 신나게 웃으며 준우의 어깨를 툭툭, 쳤다. 멀찍이서 본다면 두 사람이 마치 껴안고 있는 것처럼 보이기도 했다. 남들의 시선이 어떻든 간에 그녀는 방방 뛰며 기쁜 기색을 숨기지 않으며 깃발을 휘휘 휘둘렀다.

어린아이처럼 좋아하는 모습에 준우 또한 기분이 좋아졌다. 그 역시 감정을 숨기지 않은 채 웃으며 허리를 숙였다. 아직 풀지 않은 끈 때문에 두 사람의 거리가 한층 더 가까워졌다.

"이제 접근 금지는 풀린 건가?"

귓가에서 들리는 속삭임에 그녀의 얼굴뿐만이 아니라 귓가까지 붉게 물들었다. 숨소리가 섞인 속삭임에 놀란 나머지 뒷걸음질을 치다 보기 흉하게 엉덩방아를 쿵, 하고 세게 찧었다. 아픈 건 둘째 치고 정말 놀랐다.

심장이 롤러코스터의 가장 높은 곳에서 갑자기 아래로 휘익 떨어지는 것을 느낄 때처럼 빠르게 두근거렸다. 그 모습이 웃긴 것인지 준우가 피식 웃으며 손을 내밀었다.

"너, 너, 너……!"

"뭐 해? 잡아."

옛날이나 지금이나 사람 심장 놀라게 만드는 데는 소질이 있었다. 다영이 기겁한 얼굴을 한 채 일어날 생각도 하지 않자 그가 씩 웃으면서 다영처럼 자리에 풀썩 앉고서는 두 사람의 다리를 꽁꽁 묶고 있는 끈을 풀었다.

끈이 풀리자 다리가 느슨해졌다. 그제야 다영이 냉큼 다리를 끌어안고는 가자미눈을 한 채 그를 흘겨봤다. 준우가 이내 자리에서 일어나며 그녀의 머리를 가볍게 톡톡 두드리고는 손을 내밀었다. 일어나라는 제스처에 다영은 혀를 끌, 한 번 차고는 손을 잡고 자리에서 일어났다. 엉덩이에 붙은 흙을 대충 손으로 털어내고는 부서 쪽으로 걸어갔다. 대놓고 손을 잡고 걸을 수는 없었기에 다영이 잡은 손을 슬그머니 뺐다.

손에서 빠져나가는 기척에 준우가 내심 아쉬운 기색으로 아무 것도 없는 손을 바라보다 바지주머니에 꽂아 넣었다. 1등이라는 성적에 다들 어깨춤을 덩실덩실 출 것 같은 기쁜 얼굴로 두 사람을 맞이했다. 그 모습이 어찌나 웃기던지 다영이 쾌활하게 웃음을 지으며 개선문을 통과하는 장군처럼 위풍당당하게 그쪽을 향해 걸어갔다.

2인 3각 경기가 끝나고 점심시간이 되자 사람들이 제각각 싸온 도시락과 마실 것, 그리고 회사에서 제공하는 먹을 것들을 들고 와 돗자리에 펼쳤다. 모두들 시끌벅적하게 떠들면서 젓가락을 들었다.

승현이 방금 경기를 끝내고 온 다영의 종이컵에 시원한 물을 따라주고는 앞에 있는 새우를 그녀에게 내밀었다.

"드세요."

"아, 네……."

다영은 조금 난처한 시선으로 새우를 내려다봤다. 살이 오동통하게 오른 것이 군침을 흘릴 만큼 맛있어 보였지만 그녀는 새우를 먹지 못했다. 알레르기 반응이 일어나서 온몸에 모기라도 물린 것처럼 간지러워지고 두드러기가 잔뜩 올라오기 때문에 그녀의 기피 대상 음식 1위를 새우가 차지하고 있었는데, 승현은 그것을 모르니 이렇게 태연하게 내미는 것이었다.

어떻게 해야 하나, 잠시 난처한 얼굴을 하고 있는데 다영의 옆자리에 앉아 있던 준우가 앞에 놓인 새우를 자연스럽게 자신의 앞으로 가져갔다. 승현이 그 행동을 빤히 바라보고 있자 준우가 싱

굿 웃으며 말했다.

"한 대리 새우 먹으면 안 됩니다. 알레르기가 있어요."

"아, 그러셨어요?"

"네. 챙겨줬는데 미안해요."

"에이, 뭐 그런 거 가지고."

승현이 손을 절레절레 저으며 사람 좋은 미소를 지었다. 그 모습을 보던 타 부서의 한 여사원이 물었다.

"그런데 강 팀장님이랑 한 대리님이랑 되게 친해 보이세요."

"그래요?"

"네. 2인 3각 할 때 호흡도 되게 잘 맞고, 끝난 후에도 되게 친해 보였거든요."

"한 대리님이 말씀하신 거랑 되게 다르네요."

다른 여사원 하나가 웃으면서 말을 했다. 다영이 말한 거? 준우가 의아한 얼굴을 했다.

"한 대리가 뭐라고 말했는데요?"

"강 팀장님이랑 별로 안 친한 대학 동기라고……"

쓸데없는 말을 했다고 스스로도 그렇게 생각한 건지 말을 꺼낸 사원이 아차 하는 얼굴로 입을 꾹 다물고는 두 사람의 눈치를 살폈다.

준우가 방금 전 여사원이 말한 '안 친한 대학 동기……' 라는 말을 조용히 되풀이하며 심술 맞은 얼굴로 다영의 옆모습을 빤히 바라보았다. 얼굴이 뚫어질 것 같은 따가운 시선에 다영은 땀이 삐질삐질 나는 것을 손등으로 대충 닦아내고는 헛기침을 하며 젓가락질하기에 바빴다.

"……아뇨, 저희 친했습니다. 그죠? 한 대리?"

"아, 예, 예에……."

그녀가 어색하게 뒷말을 따라 했다. 옆에서 빔이라도 쏘고 있는 것처럼 따끔따끔한 눈빛에 애꿎은 입술을 깨물었다. 물이라도 마시려고 생수병을 찾았지만, 그 흔하디흔한 물병들이 텅텅 빈 채 바닥을 굴러다니고 있었다. 잘됐다 싶었는지 다영이 자리에서 일어나 운동화를 재빨리 구겨 신었다. 그 모습에 승현이 물었다

"어디 가세요?"

"저, 무, 물 좀 가져올게요."

"같이 가드려요?"

"아뇨. 그냥 저 혼자 갔다 올게요."

눈치 주는 준우에게서 빨리 벗어나고 싶다는 생각밖에 들지 않았다. 다영은 구겨 신은 신발을 똑바로 고쳐 신지도 않은 채 잰걸음으로 자리를 벗어났다.

그 뒷모습을 빤히 바라보던 수연 역시 뭔가 가져올 게 떠올랐다는 듯 신발을 신으며 자리에서 일어났다. 수연이 자리에서 일어났지만, 승현은 아까 전 다영에게 했던 것처럼 같이 가줄까라는 말은 하지 않은 채 앞에 놓여 있는 음식들을 먹기 바빴다.

그 모습을 본 수연이 심통 난 얼굴로 조금 빠르게 걸어 다영의 뒤를 쫓아갔다. 수연에게 있어 어느 날 갑자기 나타난 한 대리는 정말, 굉장히 마음에 들지 않는 사람이었다. 곧 있을 승진을 막은 사람도, 승진에 큰 영향을 줬을 이번 프로젝트도 다영이 다 막아섰다.

사내에 떠도는 소문에 의하면, 강 팀장의 아버지인 강 회장과도

돈독한 사이라고 하니 더 모난 감정이 생기기도 했다. TAO에서 경력을 쌓았다고는 하지만, 그래도 분한 것은 어쩔 수 없는 일이었다. 게다가 자신이 좋아하는 사람이 그녀를 좋아하는 것 같으니 더 화가 날 수밖에 없었다. 더구나 다영의 행동을 가만 보면 마치 그 사람을 갖고 노는 것처럼 보이기도 했다.

빠르게 걸어갔기에 쉽사리 다영을 따라잡을 수 있었다. 다영은 두 손에 2L짜리 물통을 하나씩 들고 오다 자신을 노려보고 서 있는 수연의 등장에 흠칫 놀랐다. 뭔가 자신에게 할 말이 있는 것처럼 보였지만, 착각일 것이라 생각하고는 오른쪽으로 발을 움직였다. 그러자 다영이 가지 못하도록 수연도 오른쪽으로 발을 움직였다.

'갑자기 왜 이래?'

수연 나름대로는 자신을 싫어하는 티를 숨긴다고는 했겠지만, 그래도 눈치채긴 했다. 드디어 시비를 거는 것인가, 라는 생각이 떠오르는 것과 동시에 수연이 짝다리를 짚으며 비딱한 얼굴을 했다.

"한 대리님."

"네."

"잠시 얘기 좀 할 수 있으세요?"

"좋아요."

다영은 손에 들고 있는 물병을 내려놓고는 아무 말 하지 않고 그녀의 뒤를 따랐다. 수연의 걸음이 멈춘 장소는 사람들이 있는 곳과는 거리가 있는 장소였다.

사람들이 바글바글 몰려 있는 곳에서 벗어나니 소란스러움이

덜했다. 두 사람 사이에 비장한 침묵이 흘렀다. 다영 역시 맞설 태세를 하며 각오를 다졌다. 도대체 뭐 때문에 자신을 싫어하는지, 처음 만났을 때부터 왜 적의를 드러냈는지 지금에서야 알 수 있을 것 같았다.

다영도 자못 진지한 얼굴이지만, 수연은 그녀의 비해 더 비장한 얼굴이었다. 마치 죽음을 각오하고 전쟁터로 나가는 장군과도 같은 얼굴이었다. 항상 요사스러운 미소만 짓는 얼굴만 보다 이런 표정을 보니 꽤 색다르긴 했다.

"할 말이……."

"승현 씨가 불쌍하지도 않으세요?!"

말허리를 싹둑 자른 수연이 버럭 소리를 질렀다. 승현? 최승현? 수연과 다영, 두 사람이 공통적으로 알고 있는 사람은 같은 부서의 최승현밖에 없었다. 그런데 여기서 갑자기 승현의 이름이 왜 나오는 거지? 다영은 아리송한 얼굴을 한 채 입을 열었다. 물론 수연이 먼저 말을 하느라 그녀에게 말할 기회가 돌아오지는 않았지만. 수연이 열에 뻗친 얼굴을 한 채 다다다 다시 말을 쏟아내기 시작했다.

"상사한테 이런 말 하는 거 정말 아니긴 하지만, 한 대리님은 강 팀장님한테도 그러시고, 승현 씨한테도 그러시고. 승현 씨가 안쓰럽지도 않으세요? 승현 씨가 한 대리님한테 얼마나 잘해줬는데……!"

"아니, 잘해준 건 맞긴 한데, 지금 도대체……."

"승현 씨는 한 대리님이 강 팀장님이랑 그런 사이인 줄도 모르고 계속 그렇게 좋아하는데……."

아니, 이게 도대체 무슨 상황이야? 사람이 너무 당황하면 말이 제대로 나오지 않는다는 것이 사실이었나 보다. 다영은 붕어처럼 입을 어버버거릴 뿐 도대체가 말이 제대로 나오질 않았다. 수연의 큰 눈에는 어느새 눈물이 그렁그렁 맺혀 있었다. 그 모습에 다영은 자신의 머리를 쥐어뜯고 싶은 심정이 되었다.

가만히 있다가 봉변을 당한 사람은 자신인데, 울먹이며 분에 받친 얼굴을 한 사람은 수연이었다. 게다가 이 여자는 도대체 뜻 모를 말만 하고 있으니, 정말 답답해서 미치고 팔짝 뛸 지경이었다.

"승현 씨가……."

수연은 이제 거의 울 것 같은 지경이었다. 다영은 미묘한 얼굴이 되어 그녀가 하는 말을 계속 들으며 표정을 살폈다. 게다가 하는 말마다 하나같이 다 승현에 관련된 말뿐이었다. 그러는 순간, 머리에 뭔가 반짝하고 빛났다. 몇 분을 수연의 안색을 살피는 것으로 허비했다. 이윽고 수연이 울지 않기 위해 입술을 꽉 깨물고 주먹을 꽉 쥐었다.

"그러니까 수연 씨……."

다영은 머릿속에 떠오른 하나의 가설을 내뱉기로 했다.

"승현 씨 좋아해요?"

수연의 얼굴은 이제 잘 익은 석류 같았다. 빨갛게 물든 얼굴로 고개를 숙이고 있던 수연이 고개를 번쩍 들었다. 그 모습이 짐짓 전투적이어서 되레 다영이 움찔했다.

"그래요, 좋아해요! 좋아해요! 저는 승현 씨 좋아해서, 승현 씨랑 잘돼서 어떻게든 하고 싶은데, 승현 씨는 한 대리님을 좋아하고 있잖아요!"

억울했다. 수연이 보기에 다영은 승현을 좋아하는 것 같지도 않았다. 아니, 만약에 다영이 승현을 좋아한다고 해도 억울했다. 자신이 먼저 승현을 좋아했다. 면접을 보러 왔을 때, 긴장한 자신에게 달콤한 사탕을 줬을 때부터 마음을 빼앗겼다. 제발 저 사람과 같은 회사에 다니게 해달라고 믿지도 않은 신을 찾으면서 기도까지 했다.

스물아홉. 적지 않은 나이에 찾아온 사랑이었다. 승현에게 잘 보이려고 옷도 예쁘게 입고 다니고, 화장도 예쁘게 하고 다녔다. 나름 예쁘다고 스스로 자부해 왔던 터라, 자신이 웃으면서 좀 살갑게 굴면 바로 넘어올 것이라 생각했다. 그런데 넘어오라는 승현은 넘어오지 않고, 오히려 다른 사원들만 자신에게 접근했고, 다른 여사원들로부터 남자 사원들에게 꼬리 친다는 뒷담화나 들어야 했다.

억울하고, 화가 나고, 분통이 터졌다. 그런데 승현은 다영에게 잘 보이려는 티를 팍팍 내고 있는데, 다영은 그것도 모르고. 아니, 알면서 갖고 노는 것인지도 모르겠지만, 다영은 강 팀장과 부서 안에서 그렇고 그런 애정 행각을 하고 있었으니. 수연 자신도 불쌍하고 아무것도 모르는 승현도 불쌍했다. 꾹꾹 눌러 담아둔 감정이 복받쳐 오르자 결국 눈물이 터져 나왔다. 라이벌 앞에서 우는 꼴을 보이고 싶지는 않아 꾹 참았지만, 결국 댐이 무너진 듯 눈물이 후두둑 떨어지기 시작했다.

그 모습을 바로 눈앞에서 보고 있는 다영은 황당과 당황의 중간 사이에 있었다. 착각을 해도 아주 크게 착각을 하고 있었다. 그녀가 골치 아픈 듯 이마에 손을 얹고 고개를 절레절레 흔들다가 수연에게 다가갔다.

"그…… 수연 씨?"

"……."

상사의 물음에 아무런 말도 하지 않는 건방진 부하 직원에게 다영은 한숨을 내쉬었다. 위계질서에 확실히 어긋나는 행동이었기에 화가 날 법도 하지만, 또 한편으로는 그녀의 심정이 이해되기도 했다.

"뭔가 큰 오해를 하고 있던 모양인데."

다영이 검지로 이마를 긁적였다. 오해라는 말에 소매로 눈가를 벅벅 닦아낸 수연이 고개를 들었다. 억지로 눈물을 참으려고 했기에 눈가가 발갰다. 섹시하고 요사스럽다고만 생각했는데 이런 모습을 보니 또 청순한 것 같기도 했다. 제 감정에 솔직한 모습이 귀엽다는 생각도 들었다. 그녀는 강 팀장을 좋아한다고 생각했는데, 그게 아니었다. 다영이 볼을 긁적이다 머뭇거리며 물었다.

"수연 씨는 강 팀장 좋아하는 거 아니었어요?"

"제가 강 팀장님을 왜 좋아해요?"

운 게 확실한지 목소리가 갈라진 데다가 덜덜 떨리고 있었다. 확답을 받고 나서야 다영 역시 안도의 한숨을 내쉬었다. 솔직히 자신보다 어린 데다 예쁘고, 섹시하며, 유능하기까지 한 수연이 라이벌이었다면 그건 그것 나름대로 불편했을 것이다. 강 팀장을 좋아해서 자신을 싫어하는 거라 생각했는데, 그게 아니라 승현을 좋아해서 자신을 싫어했던 것이었다.

그렇게 생각할 법도 한 것이, 그녀가 부서 내에서 가장 친한 사원이 승현이었으니까. 따로 밥도 몇 번 먹었고, 호프도 몇 잔 했으며, 바로 옆자리에 앉아서 잘잘한 이야기까지 하며 웃고 떠들었으니 자신이 미울 법도 했을 것이다. 그럼 여태까지 자신을 노려보던 게 아니라, 승현을 보고 있던 것일 수도 있겠다는 생각이 들었다. 아니, 어쩌면 둘 다일 수도.

다영이 손을 들어 수연의 어깨를 토닥였다. 기분 나쁠 행동일 텐데도 수연은 딱히 아무런 말도 하지 않았다. 여하튼, 지금 이 순간 가장 중요한 건 그녀가 우는 걸 달래는 것보다 지금 그녀가 하고 있는 어마어마한 착각을 풀어주는 것이었다. 만약 이 사실이 준우의 귀에 들어간다면 그의 눈초리 역시 매서워질 게 분명했다.

"수연 씨가 오해한 거예요. 나랑 승현 씨 그런 사이 아니에요."

"한 대리님이랑 강 팀장님이 그런 사이란 거 알아요. 다만, 승현 씨가 한 대리님 좋아……."

다시 한 번 울컥했는지 수연의 목이 메어졌다.

"아니, 아니, 그것도 틀렸어요! 승현 씨는 나 안 좋아해요!"

"……네?"

그 말에 수연이 슬그머니 고개를 들었다. 도무지 믿겨지지 않는다는 얼굴을 하고 있었다. 그건 마치 산타클로스를 믿고 있던 소녀에게 어떤 어른이 '산타클로스는 없어, 바—보'라는 말을 들은 것과 같은 어마어마한 충격을 담은, 그런 표정이었다.

다영이 무거운 한숨을 내쉬었다. 뭘 어떻게 말해야 수연의 오해가 확실히 풀릴지 감이 잘 잡히지 않았다. 일단은 확실한 것들만 말하면 된다는 생각에 혀로 마른 입술을 핥았다.

"물론 직장 동료나 상사로서 좋아하는 건 있겠지만, 이성적으로 좋아하는 건 아니에요."

"……두 사람 되게 친해 보였는데도요?"

"그건……."

사실대로 말하고 싶지는 않지만, 아직 의심의 눈초리가 사라지지 않았기에 애꿎은 거짓말을 할 바에야 그냥 솔직하게 털어놓고 비밀을 지켜달라고 하는 편이 더 나을 것 같았다. 다영은 입술을 꾹 깨물다가 숨을 토해내며 진실도 함께 털어놨다.

"승현 씨가 내 고민 상담해 준 거예요. 승현 씨가 내 비밀을 알고 있어서."

"비밀이요?"

이번에는 궁금해하는 얼굴이었다.

"네. 그…… 강 팀장이랑 관련된, 수연 씨도 저번에 봤잖아요."

부서에서 하던 행동이 떠올라 다영은 민망한 마음에 시선을 홱 피했다. 그런 다영을 보며 수연이 며칠 전의 일을 떠올렸다. 아무도 없는 부서에서 한 대리의 손을 잡고 놔주지 않고 있는 강 팀장, 그리고 살짝 벌려져 있던 블라우스와 고개를 숙이던 강 팀장의 모습이 떠올랐다. 그다지 야한 장면이 아닌 데도 불구하고 되게 색정적으로 다가왔기에 부서를 나서서도 붉어진 얼굴을 가라앉히느라 한참을 고생했다.

그 모습을 떠올린 수연이 얼굴을 붉히자 다영이 난처한 기색으로 볼을 긁적였다. 어차피 알고 있는데 그냥 이렇게 되면 될 대로 되라지, 라는 심정이 돼버렸다.

"강 팀장이랑 나 사이, 승현 씨가 먼저 눈치채서, 그것 때문에 그런 거였어요. 나랑 승현 씨랑 진짜 아무 사이 아니에요. 못 믿겠으면 내가 승현 씨랑 수연 씨 다리 놔줄 수도 있어요."

최대한 간절해 보이는 표정과 목소리로 다영이 그렇게 말하자, 아까보다는 의심이 조금 가셨는지 수연이 눈을 살짝 내리깔았다. 그러고는 방금까지 자신이 한 행동들이 떠올랐는지 고개를 푹 숙였다. 수연은 지금 자신의 머리를 쥐어뜯고 싶은 심정이었다. 아무리 질투에 눈이 멀었다고는 하지만, 직장 상사한테 말도 안 되는 행동을 해버렸다.

다영은 그 행동에 대해 딱히 신경 쓰지 않는 것 같았으나 괜히 찔리는 마음에 여태껏 다영을 오해하면서 질투했던 것들을 떠올리며 다시 한 번 민망해졌다. 그럼 결국 애먼 사람을 상대로 질투하고 열등감을 느낀 게 아닌가. 지금이라도 당장 이 자리를 벗어나고 싶은데, 차마 이러지도 저러지도 못하며 눈만 데굴데굴 굴릴 뿐이었다.

오해가 풀리니 여태까지의 선입견들도 사라졌다. 걱정스런 얼굴로 '괜찮아요?' 라고 묻는 다영에게 미안해 입이 차마 떨어지지 않았다. 그런 줄도 모르고 다영은 아직도 수연이 승현에 대한 감정 때문에 마음고생을 한다 생각했는지 그녀의 등을 토닥여 주었다.

다영으로서는 영 탐탁잖아 하는 눈빛으로 보기에 자신이 낙하산인 데다가 준우랑 친하게 지내서 그러는 줄 알았다. 항상 인기가 많은 남자였으니까 당연히 수연도 준우를 좋아한다고 생각했다. 그런 탓에 애먼 사람을 상대로 질투했다. 그것도 연상답지 못하게. 멋쩍은 기분에 다영은 손으로 뒷목을 쓸어 넘겼다.

"뭐 합니까, 두 사람?"

그때, 뒤에서 들리는 목소리에 다영이 등 뒤로 몸을 돌리고, 고개를 숙이고 있던 수연 역시 고개를 들어 말을 붙인 사람의 얼굴을 확인했다. 물을 가지러 간다고 해놓고서는 돌아오지 않자 두 사람을 직접 찾으러 온 모양이었다. 어쩐지 평상시와 다른 두 사람의 분위기에 준우가 수연과 다영을 번갈아 봤다.

수연은 울었는지 눈 주변이 빨갰고, 다영은 어쩔 줄 몰라 하는 얼굴이었다. 그 모습을 아무 말 없이 보던 준우가 손을 주머니에 꽂은 채 고개를 슬쩍 기울이며 다영 쪽으로 걸어가서는 수연의 얼굴을 확인했다.

"혹시 한 대리한테 맞았습니까?"

"무슨 소리세요?"

"아, 아니에요! 그런 거 아니에요!"

준우가 진지한 얼굴로 농담을 하자 다영이 마뜩잖다는 듯 대꾸했다. 갑작스러운 준우의 등장에 빠져나갈 타이밍만 보고 있던 수연이 슬금슬금 뒷걸음질을 쳤다. 지금이 아니면 계속 셋이 있어야할 것 같기도 했고, 아무리 봐도 두 사람은 사귀거나, 혹은 서로에게 좋은 감정을 갖고 있는 게 분명했다. 그런 두 사람 사이에 괜히 끼어들고 싶지 않아 뒷걸음질을 치다 거리가 조금 생겼을 때 수연이 다영을 향해 허리를 꾸벅 숙였다.

"한 대리님, 죄송합니다!"

그러고는 꽁지 빠지게 도망가는 모습이, 마치 고양이를 만나서 도망가는 생쥐 같았다. 다영은 바람과 함께 사라진 수연을 어리벙벙한 얼굴을 한 채 바라보다가 이내 작게 풋, 웃었다. 그냥 여우 같다고만 생각했는데, 그녀의 생각보다는 훨씬 더 귀여운 사람이었다.

일이 어떻게 된 건지 알 도리가 없는 준우는 도대체 무슨 영문인지 몰라 다영이 말해주기를 내심 고대했건만, 딱히 그녀는 말을 해줄 생각이 없는 것처럼 보였다.

"무슨 일인데?"

"별거 아냐. 그냥 서로한테 가진 오해를 푼 거야. 근데 넌 여기에 어떻게 왔어?"

"너 찾으러 왔다가 화장실도 들를 겸 왔는데 네 목소리가 들려서."

그녀가 있는 곳은 화장실과 멀지 않은 곳이기도 해서 납득했다는 얼굴로 고개를 끄덕였다. 단둘이 있는 것은 며칠 만이라 생각하며 준우가 내심 기분 좋은 듯 웃었다. 다영도 딱히 그를 향해 빨리 가자며 보채거나 하지 않았기에 두 사람은 한참 동안 서서 둘만의 시간을 만끽하고 있는 중이었다.

딱히 말을 나누지 않아도, 함께 있는 것만으로도 좋았다. 다영이 준우의 손과 얼굴을 번갈아 보다 슬금슬금 손을 뻗었다. 잡을까 말까 고민하고 있을 때, 두 사람의 손이 스치듯 부딪쳤다. 그 기색에 준우는 아무렇지도 않게 그녀의 작은 손을 낚아채듯 잡았다.

자신의 손에 쏙 들어오는 손이 마음에 들었다. 다영은 대체로 아담했다. 키도 그렇고, 손도, 발도 그랬다. 당사자가 들으면 기분이 나쁠 수도 있겠지만, 가슴 또한 그랬다. 작다는 의미는 아니지만, 자신의 손에 쏙 들어오는 크기가 좋았다. 보드라운 손의 감촉과 손가락 사이로 느껴지는 생경한 스킨십에 괜히 다영의 얼굴이 붉어졌다.

"그런데."

"응?"

"우리가 안 친했다고?"

"아, 뭐⋯⋯."

준우가 정색하듯 묻자 다영이 어색한 웃음을 흘리며 시선을 피했다.

"안 친한 사람들끼리 그런 것도 하나 보지?"

"뭐, 뭐, 어떤 거?"

"이런 거."

준우가 냉큼 허리를 숙여 재빨리 다영의 입술에 제 입술을 댔다가 빠르게 떨어졌다. 누가 볼세라 몰래 한 키스에 다영이 눈을 동그랗게 떴다. 그가 혀로 입술을 살짝 핥고는 피식 웃었다.

"안 친한 사람끼리는 이런 거 안 하잖아."

"아, 너 이상한 데서 소심해, 진짜."

"네가 그렇게 말했잖아."

"미안, 미안해. 우리 친해. 엄청 친해."

결국 백기를 든 사람은 다영이었다. 만약 미안하다는 말도 하지 않고 계속 버티다가는 사람들이 오가는 이곳에서 무슨 일이 일어날지 몰랐다. 그러나 쉽게 항복한 것이 오히려 아쉬운지 준우가 입맛을 다시며 주위를 둘러봤다. 보고 있는 사람도, 다가오는 사람도 없었다.

이때다 싶었는지 준우는 다영의 허리에 팔을 휘둘렀다. 가냘픈 허리가 팔에 착 감겼다. 아까 전의 짧은 입맞춤이 아쉬웠는지 준우가 이번에는 농밀한 입맞춤을 시도했다. 처음에는 팔을 툭툭 치던 다영도 어쩔 수 없다 생각했는지 눈을 감았다.

입속으로 파고드는 말캉한 혀의 감촉이 평소와는 다르게 느껴졌다. 밀폐된 공간이 아닌 오픈된 공간에서 누가 볼지 모른다는 생각 때문에 평소보다 키스가 더 짜릿하게 느껴졌다. 마지막으로 아랫입술을 살짝 깨물며 입술을 뗀 준우가 다영의 이마에 자신의 이마를 맞댔다.

"이제 접근 금지는 풀린 거야?"

"이미 접근해 놓고 물어보는 건 무슨 심보래?"

다영이 입술을 삐죽 내밀자 다시 한 번 쪽, 소리가 나게 그가 뽀뽀했다.

"너 계속할 거야?"

"네가 해달라는 의미로 내민 거 아니었어?"

"너 진짜 능글맞아."

나이를 먹더니 늘어난 것은 능청스러움뿐이라며 밉지 않은 듯 흘겨봤다. 타박하는 말투지만 진심으로 하는 말이라는 것을 준우는 잘 알았다.

"그런데 물은?"

"들고 갔어. 슬슬 자리로 가자."

"응. 그럼 가자."

자리에서 떠난 지 너무 오래됐다. 사실 걱정하고 있을 사람은 별로 없을 것 같기도 하지만, 단둘만 자리를 너무 오래 비우고 있으면 오해를 받기 십상이니 그녀는 바지런히 발을 움직였다. 길을 따라 나오자 잘 보이지 않던 사람들이 하나둘씩 자리로 돌아가는 것이 보였다.

가로등처럼 서 있는 시계를 보니 점심시간이 막 끝나가고 있는 참이었다. 게다가 아니나 다를까, 다영의 생각처럼 사원들은 그녀가 자리를 오랫동안 비웠음에도 불구하고 별 신경도 쓰지 않은 채 자신들끼리 먹고 마시며 신나게 놀고 있었다.

돗자리 위에 털썩 앉은 다영이 힐끗 수연을 쳐다봤다. 아까 전만 해도 울 것 같은 얼굴이었는데, 지금은 정말 아무렇지도 않은 얼굴로 옆자리에 앉아 있는 다른 여사원과 재잘재잘 이야기를 나누는 모습이 신기했다. 아무렇지 않은 얼굴이라고 해서 정말 그렇다는 것이 아니라는 걸 잘 알기에 다영은 내심 수연이 대단해 보였다. 자신보다 어린데도 페이스 조절이 능하다는 점이 부러웠다.

다영이 슬그머니 승현의 옆에 앉았다. 점심시간이 끝나고 슬슬 체육대회의 마지막 경기인 줄다리기가 시작되려 하자, 승현이 목장갑을 손에 끼고는 나갈 준비를 하고 있었다.

"승현 씨."

"네?"

"승현 씨는 여자 친구 없어요?"

뜬금없는 질문에 승현이 다영을 빤히 바라보고는 이내 빙긋 웃었다.

"없어요."

"왜 없대? 승현 씨 인기 많지 않아요?"

"인기 별로 없어요. 아, 저도 연애하고 싶은데."

사실 승현으로서는 연애를 못 해본 지도 꽤 오래됐다. 스물여섯 살 때가 마지막 연애였으니, 벌써 3년 동안 솔로인 터였다. 그러고 보면 자신이 남의 연애에 신경 써줄 입장이 아닌데, 제 연애도

급한데 남의 연애나 신경 쓰고 있다니. 스스로가 오지랖 넓다며 타박하고 있을 때 줄다리기가 시작된다는 안내 방송과 함께 승현이 자리에서 일어났다.

"정 제가 신경 쓰이시면 한 대리님이 좋은 분 소개시켜 주세요."

승현이 한쪽 눈을 찡긋하고는 성큼성큼 걸어나갔다.

줄다리기를 끝으로 사내 체육대회는 마무리되었다. 모두들 피곤에 절었는지 기차가 출발하고 10분도 채 되지 않아 한 명, 한 명씩 잠을 자기 시작했다.

다영 역시 피곤한 것은 마찬가지였기 때문에 휙휙 바뀌는 바깥 풍경들을 바라보며 늘어지게 하품을 했다. 피곤하기는 한데 눈이 쉽사리 감기지는 않았다. 졸린 눈을 비비며 머리를 의자 등받이에 기댔다. 어찌 된 일인지는 몰라도 돌아가는 기차 안에서 다영은 준우와 나란히 앉게 되었다.

직급 순서대로 앉힌 건지, 아니면 사원들이 상사가 불편해서 그들끼리 앉혀둔 건지, 그것도 아니면 승현이 눈치껏 자신과 준우를 옆에 앉게 한 것인지 잘 모르겠다.

"잠 와?"

"조금. 넌 안 졸려?"

"생각보다 괜찮네."

다른 사람들이 혹여나 들을세라 준우가 소곤소곤 대답했다. 다영 역시 그를 따라 조용히 대답하면서 다시 한 번 기차 안을 둘러보았다. 익은 벼마냥 모두들 고개를 푹 숙이고는 쿨쿨 자고 있었다. 마치 학교 다닐 때 수학여행에서 집으로 돌아가던 길과 비슷해 보였다.

경기에 나가지 않은 것도 아닌데, 이들 중 제일 멀쩡한 얼굴을 한 준우가 빙긋 웃더니 손을 들어 작게 그녀의 머리를 쓰다듬고는 창에 기댄 머리를 자신의 어깨 쪽에 기대게 만들었다. 힘없이 끌려간 다영의 작은 머리가 이내 폭신한 그의 어깨와 팔 사이에 기대졌다.

따뜻한 온기와 단단한 듯하면서 말랑한 감촉이 머리에 닿자 정말로 잠이 몰려오기 시작했다. 입을 가리고 작게 하품 소리를 내며 천천히 두 눈을 깜빡였다. 시야가 점차 흐릿해지더니, 그의 핸드폰 진동 소리가 설핏 들려왔다. 진동이 한 번으로 끝나지 않는 것이, 아마 전화인 모양이었다. 실눈으로 핸드폰 액정 화면에 뜬 발신자를 확인하니 '아버지' 라는 단어가 눈에 들어왔다.

"전화 받고 와."

"그래야겠다. 뭐 필요한 거 있으면 가방에서 꺼내 써. 안에 담요도 있어."

"응."

'여보세요?' 라는 말소리과 함께 수화기 너머로 익숙한 회장님의 목소리가 들려왔다. 목에 뭐 받칠 만한 것은 없나 싶어 가방을 뒤지다가, 익숙하게 준우의 가방 역시 살폈다. 목 받침으로 쓸 만한 것은 보이지 않고, 다만 담요가 눈에 띄었다.

돌돌 만 담요를 꺼내 머리에 받쳐 봤지만 편해지지는 않아서 그냥 무릎 위에 담요를 올리고는 눈을 감았다. 기차가 움직이면서 덜컹덜컹 소리가 났다. 사람들이 몸을 움직이면서 나는 약간의 소음도 귓가에서 서서히 멀어지기 시작했다.

마치 누군가 눈두덩 위로 잠이 오는 약을 솔솔 뿌린 것 같다. 의식이 흐릿해지려고 할 때, 통화를 끝낸 준우가 조용히 옆에 와 앉았다.

"전화하고 왔어?"

졸음이 가득한 목소리에 그의 얼굴이 설핏 다정하게 풀렸다. 그 모습이 알게 모르게 마음의 안정을 가져다주자 다영 또한 고개를 돌린 채 그를 따라 살며시 웃어 보였다.

"회장님이 뭐라셔?"

"같이 저녁 먹자고 하시더라."

"언제?"

"내일."

"아……."

다영의 목소리가 점차 희미해졌다.

"아버지가 너랑 같이 오라고 하시네."

잠이 와서 그런지 그 말이 귀에 잘 들리지 않았다. 다영은 힘없이 고개를 끄덕이곤 웅얼거렸다.

"그래야지……. 조금 있으면 회장님 생신, 이시잖아……. 도움도 많이 받았는데 뭐 해드리면 좋을까……."

"글쎄."

준우가 잠시 고민하는 얼굴을 하다가 이내 무어라 웅얼거렸다. 하지만 그 말을 채 듣기도 전에 애써 뜨고 있던 눈꺼풀이 아예 감기고, 다영의 목이 힘없이 아래로 꺾였다. 그 모습을 보며 준우가 픽 웃고는 그녀의 머리를 천천히 제 어깨로 가져갔다.

아버지가 원하는, 그리고 자신도 원하는 딱 한 가지를 말했지만, 그녀는 듣지 못한 듯하였다. 겨우겨우 잡고 있던 의식의 끈을 결국엔 놓쳐 버리고 새근새근 잠든 다영의 모습에 준우가 입술 끝을 부드럽게 올리며 힘없이 늘어진 다영의 손을 슬그머니 맞잡았다. 손에 전해지는 온기가 익숙한 듯 다영은 자고 있으면서도 입술 끝이 위로 향했다.

맞잡은 두 손을 보며 준우가 조용히 중얼거렸다.

"……결혼."

그렇게 조용히 말하건만, 다영에게서는 답이 없었다.

"아버지가 너랑 내가 결혼하길 원하셔."

"……."

"그리고 나도 마찬가지야."

준우가 마주 잡은 다영의 왼손에 힘을 주면서 손끝으로 그녀의 약지를 어루만졌다.

누군가 어깨를 흔드는 기척에 다영은 감고 있던 눈을 번쩍 떴다. 작게 하품을 하고는 옆을 보니 준우가 자신을 향해 빙긋 웃고 있었다. 주위를 둘러보니 모두들 기차 안에서 쪽잠을 잔 것이 충분하지는 않았는지 피곤에 전 얼굴로 짐을 주섬주섬 챙기고 있었다.

"다 왔어?"

"어. 곧 내려야 돼."

잘 떠지지 않은 눈을 다시 감고 목 뒷덜미를 계속 쓸며 다영이 기지개를 쭉 켰다. 어디선가 앓는 소리가 나더니 그녀의 팔이 아

직장상사와 전 남자친구의 상관관계

래로 떨어짐과 동시에 어깨 역시 아래로 축 늘어졌다. 하품을 늘어지게 하고 싶은 것을 꾹 참으며 다영 역시 가방을 챙기기 시작했다. 딱히 챙겨온 것들이 많지는 않았기에 그리 부산스럽게 움직일 필요는 없었다.

자는 동안 다영의 무릎 위에 곤히 놓여 있던 담요를 곱게 접어 그에게 내밀었고, 마시던 물과 먹다 남은 간식들을 가방 안에 쑤셔 넣고는 지퍼를 잠근 후 무릎 위에 올렸다. 가방을 꼭 안은 채 기차가 멈추길 기다리고 있는데 진즉에 준비를 끝낸 준우가 팔걸이에 팔을 올리고 턱을 괸 채 다영의 옆모습을 빤히 바라보고 있었다.

뚫어져라 보는 시선이 꽤나 부담스러워 애써 모르는 척하던 다영이 힐끗힐끗 시선을 옆으로 돌렸다. 진중한 눈빛으로 자신을 보고 있는 그 눈빛이 얼마나 뜨거운지, 옆통수가 뜨끈뜨끈했다.

"왜 그렇게 봐?"

"그냥."

"뭐야?"

시시한 대답에 그녀가 킥, 하고 웃었다. 기차가 멈추고 안내 방송이 나오자 가만히 앉아 있던 사원들이 하나둘씩 일어나기 시작했다. 다영과 준우 역시 자리에서 일어나서 문 쪽으로 걸어갔다. 갑갑했던 기차 안에서 벗어나자 창문으로만 보이던 파란 하늘이 바로 눈앞에서 펼쳐졌다. 몸에 덕지덕지 달라붙은 후덥지근한 기운이 선선한 바람과 함께 날아갔다.

어쩐지 개운한 느낌에 다영은 두 손을 깍지 끼고는 위로 쭉 뻗었다. 마치 기지개를 켜는 고양이처럼 몸을 위로 쭉 올렸다. 기차 안에서 찌뿌듯했던 것이 한 번에 사라졌다. 사원들이 이런저런 이야기를 하면서 역을 빠져나가기 시작했다. 사람이 많아서 그런지 확실히 부산스러웠다. 다영도 사원들 틈 사이에 끼어 주위를 둘러보고 있었는데, 그때 승현과 이야기를 나누고 있는 수연의 모습이 눈에 들어왔다.

평소와 다를 것 없는 얼굴이지만, 수연이 승현을 좋아한다는 말을 한 뒤로는 그 모습이 평소와 다르게 느껴졌다. 예를 들어 간혹가다 승현과 이야기를 할 때 수연이 웃는 모습이라든가, 아니면 볼을 붉히는 모습 같은 것들이 말이다. 도와주고 싶다는 생각이 들다가도 괜히 직장 상사가 눈치 없이 군다는 말을 듣고 싶지 않았기에 멀찍이서 보다가 이내 고개를 돌리고는 짐짓 모른 체했다.

역을 빠져나와 크고 기다란 시계를 보니 시각은 오후 5시가 다 되어가는 중이었다. 사원 중 한 명이 대충 박수를 치며 '오늘 수고하셨습니다!' 라는 말을 하자 다른 사원들 역시 '수고하셨습니다' 라든가, '수고했어요' 라는 말을 하고는 뿔뿔이 흩어졌다.

다영 역시 집을 향해 터덜터덜 발을 움직였다. 지친 걸음걸이로 혼자 걷는 다영의 뒤를 준우 역시 같은 방향인 양 따라왔다. 그러다 멀찍이서 '팀장님, 수고하셨습니다!' 라고 인사하는 사원들을 향해 웃어주며 고개를 끄덕이고는 다시 그녀의 뒤를 따랐다.

다영이 두 걸음을 걸을 때 그는 한 걸음을 걸었다. 삼성동 쪽으로 향하는 버스정거장에 도착하자 그제야 준우가 빠른 걸음으로 다가와 다영의 어깨를 턱 잡았다.

"한 대리."

"예?"

갑작스럽게 뒤에서 어깨를 잡는 탓에 깜짝 놀란 다영의 심장이 벌렁벌렁하는 것을 아는지 모르는지 준우는 태평한 얼굴이었다.

"잠깐 할 이야기 있는데."

"네……."

그 말을 하고 먼저 성큼성큼 걸어가는 준우의 뒤를 따라 다영이 잰걸음으로 걸어갔다.

"아까 전에 했던 말 기억해?"

"뭐?"

다영은 기차역 근처에 사람들이 쉴 수 있게끔 만들어놓은 벤치에 앉아서 서서 말하는 준우를 보기 위해 고개를 들었다.

멀뚱히 자신을 쳐다보는 다영의 모습에 준우가 약간은 심통 난 얼굴을 했다. 그래도 잠결에 들었을까 하고 나름 기대를 했는데, 아예 듣지 못한 모양이었다. 아버지가 한 말을 그녀에게 곧이곧대로 지금 말할까 하다가도 이내 그것은 너무 이르다는 생각에 고개를 휘휘 저었다. 5년을 사귀면서 서로에 대해 잘 알고는 있지만 다시 만나기 시작한 지는 며칠 되지 않아 너무 성급한 것은 아닌가, 라는 생각 또한 들었다. 혹여나 다영이 너무 이르다고 생각하며 돌려 거절하는 것을 준우는 원치 않았다.

아무 말도 하지 않고 가만히 내려다보는 눈빛에 다영은 고개를 갸웃했다. 반대 방향에서 타야 할 사람이 지금 여기 있다는 것은 자신에게 할 말이 있다는 것 같은데, 왜 아무 말도 하지 않고 가만히 내려다보기만 하는지 모를 일이었다. 그런데 그 눈빛이 대학 시절의 눈빛과 굉장히 겹쳐 보이고, 자신을 설레게 만들던 눈빛이라 피곤해 죽겠는데도 가슴은 다시 한 번 또 울렁였다.

"뭐, 기억할 거라 생각하진 않았지만."

"뭐?"

도대체 모를 말만 하는 준우을 향해 미간을 살짝 좁혀 보였지만, 그는 그저 씩 웃더니 다시 한 번 입을 열었다.

"아버지가 내일 식사 같이했으면 해서. 시간 괜찮아?"

"나야 상관없지."

다영은 곧 있으면 강 회장의 생일이라는 것을 떠올렸다. 좋아하실 만한 선물이 뭐 있을까 생각하다가 한식을 좋아하시는 분이니 좋은 한식당에 함께 가면 좋겠다는 생각을 했다.

"그럼 내일 점심 같이하는 걸로 할게."

"그래."

"집까지 태워줄까?"

"차 있어?"

생각지도 못한 말에 준우가 가볍게 고개를 끄덕였다. 기차역까지 차를 몰고 왔는지 근처 주차장을 가리켰다.

"아, 그러면 나 신세 좀 져도 될까? 집 말고 백화점 가려고 하거든."

"백화점엔 왜?"

"곧 있으면 회장님 생신이잖아. 선물 준비하려고."

다영이 가볍게 웃으며 대답했다. 아들인 자신도 딱히 선물을 준비하지 않는데, 오히려 타인인 그녀가 제 아버지의 생일을 준비하겠다고 말하는 모습을 옆에서 지켜보니 기분이 묘했다. 그렇다고 그 기분이 나쁜 것이라기보다는, 배를 탄 것처럼 가슴이 울렁거리는 듯한 느낌이었다. 난생처음 느껴지는 생소한 감정이 그의 가슴을 작게 두드렸다.

아까 전에 먹은 점심이 잘못되기라도 한 걸까? 가슴도 답답하고, 깊숙한 곳에서부터 무언가 이상한 것이 부글부글 끓어오르는 것 같은 기분이었다. 애써 무시하려고 해도 쉽사리 사라지지 않는 기분에 그는 미간을 좁힌 채 발을 돌렸다.

주차장으로 걸음을 옮기는 발길에, 다영 역시 벤치에서 벌떡 일어나 그의 뒤를 종종걸음으로 쫓았다.

항상 발걸음을 맞춰주던 녀석이 갑자기 앞서 걸어가는 뒷모습을 보이자 다영은 이상하다는 기분이 들었다. 아까까지만 해도 웃으면서 이야기를 하던 녀석이 왜 저러나 하는 생각이 들긴 했지만, 물어보지는 못한 채 주차장 안쪽으로 들어갔다. 차를 빼 올 테니 기다리라는 그의 말에 고개만 작게 끄덕이고는 주차장 바로 앞에서 차가 나오기만을 기다렸다.

멀거니 발장난을 치는데 갑자기 수연이 머릿속에 떠오르면서, 그녀의 고백 또한 떠올랐다. 승현을 좋아한다니, 생각지도 못한 반전이었다. 하긴 승현 정도면 확실히 괜찮은 남자라는 생각은 평소에도 가지고 있었다. 얼굴도 괜찮고, 눈치도 빠르고, 일도 빠릿빠릿했다. 만약 팀장인 준우의 외모나 스펙이 월등하게 뛰어나지 않았더라면 디자인팀의 인기는 죄다 승현에게로 몰렸을 것이 틀림없다. 다만, 남의 일에는 눈치가 빠른데 어째 자신의 일에는 눈치가 없는지 모를 일이었다.

수연이 어떠냐고 한 번 떠볼까? 잘 어울린다고 한 번씩 말이라도 해볼까? 하다가 그건 너무 주책인 것 같아 망설여졌다. 네 살 차이면서도 상사라는 타이틀 때문에 이러지도 못하고, 저러지도 못할 것 같았다. 게다가 그녀는 딱히 수연을 도와주고 싶기보다는, 아니, 물론 수연을 도와주고도 싶지만 주된 목적은 승현을 도와주고 싶은 마음이 컸다.

준우와 잘되기 전에 승현이 용기를 불어넣어 준 것도 사실이고, 말을 잘 들어준 것도 부정할 수 없는 사실이니까 말이다. 수연은 얼굴도 예쁘고, 몸매도 예뻤으며, 일도 잘하고, 어딘가 여우 같은 면이 있으니 답답하지도 않을 것이다. 준우를 좋아한다고 생각할 때는 하나같이 다 마음에 안 드는 점이었는데, 그녀가 준우를 좋아하지 않는다는 걸 확인하고 나니 그 모든 것들이 좋게만 보였다. 뭐, 그 고양이처럼 앙칼진 모습이 귀엽기도 했고.

자신과 친한 모습에 안절부절못했을 수연을 생각하며 다영이 킥킥 웃었다. 불과 며칠 전만 해도 그것이 자신의 모습이었다는 것을 다영은 망각한 듯싶었다. 한참 동안 혼자 숨죽여 웃고 있는데, 주차장 밖으로 잘 빠진 검은색 승용차 한 대가 나왔다. 운전석에 앉아 있는 남자가 준우라는 것을 확인한 그녀가 뒷자리에 여행 가방을 던지고는 재빨리 조수석에 앉았다.

"무슨 생각 하느라 혼자 웃고 있어?"

"아니. 뭐, 그냥. 근데 여기서 제일 가까운 백화점이 어디지?"

"여기 바로 앞에 있어. 얼마 안 걸려."

그가 백화점을 향해 차를 출발시키자 다영은 푹신한 차시트에 몸을 파묻었다.

"선물 뭐 살 건데?"

"딱히 떠오르는 건 없는데, 지갑이나 만년필?"

다영이 어물거리며 뒷말을 붙였다. 시계도 괜찮을 것 같은데……. 턱을 쓰다듬으며 남자들이 좋아할 만한 선물 목록들을 머릿속에서 쭉 뽑아냈다. 시계, 지갑, 만년필, 넥타이가 떠올랐다. 사실 아버지라도 살아 계셨으면 아버지한테 선물한 것들과 비슷한 것으로 하면 되는데…….

"네가 주는 거면 다 좋아하실걸?"

옆에서 열심히 고민하고 있는 그녀를 안심시키려는 듯, 준우가 말했다. 다영은 자신을 안심시키기 위해 그런 말을 했다고 생각하겠지만, 준우는 진심을 담아서 한 말이었다. 아버지는 대학생 때부터 다영을 봐왔고, 이상하게도 그녀를 마음에 들어 하셨으니 어떤 선물이든 기쁜 마음으로 받으실 게 뻔했다.

그러고는 자신에게 '다영이 반이라도 닮아보렴'이라는 타박을 하실 게 눈에 선했다. 어느새 멀찍이서 큰 백화점 건물이 보이자 다영이 편하게 기대고 있던 몸을 일으켰다. 백화점 안으로 들어간 차가 주차 요원의 안내에 따라 주차장 내부에서 빙 돌았다. 준우가 한 손으로 핸들을 잡고 운전하는 모습이 퍽 멋있어서 그녀가 흐뭇하게 웃었다. 저렇게 멋진 남자가 제 남자라니, 뿌듯하기도 하고 흐뭇하기도 했다.

주차를 마치자 다영이 차 문을 열고 내려 그와 어깨를 나란히 했다. 연애 초창기 때처럼 그녀가 그의 손을 내려다봤다. 크고 기다란 이 손을 참 좋아했던 다영이 잡을까 말까 고민하고 있을 때, 준우가 그녀의 손을 재빨리 낚아채고는 다영의 작은 손가락 사이에 제 손가락을 끼워 넣었다.

어쩐지 야한 느낌이 들었다. 입맞춤도, 포옹 같은 스킨십도 좋지만, 다영에게는 이상하게도 자극적으로 다가오는 스킨십이 깍지 낀 손이었다. 그녀는 입이 헤실 풀리면서 웃음이 나오려는 것을 꾹 참으며 맞잡은 손을 작게 흔들었다.

주차장을 빠져나온 두 사람은 매장으로 가기 위해 엘리베이터 버튼을 꾹 눌렀다. 슬슬 사람들이 몰려들 시간이라서 그런지 연인이나 어린아이들보다는 주부로 보이는 사람들이 훨씬 더 많았다.

"남자들은 쇼핑 따라오는 거 별로 안 좋아한다면서?"

"우리 아버지 생신 선물 사는 건데 당연히 와야지."

"옆에서 막 잔소리하는 거 아니야?"

"빨리 안 고르면 그럴 수도?"

"빨리 고를 거야. 어차피 선물만 살 건데, 뭐."

그녀가 킬킬 웃으며 엘리베이터를 탔다. 매장으로 가는 버튼을 꾹 누른 두 사람은 잡은 손을 놓지 않은 채 엘리베이터가 움직이는 것을 느꼈다. 주부들이 많이 오는 시간대라 그런지 남성 용품 매장은 대체로 한산했다.

차라리 사람 많은 주말에 와서 이리저리 치이는 것보다 나았기에 안도하며 다영이 주위를 둘러보았다. 만년필, 시계, 지갑…… 셋 중에 아직 정하지 못했는지라 매장을 쭉 돌기만 했다.

"아직 못 정했어?"

"아저씨 필요한 거 없으시대? 선물은 실용적인 게 최곤데."

아직 고르지 못한 선물을 두고 그녀가 끙끙 앓는 소리를 냈다. 보통 여자들은 실용적인 것보다는 비실용적이지만 예쁜 것을 좋아하지 않나? 준우가 고개를 갸웃했다. 예를 들어서 시들 줄 알면서도 꽃다발을 선물받길 원하는 것처럼. 준우가 의아해하고 있을 때, 아래에서 저를 빤히 바라보는 다영의 시선을 느끼고는 가볍게 그녀의 머리를 톡톡 두드렸다.

"지갑이 괜찮을 것 같은데."

"역시 지갑이 낫겠지? 선물할 때 안에 행운의 2달러를 넣어서 드리는 거지."

좋은 아이디어라며 다영이 스스로를 칭찬했다. 한 번 결정하면 멧돼지처럼 돌진하는 성격의 그녀답게 정하자마자 재빨리 지갑을 파는 곳으로 성큼성큼 걸어갔다. 주위를 한 번 슥 훑어보면서 이 지갑, 저 지갑을 보고 있는데 매장의 여직원이 웃는 낯으로 두 사람에게 다가왔다.

"찾으시는 거 있으세요?"

"지갑 좀 보려고 하는데요."

"어느 분이 사용하실 거세요? 남자 친구분?"

직원의 시선이 슬쩍 다영의 옆에 있는 준우에게로 향했다. 가벼운 캐주얼 차림에도 불구하고 귀티가 났다. 남자가 좀 아까운 것 같다는 생각을 하며 다영을 봤는데, 직원은 방금 떠올린 생각을 취소했다. 당고머리를 한 채 조그마한 얼굴과 사슴처럼 동그란 얼굴, 그리고 복숭아빛 입술이 오밀조밀하게 움직이는 것을 보니, 같은 여자가 봐도 사랑스럽다는 생각이 물씬 드는 외모였다.

"남자 친구분이 쓰실 건가요?"

"네 것도 사 줄까?"

"됐어."

준우가 픽 웃으며 진열된 지갑을 둘러봤다.

지칭하는 말이 오빠가 아니라 '너' 라는 것을 봐서 나이 차이가 생각보다 많이 나지는 않는가 보다고 생각하던 직원이 자신의 쓸데없는 생각에 이내 고개를 휘휘 저었다.

"좀 어르신들이 좋아하는 지갑 있나요?"

"요즘 어른들이 자주 찾으시는 지갑은⋯⋯."

여직원이 이런저런 지갑을 꺼내며 구구절절 말했다. 브랜드가 어떻고 저떻고 말하는 걸 한 귀로 대충 듣고 흘리면서 다영은 빠르게 지갑을 스캔했다. 어떤 게 괜찮을까, 하며 디자인을 살피던 다영이 준우에게 손짓했다. 그에 다른 걸 보고 있던 준우가 그녀 쪽으로 걸어왔다.

"어떤 게 괜찮아?"

준우가 눈으로 이것저것 보고 있는데, 다시 한 번 매장 직원이 말을 꺼냈다.

"혹시 시아버지 되실 분 드리려는 거세요? 그러면 가운데에 있는 이걸 추천해 드려요. 시댁 식구분들이랑 같이 오는 며느리들이 많은데, 대체로 시아버님 되시는 분들이 이런 디자인을 선호하시거든요."

시아버지? 다영은 그 어색한 호칭을 입안에 굴려보았다. 스물을 넘긴 지 얼마 안 됐을 때부터 강 회장을 뵈어도 항상 아저씨라거나 회장님이라고밖에 부르지 않았는데, 시아버지라니. 귀로는 항상 들어와 익숙하면서도 말로 직접 하는 것은 어색한 호칭이었다. 준우와 다영이 서로를 보다가 그녀가 먼저 고개를 슬며시 돌렸다. 화끈거리는 얼굴을 감추며 다영이 매장 직원이 추천한 지갑 바로 옆에 있는 지갑에 시선을 돌렸다.

대체적으로 짙은 남색에 가운데에 로고 하나가 박혀 있는 디자인이 화려한 것보다는 심플한 것을 좋아하는 강 회장이 좋아할 만

했다.

"이걸로 주세요. 선물하는 거니까 포장 예쁘게 해주세요."

"네."

싱글벙글 웃는 매장 직원을 뒤로한 채 다영이 힐끔 준우의 뒷모습을 바라봤다. 시아버지라니⋯⋯. 만약 자신과 준우가 결혼을 한다면 그렇게도 될 수 있는 관계였다. 그때 문득 떠오른 건 '너 나랑 결혼할 거 아니었어?'라는 준우의 한마디.

물론 결혼을 한다면 그녀 역시 준우와 결혼하고 싶었다. 상대도 그밖에 없다는 것도 스스로 잘 알고 있었다.

그녀 나이 이제 서른셋. 혼기가 차고, 올 한 해도 흐지부지 흘러간다면 슬슬 노처녀라 불려도 이상하지 않을 나이가 된다. 하지만 결혼이라든가, 시아버지라든가 하는, 갑자기 현실적인 이야기가 다가오니 머리가 해롱해롱한 것이 정신을 차릴 수가 없었다. 하지만,

'결혼하면 좋겠다⋯⋯.'

다영은 문득 떠오른 생각을 속으로 되뇌며 준우의 얼굴을 확인했다. 자신이 원한다 하더라도, 그가 어떻게 생각할지는 미지수였다. 끙, 앓는 소리를 내고 있을 때, 매장 직원이 예쁘게 포장한 지갑을 그녀에게 건넸다. 다영은 그 지갑을 받아 들고는 매장을 재빨리 나섰다.

갑작스러운 매장 직원의 말 때문일까, 집으로 돌아가는 길은 침묵, 그 자체였다. 굳이 준우가 먼저 말을 꺼내지도 않았고, 다영역시도 말을 걸지 않았다. 괜히 이상한 말을 했다가는 분위기가걷잡을 수 없을 만큼 이상해진다는 것을 두 사람 다 직감하고 있

는 것이었다. 다영이 슬쩍 그의 눈치를 보고 있을 때 차가 그녀가 살고 있는 빌라 앞에 부드럽게 정차했다.

"다 왔어."

"으응, 태워다 줘서 고마워. 같이 백화점 가준 것도 고맙고."

"별거 아닌데, 뭐."

준우가 웃으면서 뒤에 있는 가방을 챙겨 차에서 내리려고 하자 그녀가 손을 절레절레 흔들었다.

"내릴 필요 없어."

"가방 무거울 텐데."

"괜찮아. 별로 안 무거워. 오늘 진짜 고마웠어."

"뭐……."

준우가 뒷말을 흐리더니 알겠다며 고개를 끄덕였다. 준우 역시 신경이 쓰이는 듯, 뭔가 아까와는 태도가 미묘하게 달랐다. 뒷좌석에서 가방을 챙겨 메고, 아까 전에 산 지갑 역시 챙겼다. 다영이 배웅하듯 손짓하자 준우가 차창을 내렸다. 아무 말도 하지 않고 서로를 빤히 바라보고만 있다가 준우가 어느 순간 눈을 휘며 천천히 입을 벌렸다.

"조심히 들어가."

다정한 그 말에 피로가 봄눈 녹듯이 사르르 녹았다. 준우가 예쁘게 웃은 것처럼 다영 역시 눈이 예쁘게 호선을 그리며 고개를 끄덕였다.

체육대회를 마친 후 다영은 한가로운 주말의 오전을 만끽하고 있었다. 혼자 있으니 챙겨 먹기도 귀찮을뿐더러, 솔직히 배도 그다지 고프지 않아 얼마 전에 사둔 사과를 씻어 한입 베어 물며 TV 예능 프로를 보고 있었다. 화면에서 웃음소리가 와르르 터지자 다영 역시 입에 사과를 문 채로 피식피식 웃음을 흘리다가 리모컨으로 채널을 이리저리 돌렸다.

주말이건만 한가롭기 그지없었다. 아직 피로가 남아 있기는 하지만 늦게까지 늘어지게 잔 덕분에 지금은 그다지 피곤한 줄도 모르겠고, 어차피 조금 있으면 강 회장을 만나러 나가야 하니, 지금은 그냥 아무것도 하지 않다가 나중에 씻고 밖으로 나갈 생각이었다.

아삭, 하고 다시 한 번 사과를 베어 무는 소리가 거실을 울렸지만, 금세 TV의 시끄러운 소리에 묻혔다. 입안에서 도는 새콤한 사과 향기가 괜찮기도 하고 과즙이 달기도 하여 한 개 더 꺼내 먹을까 하는 생각으로 소파에서 몸을 일으켰는데 핸드폰의 요란한 벨소리가 쿵짝쿵짝 시끄럽게 들려왔다. 손에 묻은 사과즙을 대충 트레이닝복에 슥슥 닦고는 전화기를 귀 옆에 갖다 댔다.

"여보세요?"

[야, 빅뉴스! 빅뉴스!]

"갑자기 뭐야?"

TV 소리에 묻히지도 않고 떠들어대는 다혜의 목소리에 다영이 인상을 찡그리며 핸드폰을 귀에서 멀찍이 떨어뜨렸다.

[진짜 빅뉴스!]

"뭔데? 김영은이 이혼이라도 한대?"

[야, 넌 무슨 그렇게 살벌한 말을 아무렇지도 않게 하냐? 그게 아니라 지수 결혼한대.]

"지수?"

걔가 누구더라? 학과 생활을 충실하게 한 편도 아니고, 미국에서 생활한 시간이 꽤 길다 보니 친하게 지내거나 임팩트 있는 동기들을 제외하고는 그다지 기억나지 않았다. 얼굴을 떠올리려고 해도 기억이 가물가물했다.

[왜, 걔 있잖아, 대학 졸업하자마자 결혼했던 이지수.]

"아아, 걔."

그때 나름 유명했지. 다영은 대충 다 먹은 사과를 음식물 쓰레기통에 버리고는 싱크대에서 흐르는 물에 손을 씻었다.

"근데 걔 결혼했었잖아?"

[이혼했어.]

"걔도 참 인생 스펙터클하게 산다."

농담이 아니라 진심으로 한 말이건만 다혜는 뭐가 그리 웃긴지 한참을 깔깔 웃어댔다.

[여하튼 이번에 회사 동료랑 결혼한다고 하더라. 그러면서 나한테 하는 말이, 넌 언제 결혼할 거냐고 하더라. 아니, 결혼은 뭐, 혼자 하나?]

"그래그래."

[기분도 꿀꿀한데 저녁에 같이 맥주나 마시자.]

"너 그게 목적이지?"

[뭐, 그런 것도 있고.]

멋쩍은 웃음소리가 수화기 너머에서 흘러나왔다.

"근데 나 오늘 약속 있는데."

[약속?]

"어. 조금 있다 나가야 돼."

[그래? 누구 만나는데? 강준우?]

농담 가득한 목소리에 다영이 목덜미를 긁으며 시원스레 대답했다.

"응."

[진짜야?!]

다혜가 갑자기 고함을 꽥 지르자 귀가 아팠다.

"그런 걸로 거짓말을 왜 해?"

굳이 거짓말을 하고 싶지는 않았다. 회사에서도 딱히 숨기는 것은 아니지만, 굳이 나서서 사귄다고 하지도 않았다.

[그렇게 안 만난다고 하더니만……]

"다시 사귄 지는 얼마 안 됐어."

다영은 피식 웃으며 소파에 편하게 몸을 기대앉았다. 갑작스러운 소식에 놀랐는지 다혜가 한참을 어물어물거렸다. 하긴 다혜의 입장에서는 퍽 놀라울 만한 소식이었다. 같은 회사라 오다가다 얼굴을 자주 보면서 짧게라도 이야기를 나누는 주원이랑은 달리 다혜와는 얼굴을 볼 시간이 쉽사리 나지 않으니, 준우와 관련된 얘기 또한 잘 듣지 못하는 것은 당연한 일이었다.

게다가 입국했을 때 그렇게 난리를 치면서 두 번 다시 만나지 않을 것처럼, 무슨 원수 보듯이 했으니 그녀의 입장에서는 충분히 당혹스럽고 뜬금없는 소식이었으리라.

다영 역시 멋쩍은 얼굴로 웃고 있을 때, 한참 동안 어물거리던 다혜가 조심스럽게 다시 '진짜?'라고 되물었다. 그 물음에 눈앞에 있어 보는 것도 아닌데 다영은 작게 고개를 끄덕이며 답했다.

"응."

[세상에 만상에. 평생 안 만날 것처럼 굴더니. 강준우가 다시 만나자고 하든?]

"뭐, 그렇지."

[5년 사귀던 남자 친구랑 재결합이라……. 너 강준우랑 결혼하겠다, 야.]

결혼? 그 말에 다영의 얼굴이 홧, 하고 달아올랐다. 다혜의 말이 부끄럽다기보다는, 어제 아무것도 모르는 매장 직원이 무심결에 한 '시아버지'라는 말과 연관되고, 친한 친구들이 자신들을 봐도 결혼이라는 이야기를 쉽사리 엮는 것이 부끄러웠다.

솔직히 강준우만큼 오래 만나온 사람이 없고, 현재 만나는 사람이 강준우이니 계속 만남이 이어지다 보면 아마 그녀의 결혼 상대는 그가 될 것이 분명하긴 했다. 딱히 그가 결혼 상대로 부족하다거나 사람 자체가 마음에 들지 않는 것은 아니었다. 다만, 강준우는 그렇게 생각하지 않는데 자신만 결혼에 대한 생각을 하고 있는 것은 아닐까란 생각이 강하게 들기 시작했다.

[뭐야? 여보세요? 다영아?]

"어? 어어. 듣고 있어."

[왜 말을 안 해? 너 걔랑 결혼할 생각 없어?]

"다시 만난 지 얼마나 됐다고. 내 결혼 말고 네 결혼이나 신경써."

다영이 말을 어물거리다가 뒷말을 새침하게 대꾸했다.

[남자가 있어야 결혼을 하든가 말든가 하지.]

분명 전화한 이유가 투덜거리기 위해서가 아닐 텐데도 다혜는 수화기 너머로 계속 투덜거렸다. 대충의 이야기는 그랬다. 결혼을 늦게 하는 추세이기는 해도 올해가 넘어가면 주위에서 노처녀 대열에 합류하겠다는 잔소리를 듣고, 부모님 역시 언제 결혼할 거냐는 잔소리를 얼굴 볼 때마다 한다는 얘기였다.

"너 자꾸 투덜거리려면 전화 끊어."

[와— 너는 애인 있다, 이거지?]

"무슨. 됐고. 나 슬슬 나갈 준비해야 돼. 전화 끊는다?"

[그래, 계집애야. 야, 근데 너 지수 결혼식에 갈 거야?]

"뭐. 초대하면."

[걔 대학 동기들은 다 초대할 것 같더라.]

"그럼 가야지, 뭐."

다영이 시큰둥하게 말하고는 전화를 끊었다. 핸드폰을 충전기에 꽂고는 그것을 멀뚱히 내려다봤다. 그러고는 강 회장이 구해준 집을 한 번 쭉 훑어봤다. 혼자 살기에는 꽤 넓은 집이었다. 치안이 좋은 동네이긴 하지만, 확실히 여자 혼자 사는 것은 위험한 일이기도 했다. 순간, 몸을 덮쳐 오는 외로움에 저도 모르게 손으로 팔뚝을 문질렀다.

결혼이라……. 얼굴도 잘 기억나지 않는 대학 동기의 결혼 소식에 문득 이 넓은 거실에 만약 혼자가 아닌 자신이 사랑하는 남자가 함께 있다면…… 하고 생각해 보았다. 둘이 살기에는 좀 좁은 편에 속하기는 하겠지만, 그건 또 그것 나름대로 괜찮을 것 같다. 살을 부대끼며 정을 나누고 생각을 나누는 것. 평생을 다른 가치관으로 살아온 상대와 맞춰가며 행복하게 사는 것도 괜찮다 싶은 생각이 들었다.

친하지 않은 동기의 재혼 소식에 질투가 나는 건지, 아니면 부러운 건지 잘 모르겠다. 다만, 알 수 있는 것은 그녀 역시 지금 결혼을 하고 싶다는 거였다. 물론 강준우가 며칠 전에 농담 삼아서 나랑 살 거 아니냐란 말을 하긴 했지만 그게 진심인지 거짓인지는 알 수 없었다. 이런 마음이 드는 이유가 나이가 들어서 그런 것인지, 아니면 갑자기 외로워서 그런 건지 잘 모르겠다. 그렇다고 결혼이라는 큰일을 갑자기 외로워졌다고 덜컥 한다는 건 좀 말이 안 되는 일이었다.

내려다보고 있던 핸드폰 액정 화면에 다시 한 번 불이 들어오고 또 한 번 요란한 벨소리가 울려댔다. 다영은 핸드폰을 들어 냉큼 전화를 받았다.

"여보세요?"

[어, 나야.]

"응."

[3시 30분까지 너희 집 앞으로 갈게.]

지금 시각은 2시 20분을 막 넘긴 참이었다. 샤워하고 화장하기에는 충분한 시간이었다.

"알았어."

바지런히 준비를 끝내고 약속 시간에 맞춰 내려간 다영이 근처에 주차되어 있는 차의 유리에 제 얼굴을 비춰보았다. 어제 팩을 하고 자서 그런지 화장도 잘 먹었고, 옷도 깔끔하게 잘 입었다. 평소에 그렇게 높은 굽을 신지 않다가 갑자기 몇 센티나 되는 힐을 신어서 그런지 다리가 조금 후들거리는 건 있었지만, 못 참을 정도는 아니었다. A라인 스커트의 끝을 한 번 잡고, 묻지도 않은 먼지를 대충 털어내고는 손목에 찬 시계를 확인했다.

잠시 후 멀리서 척 봐도 반질반질하고 비싸 보이는 승용차 한 대가 그녀가 거주하고 있는 빌라 앞으로 부드럽게 다가왔다. 기사님이 운전하고 계시나 하며 운전석을 보기 위해 고개를 옆으로 숙이자, 창이 징, 하고 내려가며 운전석이 드러났다. 운전석에는깔끔하게 차려입은 준우가 앉아 있었다.

"타."

단 한 마디에 다영이 대답도 하지 않고 문을 열고 옆자리에 앉았다. 그리고 준우는 아주 당연하다는 듯이 조수석에 앉은 그녀 쪽으로 몸을 기울이며 안전벨트를 채워주었다. 몸에 배인 매너에 다영이 슬쩍 웃으며 핸드백을 무릎 위에 올리고는 물었다.

"어디로 가?"

"한강 쪽에 괜찮은 일식집 있다고 해서 그쪽으로 가."

"아버님은?"

현재 회사에 있는 것도 아니고, 그렇다고 나이를 먹었는데 언제까지 아저씨라고 부를 것도 아니었기에 한참을 망설이다 내뱉은 호칭에 운전대를 잡은 준우의 손이 움찔거렸다.

"아버님?"

"어, 어."

아무렇지도 않게 듣고 넘길 줄 알았는데 예상외로 준우가 그 호칭을 다시 한 번 되물었다. 뭔가 잘못 말하기라도 했나 싶어 준우의 얼굴을 찬찬히 살펴보자 딱히 기분이 나쁘거나 좋은 기색은 찾아볼 수 없었다. 대신 뭔가 미묘한 표정과 눈빛으로 그녀를 응시하고 있었다.

도대체 왜 그렇게 보는 거지? 알 길이 없으니 다영 역시 그 시선을 빤히 바라보며 입 모양을 둥글게 하면서 '왜?' 라고 되물었다. 물음에 머뭇거리는 건지, 아니면 자신이 왜 이러는 것에 대한 답을 생각하고 있는 것인지 한참 동안 침묵을 지키던 그가 손으로 턱을 쓸어내렸다.

"아니, 좀 뭔가 이상해서."

"뭐가?"

"아버님이라니, 마치 결혼한 것 같아서."

결혼한 것 같은데 이상한 기분? 좋다는 거야, 싫다는 거야? 강준우는 항상 사람이 헷갈리게끔 애매모호하게 말을 했다. 대답에 대해 갈피를 잡지 못해 다영이 고개를 갸웃하고 있는데 손으로 입가를 가리고 있는 준우의 입술 끝이 어쩐지 보기 좋게 말려 올라갔다. 아쉽게도 다영은 그 모습을 보지 못했지만.

미묘한 표정이 금세 그의 얼굴에서 사라지자 이번에는 미묘한 침묵이 내려앉았다. 표정을 정리한 준우가 액셀을 밟자 차가 앞으로 나아갔다. 몸도 앞으로 조금 밀렸으나, 매고 있는 안전벨트 덕분에 몸은 시트와 착 달라붙어 떨어질 생각을 하지 않았다.

딱히 할 말이 떠오르지 않아서 멍하니 앞만 보고 있던 다영이 힐끗 준우의 옆모습을 바라봤다. 이마에서 콧대까지 선이 곧게 뻗어져 있었다. 한 번 만져 보고 싶다는 생각이 들다가도, 그가 운전하고 있다는 생각에 손가락만 한 번 움찔거릴 뿐이었다.

새삼 참 잘생긴 남자라는 생각이 들었다. 그녀가 여태까지 봐온 남자 중에 강준우가 제일 잘생겼다. TAO에서 일할 때 잘생겼다며 여사원들이 추앙하듯이 좋아하던 앤드류보다도 말이다. 친구들이 그 말을 들으면 눈에 콩깍지가 제대로 씌었다고 놀리겠지만, 그들도 어느 정도는 인정할 것이다.

그에게 결혼 얘기를 꺼내볼까, 한참을 고민하고 있는데 침묵을 견디지 못했는지, 아니면 때마침 떠오른 것이 있는지 준우가 먼저 입을 열었다.

"지수 결혼한다고 하더라."

"연락받았어?"

"응."

"지수한테 직접?"

"아니. 지환이한테 들었어. 넌?"

"나도 오늘 다혜한테 들었는데……. 언제 결혼한대?"

"다음 주 토요일인가, 다다음주 토요일이라고 하던데."

"갈 거야?"

"오라고 하면 가야지."

"아, 근데 동기나 친구 결혼식은 이번이 처음인데, 기분 묘하네."

"뭐가?"

"내가 진짜 결혼할 나이가 됐다는 거잖아."

"그렇지."

"나이 먹었다는 게 새삼 실감되네. 옛날에는 빨리 어른이 되고 싶었는데……."

그녀가 뒷말을 흐렸다. 그 말을 듣기라도 한 건지 준우가 피식 웃음을 흘리면서 '원래 다들 그렇지, 뭐'라고 가볍게 대꾸했다.

"넌 친구들 결혼식 간 적 있어?"

"대학 동기들이랑 고등학교 때 친구들 결혼식장에 몇 번."

"걔네가 일찍 간 건지, 아니면 우리가 늦는 건지 모르겠네. 근데 주원이랑 다혜도 아직 결혼할 생각은 없는 것 같고."

"아직 젊잖아, 우리."

"뭐, 젊다면 젊은 나이이긴 한데⋯⋯."

다영이 말을 흐렸다. 그녀는 지금 결혼에 대해서 물어볼까 말까, 머릿속이 혼란스러웠다. 만약 물어보면 이 녀석 성격상 거짓말은 하지 않을 것이었다. 근데 물어봤을 때 당황한다거나 난처한 기색을 보인다면 그때는 어떤 표정을 지어야 할지도 모르겠고, 뭐라고 대꾸해야 할지도 모르겠다. 당황한 기색을 하고 있는데 아무렇지 않게 그냥 물어봤다고 넘길 정도로 그녀는 능글맞지도, 능청스럽지도 않았다.

승현이라면 재치 있게 잘 넘어갔을 텐데, 자신은 왜 못 하는 것인가에 대한 회의감에 다영이 슬쩍 한숨을 내쉬었다. 로맨틱한 대답까지는 아니더라도 긍정적인 답변을 들려준다면 좋을 텐데, 침묵한다거나 혹은 난처해하면 기분 상하지 않고 잘 넘어갈 수가 없을 듯했다. 기분이 상했다는 것이 얼굴에 그대로 드러날 게 분명했다. 때문에 강 회장을 보러 가는 길에 괜히 서먹서먹해지고 싶지도 않았다.

아직 시간이 많이 남아 있으니 나중에 물어보면 되겠지 하며 애써 시선을 창밖으로 돌렸다. 머릿속이 어지럽게 빙빙 돌기 시작하자 갑자기 더워지는 기분이 들어 창문을 살짝 열었다. 바람 지나가는 소리가 달리는 차 소리와 한데 어우러져 시끄럽게 귓전을 때렸다.

"우리도 슬슬 결혼해야지."

그때, 준우가 평소처럼 담담한 목소리로 말했다.

"너, 나랑 결혼할 거야?"

생각도 못 한 말에 그녀가 목소리를 꽥! 높였다. 신호등이 빨간불인지라 준우가 브레이크를 밟고는 옆을 봤다. 평소보다 더 차려입고 예쁘게 화장을 한 다영이 눈을 동그랗게 뜬 채 자신을 바라보고 있었다. 그 표정에 오히려 준우가 표정을 굳혔다. 저 얼굴은 마치 자신과 결혼을 한다고 단 한 번도 생각하지 않은 것처럼 보이지 않는가. 다영과 다시 만나기 시작했을 때부터 그는 그녀와의 결혼을 생각했고, 결혼을 전제로 한 만남이라고 여겼다.

그것은 굳이 말하지 않아도 다영 역시 그렇게 짐작하고 있다고 생각했다. 그래서 어제 매장 직원이 '시아버지'라고 말을 해도 그는 딱히 당황스럽다는 기색을 드러내지 않았는데, 오히려 상대방인 다영이 너무 놀라서 그것 때문에 당황했다.

방금 전에 자신들의 나이가 젊다고 말하긴 했지만, 그래도 제 나이 또래들의 사람들은 대부분 결혼을 한 상태였다. 연애, 결혼, 출산을 포기하는 삼포족 시대라고는 하지만 두 사람이 경제적으로 문제가 있는 것도 아니었으니 굳이 그 세 가지 모두를 포기할 이유는 없었다.

두 사람이 멀뚱히 시선을 교환했다. 신호가 바뀌었는데도 준우의 차가 움직이지 않자 뒤에 있는 차가 클랙슨을 빵! 하고 세게 누르고 나서야 준우가 시선을 돌리고는 액셀을 밟기 시작했다. 올곧게 앞을 보고 있는 준우의 옆모습을 힐끔거린 다영은 웃음이 터져 나오려는 걸 꾹 참았다. 어제 아무런 말도 하지 않고 반응도 보이지 않기에 자신과 결혼할 생각이 설마 없는 건가 하며 불안감에 잠시 휩싸였는데, 그게 아니었다.

다영은 안도의 한숨을 내쉬며 한결 편안해진 얼굴로 고개를 옆으로 돌렸다. 바람이 쌩, 하니 지나가는 소리를 즐겼다. 그러다가도 '설마 이게 프러포즈인가?' 라는 생각에 고개를 살짝 갸우뚱했다. 요즘 추세가 결혼 준비를 다하고 나서 나중에 여자가 섭섭하지 않도록 프러포즈를 하는 것 같기는 했지만, 이건 너무 밋밋한 것 같다는 생각이 들었다. 그렇다고 해서 딱히 섭섭한 건 아니었시만. 자꾸 웃음이 니오려는 걸 꾹 참기 위해 손으로 입가를 가렸다.

"디자인팀에서 너 말고 제일 일 잘하는 사람이 누군 것 같아?"

"나 말고?"

"어."

준우가 다시 한 번 깜빡이를 켜며 핸들을 옆으로 꺾었다. 다영은 준우가 한 말에 머릿속에서 팀원들을 한 사람씩 떠올렸다. 봄에 나올 디자인을 전체적으로 다 끝낸 지금, 팀원들이 프로젝트 식으로 준비하고 있는 디자인은 여름에 나올 주얼리였다. 회의 때마다 다들 이것저것 의견을 내고, 디자인 초안들도 준우와 함께 이것저것 봐왔기에 그녀는 가장 소질이 있고 뛰어난 인재가 누군지 알 수 있었다.

"아무래도…… 수연 씨지?"

"역시."

아마 자신이 낙하산으로 부서에 들어오지 않았더라면, 이번 시즌에 나오는 주얼리 담당과 대리 승진은 확실히 수연의 차지가 됐을 것이다. 다영은 문득 그 여자는 도대체 못 하는 게 뭘까 생각했다. 젊고, 예쁘고, 날씬하고, 게다가 능력도 있었다. 가만 보면 신은 공평한 게 아니라 참으로 불공평했다.

아닌가? 승현과 잘된 것은 아니니 불공평한 건가? 의문이 들다가도 만약 두 사람이 잘되기라도 한다면 정말 신은 불공평하다고 생각할 것 같았다. 부러운 마음에 그녀가 입맛을 쩝, 다셨다. 예전이라면 준우가 수연에 대해서 묻기만 해도 안절부절못하며 싫어했을 텐데, 수연이 승현을 좋아한다는 확신이 생기자 이제는 별로 신경 쓰이지 않았다. 아니, 솔직히 아직도 조금 불안하긴 하지만, 두 사람이 어서 빨리 사귀면 이런 불안감 따위는 새가 날아가듯 훨훨 날아가고 없어질 것이다.

속으로 안 되겠다며, 최대한 승현과 수연이 잘되게끔 팔을 걷어붙이고 나서서 도와줄까란 생각이 들 때 즈음 차가 부드럽게 멈춰 세워졌다. 준우가 말한 한강 근처의 일식집은 한강의 경치를 보며 식사를 할 수 있는 곳에 위치해 있었다. 어마어마하게 큰 규모에 놀란 그녀가 감탄 어린 말을 내뱉고는 가게 안으로 들어가기 전에 한 번 더 옷을 점검하며 손에 들려 있는 선물을 바라봤다. 예쁘게 포장된 지갑 안에는 그녀가 미국에서 쓰지 않고 보관해 둔 행운의 2달러 역시 함께 챙겨넣은 상태였다.

"들어가자."

어쩐지 아까 전보다 기분이 살짝 안 좋아진 것 같은데, 착각인가? 살짝 굳은 준우의 표정이 이상하게 신경 쓰였다. 하지만 곧 착각이라며 다영이 머리를 휘휘 내젓고는 그를 따라 일식집 안으로 들어갔다.

종업원을 따라 꽤 좋은 자리에 위치한 방으로 들어가자, 이미 강 회장이 그 자리에 앉아 있었다. 준우는 '왔습니다'라고 말하며 편하게 자리에 앉았고, 다영은 쭈뼛쭈뼛 움직이며 안으로 들어가 꾸벅 인사했다. 로엔호텔로 달려갔을 때의 민망했던 기억이 자꾸만 새록새록 떠올라 부끄러움의 극치에 달한 채 다영이 입을 열었다.

　　"저 왔어요."

　　"어서 와라, 다영아."

　　준우 옆에 그녀가 가지런하게 무릎을 꿇고 앉자, 준우가 자연스럽게 외투로 그녀의 다리를 가려주었다. 그 모습에 강 회장은 괜스레 흐뭇하게 웃음이 나왔다. 일이 잘 풀렸다는 것 정도는 알고 있었는데, 전처럼 함께 있는 모습을 다시 확인하게 되니 흐뭇한 얼굴로 입꼬리가 자연스럽게 올라갔다.

　　그 표정에 괜히 더 부끄러워져서 다영이 볼을 붉히면서 시선을 살짝 내리깔고는 웃었다.

　　한편, 준우는 강 회장과 다영에게 시선을 주지 않고 메뉴판만 바라보고 있었다. 어차피 강 회장이야 다영에게 지대한 관심을 표하고 있었고, 다영 역시 강 회장을 굉장히 잘 따랐다. 누가 본다면 오히려 두 사람을 부녀지간으로 착각할 만큼 두 사람의 친밀도는 굉장히 높았다. 그녀가 강 회장 쪽으로 들고 있던 선물을 내밀었다.

　　"아, 그리고 이거……."

　　"이건 뭐냐?"

　　"곧 있으면 생신이셔서 준비했어요. 마음에 드실지는 모르겠지만."

다영이 어색하게 웃었다. 혹시 마음에 안 드는 건 아닐까 손을 꼼지락거리며 강 회장의 반응을 살폈다. 선물을 받은 강 회장이 케이스를 열며 선물을 확인했다. 안에 든 고급 지갑에 그가 파안대소하며 다영의 얼굴과 지갑을 번갈아 보았다.

"고맙다. 아주 마음에 드는구나. 하나 있는 아들놈은 아비 생일도 잊어먹은 것 같다만."

"안 잊었어요."

준우가 시큰둥하게 대꾸하며 다영이 선물한 지갑을 확인하며 물었다.

"지갑은 마음에 드세요?"

"물론. 고맙다, 다영아. 네가 꼭 내 딸 같구나. 이참에 아저씨 딸하는 건 어떠니?"

"전 저희 어머니 딸인걸요."

강 회장은 다영이 제 말에 자신이 기분이 나쁘지 않도록 거절하는 게 더욱 마음에 들었다. 어쩔 줄 몰라 하는 것보다는 이렇게 능청스럽게 넘어가는 모습도 흡족했다. 사실 다영은 마음에 들지 않는 점을 찾아보기가 더 힘들었다. 고운 외모에 일적으로 능력도 있지만, 그것보다 더 마음에 드는 것은 제 아들을 휘어잡을 수 있는 능력에 있었다.

"굳이 그런 의미의 딸만 있는 것은 아니지 않느냐."

"그럼요?"

"며느리도 요즘은 딸처럼 대한다지?"

그 말에 다영이 어색하게 웃으며 혀로 마른 입술을 축였다. 더운 건지, 답답한 건지 잘 몰라 탁자 위에 있는 물컵을 쥐며 그녀가 물을 한 모금 꼴깍 들이켰다. 강 회장은 여전히 재밌는지 싱글벙글한 얼굴로 다영을 바라보고 있었다. 다영은 어색한 듯 웃으며 눈동자만 데굴데굴 굴리다가 슬그머니 준우를 바라봤다. 결혼은 혼자 하는 것이 아니다. 쌍방의 동의하에 하는 것이라 힐긋힐긋 준우을 곁눈질했다.

강 회장과 다영의 대화를 듣기만 하던 준우가 옆에서 느껴지는 시선에 고개를 옆으로 돌렸다. 그 눈빛에 준우가 머쓱한 얼굴로 뒷목을 쓸었다. 그러고는 입을 열려고 하는 찰나, 여닫이문이 부드럽게 열리며 종업원이 음식을 안으로 들여와 테이블에 차례차례 올려놓았다.

갑작스러운 종업원의 등장에 잠시 세 사람의 대화가 끊겼다. 쟁반 위에 있던 음식이 식탁 위로 전부 올라가자, 종업원이 고개를 꾸벅 숙이고는 다시 미닫이문을 닫았다.

"어때, 다영아. 좋은 생각 아니냐?"

"그렇긴 하죠……. 근데 그게 저 혼자만의 문제는 아니잖아요."

그녀가 어색하게 웃으며 대답했다.

"눈치 볼 사람이 누가 있니?"

"으음."

그녀가 슬쩍 곁눈질을 했다. 준우를 보고 있다는 걸 알아챈 강 회장이 이번에는 제 아들에게 되물었다. 아들 녀석은 안 물어도 오케이라는 것을 알았기에 묻지 않은 것인데, 다영은 그게 내심 신경 쓰인 모양이었다.

"너희 나이도 찼는데, 슬슬 준비해야지."

"결혼은 저희가 알아서 할게요. 신경 쓰지 마세요."

"어떻게 신경을 안 쓸 수가 있니. 너희 나이가 나이인데."

"충분히 젊어요."

한마디도 지지 않고 꼬박꼬박 말대답하는 아들 녀석을 강 회장이 마음에 들지 않는다는 눈길로 보며 끙, 앓는 소리를 냈다. 너무 앞서 가는 것일 수도 있지만, 저렇게 말하다가 결혼을 또 몇 년 후에 한다거나 혹은 또 헤어진다거나 한다면 먼저 간 아내를 볼 면목이 없었다. 얼른 결혼시키고 알콩달콩하게 사는 모습이 보고 싶건만, 정작 결혼의 주체가 되어야 할 준우는 썩 자발적으로 움직이는 것 같지 않았다.

어휴, 그가 별수 없다는 의미의 한숨을 내쉬었다. 강요하거나 아버지의 권위를 내세워 억지로 시키려고 할수록 준우는 어디로 튈지 모르는 공마냥 이리저리로 튈 것이다. 서른셋이나 되고, 사회에서 어른이라고 불리는 녀석이지만, 아무리 시간이 흐르고 나이를 먹는다고 해도 부모의 눈에 자식은 언제나 어린애였다. 강 회장이 영 못마땅한 얼굴을 하며 눈치를 줬지만, 준우는 별 신경쓰지 않는다는 얼굴을 했다. 두 사람 사이에 낀 다영이 강 회장과 준우의 눈치를 살피고는 나온 음식을 깨작거렸다.

"다영아, 많이 먹으렴."

"네, 아버님도 많이 드세요."

다영이 어색하게 양 입꼬리를 올렸다.

"다녀왔습니다."

"왔냐?"

살고 있는 빌라가 아닌 원래 본가로 들어온 준우가 신발을 벗고는 안으로 들어왔다. 신문을 보고 있을 거라 생각한 준우의 예상과는 달리, 강 회장은 오늘 다영에게 받은 지갑을 확인하기 위해 포장을 풀고 있는 중이었다. 그 모습에 준우가 샐쭉 웃고는 소파 옆자리에 앉으며 강 회장의 반응을 찬찬히 살피기 시작했다.

주름진 손가락이 예쁘게 포장되어 있는 끈을 풀고 상자 뚜껑을 열자 안에는 폭신한 받침대와 함께 있는 고급 브랜드의 지갑이 눈에 들어왔다. 아까도 열어서 확인했지만, 마음에 드는 디자인에 강 회장이 호오, 감탄을 내뱉으며 지갑을 조심스럽게 꺼냈다. 꽤 마음에 들어 하는 눈치인지라 준우 역시 즐거운 얼굴을 했다.

지갑은 강 회장이 가볍게 들고 다닐 만한 작고 얇은 것이었다. 색상은 강 회장이 가장 좋아하는 짙은 남색에, 지갑 한가운데에만 있는 무늬가 굉장히 심플하면서도 고급스러운 느낌을 줬다. 화려하거나 거추장스러운 것을 별로 좋아하지 않는 강 회장이 좋아할 만한 디자인이었다.

"지갑도 열어보세요."

"응?"

준우의 말에 강 회장이 조심스럽게 지갑을 펼쳤다. 새 지갑이라 안에 아무것도 없어야 할 지갑 안에는 지폐 한 장이 들어 있었다. 푸른색인 게 만 원 단위의 돈인가 싶어 꺼내 보니 세종대왕이 그려져 있는 푸른색의 지폐가 아닌, 달러가 하나 들어 있었다.

"행운의 2달러라며 다영이가 넣었어요."

"그 녀석, 센스도 좋구나."

지갑 선물과 안에 있는 행운의 2달러가 퍽 마음에 들었는지 강 회장이 파안대소하며 다시 달러를 지갑 안에 넣었다.

"다영이가 고른 거니?"

"제가 골랐겠어요?"

준우가 픽 웃었다. 널따란 대저택에서 일하는 도우미 아주머니가 다과를 내오자 눈짓으로 인사하고는 차를 한 모금 마셨다. 홍차를 좋아하는 강 회장 앞으로는 얼그레이를 내놓았고, 쌉싸름한 맛을 좋아하는 준우 앞으로는 녹색 빛이 도는 녹차를 내놓았다.

"그 녀석한테 돈이 어딨다고."

"돈 많이 벌어놨다고 자신만만하게 일시불로 긋더라고요."

실상은 어마어마한 가격에 놀라서 덜덜 떨리는 목소리로 '일시불이요' 라고 했던 모습이 선명하게 떠올라 그가 킥킥 웃으며 녹차를 한 모금 마셨다. 기분 좋은 선물로 한참을 웃던 강 회장의 웃음소리가 점점 연해지고, 이제는 얼굴에 보일 듯 말 듯한 옅은 미소만 걸려 있었다. 웃고 있으나 약간 걱정된다는 눈빛으로 제 아들을 바라보았다.

이 자리에 다영도 없으니 조금 더 편하게, 그리고 솔직하게 아들 녀석의 의사를 물어볼 생각이었다. 강 회장은 얼그레이로 목을 가볍게 축이곤 잔을 내려놓았다.

"다영이가 결혼할 생각이 없다더냐?"

"글쎄요. 저도 잘 모르겠어요."

결혼할 생각 아니었냐는 물음에 그녀는 대답도 확실하지 않게 하고는 접근 금지라는 말만 내뱉었다. 너무 멋없게 했나, 혹은 진심이라고 생각하지 않았나 하는 온갖 생각이 들어서 오늘 차 안에서 다시 한 번 말했지만, 이번에도 제대로 대답하지 않은 채 그저

'나랑 결혼할 거야?!' 라는 말만 내뱉었다.

그 말을 도대체 어떻게 받아들여야 할지, 준우는 아직도 판단을 내릴 수가 없었다. 일을 좀 더 하고 싶다는 의미인 건지, 아니면 자신과 결혼하기 싫다는 것인지……. 준우가 피곤하다는 얼굴로 마른세수를 하며 한숨을 내쉬었다.

그 모습이 마치 다영이 결혼을 하고 싶어 하지 않아 한다는 것 같았기에 강 회장이 의아한 얼굴을 했다.

준우의 태도를 보아하니 다영이 제대로 답을 주지 않은 것인가, 결혼을 하고 싶어 하지 않는 건가, 하는 의문이 맴돌았으나, 다영이 그럴 아이는 아니었다. 뉴욕으로 떠나기 전에 함께했던 마지막 식사 자리를 떠올리며 강 회장이 입을 열었다.

"아직 결혼하기 싫다고 하더냐?"

"이렇다 할 답은 없네요."

준우가 쓰게 웃으며 어쩐지 가라앉는 분위기를 바꾸기 위해 냉큼 말을 돌렸다.

"아버지는 다영이가 그렇게 좋으세요?"

"언제나 자신만만한 모습이 보기 좋지."

"보통 아들이랑 헤어지고 떠난 여자를 좋아하지는 않잖아요."

"다영이가 자신만만하게 한 말이 있어서."

"네?"

자신만만하게 한 말? 처음 들어보는 말에 준우가 잔뜩 궁금하다는 얼굴을 했다. 초등학교 남학생처럼 호기심으로 가득 찬 눈빛이 맑게 빛나자 강 회장이 낄낄 웃었다.

"뉴욕으로 가기 전에 다영이랑 같이 밥을 먹은 적이 있었다."

직장상사와 전 **남자친구**의 상관관계

"왜 전 몰랐죠?"

"내가 말 안 했으니까."

강 회장이 시큰둥하게 대꾸하고는 다시 입을 열었다.

"혹시 장거리 연애 때문에 헤어질 수도 있을 거라고, 그 아이가 그렇게 말하더구나. 물론 그전에 헤어질 줄은 생각도 못 하긴 했지만."

"그런데요?"

"다영이가 그때 다 말했어. 너랑 사귀면서 자기가 주눅 드는 게 너무 싫다고."

꽤 오래전부터 쌓인 감정이라는 것을 타인의 입에 통해서 듣게 되자 준우는 다시 한 번 그녀에게 미안해졌다. 주눅 들고 힘들어한 것, 그리고 그녀가 원하는 것을 자신이 빨리 눈치채고 그녀를 보듬어줬더라면 5년의 공백은 생기지 않을 수도 있었다. 아니, 이미 결혼을 했을 수도 있었다.

일이 끝나면 혼자 사는 빌라로 가는 것이 아니라 두 사람이 지내는, 온기가 가득한 집에서 함께 잠이 들고, 아침에 일어나서 가장 먼저 보는 것이 서로의 얼굴이 됐을 수도 있었을 것이다. 아직 서운한 것이 풀리지 않아 그러는 건가? 준우가 머리카락을 쓸어 넘겼다.

"그래서 당당해져서 돌아오겠다고 했단다. 모두가 인정하는 멋진 여자가 돼서 당당하게 돌아와 네 콧대를 납작하게 눌러줄 거라고 그렇게 말하더구나. 만약 운명처럼 너랑 다시 만나게 된다면, 그때는 네가 자신을 놓지 않도록, 다시 한 번 반하게끔 만들 거라고 말하는 모습이 패기 있고, 자신감 넘쳐 보여서 보기 좋았다."

그때를 떠올렸는지 강 회장이 다시 한 번 웃었다. 뉴욕으로 떠나는 것이 확실해지고 두 사람의 사이가 서서히 멀어지기 시작할 때 즈음 강 회장이 그녀를 불러냈다. 준우가 힘들어하는 것만큼 다영 역시 힘들어할 것이라고 생각했는데, 다영은 씩씩했다. 그것이 강 회장 앞에서 기 죽은 모습을 보여주기가 싫어서 그랬는지 아닌지는 모르겠지만, 그녀는 전과 다를 것 없이 씩씩한 모습으로 그를 대했다.

헤어졌냐는 물음에 다영이 약간은 어색하게 웃으면서 '헤어짐에 가까워진 사이'라고 말했다. 그리고 이어 헤어질 것이라고도 말했다. 아들 이야기를 당당하게 하는 모습도 처음이었다. 다영과 처음 만났을 때 그녀는 강 회장을 향해 선전포고라도 하듯이 '준우가 제게 기댈 수 있는 강한 여자가 될 거예요'라고 말한 그날처럼, 맑은 눈빛으로 최대한 해사하게 웃으며 말했다.

"정리할 시간이 필요해요. 그 녀석도, 저도 변할 정도의 시간이. 제가 견디지 못하고 포기했지만, 만약 돌아와서 준우랑 운명처럼 만나게 된다면, 그 녀석이 저를 멍청하게 놓지 않고 끝까지 붙잡고 늘어지면서 매달릴 정도로 멋진 여자가 돼서 돌아올 거예요."

"그 호기가 참 마음에 들었지. 널 생각하는 마음도 마음에 들었다. 오랫동안 사귀었으면서도 변한 것 없는 마음도 참 괜찮더구나."

강 회장이 다시 한 번 차를 한 모금 마셨다. 준우는 아무 말도 하지 않은 채 자신은 몰랐던 그녀의 이야기에 집중했다. 아버지가 당당하고 자신감 넘치는 사람을 좋아한다는 것은 알고 있었다. 다영이 그렇게 말했다면, 아버지가 이렇게까지 아끼는 것도 확실히 이해가 갔다. 준우가 실없는 웃음을 지으며 편하게 소파에 몸을 기댔다.

그의 눈에는 그녀가 항상 멋진 여성이었는데, 보지 못한 5년 사이 더 멋있어져서 돌아왔다. 그리고 그녀가 말했듯이 다시 한 번 운명처럼 만났다. 그게 아버지의 손에 조작된 약간은 인위적인 운명이라고 해도 다시 만날 사람은 다시 만나는 법이니, 그것 또한 운명일 것이다.

"네 성격 받아줄 애는 다영이밖에 없다. 어차피 너한테는 다영이밖에 없겠지만, 걔가 너보다 더 좋은 남자 만나서 날아가기 전에 애원하든 붙잡든 해서 끝까지 물고 늘어져라."

어째 아들에게 하는 말치고는 무척 냉정한 것 같지만, 딱히 틀린 말은 없었기에 준우는 푸핫, 웃음을 터뜨리고는 고개를 끄덕였다.

"네."

기분 좋은 저녁이었다.

체육대회가 끝난 뒤 회사에 출근했을 때, 다영은 뭔가 달라진 것이 많아졌다는 것을 깨달았다. 첫 번째는 수연이 힐끔거리며 자신 쪽을 볼 때는 그게 자신이 아니라 승현을 보고 있다는 걸 알게 됐고, 두 번째는 눈치가 빠른 승현이 자신의 일에는 둔감한 건지 수연의 시선을 눈치채지 못한다는 것을 알게 됐다. 세 번째는 이

제 수연이 자신을 노려보지 않는다는 것. 다영이 숨죽여 웃으며 승현에게 디자인을 넘겼다.

"이거 어때요?"

이제 여름 상품을 준비할 시즌이라 다들 꽤 바쁘게 움직이고 있었는데, 그중에서 다영만이 제자리를 떡하니 지킨 채 홍보 디자인을 보고 있었다. 여름 시즌은 다영이 디자인하는 것은 크게 없고, 준우처럼 평사원들이 한 디자인을 보며 수정해야 할 점을 지적하거나, 그중 가장 괜찮은 디자인을 선별하는 일이었기 때문에 준우를 제외하고 디자인팀에서 가장 여유로운 사람은 다영이었다.

다영이 옆에서 건넨 디자인을 받을 때, 수연과 눈이 딱 마주쳤다. 수연의 어깨가 크게 움찔하더니 보고도 못 본 척하며 고개를 숙이는데 스물아홉 같지 않은 풋풋한 모습에 다영은 억지로 웃음을 꾹 참았다. 뭔가 이상하다는 걸 깨달은 승현이 옆에서 다영을 불렀지만, 그녀는 '아무것도 아니에요'라고 짧게 대꾸할 뿐이었다.

팀장실 문을 열며 준우가 고개를 빼꼼 내밀었다. 당연히 저를 부를 것이라는 예상에 일어나려고 엉덩이를 슬쩍 뺐는데, 예상외로 그가 부른 사람은 다영이 아니었다. 그는 다영에게 힐끗 시선을 주다가 오히려 다른 사원의 이름을 불렀다. 그것도 생각지도 못한 사람을.

"수연 씨, 잠시만 팀장실로 와요."

뭐? 준우의 입에서 나온 '수연 씨'라는 말에 엉덩이를 다시 의자에 붙인 다영이 미간을 확 찌푸렸고, 옆자리에 앉은 승현이 그녀의 눈치를 보며 의자를 책상 쪽으로 당겼다. 다른 곳에 화풀이할 사람이 아니라는 건 알지만, 승현이 보기에 다영은 욱하는 성격이 꽤 있어서 괜히 지금 건드렸다가는 배로 짜증을 받지는 않을까란 생각에 고개를 숙이고는 눈으로 힐끗힐끗 그녀를 살폈다.

이름이 불린 수연 역시 자신이 호명될 거란 생각은 하지 못했는지 눈을 크게 떴다. 의자 바퀴가 밀리는 소리가 나며 그녀가 자리에서 일어나 팀장실 쪽으로 쭈뼛쭈뼛 걸어갔다.

다영과 준우의 관계를 아는 사람은 딱 두 사람뿐이었다. 눈치빠른 승현과 정말 우연히 들킨 수연. 옆자리에 앉은 승현이야 제눈치를 볼 것은 하나도 없지만, 수연 같은 경우에는 신경이 쓰이는 모양인지 알게 모르게 다영의 눈치를 살피고는 팀장실 안으로 들어갔다.

일 때문에 부른 것이라는 걸 당연히 알고 있지만 다영은 뭔가 찜찜했다. 어제 준우가 차로 집까지 태워다 주면서 아무 말도 하지 않은 점과 강 회장이 꺼낸 결혼 얘기에도 약간은 시큰둥하던 얼굴이 신경 쓰였다. 분명히 식당까지 가는 차 안에서 그는 자신과 결혼할 마음이 있다고 말했으면서도 그 후의 행동은 모호했기에 뭔가 신경이 쓰였다.

예쁜 여자를 보고 흔들릴 남자가 아니라는 것도 잘 알았다. 물론 수연이 준우를 쥐고 흔들 것이라 생각하지도 않았다. 왜냐하면 수연은 승현을 좋아하니까. 그렇게 스스로를 다독이면서 다영은 통유리로 비친 두 사람을 확인했다. 책상 위에 디자인 종이가 몇장 놓여 있는 것 같고, 준우가 그 종이를 가리키면서 무어라 말하자 수연이 긴 머리카락을 귀 뒤로 넘기며 몸을 숙였다.

퍽 친근한 모습에 다영의 눈이 매서워지고 풍기는 분위기 역시 살벌해지자, 아무 말 하지 않고 눈치만 보던 승현이 오늘 사 온 초 콜릿을 팀장실에서 눈을 떼지 못하고 있는 다영에게로 내밀었다.

"너무 신경 쓰지 마세요. 그리고 너무 티 나게 팀장실 보고 계시 거든요, 대리님."

옆에서 작게 소곤거리는 말에 그녀가 헛기침을 큼, 하고는 아예 고개를 승현 쪽으로 돌렸다.

"일 때문에 그런 거겠죠. 두 사람이 절대 사적으로 만날 사이는 아니잖아요."

"너무 자신만만하네요."

튀어나오려는 입술을 억지로 집어넣은 다영이 작게 투덜거리며 그가 준 초콜릿을 입안에 쏙 넣었다. 달달한 초콜릿이 입에서 살 살 녹으니 살짝 삐치려고 했던 마음 역시 사르르 녹기 시작했다. 일한다고 부른 것 때문에 질투하고 삐치는 건 연장자답지 못한 행 동이라며 다시 한 번 스스로를 달랬다.

승현이 다시 초콜릿을 한 손 가득 그녀에게 쥐어줬다. 다영이 턱을 괸 채 손장난으로 초콜릿 모양의 반지를 대충 쓱싹쓱싹 그리 기 시작하다 승현이 건넨 디자인을 보며 수정할 부분을 샤프로 작 게 체크했다.

"여기 너무 지저분해요. 좀 더 깔끔하게 해봐요. 그리고 여름인 데 이런 디자인은 좀 그래요. 이건 거의 봄에나 나올 법한 디자인 이잖아요."

"역시 좀 별론가."

그때 통유리 너머로 온갖 진지한 이야기를 하던 두 사람이 이야기를 마침내 끝냈는지, 수연이 문을 열고 밖으로 나왔다. 그녀가 나온 것을 눈치채지 못한 다영이 가볍게 말했다.

"아니면 수연 씨한테 의논 좀 해보든가."

"예?"

갑자기 다영의 입에서 나온 자신의 이름에 수연이 흠칫하며 그쪽으로 시선을 돌렸다. 혹시나 자신이 그를 좋아하는 것을 말했나 싶어 안절부절못한 얼굴을 한 채 발을 동동 굴렀다. 수연은 차마 다가가서 '제가 왜요?'라고 말할 만큼 당당하지도 못하고, 체육대회에서 직장 상사에게 온갖 민폐란 민폐는 다 끼친 상태라 다시 한 번 말을 걸 만큼 뻔뻔하지도 못했다.

그래서 거의 울 것 같은 얼굴로 주위를 둘러보지도 못하고 안절부절못하고 있을 때, 승현과 시선이 딱 마주쳤다. 진짜 말 그대로 허공에서 마주친 시선에 수연이 순박한 소마냥 눈을 천천히 깜빡이자, 승현의 눈이 부드럽게 휘어졌다.

자신의 어깨 너머로 솜사탕 같은 미소를 짓는 승현이 의아했는지 다영은 고개를 왼쪽으로 갸웃하다 의자를 빙글 돌렸다. 그러자 그곳에는 얼굴을 사과처럼 붉게 물들인 수연이 안절부절못한 채 서 있었다. 어쩐지 내 거 아닌 내 거인 듯 내 거 같은 두 사람 사이에 끼인 기분이 들어 민망해지다 그녀가 큼, 헛기침을 하고는 수연에게 손짓했다. 다영의 손짓을 봤음에도 불구하고 한참을 망설이던 수연이 쭈뼛거리며 조심스럽게 다가왔다.

"무, 무슨 일이세요?"

"수연 씨, 수연 씨가 승현 씨 디자인 좀 봐줘요."

"네?"

"승현 씨가 디자인 부분에 이상한 거 없는지 좀 봐달라고 하더라고요."

이내 다영은 배시시 웃으며 수연의 손 위로 디자인을 내밀었다. 승현이 빤히 바라보는 것이 느껴졌지만, 애써 모른 체하며 디자인을 보고 있었다.

"어때요?"

"아, 괜, 괜찮은데요."

그 말에 애써 두 사람을 무시하고 있던 다영이 고개를 수연 쪽으로 돌렸다. 진심으로 하는 말인가 싶어 그녀의 얼굴을 살펴보니, 정말 진심으로 하는 말 같았다. 눈에 콩깍지가 제대로 낀 그녀의 모습에 다영이 헛웃음을 터뜨렸다. 수연의 말에 어디가 괜찮냐며 따질 수도 없는 노릇이라 입만 벙긋하다 고개를 절레절레 저었다.

"알려줘서 고마워요."

"이 부분을 고치면 더 괜찮을 것 같아요."

수연이 애써 여유로움을 가장하며 승현에게 수정할 부분을 손으로 가리켰다. 승현은 눈치도 빠른 편이면서 왜 저렇게 모르는 건지, 답답한 마음에 킹콩처럼 가슴을 팡팡 치고 싶었으나 그것을 꾹 참으며 다영이 자리에서 일어났다.

"어디 가세요?"

다영의 움직임에 수연과 승현, 두 사람이 시선을 돌렸다.

"카페테리아요. 모두들 춘곤증 때문에 정신없는 것 같거든요."

부서 안에 있는 사람들 중 일을 열심히 하고 있는 사람들도 있지만, 나른한 기운 때문에 꾸벅꾸벅 졸고 있는 사람들도 있었다.

대충 아메리카노나 사 오면 되겠거니 하며 다영은 지갑을 챙기며 다시 팀장실 쪽으로 시선을 돌렸다. 그녀가 자리에서 일어난 것도 눈치 못 챘는지 열심히 일하는 준우의 옆모습이 눈에 들어왔다.

멋있는 모습이라는 생각이 들면서도, 뭘 그렇게 열심히 하기에 인상까지 찡그려 가며 일하는지 알 수가 없었다. 바로 앞에 앉아 있다면 찌푸린 미간을 검지로 누르면서 살며시 펴주고 싶다는 욕구가 강하게 들었지만, 이곳은 회사이니 그러지도 못한 채 아쉬운 생각에 입맛만 쩝, 다셨다.

"들고 오실 수 있겠어요?"

"뭐……."

"같이 가드릴까요?"

"아뇨, 괜찮아요."

승현의 물음에 다영이 손을 절레절레 흔들었다.

"그래도 혼자 들고 오시긴 무리일 텐데, 같이 가드릴게요."

눈치가 빠른 사람이라는 말, 취소다, 취소. 눈치가 없다. 아니, 일부러 자리를 만들어주려고 대리가 커피 사다 주겠다는데 굳이 자리에서 일어나는 건 또 뭐냐? 예상외의 태도에 다영이 당황해서 오히려 수연의 눈치를 보자, 수연의 얼굴 위로 시무룩한 기색이 드러났다. 앉아 있으라 말하려고 하는데 이미 승현은 가벼운 카디건을 챙긴 채 부서 밖으로 나가고 있었다.

이건 뭐……. 얼빠진 얼굴로 그 뒷모습을 보다 수연을 살핀 다영이 쭈뼛쭈뼛거리며 문밖으로 나서기 시작했다. 이미 저 멀리 걸어간 승현이 엘리베이터 버튼을 꾹 누른 채 그녀가 오기를 기다리고 있었다. 한적한 복도에 구두 소리가 울리고, 승현의 옆에 나란히 서자 발소리가 한참을 메아리처럼 들리다 이내 사라졌다.

"안 와도 된다니까요?"

"에이, 그래도 혼자 들고 오긴 힘들어요."

"괜한 오지랖……."

혀를 끌차며 다영이 작게 중얼거렸다.

"승현 씨는 여자 친구 만들 생각 없어요?"

엘리베이터가 6층에 딱 멈춰 서고 문이 열리자 그녀가 먼저 엘리베이터에 타고는 버튼을 꾹 눌렀다. 뒤따라 탄 승현이 갑갑했는지 넥타이를 느슨하게 풀며 곰곰이 생각하는 듯 팔짱을 꼈다. 답을 기다리는 게 퍽 답답한지 그녀가 다시 한 번 되물었다.

"사내 연애도 괜찮잖아요. 부서 안에 괜찮은 사람 있으면 한번 만나보지."

"강 팀장님이랑 한 대리님처럼요?"

"승현 씨 얘기하는데 우리 얘기가 왜 나와요?"

다영이 퉁한 얼굴로 대꾸하자 그는 뭐가 우스운지 한참을 클클거렸다. 최대한 여유로움을 가장하며 자연스럽게 다영이 쿡 찔렀다.

"내가 볼 땐 승현 씨 우리 부서 여사원들한테 인기 많은 것 같던데. 솔직히 강 팀장님 없었으면 제일 인기 많았을 사람이 승현 씨 같거든요."

"아, 그거 영광이네요."

승현이 자연스럽게 맞받아치며 부드럽게 웃었다. 엘리베이터가 내려가며 약하게 웅웅거리는 소리가 들렸다. 6층에서 1층까지 내려가는 시간이 그렇게 길지 않았기 때문에 금세 띵, 하는 소리와 함께 엘리베이터 문이 열리고, 두 사람은 로비에 있는 카페테리아 쪽으로 걸어갔다. 걸어가면서도 다영은 말하는 것을 멈추지 않았다.

"제일 예쁜 여사원 꾀어요. 금방 넘어갈 것 같은데."

"하하."

별 반응 없이 대꾸하는 꼴이 딱 강준우였다. 다만, 다른 점이 있다면 준우는 무표정으로 일관하고, 승현은 여유로운 미소로 일관한다는 점이었다. 카페테리아에 도착하기 직전, 승현이 몸을 빙글 돌리며 그녀를 향해 씩 웃었다. 어쩐지 그 미소가 자신만만해 보여 다영의 어깨가 흠칫했다.

"그거, 수연 씨 겨냥한 말이죠?"

"에?"

순식간에 정곡을 찌르는 말에 다영이 멍청한 얼굴을 하며 멍청하게 대꾸했다. 그 모습에 승현이 피식피식 바람 빠진 웃음소리를 흘리며 다시 한 번 여유롭게 말했다.

"수연 씨, 저 좋아하잖아요."

그녀는 순간 자신의 귀가 잘못된 것이라고 생각했다. 여전히 싱글벙글 웃고 있는 승현의 모습에 그녀는 얼이 빠진 얼굴로 바라보았고, 카페테리아 직원이 커피 값을 이야기하며 승현이 카드를 내밀 때에야 정신을 차릴 수 있었다.

"알고 있었어요?! 근데 왜 모르는 척해요! 와, 진짜!"

다영이 고함을 꽥! 지르자 사람이 적은 로비에 그녀의 목소리가 넓게 울려 퍼졌다. 제 일도 아니건만, 제 일인 양 화가 났다. 넉살 좋고 사교성이 좋은 것만 재주라고 생각했는데 눈치 백 단이면서 눈치를 국밥에 말아먹은 얼굴을 하고 다니는 것도 능력이라면 능력이요, 재주라면 재주였다.

다영의 날카로운 목소리에 커피를 만들고 있던 카페테리아 직원이 흠칫하며 두 사람을 돌아보다 이내 시선을 돌려 다시 커피 만들기에 집중했다.

약간 화가 난 듯한 다영의 얼굴에 오히려 당황한 것은 승현이었다. 솔직하게 말했더니 오히려 화가 난 얼굴을 한 다영을 보니 자신이 뭔가 잘못이라도 했나 승현이 곰곰이 생각하며 검지로 머리를 긁적였다. 딱히 떨어지는 답이 없어 여전히 난처한 얼굴로 고개를 주억거렸다.

그와 동시에 다영의 입에서 헛웃음이 튀어나왔다. 알고 있으면서도 왜 말을 안 해줬는지 모를 일이었다. 수연이 본인을 좋아한다는 사실을 알고 있었으면 자신이 그녀에게 질투한다는 것도 알고 있었을 텐데, 귀띔이라도 해줄 것이지. 다영이 종잇장 구기듯 인상을 확 찌푸렸다. 꼭 말해줄 필요는 없지만, 그래도 섭섭한 마음이 없지 않았다. 언질을 살짝 주었더라면 괜히 헛다리 짚을 일도 없었을 것이다.

"왜 말 안 해줬어요?"

"저도 안 지 얼마 안 됐어요. 게다가 제 입으로 그 말 하기에는 민망하잖아요. 생각해 보세요, 제가 한 대리님한테 귓속말로 '수연 씨가 저 좋아하는 것 같아요'라고 말했으면 한 대리님은 콧방귀 뀌셨을걸요?"

승현은 약간 억울하다는 목소리로 말했다. 그것 또한 충분히 일리 있는 말이었다. 갑자기 승현이 그런 말을 했다면 확실히 코웃

직장상사와 전 남자친구의 상관관계

음 치며 무시했을 게 뻔했다. 그 순간, 계면쩍은 얼굴로 코끝을 긁으며 카페테리아 직원이 그 두 사람에게 커피를 내밀었다. 약간 진정이 됐는지, 두 사람 모두 커피를 담은 팩을 손에 들고는 부서로 올라가기 위해 엘리베이터 앞에 도착했다.

"근데 알고 있으면서 왜 티를 안 내요?"

"예?"

"아니, 수연 씨가 승현 씨 좋아하는 거 알면 좀 대시를 하든가, 싫으면 싫은 티를 내고 그래야지. 사람 무안하게 왜 그래요? 사람 진짜 이상하네."

"아니, 그게…… 눈치챈 게 얼마 안 됐다니까요?"

"언제 알았는데요?"

"체육대회 가기 며칠 전에? 그리고 체육대회 때 긴가민가하고, 오늘 확신했죠."

"그럼 먼저 대시 좀 해봐요. 수연 씨 입장상 자존심 때문에 먼저 다가오지 않을 것 같은데. 수연 씨 싫어해요?"

"아뇨. 그건 아닌데요."

"그럼요?"

"귀엽잖아요."

"뭐요?"

엘리베이터는 로비에 그대로 멈춰 있었기 때문에 버튼을 누르자 바로 문이 열렸다. 승현이 익숙하게 6층 버튼을 누르고는 엘리베이터 벽에 편안히 몸을 기대며 빙긋 웃었다. 그건 여태까지 다영이 승현에게서 봐오던 평소의 미소와는 조금 다른 거였다. 평소 알고 지낸 승현은 항상 사람 좋은 미소, 넉살 가득한 얼굴, 혹은 친한 동생 같은 미소를 곧잘 짓고는 했는데, 지금은 마치 동갑내기끼리 짓는 약간 익살맞고, 개구지고, 조금은 악동 같은 미소였다.

그 미소가 어딘지 모르게 자신을 놀리는 준우와 겹쳐 보였다. 그런 생각이 머릿속에 스쳐 지나가자마자 문득 다영은 수연이 안쓰러워졌다. 저 얼굴을 한 승현을 볼 때, 눈치챘으면서도 먼저 접근할 것 같지는 않았다. 한동안 그녀의 속을 태우고, 태우고, 또 태우고 나서야 말을 건다거나 할 것이 분명했기에 그의 손에 놀아날 그녀를 위해 다영은 기도해 주었다.

말을 해보라는 태도로 그녀가 가볍게 턱짓을 하자 승현이 입술 끝을 부드럽게 말며 장난꾸러기 같은 목소리로 가뿐히 대답했다. 그 말은 다영의 예상을 한 치도 빗나가지 않는 것이었다.

"간혹가다 이쪽 보고 눈 마주치면 어쩔 줄 몰라 하는데, 정말 귀엽더라고요. 조금만 더 즐기려고요."

"사람 진짜 이상하네."

다영은 혀를 끌끌 차며 고개를 설레설레 저었다. 엘리베이터가 6층에 도달하고, 두 사람이 다시 사무실 안으로 들어갔다. 두 사람이 안으로 들어서며 향긋한 커피 냄새가 부서 안을 맴돌자 일을 하고 있던 사람들이 하나둘씩 고개를 들어 향기의 진원지를 확인했다. 팀원들이 나란히 들어온 다영과 승현의 손에 들려 있는 커피를 발견하곤 얼굴에 화색이 돌았다.

그렇지 않아도 배가 불러 나른하니 잠이 와 죽을 지경이었는데. 모두들 눈을 반짝반짝 빛내며 두 사람의 손에 들린 커피에게서 시선을 떼지 못하고 있자 승현이 웃으며 사원들에게 커피를 나눠 주기 시작했다. 다영도 제 몫의 커피를 빼서 한 모금 마시며 준우에게 가져다줄 커피를 들고 팀장실 쪽으로 시선을 돌렸는데, 준우만 있어야 할 팀장실에는 수연까지 함께 있었다.

그녀의 표정이 서서히 못마땅하게 변하기 시작하고, 승현 역시 오른손에는 자신의 커피와, 왼손에는 수연의 것으로 추정되는 커피를 든 채 그녀의 옆에 나란히 서서는 역시 팀장실 안을 바라보고 있었다.

"기분 좀 묘하지 않아요, 승현 씨?"

"그러게요."

"제 기분은 썩 유쾌하진 않은데, 승현 씨는요?"

"저도 마찬가지예요. 수연 씨 저 좋아하는 거 맞죠?"

"그걸 나한테 물으면 어떡해요. 승현 씨, 이제 보니 진짜 이상한 사람이네."

두 사람이 입술을 삐죽 내밀었다. 무언가 심도 있게 이야기를 나누는 듯하더니 수연이 기분 좋은 웃음을 터뜨렸고, 준우 역시 꽤 다정한 미소를 띤 채 수연을 향해 무어라 말했다. 안타까운 것은 유리가 막혀 있는지라 무슨 얘기를 하는지 전혀 들리지 않는다는 점이었다. 분명히 일 때문에 간 것은 틀림없는데, 분위기는 오순도순한 것으로 보아 꼭 일 얘기만은 아닌 것 같았다.

무어라 이야기를 나누던 수연이 승현과 다영의 시선이 느껴졌는지 통유리 쪽으로 시선을 옮겼다. 못마땅한 얼굴을 하고 있던 승현은 금세 그것을 지우고는 방글방글 미소를 띠었고, 다영은 여전히 무심한 얼굴이었다. 다영의 표정을 봤는지 수연이 난처한 얼굴을 짓다 준우와 다영을 번갈아 봤다. 떳떳하면 눈치 볼 필요도 없는데 괜히 저렇게 행동하니 더욱 의심스러웠다.

"웃으세요, 한 대리님."

"웃을 기분 아닌데."

"그래도 웃으셔야지 뭐 어쩌겠어요."

옆에서 조용히 말하는 승현의 말에 다영은 짧게 혀를 찼다. 준우 역시 다영을 봤는지 슬쩍 웃었다. 잘도 웃네, 라고 속으로 생각하고 있을 때, 준우가 수연에게 나가라는 제스처를 취하자 그녀가 그를 향해 꾸벅 인사했다. 승현은 여전히 시선을 빈손으로 문을 여는 수연에게 향하며 다시 다영에게 말을 걸었다.

"제가 수연 씨한테 커피 줄 테니까, 한 대리님은 강 팀장님에게 커피 드리세요."

"오케이."

두 사람이 발을 맞추며 팀장실 쪽으로 걸어갔다. 정확하게 따지자면, 승현은 수연이 있는 쪽으로, 다영은 팀장실 문을 열었다. 자신이 갑자기 들어서자 놀란 건지, 준우가 책상 위에 있는 종이들을 후다닥 서랍 안으로 집어넣었다. 뭔가 숨기는 게 분명한 태도에 다영의 미간이 슬며시 좁아졌고, 준우는 아무렇지도 않게 그녀를 맞이했다.

양손에 커피를 든 다영이 영 수상하다는 표정을 지으며 그를 향해 걸어갔다. 커피 향이 가까워지자 준우가 자연스레 그녀를 향해 손을 내밀었다. 커피를 달라는 제스처에 다영이 커피를 내밀었다. 오랜 연애 기간과 다시 만나기 시작하면서 그녀는 깨달은 것이 있었다.

준우는 말해주지는 않지만 딱히 숨기거나 거짓말을 하지 않는다는 것을 알기에 그가 말해주기를 백날천날 기다리는 것보다 그냥 먼저 물어보는 것이 빠른 방법이었다. 물어본다는 게 그에게 집착한다거나, 또는 자존심이 상하는 일이 아니라는 걸 그녀는 최근에서야 깨달았다.

손에 들고 있는 커피를 홀짝이면서 다영은 그를 찬찬히 살폈다. 평소와 전혀 다를 것 없는 얼굴에다가 표정이지만 오늘따라 왜 이렇게 수연을 자주 부르는지 모를 일이었다. 여름에 나올 상품 때문에? 수연의 디자인으로 확실해졌으면 아침 회의 때 그가 말하지 않았을 리 만무했다. 그렇다면 그것 때문은 아닌 것 같은데, 그녀가 눈을 가늘게 뜨고 그를 살피다가 입을 열었다.

"수연 씨랑 무슨 얘기 했어? 여름 상품?"

"아니, 그건 아니고."

"그럼?"

"내가 개인적으로 부탁할 일이 있어서."

"디자인 때문에?"

"응."

그가 말을 아끼기라도 하듯이 짧게 짧게 대꾸했다. 평소와는 다른 무언가가 느껴지기는 했지만, 정작 그게 무엇인지는 좀체 알 수가 없었다. 그녀가 흐응, 소리를 내며 고개를 끄덕였다.

"디자인 때문이라면 나한테 부탁하지. 내가 도와줄 수 있는데."

"넌 바쁠 것 같아서."

물어보지도 않았으면서 지레 바쁘다고 결정 내리는 건 도대체 무슨 심보인지 모르겠다. 그녀가 영 내키지 않는 얼굴을 하며 고개를 끄덕였다. 정말 일 때문에 그런 것 같은데, 확증도 없이 오직

감 하나로 자꾸 꼬치꼬치 캐묻기에는 너무 유치해 보이고 철없어 보였다.

"근데 웬 커피야?"

"다들 졸려 하는 것 같아서 사 왔어."

준우가 유리 너머로 팀원들을 바라봤다. 딱딱하고 숨 막히던 부서가 두 사람 덕분에 잠시 느슨해지며 부드러운 분위기를 연출하고 있었다. 다영 역시 유리 너머로 다정하게 얘기하고 있는 승현과 수연이 눈에 들어왔다. 속으로 생각하건대, 제발, 제발, 제발 수연과 승현이 잘돼서 수연이 강 팀장에게 관심이 있다는 소문이나, 강 팀장이 수연에게 관심이 있다는 소문이나, 혹은 두 사람이 사귄다는 소문은 절대로 나지 않았으면 좋겠다는 생각이 강하게 들었다.

승현과 수연, 두 사람이 사귀고 공공연연하게 그것들이 발표되면, 그런 되지도 않는 걱정이 순식간에 싹 사라질 것이 아닌가. 다영이 커피를 다시 한 모금 마셨다. 차가운 아메리카노가 목 안으로 넘어가자 정신이 번쩍하고 드는 느낌이었다.

"아, 그리고 지수한테서 연락 왔더라. 결혼한다고 오라네. 너랑 같이 오래."

"나한테는 연락 안 왔는데?"

"내가 너랑 만나고 있으니까, 일부러 연락 안 했대. 내가 말하면 된다고."

"언제 한다는데?"

"이번 주 토요일 1시에. 나한테 청첩장 있어. 예식상 거기에 적혀 있더라."

하나둘씩 결혼하는 게 신기한 노릇이다. 물론 한국에 없는 시간 동안 몇몇 대학 동기나 고등학교 동창들이 결혼했다는 이야기를 듣긴 했지만, 실제로 결혼식에 가는 것은 처음이라 감회가 무척이나 새로웠다. 또한 이렇게 하나둘씩 떠나는데 자신 혼자 결혼도 하지 않고 남아 있다는 생각이 드니 기분이 미묘해졌다.

이제 나도 결혼을 해야 하는데, 라는 생각이 슬그머니 고개를 들고 일어나는데 만나고 있는 남자는 아무런 말도 하지 않는다. 강 회장이 결혼하라는 식의 언질도 주었건만, 준우는 계속 들어온 이야기라 그런지 별 반응도 하지 않았다. 오히려 무신경해 보이는 얼굴에 다영은 내심 섭섭해지기도 했지만, 조금 더 기다리기로 마음먹었다. 오래 만나왔다고는 해도 다시 만나기 시작한 것은 얼마 되지 않으니까.

"결혼이라……."

"왜?"

"아니, 뭐, 그냥."

"하고 싶어서?"

"누, 누구랑? 너랑?"

"그럼 다른 사람이랑 하게?"

준우가 깍지를 낀 채로 물었다. 그 자신만만한 태도에 그녀가 어버버거리며 버럭 소리를 질렀다.

"누, 누가! 얘가 무슨!"

"아니면 말고."

퍽 기분 나쁠 만한 대꾸에도 준우는 어깨를 으쓱하며 가볍게 말할 뿐이었다. 아무렇지 않아 하는 것 같은 그 태도에 당황한 사람은 오히려 다영이었다.

"이제 슬슬 일하러 가야지?"

그가 장난스럽게 씩 웃었다.

그날 이후로도 준우가 수연을 따로 불러내는 일은 잦았다. 시시
때때로 찾는 것이 내심 마음에 걸렸지만, 그래도 일 때문에 그러
겠거니 하고 넘겼다. 여름에 나올 주얼리 디자인 때문이라고 스스
로를 다독거리기도 했다. 비록 회의 때 준우가 여름 상품 이야기
를 하지 않았지만.

하, 다영이 땅이 꺼져라 깊은 한숨을 내쉬면서 핸드폰을 만지작
거렸다. 물어보고 싶어도 정말 일 때문에 그런 거라면 괜히 민망
해지는 것은 그녀뿐이었기에 쉽사리 물어보지도 못하고 애를 태
우며 둘을 지켜보았다. 승현은 별 신경 쓰지 않는다는 얼굴로 그
러려니 넘어가는데, 그녀는 그러지도 못하고 끙끙 앓고만 있었다.
승현처럼 담대하기라도 하면 얼마나 좋을까.

화장실 문에 머리를 박으며 다시 한 번 땅이 꺼져라 한숨을 내
쉬었다. 내일이 결혼식인데 계속 자신의 마음 상태가 이렇다면 갈
때나 올 때의 분위기도 썩 좋지 않을 것이라는 걸 그녀는 확신했
다. 다른 남자를 좋아하는 여자인데, 걱정할 필요가 없음에도 불
구하고 걱정됐다.

손으로 얼굴을 박박 문지르며 마음을 추스르고 있을 때, 소란스
러운 소리가 그녀가 있는 화장실 가까이 다가왔다. 지나칠 거라
생각했는데 그게 아닌지, 여자 여럿이서 화장실 안으로 들어오는
소리에 다영은 변기에서 일어났다. 볼썽사납게 더 이상 화장실에

서 있을 필요는 없었다.

"요새 강 팀장님, 수연 씨 계속 부르시지?"

"맞아. 아침 회의 때 얘기 들어보면 섬머 이벤트 때문에 그런 건 아닌 것 같은데."

다영이 윽, 하고 숨을 들이켰다. 저만 그렇게 생각한 것은 아닌 듯, 여사원들이 화장실에서 이러쿵저러쿵 입방아를 찧어댔다. 이런 곳에서 괜히 뒷얘기를 들었다가는 괜히 저만 이상한 사람이 될 것 같았기에 나가려고 하는데, 목소리들 틈에서 익숙한 목소리가 들려왔다.

"별건 아니에요."

"별거 아닌데 그렇게 팀장실에서 분위기가 좋아?"

"무슨 말을 하셨기에 강 팀장님이 그렇게 웃어?"

수연의 말에 다른 여사원 둘이 호기심 반, 장난기 반이 섞인 목소리로 수연을 놀렸다. 문에 닿은 다영의 손이 멈칫한 채 귀를 기울였다.

"진짜 별거 아니에요. 그냥 일 때문에……."

"섬머 이벤트 때문에 그런 건 아니지? 회의 때 디자인 정해졌다는 말 안 하셨으니까."

"네에."

"수연 씨 디자인으로 확정됐다고 미리 언질 주신 거야?"

"그런 것도 아닌데요."

"그럼 정해졌네. 강 팀장님이 수연 씨 마음에 드시나 보다."

"예? 아니에요, 아니에요. 그건 진짜 절대로 아니에요!"

그 말에 기겁을 한 수연이 소리를 꽥! 질렀다. 퍽 당황했는지 목소리가 이상하게 꺾였다. 잠잠히 그 이야기를 듣고 있던 다영이 도저히 참지 못하겠어서 화장실 문을 열었다. 공포 영화의 한 장면처럼 끼이익거리는 소리가 들리자 입방아를 찧으면서 말도 안되는 로맨스 소설이나 지껄이고 있던 사원들이 흠칫하며 소리가 난 쪽으로 시선을 돌렸다.

칸 안에 있던 사람이 다영이라는 것에 다들 놀라긴 했지만, 딱히 그녀의 뒷담화를 한 건 아니니 안심하며 거의 죽어가는 목소리로 그녀에게 인사했다. 욕을 하지 않았으니 상관없겠지, 라고 생각하는 다른 여사원들과는 달리 수연은 지금의 상황이 미치고 팔짝 뛸 지경이었다.

수연 역시 다영의 이야기를 한 것은 아니지만, 사원들 중에서 승현을 제외하고 준우와 다영의 사이를 알고 있는 유일한 사람이기도 했다. 그런 그녀가 듣는 곳에서 '강 팀장님이 수연 씨를 마음에 들어 하는 것 같아' 라고 묻는 말에 '그럴 일은 전혀 없어. 섬머 이벤트 때문이 아니라, 정말 나랑은 눈곱만치도 연관이 없는 일 때문에 계속 부르시는 거야. 그리고 강 팀장님은 한 대리님과 교제 중이시라고' 라는 말을 할 수도 없는 노릇이었다.

그래서 침묵을 지키고 있었는데, 하필이면 이 화장실 안에 다영이 있을 게 뭐란 말인가. 그녀는 괜히 다영에게 미안해졌다. 다영이 강 팀장이 뭐 때문에 불렀냐고 물어본다면 제대로 답하지도 못할 것이니 의심만 받을 것이다. 게다가 그녀는 이미 상사인 다영에게 버릇없이 군 전적 또한 있지 않은가. 낭패감 어린 얼굴로 수연이 다영을 제대로 보지 못하고 있을 때, 맞은편에 서 있던 그녀가 입을 열었다.

"강 팀장님은……."

퍽 온화한 목소리에 수연이 힐끔 다영을 올려다보았다. 화가 났다고 생각하기에는 무리가 있을 정도로 온화하고 다정한 미소를 짓고 있었다.

"저랑 교제 중이에요. 그러니까 수연 씨를 부른 건 일 때문에 그런 겁니다."

"아, 아아……."

갑작스러운 핵폭탄 투하에 화장실에 있던 여사원들이 얼빠진 얼굴을 했다.

"그러니까 그런 말은 안 하는 게 좋을 것 같네요. 그리고 잠시만 자리 비켜줄래요?"

"아, 네, 네."

다영의 말이 떨어지자마자 여사원 두 명이 바람과 같이 화장실에서 사라졌다. 수연이 마른침을 꼴깍 삼키며 입을 열었다.

"그, 교, 교제 중이신 거…… 숨기시는 거 아니었어요?"

비밀 연애라고 생각했기 때문에 제3자인 자신이 일부러 말하지 않은 거였다. 괜히 여기저기 떠벌리고 다니는 사람이 되고 싶지도 않았기 때문이다.

"숨기는 건 아니에요. 그렇다고 굳이 나서서 말하고 다니는 것도 아니지만."

"저…… 기분 상하셨다면 죄송해요……."

다영이 슬쩍 수연을 내려다봤다. 미안함에 쩔쩔매는 얼굴을 보자 화낼 마음도 싹 사라졌다. 솔직히 화낼 것도 없었다. 마음대로 오해한 것은 그 여사원들이었고, 수연은 아니라고 끝까지 부인했으니까. 그렇다면 준우가 요즘 왜 그녀를 불렀는지에 대해 물어볼까 하다가 남에게 그의 이야기를 듣고 싶지 않았기에 포기했다.

다영이 얼핏 한숨을 내쉬며 뒷목을 쓸었다. 이왕 불렀으니 아무 이야기라도 해야 할 듯싶었다. 어차피 그녀의 바람은 빨리 승현과 수연, 두 사람이 사귀는 거니 말이다.

"그, 승현 씨랑은 잘돼가요?"

"네?"

"도와주고 싶어도 괜한 오지랖이라고 생각할까 봐 망설였는데, 수연 씨가 먼저 밀 길어봐요. 슬쩍 띠보니까 승현 씨도 수연 씨 괜찮게 생각하더라고요."

"정말요?"

"네. 정말이니까 주말에 같이 영화라도 보자고 해봐요. 이번에 개봉한 영화 혼자 볼 것 같다고 한숨 푹푹 쉬던데, 영화라도 같이 보자고 해요."

"아……. 아, 알려줘서 감사합니다."

"아니에요. 그럼 잘해봐요."

"저…… 한 대리님!"

다영이 애써 웃으며 나가려고 할 때, 이번에는 수연이 그녀를 불러 세웠다. 발걸음을 멈춰 세우고 돌아보자, 망설이는 기색이 역력한 수연이 한참을 머뭇거리다가 입을 열었다.

"강 팀장님이 저 부른 거 정말 아무 일도 아니에요. 제가 말씀드리고 싶은데, 강 팀장님 사정이 있어서 말씀은 못 드리겠어요."

예상외의 말에 다영이 얼빠진 얼굴을 했다.

"그리고 조만간 강 팀장님이 한 대리님한테 말씀해 주실 거예요! 그럼 저 먼저 가보겠습니다!"

도통 알지 못할 말만 늘어놓고 냉큼 사라진 수연의 뒷모습을 어리둥절한 눈으로 좇으며 머리를 긁적였다. 나름 변명이라고 하는 것 같은데, 무슨 일인지는 확실히 모르겠다. 다만, 알 수 있는 것은 준우가 수연을 계속 부른 건 일 때문이 아니라는 점이었다. 그렇다면 도대체 뭐지? 다영이 고개를 갸웃거리며 화장실을 나오며 저 멀리 뛰어가는 수연의 뒤를 따랐다.

퇴근 준비를 하는 동안에도 수군거림은 멈추지 않고 귓전을 때렸다. 도무지 신경 쓰지 않으려고 해도 안 쓸 수가 없었다. 들리는 소리에 그녀가 슬쩍 고개를 들어 자신을 향하는 시선 쪽으로 고개를 돌렸다. 순간, 다영을 향하던 시선들이 순식간에 사라졌다. 애써 무시하려고 해도 다시금 느껴지는 시선에 헛웃음이 흘러나왔다.

이런 것들이야 익숙해질 때도 됐으니, 어릴 적처럼 상처받는다든가 하지는 않지만 아예 신경 쓰지 않는 것은 아무래도 무리였다. 수연은 제 잘못도 아닌데, 괜히 자신의 눈치를 슬쩍슬쩍 살피고 있으니 다영은 스스로가 이 부서의 태풍의 눈이 된 것처럼 느껴졌다. 새삼 멋쩍은 얼굴을 했다. 불과 몇 분 전에 욱해서 한 말이 이렇게 빨리 퍼지게 될 줄이야. 그녀가 마른세수를 하며 슬그머니 준우를 보다 시선을 돌렸다.

"한 대리님, 무슨 일 있으셨어요?"

"예?"

"아까 전부터 여사원들이 한 대리님 되게 쳐다보는데."

그 말에 다영이 헛웃음을 지었다. 물론 눈치가 빠른 남자니 승현이 금방 눈치챌 거라 생각했지만. 그녀가 살짝 망설이는 기색으로 '사실대로 다 말했어요'라고 작게 중얼거렸다. 무슨 사실인지 승현은 단박에 알아챘기 때문에 꽤 흥미롭다는 얼굴을 했다. 다영의 성격상 물어보면 거짓말은 하지 않겠지만, 그렇다고 굳이 나서서 교제 중이라고 말할 것 같지는 않았기 때문이다. 그의 표정을 읽은 다영이 작게 중얼거렸다.

"어쩌다 보니 그렇게 됐어요."

"강 팀장님은 아세요?"

"그것까지는 잘……. 그냥 욱해서 말했거든요."

어쩐지 다영다운 폭탄선언이라는 생각이 들었다. 승현이 작게 웃음을 터뜨렸다.

슬슬 퇴근 시간이 다가오니, 준우가 퇴근하면 그때 타이밍을 맞춰서 말해야겠다며 그녀가 작업하던 파일들을 다 저장하고 컴퓨터를 마저 끄려고 할 때, 화면에 알람창이 떴다. 마우스를 움직여 메일이 왔다는 알림창을 켜고는 메일과 함께 메일 발신자를 확인했다.

발신자의 이름에는 '강준우'라는 세 글자의 이름이 돋움체로 예쁘게 표시되어 있었다. 그녀가 아리송한 얼굴을 하며 팀장실 쪽으로 시선을 보내니, 준우 역시 다영을 바라보며 빙긋 웃고는 손으로 모니터를 가리켰다. 메일을 확인하라는 제스처에 마우스를 몇 번 달칵였다. 그가 자신에게 보낼 만한 메일이 딱히 없었기 때문에 더 의아한 마음이 들었다.

제목 없음이라는 메일 제목과 함께 메일을 열어보니 사진 몇 장이 첨부되어 있었다. 그것들을 저장하고 확인한 순간, 다영의 눈이 반짝하며 화색이 돌았다. 그녀가 디자인한 모든 것들이 완성된 것은 아니지만, 그중 완성된 주얼리 디자인이 몇 개 눈앞에 나타나자 그녀가 씩 웃었다. 누가 디자인한 건지는 몰라도 예쁘다며, 자화자찬하며 그녀가 뿌듯하게 웃어 보였다.

디자인이 끝나고 이렇게 주얼리로 완성된 것을 확인할 때면 어쩐지 자식이 커가는 과정을 보는 어머니의 마음이 들었다. 뿌듯하고, 뭉클하고, 말로 형용할 수 없는 그런 감정이었다. 이 계통에서 일한 지도 꽤 됐으니 그런 감정도 점차 퇴색되게 마련이지만, 그녀는 단 한 번도 그런 적이 없었다. 그녀가 디자인한 제품들이 나올 때마다 다영은 항상 울 것 같은 얼굴로 웃었다.

별 내용이 없을 줄 알았던 메일에는 '역시 예쁘게 잘 나왔네'라는 말이 적혀 있었다. 그녀가 뿌듯하게 웃으며 팀장실 쪽을 향해 어깨를 으스대며 씩 웃어 보였다. 그 으스대는 표정에 준우는 빙긋 웃으며 어깨를 가볍게 으쓱이더니 그도 컴퓨터를 끄며 블라인드를 치고는 팀장실을 나왔다.

다영이 디자인팀으로 오게 되면서 한 가지 변하게 된 것은 준우의 눈치를 보며 퇴근도 제때 하지 못하던 사원들이 요즘 들어 제시간에 퇴근을 하게 되었다는 점이다.

"모두들 퇴근합시다."

팀장실 밖으로 나온 준우가 그렇게 한마디 하자 자리에 앉아 있는 팀원들이 여기저기서 대답하면서 나갈 준비를 했다. 다영이 먼저 부서를 나서는 준우의 뒷모습을 보고 있는데 퇴근할 준비를 하던 승현이 그녀의 팔뚝을 툭, 쳤다.

"따라가 보세요."

"아, 네. 그럼 저 먼저 갈게요. 저 먼저 가겠습니다."

"안녕히 가세요, 한 대리님."

수연이 싱긋 웃으며 그녀의 인사를 가볍게 받았다. 부서에 익숙해지자 인사도 자연스럽게 나왔고, 팀원들 역시 그녀의 인사를 자연스레 받아주었다. 특히 수연과의 관계가 체육대회 이후로 크게 바뀌었다. 그녀의 인사를 뒤로하고 다영이 재빨리 사무실을 나와 엘리베이터가 있는 곳을 향해 빠른 걸음으로 걸어갔다.

엘리베이터 앞에 서 있던 준우가 시계를 힐끔 보다가 들려오는 구두 굽 소리에 시선을 돌렸다.

"나왔네?"

"엘리베이터는?"

"너 나올 때까지 기다렸지."

"아, 고마워."

다영이 헤실헤실 웃으며 대답했다. 두 개 있는 엘리베이터 중 하나가 6층에 도착했다. 제시간에 퇴근하는 부서는 확실히 얼마 없는 듯, 엘리베이터 안에는 출근 때보다는 사람들이 많이 없었다. 거의 텅텅 비다시피 한 엘리베이터를 보며 다영이 고개를 갸웃했다. 출근 시간은 칼같이 지키면서 왜 퇴근 시간은 칼같이 지키지 않고 남아서 일하는지 아직도 잘 모르겠다.

야간 근무가 있다고 하면 또 몰라도, 굳이 야간 근무가 없을 때에도 거의 30분 이상 할 것도 없으면서 가만히 있는다는 말을 인사과에 다니는 주원이 해주었다. 다영이 먼저 엘리베이터에 올라타고 준우가 뒤따라 탔다. 그가 B1 층을 꾹 눌렀다.

"태워다 줄게. 같이 가자."

"응, 고마워. 항상 얻어 타는 것 같네."

"뭘."

지상에서는 짝수 층에만 서는 엘리베이터였기 때문에 중간에 한 번도 멈춰 서지 않은 채 쭉쭉 내려갔다. 로비에서 잠시 멈춘 엘리베이터의 문이 잠시 열렸다가 금세 닫히면서 지하 1층에 도착했다. 그의 차가 있는 곳이 어딘지는 몰랐기에 다영은 그의 뒤를 졸졸 쫓아갔다.

삑— 하는 소리와 함께 불빛이 반짝 빛나자 그곳에서 익숙한 준우의 차가 눈에 들어왔고, 그가 자연스레 운전석에 탔다. 낮은 짐승 울음소리처럼 부드럽게 시동 걸리는 소리가 지하주차장에서 퍼지며 멈춰 서자 다영은 조수석 문을 열고 허리를 숙여 차에 올라탔다.

"요새 좀 바쁜 것 같네?"

"뭐."

그가 어물쩍거리며 핸들을 꺾었다. 맨 처음에는 어디로 가야 한다고 일일이 말했는데 이제는 제집 찾아가듯 익숙하게 그녀의 집을 향해 액셀을 밟고 핸들을 움직이는 폼이 퍽 노련해 보였다. 그녀가 달리는 차창 밖으로 시선을 돌렸다가 잠시 후 그의 옆모습을 바라보았다.

"요새 수연 씨 자주 부르네?"

"부탁할 게 있어서."

그와 동시에 신호등이 빨간불로 바뀌었다. 준우가 천천히 브레이크를 밟으니 차가 정확히 정지선 위에 멈추었다. 슬슬 더워지는 기운에 그가 차창을 열었고, 다영은 그가 제대로 답해주지 않는 것에 대해 내심 서운함을 느끼며 입술을 삐죽였다.

"그리고 내가 사원들한테 우리 사귀는 거 말해 버렸어."

"……."

"그래서 내일쯤이면 소문 다 퍼져 있을 거야."

신호등 불이 바뀌는 걸 기다리는 동안 준우가 다영을 바라봤다. 그녀 역시 그의 시선을 딱히 피하지 않은 채 똑바로 마주했다. 한참 동안 아무 말도 하지 않고 서로를 바라보기만 하다 뒤에서 들리는 클랙슨 소리에 준우가 다시 액셀을 천천히 밟았다.

"말했다고?"

"응. 네가 수연 씨한테 관심이 있어서 부르는 거라고 말도 안 되는 말을 하잖아. 그 말 듣고 욱해서……."

"말한 것은 상관 없긴 한데…… 여전히 변한 게 없다, 너."

준우가 킥킥거렸다. 그 말을 칭찬으로 받아들여야 할지 몰라서 다영은 그냥 넘기기로 했다. 맨처음 만났을 때도 변하지 않았다는 사실이 그는 좋다고 말했다. 그때는 둘 중에 한 사람이라도 변했으면 좋겠다고도 생각했다가, 지금은 변하지 않은 스스로가 고맙기도 하고 좋기도 했다.

그가 변하지 않는 자신을 좋아한다고 말했으니까. 사람의 마음이라는 것은 참으로 얄궂고 알 수 없는 것이라 생각하며 다영이 나지막하게 웃었다. 체육대회가 지난 것을 기점 삼아 슬슬 여름이 다가오는 듯했다. 조금씩 더워지는 것을 느끼며 그녀가 손부채질을 하다가 차창을 열었다.

"이번 주 토요일 지수 결혼식 때 어차피 같이 갈 거니까, 내가 너희 집 앞으로 갈게."

"그래 주면 나야 좋지."

다영이 빙긋 웃으며 그 말에 가볍게 대꾸했다. 도로에서 한참을 달리던 차가 다영이 사는 빌라 앞에 멈춰 섰다. 그녀가 안전벨트를 풀고는 핸드백을 챙겼다. 바로 눈앞에 보이는 빌라와 준우를 번갈아 보며 그녀가 말했다. 마치 영화 봄날은 간다에서 나온 여주인공이 남주인공에게 라면을 권하던 그 장면처럼 말이다.

"차라도 마시고 갈래?"

다영의 제의에 준우가 살짝 당황한 듯 그녀를 바라보다 이내 미안한 미소를 만면 가득 띠었다.

"미안. 오늘은 안 될 것 같은데. 할 일이 있어서."

"아……."

실망한 기색이 얼굴 위로 떠오르는 것을 금세 지우개로 슥삭 지워내듯 지웠다. 준우 역시 그녀의 눈치를 살피는 건지, 미안한 심정이 얼굴에 가득했다. 철이 없는 것도 아니니 유치하게 '일이 중요해, 내가 중요해?'라는 질문 따위는 하고 싶지 않았다. 아직 할 일이 남았다고 하는데 억지로 오라고 할 수도 없는 노릇이었다.

"아냐, 괜찮아. 일 때문에 그러는데 별수 없지."

그녀가 애써 웃어 보였다.

"어, 왔냐?"

멀리서 지환이 준우를 반갑게 맞이했다. 다혜랑 주원은 이미 와 있었는지, 말끔한 옷차림으로 로비에서 저들끼리 이야기를 나누고 있었다. 다영이 두 사람을 발견한 것처럼, 두 사람 역시 다영을 발견했는지 금세 그녀 앞으로 성큼 다가왔다.

준우와 다시 만난다는 이야기를 전화상으로만 들었던 다혜가 웃으면서 준우와 다영을 번갈아 보며 놀릴 궁리를 했다. 그런 기색을 눈치챘는지 준우가 슬그머니 지환과 이야기를 하면서 축의금을 내는 쪽으로 갔다. 그 모습에 내심 아쉬운 듯 입맛을 다시던 다혜가 입이 근질거리기라도 한지 이것저것 묻기 시작했다.

"나란히 같이 왔네? 결혼 임박? 언제부터 다시 만났냐?"

"다시 만나기 시작한 건 얼마 안 됐어. 결혼은……."

다영이 얼핏 한숨을 내쉬었다. 강준우는 참으로 신비주의로 가득 찬 인물이라 그런지, 그녀가 눈치채기에는 조금 힘든 인물이었다. 결혼을 하고 싶어 하는 것 같기도 하고 그렇지 않은 것 같기도 했다. 강준우 때문에 하루에도 몇 번이나 롤러코스터를 타는 기분이 들어 다시 한 번 땅이 꺼져라 한숨을 내쉬었다.

시간은 무의미하게, 그리고 어김없이 흘러간다. 다영의 폭탄 발언이 있던 그 주는 모두들 다영과 준우를 쳐다보기 바빴다. 준우와 다영은 서로 다른 의미로 남의 시선을 받는 것들이 익숙한 존재들이었기에 별반 신경 쓰지 않으며 그 주를 보냈다. 다만, 사원들이 이상하게 여기는 것은 분명 준우가 다영과 교제하면서도 이상할 정도로 수연을 부른다는 점이었다.

그 사실은 다영 역시 신경 쓰였지만, 수연이 말하길, 준우가 말해줄 것이라고 했으니 우선은 참을성 있게 기다려 보기로 했다. 그러는 도중 지수의 결혼식이 있는 토요일이 됐다. 준우와 함께 가기로 어차피 말을 맞춰둔 상황이었기 때문에 더 이상 물어보기도 뭐했다. 준우를 닦달할까 싶다가도 일단은 기다리자는 생각으로 버틴 게 일주일이었다.

게다가 차 마시고 가라는 말을 거절한 것도 왠지 신경이 쓰였다. 여자가 이렇게까지 말했는데, 라는 생각은 딱히 들지 않았다. 다만, 섭섭한 것은 어느 정도 있었다. 같은 장소에서 같은 일을 하는데 더 멀게만 느껴졌다. 위에서 자꾸 일을 쏟아붓기라도 하는 듯, 때때로 야근을 할 때도 있었다. 사귄다는 걸 공식적으로 발표한 후에는 만나는 게 좀 더 쉬울 줄 알았는데, 전혀 아니었다.

예쁘게 화장한 얼굴에 수심이 가득하고, 예쁜 얼굴과는 달리 못난 표정으로 다영이 준우의 뒷모습을 눈으로 좇았다. 전 연인과 다시 만나게 되고, 똑같은 이유로 헤어진다는 말을 들었다. 하지만 그녀는 예전과 같은 이유로 헤어지고 싶지 않았다. 쳇바퀴 돌듯 같은 굴레를 도는 실수를 또다시 범하고 싶지도 않았다. 차라리 그러는 것보다는 솔직하게 물어보는 것이 백 배, 천 배 나을 것이라며 짐짓 비장한 얼굴을 한 채 고개를 번쩍 들었다.

"신부 얼굴 보러 갈래?"

그때, 주원이 다영의 눈치를 살피며 물었다. 썩 친한 사이도 아니라서 보러 가고 싶지는 않았지만 예의상 얼굴을 비추는 게 맞는 것 같았다. 그녀가 고개를 끄덕이고 신부대기실로 들어가자 익숙한 면면들이 하나둘씩 보이기 시작했다. 사교성 좋은 다혜는 이미 안에 있던 대학 동기들과 재밌게 이야기를 나누는 모습이 눈에 들어왔다.

"우리 왔어, 지수야."

"와줬구나. 고마워."

신부 화장에 웨딩드레스를 입은 지수의 모습을 보며 다영은 내심 감탄했다. 결혼식의 꽃은 신부라는 말처럼 지수는 꽃만큼이나 예쁜 자태로 의자에 앉아 부케를 손에 쥐고 웃었다. 그다지 친하지도 않던 다영에게 지수가 웃으며 살갑게 말을 걸었다.

"한국 왔구나? 한국 왔단 얘기는 애들한테 들었어."

"아, 응. 오랜만에 본다, 야. 게다가 결혼이라니……. 축하해. 오늘 너무 예뻐."

"고마워."

지수가 수줍게 웃으며 부케로 입가를 가렸다. 청초하고 아름다운 모습에 다영은 자신이 마치 홀리기라도 한 듯한 얼굴로 쳐다보았다.

"준우랑 다시 만난다며? 축하해. 역시 상대 간판 CC답다."

"이제 학생도 아닌데, 뭐."

"그래도. 너희 되게 잘 어울려서 엄청 부러웠거든. 나 결혼 끝나면 너희 청첩장 받겠다."

그 말에 다영이 하하 웃었다. 정말 나이가 나이인지라 듣는 말들은 다 결혼에 관련된 거였다. 혼자 있으면 짝이 있니, 없니, 만나는 사람이 있다면 언제 결혼할 것이냐는 문제로. 다영이 머쓱한 듯, 부끄러운 듯, 어색하게 웃으며 뒷덜미를 쓸었다.

"부케는 네가 받아야겠다, 다영아."

"고마워."

다영이 웃으며 감사의 말을 꺼냈다. 곧 있으면 식이 시작될 것이라는 방송에 신부대기실을 빠져나오며 하객들이 앉는 곳으로 들어갔다. 입이 찢어져라 웃는 신랑이 준우고, 신부대기실에 있는 사람이 자신이라는 상상을 해보았다. 상상만으로도 가슴 설레는

광경이었다.

의자에 엉덩이를 붙였다. 바깥에는 소란스러운 소리가 가득했다. 웃는 소리도, 아이들이 떠드는 소리도 얼핏 들려왔다. 그중에서도 단연 빛나는 존재는 준우였다. 어째 장가가는 새신랑보다 더 멋져 보이는 사람이 홀에 선 채로 동기들과 이야기를 나누고 있으니, 식장에 들어와 있는 여자들의 시선이 모두 그쪽으로 향하는 것은 어쩔 수 없는 일이었다.

옛날에는 저 멋진 남자를 뺏길까 봐 전전긍긍하기도 하고, 곁눈질로 보는 여자들만 봐도 질투가 일어났는데. 이제는 나이를 먹어서 그런 걸까, 아니면 익숙해져서 그런 걸까? 저 정도 일로는 질투가 일어나지도 않았다. 물론 준우가 수연을 자꾸 부르는 행동에 대해서는 질투가 일어나고 신경이 쓰였지만 말이다.

"강준우는 결혼 생각 없대?"

"모르겠어. 있는 것 같기도 한데, 정확하게 말을 안 하네."

다영이 애써 여유로움을 가장한 채 말을 이었다. 주원의 눈에는 애써 아무렇지도 않아 하는 게 눈에 들어왔기에 그녀를 조금은 안쓰러운 시선으로 봤다. 바깥에 서 있던 하객들이 하나둘씩 안으로 들어오고, 이야기를 나누던 준우 역시 지환과 함께 안으로 들어와 그녀의 바로 옆에 앉았다.

자리가 부족하다고 느낀 몇몇 하객은 뒤에 선 채로 결혼식이 진행되는 것을 구경했다. 주례가 앞쪽 단상에 서고, 사진을 찍는 사람이 안으로 들어오며 버진 로드 주변을 서성거렸다. 홀에 있던 사람들이 하나같이 안으로 들어서자 신랑 역시 문 앞에 선 채로 기다렸다. 신랑의 친구로 보이는 사회자가 결혼식을 시작하겠다는 말을 알림과 동시에 음악이 울려 퍼지고 신랑이 씩씩한 얼굴로 들어왔다.

"그럼 남자 쪽은 초혼인가?"

"그렇다고 하더라."

"흐음."

"왜, 지수가 졸업하고 바로 결혼했는데, 그놈이 영 변변찮은 놈이었다나 봐."

"아……."

들은 게 있는지 다혜가 작게 속삭였다. 다영도 고개를 끄덕였다. 한 번 변변찮은 놈에게 걸리면 보통 결혼에 물려 하는 모습을 자주 봐왔다. 더 이상 결혼을 하고 싶어 하지 않는다든가, 남자를 만나 다시 시작하는 것에 대한 두려움을 갖게 된다고 들었는데, 지수는 그게 아니었나 보다.

혹은 지수 역시 그랬겠지만, 그래도 행복해지고 싶다는 생각에 다시 용기를 냈을 것이다. 조용해야 할 식장은 꽤나 소란스러웠다. 문득 드는 생각인데, 만약 결혼을 하게 된다면 많은 사람들보다는 정말 친한 사람들, 아는 사람들만 초대해서 조용하고 작게 치러지는 결혼식도 좋을 것이란 생각이 들었다. 신랑이 주례사 앞에 당당히 서 있을 때 이번에는 '신부 입장!' 이라는 말과 함께 음악 소리가 울려퍼졌다.

버진 로드 앞에 서 있던 지수가 아버지의 손을 잡고 천천히 버진 로드를 밟았다. 그다지 친하지도 않고, 말을 자주 나눈 것도 아니었다. 그렇다고 그녀의 속사정을 잘 아는 것도 아닌데 행복해 보이는 얼굴을 보니 괜히 가슴이 뭉클하고 따뜻해졌다. 의례적인 박수가 아닌, 지수가 이번에는 정말 행복하기를 바라는 마음으로 다영이 박수를 치기 시작했다.

아버지의 손을 잡고 있던 신부의 손이 신랑에게로 넘어갔다. 신랑이 장인 될 사람에게 꾸벅 인사를 하고, 두 사람은 손을 맞잡은 채 주례 앞에 서서는 주례사를 듣기 시작했다. 길게 이어질 것이라 생각한 주례사는 생각 외로 짧았다. 마지막으로 행복하라는 말과 함께 두 사람이 서로에게 인사를 하고, 신랑이 신부에게 키스했다. 그 모습에 다혜가 꺄악, 비명 소리를 내질렀고, 주원은 그저 작게 웃을 뿐이었다.

"부럽다."

다영이 작게 읊조렸다. 정말로 행복해 보이는 모습이었다. 슬픈 과거를 잊고 앞으로 사랑하는 사람과 함께할 미래를 꿈꾸는 모습이, 여자로서 사랑받는 모습이 참 예쁘고 부러웠다. 질투가 나지는 않았다. 그저 지금 느끼는 행복을 그녀가 영원히 가지기를 바랄 뿐이었다.

"부러워……."

다영이 다시 한 번 중얼거렸다.

뷔페에서 식사를 끝내고 지수와 다시 인사를 나눴다. 행복하게 잘살라는 말에 그녀는 두 볼을 발갛게 물들이고는 가볍게 고개를 끄덕였다. 그 모습에 다영은 다시 한 번 가슴이 간지러웠다. 신랑은 헤벌쭉한 얼굴로 신부를 사랑스럽게 보고 있었다.

"좋아 보이더라, 지수."

"응. 행복하게 잘살면 좋겠어."

귀동냥으로 얼핏 듣기로는 지수가 처음 결혼했던 상대는 변변찮은, 못된 놈이라고 했다. 평소에는 얌전하다가도 술만 마시면 손을 든다느니, 도박을 한다느니, 이런저런 말이 많았지만, 어떤 것이 사실이고 진실인지는 알 수 없었다. 지수가 던진 부케를 잡은 사람은 아니나 다를까, 다영이었다. 다영이 손에 든 부케를 만지작거렸다.

"있잖아."

"어."

돌아가는 차 안에서 다영이 말문을 열었다. 마음먹은 김에, 둘만 남았을 때 묻기로 그녀는 마음먹었다. 승현의 말대로 아무 말도 해주지 않는 준우도 문제였고, 아무것도 묻지 않은 그녀의 잘못도 있었다.

"수연 씨랑 무슨 얘기 했어?"

"어?"

꽤 당황한 어투였다. 눈을 마주하고 묻는다면 괜히 눈물이 나올 것 같아서 다영은 끝까지 그를 보지 않고, 앞만을 올곧게 직시했다. 준우 역시 당황했는지 입술을 혀로 축였다. 요 며칠 수연에 대해 물으며 은근슬쩍 자신을 떠보기는 했으나, 이렇게 직설적으로 물을 것이라고는 생각지 못했다.

아직 완성되지 못한 그것을 떠올리며 준우는 난처한 얼굴을 했다. 아무 말도 하지 않는 준우를 보고 속이 타들어가는 것을 느끼며 그녀가 고개를 돌렸다.

"예전에 너랑 사귈 때, 아무것도 묻지 않아서 헤어졌어. 또 그런 실수를 반복하고 싶지는 않아. 수연 씨 요새 무슨 일 때문에 부른

거야? 일 때문에 그런 거라면 나한테 말해도 되는 거고, 부탁해도
되는 거잖아."

"일 때문에 부른 건 아니었어."

"그럼? 게다가 결혼도 그래. 아저씨, 아니, 아버님이 결혼 얘기
꺼냈을 때도 그냥 어물쩍 넘어가고. 나랑 결혼할 생각 없어?"

준우는 도로를 달리던 차를 갓길에 갖다 댔다. 싸울 생각은 없
었는데, 감정이 고조되다 보니 목소리까지 높아졌다. 싸울 생각은
정말로 없었다. 그저 그의 솔직한 이야기를 듣고 싶을 뿐이었다.
그런데 준우는 화난 것이라고 생각될 정도로 무섭게 굳은 얼굴로
차를 세우며 그녀 쪽으로 시선을 돌렸다. 딱딱하게 굳은 얼굴에
다영은 덜컥 겁이 났다. 괜히 말을 꺼냈나, 조금 더 조심스럽게 물
어봐야 할 문제였나, 하는 생각이 들었다.

"너는?"

"뭐?"

"너는 나랑 결혼할 생각 있어? 저번에 나랑 결혼할 거 아니었냐
고 물어봤을 때, 너 별로 안 내켜 하는 것 같았는데."

혹시 그 말 때문에 기분이 상하기라도 한 걸까? 다영은 다시 한
번 울컥했다. 코끝이 찡해지며 울먹이는 목소리로 말했다.

"갑자기 그렇게 말하는데 그럼 어떡해. 네가 진심으로 말하는
건지, 농담으로 말하는 건지 구분도 안 되는데. 넌 그게 프러포즈
였어?"

"……."

준우는 아무런 말도 하지 않은 채 그녀를 똑바로 바라보기만 했
다. 그가 아무 말도 하지 않자 다영은 정말로 눈물이 흘러내릴 것

같았다. 눈물을 꾹 삼키기 위해 그녀가 입술을 꽉 깨물었다. 두 사람 사이에 정적이 흘렀다. 1초가 한 시간 같은 시간이 흐르기 시작했다. 아무런 말도 하지 않는 모습에 정말 화가 나기라도 했나 싶을 때, 그가 얄팍한 한숨을 내쉬었다.

"아니야."

"뭐?"

"그거 프러포즈 아니었다고."

"그럼?"

준우는 방설이는 얼굴로 뒷목을 쓸어 넘기다가 품속에서 무엇인가를 꺼냈다. 그건 종이였다. 무언가가 그려져 있는지 몇 가지 선이 얼핏 비쳤는데, 그게 무엇인지는 알 수가 없었다. 곱게 접은 종이를 다시 펼치며 준우가 그녀 앞으로 내밀었다.

종이에는 확실히 무언가가 그려져 있었다. 수연의 작품으로 보이는 것도 아니었고, 다영이 디자인한 것으로도 보이지 않는 반지 디자인이었다. 심플하며 약간은 단조롭다고 생각할 수 있는 생소한 디자인의 반지에 그녀가 고개를 갸웃하며 그를 쳐다봤다. 해명을 부탁한다는 얼굴에 준우는 평소의 그답지 않게 얼굴을 붉게 물들이며 큰 손으로 제 얼굴을 가렸다.

"완성되고 나오면 하려고 했어, 프러포즈."

"어……?"

"수연 씨를 팀장실로 부른 건…… 이상한 점이 없는지 좀 봐달라고 한 거였어. 네 말처럼 우리 부서에서 너 다음으로 디자인에 소질 있는 사람은 수연 씨였으니까."

"그럼……."

"우리가 오래 만나긴 했지만 다시 만난 지는 얼마 안 됐다고 네가 말해서, 반지가 완성되고 나면 그때 정식으로 프러포즈하려고 했어. 네가 성급하다고 생각할까 봐. 팀장실에서 했던 말은 나도 그냥 너 떠보려고 한 말이었고."

잘 정돈된 머리를 그가 거칠게 휘저었다. 이렇게 프러포즈를 할 생각은 없었다. 반지가 나오면 레스토랑에서 정식으로, 아주 멋들어지게 하려고 했는데 다영이 갑자기 수연의 이야기와 프러포즈 이야기를 꺼내는 바람에 성급해졌다. 난생처음 디자인한 반지를 그녀에게 보여주는 것도 부끄러웠다.

준우가 슬그머니 자신의 눈치를 살피자 다영은 꾹꾹 눌러 담았던 것이 결국 터져서는 눈물을 흘리고 말았다. 갑자기 아무 말도 하지 않고 한숨을 쉬니까 너무 당황스럽고 무섭기도 했는데…….
그녀가 흐느끼며 종이에 얼굴을 묻었다. 갑자기 눈물을 보이는 다영의 모습에 준우는 당황한 얼굴로 그녀의 눈치를 살폈다.

"다영아, 왜 울어?"

"놀랐단 말이야. 내가 팀장실에서 한 말 때문에 네가 진짜 나랑 결혼할 생각이 없는 줄 알았다고!"

"그 정도야 네가 진심이 아닌 거 알지. 넌 좋아하면 오히려 솔직해지지 못하니까."

준우가 픽 웃으며 그녀를 끌어안았다. 정말 놀랐는지 다영은 아주 서럽게 울었다. 다시 시작할 때도 그렇고, 지금도 그렇고, 그녀는 자신 때문에 울기만 하는 것 같았다. 그가 부드러운 손길로 그녀의 등을 토닥거렸다. 그녀는 정말 좋아하는 것 앞에서는 솔직해지지 못하는 경향이 있기 때문에 팀장실에서 '누가 너랑!' 이라는 말을 들었을 때 그녀의 말을 믿지는 않았다. 섭섭하고 약간 삐치기는 했지만 그게 거짓말이라는 것을 알고 있었으니, 그냥 가볍게 넘어갔다.

준우는 낮은 웃음소리를 내며 그녀의 등을 한참이나 다독여 주며 미안해, 라는 말을 반복했다.

"서툴지만 반지는 내가 디자인했어, 네 약지에 끼워주고 싶어서. 그럼 정식으로 말할게."

준우가 잠시 숨을 들이마시고는 품 안에 있는 다영을 잠시 떨어뜨리며 똑바로 마주했다.

"나랑 결혼해 줄래?"

아까와 비슷한, 굳은 얼굴이지만, 무섭게 느껴지지는 않았다. 오히려 서투르고 긴장한 것이 확연하게 드러나는 모습이라 웃음이 나왔다. 동시에 눈물 역시 나왔다. 이번에 흘리는 눈물은 너무 기뻐서 나오는 눈물이었다. 오늘 결혼식에서 지수가 울었던 것처럼 말이다. 눈물범벅이 된 얼굴로 다영이 활짝 웃었다.

"응."

그가 눈물 자국을 닦아내며 가볍게 그녀의 볼에 입을 맞췄다. 다영의 손에는 여전히 그가 디자인한 종이가 들려 있었다. 그녀의 손을 어루만지며 그가 조심스레 그 종이를 펼쳤다. 서툰 디자인을 바라보던 준우가 고개를 들었다.

"서툴지만 노력할 거야. 내가 처음으로 이 반지를 디자인한 것처럼 말이야. 나는 너랑 관련된 모든 것들이 다 처음이라서 서툴거야. 하지만…… 노력할게. 네가 나 때문에 속상한 일이 없도록, 좋은 남편이, 아버지가 되도록 노력할게. 네가 편히 쉴 수 있는 집이 돼줄게."

그 말에 다영은 눈물 섞인 뜨거운 숨을 토해냈다. 자신도 그렇다고, 그렇게 말하고 싶었지만 차마 입이 떨어지지 않아 그녀는 그저 입 모양으로만 '나도, 나도……'라고 작게 중얼거렸다.

준우가 손을 뻗어 그녀의 뺨을 살짝 쓰다듬으며 고개를 꺾었다. 그녀 역시 살며시 눈을 감자 입술 위로 따뜻한 온기가 와 닿았다.

짧은 입맞춤을 끝내며 준우가 살짝 떨어졌다. 이마를 맞댄 두 사람의 숨결이 바로 앞에서 느껴질 때, 다영이 눈을 내리깔다가 그를 슬쩍 보며 작게 웃었다. 그 역시 웃음기가 담긴 목소리로 다정하게 말했다.

"사랑해, 다영아."

Epilogue 아빠는 엄마를

"다녀왔습······. 둘 다 뭐 해?"

현관문 여는 소리와 동시에 장을 봐 왔는지 안에 이것저것 많은 것들이 담긴 에코백을 아래로 내려놓으면서 집 안을 사이좋게 어지르며 놀고 있는 두 사람을 마땅찮게 바라보고 있었다.

"뭐 하긴. 리우랑 놀아주고 있지."

그녀의 물음에 준우가 능청스럽게 대꾸했다. 다영이 그에게 물어본 것은 그게 아님에도 불구하고 말이다. 준우가 축구공을 툭 치며 여섯 살배기 아들인 리우에게 넘겼다. 그걸 받아 든 리우가 공을 이리저리 굴리면서 세 사람이 살기에는 꽤 넓은 집 안에서 공을 차며 이리저리 뛰어 놀고 있었다.

올해로 여섯 살이 된 리우는 엄마가 온 것에도 별 관심이 없는지 고함을 꽥꽥 지르며 마치 황량한 길을 누비는 카우보이와도 같이 종횡무진하고 있었다. 아들이 이리저리 뛰어다니면서 노는 것이 괜찮은지 준우는 전과 다름없는 거의 무신경하다고 할 수 있는 얼굴로 현관문 쪽으로 걸어와 장을 한가득 봐 온 에코백을 대신 들어주었다. 그런 준우의 모습에 다영이 헛웃음을 지었다. 오늘이 평일이라면 남편인 그가 피곤해서 그렇다고 이해해 주겠지만, 오늘은 휴일인 토요일이었다.

"집 안에서 공놀이를 하고 있었어? 청소한 지 얼마 안 됐는데, 집 안은 또 왜 이래?"

그 말과 동시에 두 사람의 시선이 거실로 향하는 복도부터, 거실, 그리고 설거지거리만 잔뜩 쌓여 있는 싱크대 쪽을 한 번 쑥 훑어봤다. 그래, 집 안의 꼴은 난장판이요, 쑥대밭이었다.

주원이나 다혜 그리고 승현이나 수연은 다영이 결혼하고 아이를 낳으면 집안일과 일, 둘 중에 하나를 고를 것이라 생각했고, 모든 것을 하기에 벅찰 거라고 생각했지만, 예상외로 다영은 결혼을 하고 6년이라는 시간 동안 꽤 훌륭하게 일과 육아 그리고 집안일 모두를 완벽하게 해내고 있었다.

그리고 다영이 장을 봐 오겠다고 잠시 나가기 전 집 안은 굉장히 깨끗했었다. 아침부터 일어나서 냉장고 청소를 하고, 세탁기를 돌리고, 아침을 하고, 집을 쓸고, 아들인 강리우의 장난감을 치웠기에 말이다. 분명 그랬었다. 그녀가 장을 봐 오겠다며 나가기 전인 두 시간 전까지만 해도 말이다. 그런데 장을 보고 약간의 아이쇼핑을 하는 두 시간 동안 집은 그야말로 개판이 되어 있었다.

준우에게 맡긴 설거지는 여전히 그대로였고, 현관과 거실을 이어주는 복도와 거실은 리우의 장난감으로 가득했다. 집 안이 개판이 된 것도 짜증 날 지경인데, 이 무심한 남편은 제 속도 몰라주고, 또 유리도 많은 집에서 여섯 살의 어린 아들과 공놀이를 해주고 있었단다. 어이가 없어 헛웃음이 제멋대로 끊어지듯 나왔다.

"집 안에서 공놀이를 했어? 집에 유리도 많은데 깨져서 리우 다치면 어쩔 거야. 리우야, 너도 공놀이 그만하고. 엄마 왔는데 얼굴도 안 보여줘?"

"응, 알았어."

그러면서도 아들인 리우의 시선은 공에 온통 빼앗겨 있었다. 자신이 리우를 어떻게 키웠는데……. 인사도 해주지 않는 무심한 아들에게 서운한 감정이 제일 먼저 들었다. 옛날 같으면 '엄마가 세상에서 제일 좋아!'라고 말해주던 아들 녀석이 요즘에서는 유치원에서 같은 햇님반 여자 친구인 소원이 얘기밖에 하질 않는다.

아들 놈 키워봤자 다 소용없다더니. 그리고 그 서운함이 애꿎은 준우에게 쏟아졌다.

"집 앞에 바로 운동장이 있는데, 그 앞에 나가는 게 싫어서 집에서 공놀이를 해?"

"밖이 아직 춥더라고. 리우 감기 걸려."

되지도 않은 변명에 다영이 입술을 꼭 깨물었다. 이게 지금 말인가, 글인가. 이마에 '참을 인' 자를 꾹꾹 눌러쓰며 그녀가 조용히 말했다.

"강리우, 공 그만 차고 장난감 정리해."

오랜 연애 기간과 함께 6년간의 결혼 생활로 지금 다영이 화나기 일보 직전이라는 걸 눈치챘는지 준우가 눈을 데굴데굴 굴리며 시끄럽게 공을 차는 아들 녀석을 말리려고 할 때였다. 리우가 신나게 뻥! 하고 찬 공이 포물선을 그리며 액자를 건드리며, 액자 아래에 있는 협탁 위의 꽃병을 건드렸다.

액자와 꽃병이 떨어지면서 쨍그랑! 소리가 집 안을 가득 채우자, 공놀이만 하던 리우의 몸이 일순 굳었다. 다행히 리우라 있는 주변에는 유리 조각이 날아가진 않아서 다치지는 않았지만, 리우의 행동과 쑥대밭이 된 집 안, 그리고 깨진 화병과 액자에 화를 꾹꾹 누르던 다영이 결국 폭발하고 말았다.

리우 역시 자신이 잘못한 것을 눈치채고는 눈을 데굴데굴 굴리기 시작했다. 그 모습이 강준우와 똑같은 모습이라 웃음이 나올 법도 했는데 6년 동안의 육아와 가사로 지친 그녀의 눈에는 그 모습에 웃음이 나오지 않았다. 하나 있는 아들 녀석은 엄마가 왔는데 얼굴도 안 내비쳐, 남편이란 사람은 바로 앞에 있는 학교 운동장을 나가기 싫어서 애가 집 안에서 공놀이를 하는 걸 가만 보고만 있지를 않나.

"어, 엄마."

"오늘 점심이랑 저녁은 강씨 부자들이 알아서 챙겨 먹으세요."

그녀가 싸늘한 말투로 에코백을 향해 턱짓을 하고는 벗었던 신발을 다시 신고는 현관문을 나서 대문을 쾅 닫았다. 띠리릭, 도어락 잠기는 소리와 함께 둘만 남은 집 안이 조용해졌다. 리우가 안절부절못한 얼굴로 준우를 바라보자, 준우가 당황한 얼굴을 하다 어색하게 웃었다.

"엄마 화났나 보다."

"그러게……. 어떡해, 우리?"

"일단, 집부터 치우고 보자."

준우와 그리고 준우의 어린 시절 모습을 그대로 하고 있는 리우가 서로를 마주 보며 어색한 웃음을 흘렸다.

분위기 좋은 일식집 안에 세 사람이 앉아 있다. 갑자기 자신들에게 전화를 한 사람을 앞에 둔 승현과 수연이 힐긋힐긋 서로의 눈치만 보다가 메뉴판을 뚫어져라 보고 있는 다영을 바리봤다. 회사 상사를 휴일에 만나는 것은 정말 께름칙하고 내키지 않는 일이지만 6년 동안이나 호흡을 맞춰왔고, 이래저래 사건 사고가 많았던 세 사람은 부하 직원과 상사로만 말하기에는 큰 무리가 있었다.

친한 옆집 언니나 누나 사이는 되지 못하더라도, 대학 선후배 정도의 친밀감은 쌓은 세 사람인데, 승현과 수연은 꽤 살벌한 기색을 하고 있는 다영에게 무슨 일이냐고 차마 묻지도 못하고 서로 눈치만 살피고 있었다. 다영이 이런 야차 같은 얼굴을 하고 있을 때는 열에 아홉은 그녀의 배우자와 아들때문이라는 것을 알고 있지만, 섣불리 입을 열 수가 없었다.

"안 골라요, 두 사람?"

"아, 네."

다영이 메뉴판을 수연 쪽으로 쓱 밀자, 수연이 급하게 그것을 받아 들고는 메뉴판을 바라봤다. 유명 일식집이라 그런지 메뉴 바로 뒤에 붙어 있는 공의 개수를 보며 이걸 그대로 주문해도 될지 말지 고민하고 있을 때, 승현은 아무렇지도 않은 얼굴로 검지로 자신이 먹고 싶은 음식을 쿡 찔렀다.

승현과 수연이 메뉴를 정하는 동안, 다영은 아직도 꺼지지 않는 속의 열불을 끄기 위해 물 잔에 차가운 물을 한가득 채운 채 벌컥벌컥 들이마시기 시작했다. 무슨 운동을 끝나고 마시는 생수도 아니고, 야근에 지친 몸을 달리기 위해 마시는 맥주도 아닌데 그녀가 마시는 모습이 퍽 스트레스에 치여 술을 마시는 모습 같기도 했다.

벌컥벌컥 마시던 물 잔을 그녀가 쾅 내려놓고, 그와 동시에 음식 주문을 받기 위해 종업원이 세 사람이 있는 방 안으로 들어왔다. 승현은 아무렇지 않게 음식을 주문하고, 종업원은 메뉴판을 들고 나갔다.

"그런데 무슨 일이세요? 아들이 속 썩여요?"

"내가 지금."

말이 차마 제대로 나오지 않는다. 답답한 마음에 다시 물을 채우고 몇 모금을 들이켠 다영이 숨을 돌리고는 여전히 짜증이 난 얼굴로 입을 열었다.

"난 결혼 생활 꽤 오랫동안 잘 해와서 잘 견뎌냈다고 생각했어요. 육아도 나름 잘 해왔고."

"그렇죠."

지금은 디자인 2팀으로 옮겼지만, 다영과 몇 년 동안 같은 부서에서 일한 수연이 고개를 끄덕였다. 준우와의 연애도, 결혼도, 회사 생활도 두 사람은 모두 옆에서 지켜보았다. 그리고 그녀가 하루하루를 얼마나 치여 사는지도 알 수 있었다.

"그런데 지금 우리 집에 애가 한 명이 아니라 두 명이 있는 것 같다 이 말이에요. 내가, 정말. 아니, 내가 집안일을 다 해달라고 한 것도 아니고, 도와줄 수 있는 부분은 도와주고, 시간 나면 리우랑 좀 놀아달라고 했는데 그게 그렇게 어려운가? 그게 그렇게 어려운 일이에요?"

"……강 이사님 리우랑 잘 놀아주지 않나요?"

이제는 디자인팀이 아니라 이사실에서 근무하는 승현이 고개를 갸웃하며 물었다. 그가 준우와 함께하는 시간 동안 그를 옆에서 관찰한 결과, 준우는 생각보다 다정한 아빠였다. 시간이 날 때마다 리우에게 전화를 해 지금 뭐 하고 있냐며, 이것저것 챙겨 묻기도 하고 때로는 아들이 뭐를 좋아할까 고민하며 승현에게 의견을 묻기도 했다.

그런 모습으로 봐선 준우는 굉장히 좋은 아버지였다. 주말에는 가족들끼리 같이 놀이공원에 갈 계획도 짜고 있는 걸 준우의 비서인 승현은 잘 알고 있었다. 보통의 아버지라면 일에 지쳐서 거의 녹초가 된 몸으로 소파와 한 몸이 되어 잘 움직이려고도 하지 않는데, 준우는 그런 것과는 거리가 멀었다.

"잘 놀아준다면 잘 놀아주죠. 그런데 밖에서 놀아주면 좀 좋아요. 아직 날씨 춥다고, 집에서 애랑 공놀이를 하고 있는 건 도대체 누구 집 아빤지 모르겠어요. 왜 안 나가고 집에서 공 갖고 놀고 있냐고 물어보니까 아직 날이 추워서래요. 어휴, 진짜 애도 아니고. 좀 따뜻하게 입고 나가면 되는 날씨잖아요, 안 그래요? 이건 진짜 약오지, 저번에는 말이죠……."

"아아."

무슨 일 때문에 싸웠는지 대충 알 것 같았다. 역시 이 두 사람은 부부가 되어서도 재밌다. 물론 다영의 입장에서야 짜증 나고 화나는 일이겠건만, 옆에서 보는 수연의 눈에는 뭐랄까, 사랑싸움? 알콩달콩하게 잘사는 것으로밖에 보이지 않았다. 물론 수연의 속마음을 안다면 아니라며 바락바락 우길 게 분명했다. 그리고 수연 역시 그것을 알았기에 아무런 말도 하지 않고 바라보기만 했다.

다영과 준우의 연애와 결혼 과정은 같은 여자인 수연이 보기에도 정말 부러웠다. 저 두 사람처럼 살고 싶었다. 친숙하고 익숙한 듯하지만 그 밑에는 단단한 신뢰와 애정이 깔려 있었다. 다영을 바라보는 준우의 시선은 6년이나 흘렀음에도 불구하고 변함이 없다.

변함없는 사랑. 그것은 여자라면 모두가 꿈꾸는 사랑이다. 자신도 만약 결혼을 한다면 그런 생활을 할 수 있을까란 막연한 불안감과 기대감을 가진 눈빛으로 슬그머니 옆자리에 앉은 승현을 쳐다봤다.

제 시선에도 아랑곳하지 않고 승현은 이 부부의 이야기가 재밌는지 킬킬 웃으면서 울분에 찬 다영의 이야기를 듣고 있었다. 한참을 이야기하던 다영이 지쳤는지, 아니면 제정신이 돌아왔는지 그녀답지 않게 우물쭈물거리며 어색하게 웃었다.

"그런데 결혼 앞둔 예비부부 데이트에 끼어들어서 미안해요. 답례로 여기 밥, 제가 살게요. 먹고 싶은 거 있으면 더 사고."

"어? 팀장님이 당연히 사주는 줄 알았는데."

"……당연히 사줄 생각이었지만, 승현씨 그렇게 말할 때마다 진짜 얄미운 거 알아요?"

마치 어렸을 적, 아니, 지금도 까불대는 자신의 남동생과 똑 닮았다. 크음, 그녀가 불편한 기색을 드러내며 헛기침을 하고 있을 때 문이 열리고 초밥 정식과 함께 점심 특선을 들고 온 종업원이 차례대로 하얀 기름종이가 깔려 있는 식탁 위에 하나둘씩 올려놓기 시작했다.

비싼 데다가 유명한 음식점답게 반찬과 정식은 화려하고, 맛깔스럽게 보여 세 사람의 입맛을 돌게 하기에 충분했다.

"혼수 준비는 잘하고 있어요?"

"예비 신부가 워낙 똑 부러져서 잘하고 있어요."

"승현씨는 안 도와주는 거 아니죠?"

"……예신이 워낙 잘해서 제가 도와줄 건 딱히 없던데."

"나 혼수 준비할 때 강 이사님은 아무것도 안 도와줬지만, 같이 다녀주기라도 했어요."

"……잘할게요."

"풉."

어째 승현의 모습이 큰누나에게 혼나는 막냇동생 보는 기분이라 옆에서 지켜보던 수연이 작게 웃음을 터뜨렸다. 그렇지 않아도 혼수 준비에 정말 도움 한 번 주지 않는 승현에게 말할까 말까 하다 다영이 타이밍 좋게 말을 꺼내줬다.

"한 팀장님도 대단하세요. 육아랑 일이랑 한꺼번에 가능하세요?"

"그나마 아버님이 많이 도와주셔서 이래저래 견딜 만은 해요."

"친정에 안 맡기세요?"

그나마 6년 동안 스트레스에서 버틸 수 있었던 것도 다 강 회장

덕분이었다. 옆에서 잘 보듬어주시기도 했고, 다영과 준우, 모두 시간이 안 맞을 때는 선뜻 먼저 리우를 봐주시겠다며 자처해 주신 적도 많았다. 다행이라면 다행이었다. 남들이 다 겪는 시월드라는 건 6년 동안 겪어보지도 않았다.

준우 어머니의 기일 때는 모두들 묘에 찾아가는 걸로 끝을 맺었고, 제사도 지내지 않았기에 시월드는 무슨. 그녀에게 시댁이란 또 다른 말로 천국이기도 했다. 곧 결혼을 앞둔 수연 역시 육아랑 일 때문에 고민이 되는지 꽤 근심 어린 얼굴을 했다.

"어우, 너무 걱정 안 해도 돼요. 막상 닥쳐오면 시댁이나 친정에서 많이 도와줘요. 일례로 저희 친정 엄마도 김해에서 올라오시면 자주 리우 봐주기도 하고."

"그렇겠죠?"

"그럼요."

"한 팀장님은 둘째 계획 없어요?"

"조금 더 젊었으면 생각해 봤을 텐데……."

몇 년 더 젊었을 때는 리우가 너무 어렸던지라 둘째를 엄두도 못 냈고, 지금 둘째를 낳기에는 나이가 있어서 겁이 나고. 결혼하고 리우를 가졌을 때도 너무 늦은 게 아닌가 걱정했는데 지금은……. 아, 괜히 나이 얘기가 나오니까 슬퍼져서는 다영이 시무룩한 얼굴을 하곤 입을 열었다.

"수연 씨도 애 가질 거면 조금이라도 빨리 가져요. 몸이, 몸이 아니야."

"그건 경험에서 우러나오는 말인가요?"

"그럼요. 리우 낳고 진짜 힘들었어요. 진통 시간도 길고……."

"회장님은 둘째 욕심 안 내세요? 리우가 남자애라서 둘째로 손녀 원하실 것 같은데."

실은 강 회장은 핑계고 강 이사의 생각이었다. 준우의 생각이라고 말하면 분명히 다영이 준우에게 한마디 할 것이 분명했으니, 지금의 다영에게는 조금 돌려서 이야기하는 편이 좋았다. 여우 같은 남자, 최승현의 속을 알 턱이 없는 그녀가 거리낌 없이 고개를 저었다.

"딱히 손녀 원하시는 것 같진 않던데."

"흐음……."

"뭐예요, 그 의미심장한 웃음은. 기분 나쁘게."

"아뇨. 근데 리우 유리 깼다고 하니까, 좀 웃기네요."

"뭐가요?"

"리우 생긴 건 강 이사님 판박이잖아요. 근데 알맹이는 한 팀장님인 건가 싶어서요."

그러고는 실실 웃는 모습이 퍽 얄밉다. 리우야 남자애니 뛰어놀아도 건강하고 남자애답다 치지만, 저를 닮았다고 한다면 자신은 완전 선머슴 같다는 말이지 않은가. 다영이 미간을 슬쩍 좁혔다.

"그럴 때마다 진짜 얄밉네요, 승현 씨. 내 동생 같았으면 그냥 한 대 콱 쥐어박았을 텐데."

"하하."

"아, 그리고 혼수 준비할 때 뭐 필요한 거 없어요? 나랑 강 이사가 하나 넣어줄 생각인데."

"진짜요?"

"어, 안 그러셔도 돼요."

"에이, 그냥 준다고 할 때 받아요. 이런 건 준다고 할 때 받아야 돼. 뭐 필요한 거 없어요? 일단 냉장고 생각하고 있었는데, 괜찮아요?"

"주시는 것만으로도 감사합니다, 팀장님."

"집들이할 때 맛있는 거 준비해 놔요."

다영이 빙긋, 사람 좋은 미소를 지었다. 그러고는 뭔가 떠오른 듯 가볍게 박수를 치고는 수연을 향했던 시선을 거둬들이고 승현을 향해 톡 쏘듯 한마디 했다.

"참고로 말하는데, 리우, 능글거리는 건 지 아빠 쏙 빼닮았어요."

필요한 게 있을 때 제 다리에 매달려 '엄마~' 하고 애교 부릴 때는 완전 강준우 판박이인 리우의 모습이 떠오르자 그녀가 어쩔 수 없다는 듯 웃었다. 결혼 생활 6년 차, 육아로도 충분히 지친 몸이긴 하지만 그래도 행복하다.

비밀번호를 꾹꾹 누르자, 도어락 풀리는 소리가 들렸다. 3월이라고는 하지만 아직 완전히 봄이 될 시기는 아니었기에 손으로 팔을 문지르며 안으로 들어갔다. 신발을 대충 벗어두고 현관문을 열자, 앞치마를 두른 준우가 방긋 웃으며 서서 그녀를 맞이했다.

준우가 앞치마를 두른 모습이 어이가 없기도 하고 우습기도 해 그녀가 황당하다는 시선으로 보고 있을 때 그가 상냥하게 물었다.

"여보, 왔어?"

"나 아직 화 안 풀렸어."

"저녁은?"

"먹었어."

"누구랑?"

"젊은 남자랑."

"아, 최 비서랑 먹었구나. 그럼 수연 씨도 같이 있었겠네."

다영 주위에 있는 사람이라고는 죄다 준우가 아는 사람이었기에 한마디만 해도 다 알 수 있었다. 정답을 내놓는 준우를 그녀가 슬쩍 흘겨보고는 집 안으로 들어서자 거실 쪽에서 뻘쭘하게 서 있는 리우의 모습이 눈에 들어왔다.

아까 전 화낸 모습을 잊지 않았는지, 리우가 쭈뼛쭈뼛거리며 그녀의 앞으로 다가왔다. 그러고는 배시시 웃으면서 다영의 옷자락을 슬며시 쥐었다. 이렇게 행동하면 자신이 사르륵 녹는다는 걸 이미 알고 있다는 듯 행동하는 리우의 모습에 그녀가 억지로 웃음을 꾹 참고는 부러 차가운 얼굴을 하자, 준우가 머리 위에 큰 손을 올리며 짐짓 엄한 목소리로 말했다.

"강리우, 엄마한테 잘못했습니다, 라고 말 안 해?"

"어, 엄마……. 잘못했어요……."

"……잘못했어?"

"네."

이럴 때만 네, 라고 하기는. 그녀가 밉지 않은 듯 아들을 흘겨보고는 이내 장난기가 돌았는지 묻는다.

"그럼 엄마가 좋아, 소원이가 좋아?"

"어, 어?"

"햇님반에서 소원이가 제일 좋다며? 그럼 소원이랑 엄마 중에는 누가 좋아?"

"어? 어, 어어……."

이럴 때는 그냥 입 발린 말이라도 '엄마'라고 하면 되는데, 어차피 이곳에는 소원이라는 여자아이가 있지도 않은데, 아들 녀석은 한참 답을 망설였다. 그것이 또 한 번 그녀를 심술궂게 만들려고 할 때, 준우가 냉큼 대답했다.

"나는 우리 와이프가 제일 좋아."

"이럴 때만."

준우가 다정스레 그녀의 어깨에 팔을 둘렀다. 옛날 같으면 하지도 않을 시답잖은 농담을 요새는 아무렇지 않게 하는 준우의 볼을 가볍게 꼬집고는 이내 풀린 얼굴로 무릎을 굽혔다. 아직 어린 아들의 눈동자는 별을 박아놓은 것마냥 반짝반짝 빛나고 있었다. 준우의 아들이기도 했지만 자신의 아들이기도 한 리우인데, 외양은 강준우만을 쏙 빼닮아 있어서 꽤 서글프다.

"앞으로 집에서 공놀이 할 거야, 안 할 거야?"

"안 할 거예요."

"정말?"

"응, 정말."

"그래, 알았어. 이리 와, 아들."

그녀가 팔을 활짝 벌리자, 리우가 화사하게 웃으며 그녀의 품에 쏙 안겼다.

"나도 엄마가 제일 좋아."

"내일 소원이 앞에서는 소원이가 제일 좋다고 말할 거지? 다 알어."

"아니야. 유치원 선생님이 나한테 눈이 제일 예쁘다고 했었거든. 그래서 내가 우리 엄마 닮아서 눈이 예쁜 거라고 말했어. 우리 엄마도 눈이 제일 예쁘니까."

"얘가……."

강준우 아들 맞나. 도대체 이런 말은 어디서 배워오는 거람. 유치원에서 이상한 것만 배워오는 건가 싶어 슬쩍 준우를 쳐다보자, 준우는 아무것도 모른다는 얼굴로 어깨를 으쓱였다. 리우의 말이 퍽 능청스럽기는 했지만, 그래도 기분이 나쁘지는 않았다.

엄마를 닮아서 예쁜 눈이라니. 이런 말을 할 줄 아는 나이가 여섯 살이라면 나중에 크면 여자 여럿 울릴 게 분명했다. 강준우는 무뚝뚝해서 그나마 여자를 덜 울렸지. 갑자기 리우의 장래가 걱정되기 시작했다.

"강리우, 이제 늦었으니까 자러 가."

"네."

이내 품에서 쏙 빠져나와서는 제 방으로 도도도 뛰어가는 뒷모습을 쳐다봤다. 기분은 좋지만, 입은 헤벌쭉 벌어지지만 뭔가, 음, 뭔가 말로 설명할 수가 없다.

"리우, 저런 말도 할 줄 알아? 누굴 닮아서 저런대?"

"아버지?"

"아버님……."

충분히 가능성이 있는 말이라며 그녀가 고개를 끄덕였다. 시아버님인 강 회장은 장난기가 많은 것처럼 보여도 실제로 작고하신 시어머님과의 연애 시절 이야기를 들으면, 뭇 여자들의 가슴을 설레게 하시는 로맨티스트였다고 했다. 게다가 외모까지 출중

한 분이셨으니, 강 회장 때문에 분명 여럿 여자들이 울었을 것이다.

"근데, 리우가 모르는 게 있어."

"뭐가?"

"우리 와이프는 눈만 예쁜 게 아닌데 말이야."

"그럼?"

"다 예쁘지. 눈도 예쁘고, 코도 예쁘고, 입도 예쁘고, 다, 다 예쁘지."

"내가 볼 땐 아버님을 닮은 게 아니라 당신을 닮아가는 것 같은데. 전에는 안 그랬는데 점점 능글맞아지는 것 같아."

"사랑받으려고 노력하는 거지. 우리 이번엔 리우 동생 얘기나 한번 해볼까?"

"사양할게."

"사양하지는 말고."

그가 가볍게 그녀의 볼에 쪽, 하고 입을 맞췄다. 그녀가 피식 웃음을 흘렸다. 준우의 손이 슬쩍 아래로 내려와 그녀의 허리께를 간질였고, 그녀가 간지럽다며 몸을 비틀며 안방으로 도망갔다. 다영이 안방으로 몸을 숨기자, 준우가 잠시 뒤를 돌아 리우가 들어간 방 쪽으로 바라봤다.

꼭 닫혀 있어야 할 문이 살짝 열려 있었고, 그 틈으로 다영을 닮아 예쁜 두 눈이 자신을 향하고 있었다. 준우가 씩 웃으며 검지로 입을 가렸다. 그러고는 조용히 입을 열기를,

"아들, 들어오면 안 돼."

라고 말한 것은 그녀만 모르는 비밀이다.

"리우는 뭘 그렸어?"

"부모님이요."

"부모님?"

포니테일로 머리를 묶은 여자 선생님이 무릎을 굽히며 리우의 그림을 쳐다봤다. 여섯 살 난 아이가 그린 그림답게 그림은 그냥 단순하고 단조로웠지만, 한눈에 봐도 그 그림이 가족 그림이라는 것을 알 수 있었다. 중간에 있는 어린아이와 어린아이의 양손을 잡고 있는 남녀의 손. 이 남녀가 리우의 부모님이라는 것은 쉽게 유추할 수 있었다.

"리우는 엄마랑 아빠가 세상에서 제일 좋나 보다, 그치?"

"네."

아이가 해맑게 웃었다. 유치원에서 하는 미술 활동의 주제는 '내가 가장 좋아하는 것'이었다. 아이들이 그린 그림은 다양했다. 키우는 애완동물을 제일 좋아한다며 그린 아이도 있었고, 갖고 노는 장난감을 그린 아이도 있었고, 리우처럼 부모님을 그린 아이도 있었다.

갓 대학을 졸업한 듯해 보이는 유치원 선생님이 장난기가 돌았는지 짓궂게 웃으면서, 어린아이라면 열에 열은 당황할 질문을 툭 던졌다.

"그럼 리우는 엄마랑 아빠 중에서 누가 제일 좋아?"

"음……."

살구색 크레파스를 쥔 채 리우가 자신이 그린 그림을 내려다봤다. 그림 속 세 사람은 모두들 행복하게 웃고 있었는데, 그 그림을 그린 리우는 선생님의 질문에 고민을 하다 이내 시무룩한 얼굴을 하며 크레파스를 내려놓았다.

"전 두 분 다 좋아요. 그런데 아빠는 저보다 엄마를 더 좋아할 거예요."

"응? 어째서?"

"왜냐하면, 저랑 같이 놀아주시다가도 엄마가 오시면 노는 것도 멈추고 엄마한테 가시고, 엄마가 저랑 아빠랑 거실에서 얌전히 놀고 있으라고 하면, 저는 TV 보는데 아빠는 계속 엄마 부엌에서 일하는 것만 보다가 결국에는 부엌에 가시고, 저 혼자 남아 있고……."

어……. 유치원 선생님은 할 말을 잃었다. 이것 참, 금슬 좋은 부모님이라고 말하기도 뭣하고, 그렇다고 리우에게 그것참 안타까운 일이라고 말하기도 뭣하고, 또 그 부모님 이야기를 듣고 있으면 부럽기도 하고, 또 그런 걱정을 하고 있는 리우가 귀엽기도 하고.

"어제는 또 저만 내버려 두고 엄마랑 같이 둘이서만 방에서 노시고."

"어……. 아마, 리우 동생 얘기 하신 것 같으신데……."

"동생이요?"

"응. 리우는 예쁜 동생 갖고 싶지 않아?"

"동생 있으면, 엄마랑 아빠가……."

모두 동생만 예뻐할 것 같아요, 라는 여느 아이들의 말이 튀어나올 것 같았지만, 아니었다. 잠시 고민하던 리우가 어린아이답지 않게 한숨을 폭 내쉬었다.

"동생이 있어도 아빠 엄마만 좋아할 것 같아요."

"으응?"

"그래도 괜찮아요. 아빠 대신에 제가 동생을 더 예뻐해 줄 거예요."

그렇게 말하는 리우의 얼굴이 해맑다.

〈끝〉

작가 후기

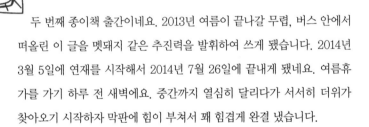

두 번째 종이책 출간이네요. 2013년 여름이 끝나갈 무렵, 버스 안에서 떠올린 이 글을 멧돼지 같은 추진력을 발휘하여 쓰게 됐습니다. 2014년 3월 5일에 연재를 시작해서 2014년 7월 26일에 끝내게 됐네요. 여름휴가를 가기 하루 전 새벽에요. 중간까지 열심히 달리다가 서서히 더위가 찾아오기 시작하자 막판에 힘이 부쳐서 꽤 힘겹게 완결 냈습니다.

〈눈의 여왕〉을 완결 낼 때와는 조금 다른 기분이에요. 물론 속이 시원하고 또한 섭섭한 것은 마찬가지이긴 하지만, 그래도 굳이 따지자면 시원한 편에 속합니다. 두 번째로 내는 종이책도 〈눈의 여왕〉을 따라 조금 어두운 분위기의 글이 될 것 같았는데, 생각한 것보다 밝은 글을 쓰게 돼 저로서도 의외였습니다. 사이트에서 연재하고 있던 다른 소설이 어두운 분위기다 보니 종이책으로 나오게 된 건 밝은 사내연애물이 되었네요.

이 책을 다 읽고 지금 후기를 봐주시고 계실 독자님들, 항상 감사합니다. 가볍게 읽을 만한 글이니, 가볍게 또한 즐겁게 읽어주셨으면 좋겠습니다. 그리고 항상 바로 옆에서 응원해 주시는 부모님과 B언니 항상 감사합니다.

동갑내기 친구 중에선 우울해질 때면 항상 토닥여 주고, 제 어리광을 받아준 기맸님 역시 감사합니다. 갑자기 불러내서 나갔더니 책 내밀며 사인해 달라고 했던 K양 역시 고맙습니다. 10년 지기 친구인 L양도 쓴 소리 고맙습니다.

도움을 많이 받은 올티 고맙습니다. B언니, 기맸님 다음으로 제일 많은 도움을 받은 것 같습니다. 앞으로도 잘 부탁드리고, 올티님을 제외한 꼬막, 히포, ㅇㅅㅇ 42님들도 고마운 건 없지만 고마워요.

도와주신 편집자님, 진짜, 정말, 정말로 감사합니다. 항상 메일 늦게 보내서 죄송해요. 다음에도 잘 부탁드립니다.

그리고 마지막으로 가장 감사해야 할 사람은 다름 아니라 이름을 빌려준 다영이에게 고맙다는 말 전하고 싶습니다. 허락도 안 맡고 제멋대로 썼다가 나중에 고백하긴 했는데 기쁘게 허락해 줘서 고맙습니다. 학창 시절에 되게 인상 깊었고, 말도 예쁘게 하고, 배울 점이 많다고 생각한 착한 친구였는데 소설 속 한다영을 실제 한다영과는 달리 좀 말괄량이로 만들어 버렸어요. 바다와 같은 넓은 마음으로 이해해 줄 거라 믿습니다.

다음 글은 확실하게 연예인이 주인공인 글이 될 거예요. 연예인 글은 항상 써보고 싶었는데 드디어 도전하게 됐네요. 다음에 또 다른 글로 찾아뵙겠습니다. 고맙고, 사랑합니다.

玩月

완월

Chungeoram romance novel

정은숙 장편 소설

조선 시대에도 책 대여점이 있었다?!!

"네가 정말 이 글을 썼다고? 거짓말하지 마라.
일개 종년이 어떻게 글을 알며, 어떻게 이런 글을 쓴단 말이냐!"

"거, 거, 거, 거짓말 아닙니다!"

그녀의 손에서 탄생한 소설이 대희투를 하였것다.
하나 이 와중에 여린 연심도 함께 피어남이라,
비딱하신 운 나오리. 이 마음 언제쯤 알아주실까?

"내가 인정하마. 너를……. 네가 없으면 안 된다는 것을."

알수록 알쏭달쏭한 사내, 최운. 신분을 뛰어넘는 재능의 소유자 다희.
이 두 사람의 사랑 앞에 운명의 회오리는 어김없이 닥쳐오니,
이보시오, 벗님네들. 궁금하시거들랑 어여 이 책을 보시라!

세상의 모든 전자책을 위해 탄생된 곳

세상을 보는 또 하나의 창 이젠북!
www.ezenbook.co.kr

ezen
BOOK
e

 지금 클릭하세요! | 검색창에 **이젠북** 을 쳐보세요! ▾ | Q

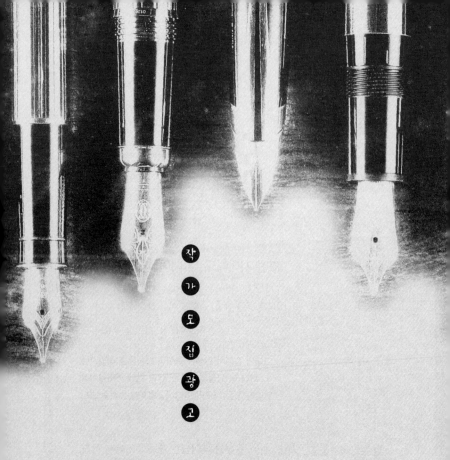

작
가
모
집
광
고

도서출판 청어람의 문은 항상 열려 있습니다.
실력있는 작가 분들의 많은 관심 부탁드립니다.

TEL:032-656-4452 • FAX:032-656-4453
http://www.chungeoram.com
e-mail:chungeorambook@daum.net